밀실 황금시대의 살인

눈의 저택과 여섯 개의 트릭

MISSITU OGON JIDAI NO SATUZIN -
YUKI NO YAKATA TO MUTTU NO TRICK
Copyright ⓒ Danro Kamosaki 2022
Original Japanese edition published by TAKARAJIMASHA, Inc.
Korean translation rights arranged with TAKARAJIMASHA, Inc.
Korean translation rights ⓒ2025 by D&C MEDIA

이 책의 한국어판 저작권은 ㈜디앤씨미디어에 있습니다.
저작권법에 의해 한국 내에서 보호를 받는 저작물이므로 무단전재와 복제를 금합니다.

밀실 황금 시대의 살인

密室 黄金時代の 殺人

눈의 저택과 여섯 개의 트릭

雪の館と 六つのトリック

가모사키 단로 지음
김예진 옮김

REA⊒bie

차례

Prologue 일본에서 처음으로 밀실살인이 벌어진 지
삼 년이 지났다 • **11**

제1장 밀실시대 • **15**
　　회상 1 삼 년 전 12월 • **155**

제2장 밀실 트릭의 논리적 해명 • **161**
　　회상 2 삼 년 전 12월 • **223**

제3장 이중밀실 • **229**

제4장 밀실의 빙해氷解 • **267**
　　회상 3 일 년 전 7월 • **317**

제5장 진정한 의미의 완전한 밀실 • **323**
　　회상 4 사 년 전 4월 • **383**

제6장 밀실의 붕리 • **387**
　　막간 밀실이라는 이름의 면죄부 • **425**

Epilogue 일본에서 처음으로 밀실살인이 일어난 지
삼 년 하고도 한 달이 지났다 • **429**

해설 • **441**

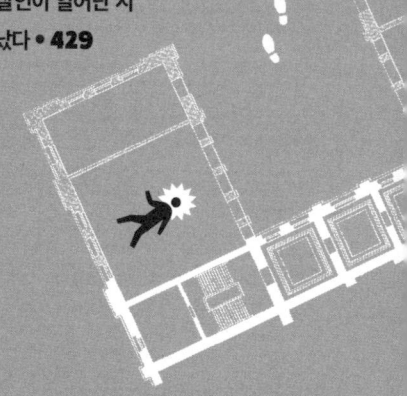

등장인물

사구리오카 메이지	25세. 밀실탐정.
야시로 하루키	45세. 무역 회사 사장.
이시카와 히로노부	32세. 의사.
하세미 리리아	15세. 중학교 3학년이며 국민 배우.
마네이 도시로	28세. 리리아의 매니저.
펜릴 앨리스해저드	17세. 영국인.
간자키 사토루	31세. 종교 단체 '새벽의 탑'의 신부.
시하이 레이코	29세. 설백관의 지배인.
메이로자카 지카	22세. 설백관의 메이드.
구즈시로 가스미	17세. 고등학교 2학년.
아사히나 요즈키	20세. 대학교 2학년.
미쓰무라 시쓰리	17세. 고등학교 2학년.

설백관 평면도

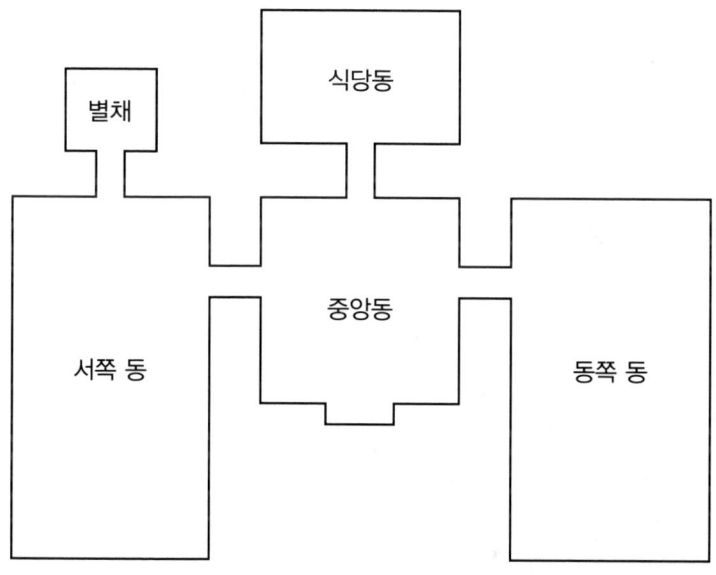

"밀실의 불해(不解)증명은
현장의 부재증명과 동급의 가치가 있다."
―도쿄 지방재판소 재판관 구로카와 지요리의 판결문에서 발췌

Prologue
일본에서 처음으로 밀실살인이 벌어진 지 삼 년이 지났다

 남자가 살해된 것은 삼 년 전 겨울의 일인데, 세간에서는 그것이 일본에서 최초로 일어난 밀실살인 사건으로 통한다. 다행히 범인은 금방 잡혔고 유죄 선고를 내릴 증거도 충분했다. 단, 현장의 불가능 상황을 어떻게 다루느냐가 문제였다.

 그렇다, 불가능 상황. 현장은 완벽한 밀실이었고 경찰과 검찰에서도 누구 하나 그 수수께끼를 풀지 못했다. 따라서 그 점이 사건에서 가장 중요한 부분이었으며 당연히 재판의 쟁점도 밀실이 되었다.

 '현장이 밀실이었다는 사실은 중요한 문제라고 할 수 없다.'

그것이 1심의 검찰 측 주장이었다.

"객관적인 증거만 보면 피고가 범인이라는 사실은 명확합니다. 그렇다면 '어떻게 죽였는가?' 따위는 사소한 문제에 불과합니다. '어떻게 해서든' 죽였겠죠. 피고가 숨기고 있을 뿐이지, 그 방법은 확실히 존재하며 결코 현장의 불가능 상황이 피고의 무죄를 뒷받침해 주는 근거가 될 수는 없습니다."

그에 반해 변호 측에서는 이렇게 주장했다.

"우리나라의 재판제도에서 본래 범행의 불가능성은 중대한 의미를 띠고 있습니다. 가장 확실한 예가 바로 알리바이로, 예컨대 피고에게 완벽한 알리바이가 있을 경우 우리나라에서는 반드시 무죄로 취급됩니다. 왜냐하면 피고는 범행이 불가능했기 때문이죠. 이번 밀실 상황도 그와 마찬가지입니다. 현장이 밀실이었던 이상, 그것은 피고뿐만 아니라 이 세상의 그 어떤 인간도 범행이 불가능했다는 사실을 뜻한다는 말입니다. 즉, 현장이 완벽한 밀실이라는 말은 피고에게 완벽한 알리바이가 있다는 것과 같은 의미입니다. 그런데 밀실일 때만 '어떻게든 죽였다', '방법은 모르지만 아무튼 어떻게 했을 것이다'라며 묵살하는 것은 일관성이 매우 부족하고, 다른 형사사건의 판례와도 모순되는 행위입니다."

이렇게 전대미문의 밀실 재판은 밀실을 중심으로 진행되어 나갔고, 도쿄 지방재판소의 재판관은 결국 변호 측의 주장을 받아들였다. '밀실의 불해증명은 현장의 부재증명과 동급의 가치가 있다.' 즉 피고가 범행이 불가능했다는 사실을 반영하여 무죄판결을 내렸다는 말이다.

2심에서도 1심의 결과를 수용하여 무죄. 그리고 최고심에서는 검찰 측의 상고를 기각했다.

국민들은 커다란 충격과 함께 이 판결을 받아들였다. 제아무리 의심스러운 상황이라도 현장이 밀실인 한, 무죄라는 사실이 담보된다. 그것은 어떤 의미에서는 사법부가 밀실의 가치를 인정한 순간이기도 했다. '아무 의미도 없는 행위'라며 수많은 추리소설 속에서 경멸받아 온 밀실살인이라는 장르였으나, 이 판결 덕분에 현실에서 입장이 역전된 것이다.

그것이 이 사건의 사소한 '공(功)'이었다.

그리고 '과(過)'는 알기 쉽다. 지방재판소의 판결이 내려진 후 한 달도 지나지 않아, 밀실살인이 네 건이나 일어났다. 그 다음 달에는 일곱 건. 밀실은 마치 전염병처럼 사회에 침투했다.

*

최근 삼 년 사이 밀실살인이 삼백두 건 발생했다.

그것은 이 나라에서 일 년 동안 일어나는 살인 사건의 3할이 밀실살인이라는 의미다.

제1장
밀실시대

 여자는 몹시 흥분한 듯 침을 튀길 기세로 '나'를 몰아붙였다. 그런가 하면 또 묘하게 시무룩해질 때도 있었다. 정서가 불안정한 모양이라고 '나'는 생각했다.

 듣자 하니 여자는 집단 자살 사건의 생존자인 모양이다. 자살 사이트에서 만난 사람들과 함께 산속 깊은 곳의 폐가를 찾아가 물잔을 인원수만큼 준비한 뒤 그 잔에 아코니틴이던가 청산가리던가 테트로도톡신이던가, 여하튼 뭔 독을 넣고서 나누어 마셨는데, 그중 딱 한 잔에만 독 대신 수면제가 들어 있었다고 한다.

"그러니까 무슨 말인지 알겠어요?"라고 여자가 말했다.

"한 명만 살아남았다는 이야기예요."

그랬겠지, 하고 '나'는 생각했다.

"그리고 그 수면제를 마신 게 저고요."

그야 그렇게 되겠지, 하고 '나'는 생각했다.

"정말로 일이 귀찮아졌다니까요. 다 같이 사이좋게 죽을 작정이었는데, 저만 이렇게 칙칙한 곳에서 지금도 커피를 마시고 있다니."

"다행이잖아요. 목숨은 소중하니까."

'나'는 말했다.

여자가 히죽 웃었다.

"당신이 할 말이에요?"

'나'는 커피를 한 모금 마셨다. 맛없는 커피였다. 직접 끓인 커피지만. 아무래도 '나'는 커피 끓이는 재능이 없는 모양이다.

아니, 애당초 '내'가 잘하는 분야는 딱 하나밖에 없다.

밀실을 만드는 일.

"아무튼 저는 살아남았어요." 하고 여자가 말했다.

"그래서 당신을 만나러 온 거예요."

여자는 '나'의 얼굴을 가리켰다.

"'밀실 제조사', 당신을요."

*

"가스미, 포키 먹을래?"

차창 밖 풍경을 바라보고 있는데 맞은편 자리에 앉은 아사히나 요즈키가 포키 상자를 내밀었다. 나는 "먹을래." 하고 대답하고는 상자에서 포키를 하나 집었다. 과자를 입에 물고 다시 창밖으로 시선을 돌렸다. 열차와 같은 속도로 12월의 풍경이 흘러간다. 눈은 쌓이지 않았지만 풀과 나무가 다 시들어 쓸쓸해 보였다. 왠지 모르게 앙뉘*한 기분이었다.

"뭐? 웬 앙뉘?"

포키를 먹으며 요즈키가 말했다.

"혹시 시인 지망생이었어? 매일 밤 자기 전에 노트에 자작시를 쓰는 타입?"

일단 이 녀석이 시인을 무시한다는 사실은 잘 알겠다. 나는 대충 대꾸했다.

"시 같은 건 중학교 이후로는 쓴 적 없어."

"중학교 때는 썼구나?"

● '권태', '지겨움'을 뜻하는 프랑스어 단어로, 권태를 느끼며 모든 일에 의욕을 느끼지 못하는 상태를 가리키기도 한다.

"중학생은 보통 쓰잖아."

"'보통'의 기준을 모르겠는데. 가스미, 네 기준을 세간의 기준이라고 생각하지 마."

왜 화내는지 모르겠다. 참고로 가스미란 내 이름이고, 성은 구즈시로다. 그래서 초등학생 때는 잠시 '구즈가스'라고 불렸다. 기무라 다쿠야를 '기무타쿠'라고 부르는 것과 같은 방식이지만 완전히 다른 이름이 되어 버렸다.● 심지어 학급회의에서 선생님이 '구즈시로를 구즈가스라고 부르면 안 돼.'라며 아이들을 야단쳤을 정도였다. 나는 그 학급회의 내내 무척이나 우울했다. 요즈키에게 그 이야기를 했더니 "'구즈'에 '가스미'라고 하니까 왠지 하이쿠의 계어(季語) 같잖아."●●라며 영문 모를 격려를 해 줬던 기억이 난다.

요즈키는 내 소꿉친구로 대학교 2학년인데, 올해 스물이라 고등학교 2학년인 나보다 세 살 많다. 살짝 웨이브가 진 연갈색 머리카락을 어깨까지 길렀고, 이목구비도 꽤나 단정한 편이다. "하루에 일곱 번 스카우트를 받은 적이 있어."라는 것이 요즈키의 단골 자랑거리였다. 그중 네 번은 클럽이고, 두 번은 미용실의 커트 모델이었지만.

● '구즈'는 '쓰레기', '가스'는 '찌꺼기'를 뜻하는 일본어다.
●● 일본 정형시 하이쿠는 계절과 관련 있고 자연물을 의미하는 단어를 반드시 넣어야 한다. '구즈'는 '칡', '가스미'는 '안개'를 뜻하는 일본어이다.

"그래도 한 번은 진짜 예능 기획사가 맞았거든."

요즈키는 그렇게 주장한다.

"아까웠어. 아, 하지만 난 변덕스러운 고양이 같은 성격이라서, 역시 연예계처럼 여기저기 얽매이는 일에는 안 맞는단 말이지."

하기야 요즈키는 변덕스러운 고양이가 맞고, 연예계에 어울리지 않는다는 말도 사실이다. 아니, 애당초 일하는 데에 소질이 없다. 어떤 아르바이트를 해도 한 달 안에 잘리는 특기가 있으니 말이다.

그 변덕쟁이 고양이는 포키를 먹으며 스마트폰을 만지작거리다가 "앗!" 하고 소리를 질렀다.

요즈키가 스마트폰을 뚫어져라 들여다보고 있었다.

"저기, 가스미. 또 밀실살인이 벌어졌대."

"어? 진짜?"

"응, 아오모리에서. 현경 형사부 밀실과가 현재 수사 중이래."

나도 스마트폰을 꺼내 확인했다. 아무래도 진짜인 모양이다. 여전히 이 나라에서는 밀실살인이 범람하고 있다.

"참 기묘한 시대가 와 버렸지 뭐야."

포키를 먹으며 요즈키가 말했다.

그러게나 말이다. 단 한 번의 살인 사건을 계기로 세상은 크게 달라지고 말았다. 삼 년 전 일어난 일본 최초의 밀실살인 사건. 그 이후, 이 나라의 범죄는 밀실을 중심으로 돌아가고 있다.

*

우리가 내린 역은 무인역이었다. 나와 요즈키는 아무도 없는 플랫폼에서 크게 기지개를 켰다. 관절이 뿌드득거리는 소리를 냈다. 집을 나온 지 세 시간, 제법 긴 여행이었다.

"그래서 오늘 묵을 숙소는 어떻게 가?"

"그게 있지."

내가 묻자 요즈키는 스마트폰에서 눈을 떼지 않고 걸으며 대답했다.

"여기서 차를 타고 산중턱까지 올라가서, 차도가 끊어지면 거기서부터 걸어오래."

"중간에 차도가 끊어진다고?"

"응. 한 시간 정도는 걸어야 해."

"상당히 깊은 거가."

건강에는 좋겠지만.

둘이서 개찰구를 지나 역 앞 로터리로 나와, 그곳에서 택시를 잡았다.

요즈키는 택시 운전수에게 목적지를 말했다.

"설백관(雪白館)으로 가 주세요."

*

　설백관은 현재 호텔로 사용되고 있다. 우리가 겨울방학을 이용해 그곳을 찾게 된 계기는 한 달쯤 전 요즈키가 우리 집을 찾아온 일이었다. '찾아왔다'고는 해도, 워낙 자주 오긴 한다. 하지만 그날 요즈키에게는 확고한 목적이 있었던 모양이다. 내가 끓인 커피를 마시며, 입을 열자마자 이런 말부터 내뱉었으니 말이다.
　"가스미. 나, 예티를 찾으러 갈 거야."
　드디어 미쳤구나 싶었다.
　"저기, 예티라면······."
　"몰라? UMA(미확인 생물)의 일종이야. 덩치 큰 털북숭이, 간단히 말해 설인이지."
　아니, 예티가 뭔지는 안다. 문제는 요즈키가 왜 예티를 찾으러 가느냐다.
　"난 UMA를 꽤 좋아하거든. 〈무〉라는 오컬트 잡지도 철들었을 무렵부터 계속 사고 있었어."
　그러고 보니 그걸 읽는 모습을 몇 번 본 적이 있다.
　나는 한숨을 삼키며 커피를 마셨다.
　"뭐, 아무튼 열심히 해 봐."
　안타까운 마음으로 그렇게 말하는 수밖에 없었다.

"예티 찾기는 힘들겠지만 무사히 돌아오기를 기도하고 있을게."

부디 여기서 생이별이 아니기를 바랄 뿐이다. 소꿉친구가 예티를 찾으러 갔다가 행방불명이 되다니 너무 슬픈 일 아닌가.

그러자 안타깝다는 표정을 한 나를 쳐다보며 요즈키가 어이없다는 듯 한숨을 내쉬었다.

"무슨 소리야, 가스미. 너도 같이 가는 거야."

뭐라고? 하는 생각부터 들었다.

"……나보고 히말라야까지 같이 가자는 말이야?"

소꿉친구를 향한 우정이 그렇게까지 지극하지는 않다. 그러자 요즈키는 또다시 어이없다는 표정으로 말했다.

"무슨 소리야, 가스미. 히말라야가 아니라 사이타마야."

드디어 미쳤구나 싶었다.

나는 눈을 벅벅 문질렀다. 자신만만한 요즈키의 얼굴. 아무래도 진심인 모양이다. 무슨 착각이길 바랐건만.

나는 차근차근 물었다.

"저기, 왜 사이타마에 예티를 찾으러 가는 거야?"

"그야 거기에 예티가 있으니까."

'거기에 산이 있으니까'라는 식이다.

"……사이타마에 무슨 예티가 있어?"

"글쎄, 있대. 그래서 사이타마 예티야."

"사이타마 예티?"

무슨 J리그 팀 이름 같다.

"빙하기에는 일본과 대륙이 육지로 이어져 있었거든. 따라서 일본과 히말라야도 걸어서 왔다 갔다 할 수 있었던 거지."

요즈키는 의기양양하게 말했다.

"그래서 예티가 빙하기에 히말라야에서 사이타마까지 넘어왔다는 말이야?"

"응. 가능한 이야기잖아?"

가능하긴 뭐가 가능하다는 건지 모르겠다.

"그러니까 가스미, 같이 사이타마로 예티를 찾으러 가자. 분명 평생 잊을 수 없는 추억이 될 거야."

요즈키가 몸을 내밀며 말했다.

하기야 평생 잊을 수 없는 일이기는 하겠지. 사이타마에 예티를 찾으러 간 추억이라니.

"……."

나는 잠시 생각에 잠겼다가 결론에 도달했다.

뭐, 갈 턱이 있겠어?

당연히 거절했다. 그러자 요즈키가 매달리며 애원했다.

"제발, 가스미. 같이 가자. 내가 혼자 쓸쓸하게 여행을 떠나도 괜찮다는 거야?"

"아니, 친구랑 같이 가면 되잖아."

"무슨 소리야. 사이타마에 예티를 찾으러 간다고 하면 친구

들이 얼마나 황당하겠어?"

"오히려 그런 상식이 남아 있다는 게 놀랍다."

매달리는 요즈키를 뿌리쳤다. 요즈키는 "아앗!" 하고 비명을 지르며 쓰러졌지만, 곧바로 에헴, 하고 헛기침을 하더니 말했다.

"내 말 좀 들어 봐, 가스미."

"응."

"이번 예티 찾기 여행은 너한테도 메리트가 있는 이야기야."

나는 의아한 표정으로 고개를 갸웃했다.

"나한테 메리트가 있다고?"

내가 되묻자 바닥에 주저앉은 요즈키가 대답했다.

"응. 메리트. 린스가 필요 없는 메리트입니다."●

언제 적 거야, 그거.

요즈키가 검지를 세웠다. 그리고 의기양양한 표정으로 나를 올려다보았다.

"놀랍게도 이번에 숙박할 호텔이 바로 그 설백관(雪白館)이거든."

"설백관?"

나는 살짝 고개를 갸웃했다. 뭐지? 어디서 많이 들어 본 이름인데.

● 1990년대부터 방영된 일본의 '메리트' 샴푸 광고 카피

"왜, 가스미가 좋아하는 유키시로 뱌쿠야(雪城白夜)."

"아, 그 저택!"

갑자기 흥분한 나를 보고 요즈키가 신이 나서 히죽히죽 웃었다. 그 얄미운 표정에 조금 짜증이 났다 나는 헛기침을 했다.

"그렇구나, 설백관에 묵을 예정이었구나."

냉정한 척했지만 아무래도 흥분을 감출 수가 없었다.

유키시로 뱌쿠야는 본격물을 쓰는 추리 작가로 특히 밀실을 소재로 한 글이 특기였다. 칠 년 전 타계했지만 지금도 대부분의 작품이 서점에 꽂혀 있는 인기 작가다.

나도 상당한 팬이다. 대표작으로는 《밀실촌 살인 사건》 아니면 《밀실관의 살인》이 꼽히지만, 그의 진정한 대표작은 따로 있다는 것이 팬들 사이의 정설이었다. 다만 그것은 소설이 아니다. TV 드라마도 만화도 아니고, 영화도 아니다.

실재하는 사건이다.

지금으로부터 십여 년 전, 유키시로 뱌쿠야는 자신의 저택에 작가들과 편집자들을 초대하여 홈 파티를 열었다. 맛있는 요리와 술, 그리고 뱌쿠야 본인의 훌륭한 인품. 파티 분위기는 매우 즐거웠다. 하지만 그 한복판에서 사건이 일어난다.

그것은 사소한 사건이었고 장난이라고도 부를 수 있는 수준이었다. 누군가가 다치지도 않았다. 그저 저택 내의 어느 방에서 가슴에 나이프가 꽂힌 프랑스 인형이 발견되었을 뿐이다.

그리고 그 방은 밀실이었다. 문은 안에서 잠겨 있었고, 그 방의 유일한 열쇠도 실내에서 발견되었다. 심지어 열쇠는 그냥 발견된 것이 아니라 플라스틱 병 안에 들어 있었으며 그 병의 뚜껑은 굳게 잠겨 있기까지 했다.

통칭, 병조림 밀실.

사건이 벌어진 이후 뱌쿠야는 내내 입가에 히죽거리는 웃음을 띠고 있었다. 그 모습을 보고 누구나 바로 알 수 있었다. 이 사건의 범인은 바로 뱌쿠야이며 이 사건은 파티의 일환, 즉 주최자 뱌쿠야가 낸 추리 게임이라는 사실을.

그렇다면 그 도전, 당연히 받아들여야 하지 않겠는가.

이곳에 모인 사람들은 같은 업계의 작가와 편집자. 모두가 밀실에는 일가견이 있는 이들이다. 곧바로 와자지껄 토론이 벌어지면서 즉석에서 추리 대회로 발전했다.

그 파티의 참가자들은 입을 모아 '즐거웠다'고 말한다. 그리고 마지막에는 반드시 이렇게 덧붙인다.

"만약 수수께끼를 풀었다면 더 재미있었을 텐데."

밀실 트릭은 해결되지 못했다.

이것이 유키시로 뱌쿠야의 진정한 대표작, '설백관 밀실사건'이다. 물론 형사사건이 아니기 때문에 재판까지 가지는 않았으나, 실은 삼 년 전에 일어난 일본 최초의 밀실살인 사건보다 칠 년이나 앞서서 일어난 일이다.

십 년 동안 깨지지 않은 밀실.

지금도 미스터리 팬들 사이에서는 화제가 되고 있으며, 현장인 설백관은 팬이라면 한 번쯤은 찾아가고 싶은 인기 장소가 되었다. 현재 설백관은 타인의 손에 넘어가 호텔로 개축되었지만 현장이었던 그 방만은 당시 상태 그대로 보존되어 있다고 들었다. 트릭의 흔적으로 여겨지는 것도 남아 있다고 한다.

"……."

그리고 이번에 요즈키는 그것을 미끼 삼아 나를 끌고 갈 작정인 듯했다. 얄밉지만 요즈키의 꾀에 넘어가 주기로 했다. 설백관은 장기 체류 투숙객, 구체적으로 말하면 일주일 이상 투숙하는 손님밖에 묵을 수 없는 다소 특이한 시스템이다 보니 거기 묵으려면 아무래도 많은 비용이 든다. 요즈키가 어디서 그 돈을 마련해 왔는지는 몰라도 공짜로 설백관에 갈 수 있다면 그보다 더 구미가 당기는 이야기는 없으리라. 겸사겸사 요즈키의 예티 찾기도 조금은 도와줘야겠다는 생각이 들었다.

*

택시에서 내려 한 시간쯤 걸으니 다리가 보였다. 약 50미터 정도 되는 길이의 목조 흔들 다리였다. 숲을 양단하며 좌우로 깊은 계곡이 달리고, 그 양 옆을 간신히 잇는 나무다리가 힘없이 매달려 있었다. 계곡 바닥까지의 깊이는 60미터 정도. 다리 양쪽 모두 깎아지른 듯한 절벽이어서 인간이 오르내리는 일은 불가능해 보였다.

계곡 아래를 내려다본 요즈키가 "우와!" 하고 소리를 질렀다.
"이거, 떨어지면 바로 죽겠다."

당연한 말이다. 하지만 떨어졌다간 정말로 즉사할 법한 높이였기에 우리는 벌벌 떨면서 다리를 건넜다. 다리를 다 건너고 나서 오 분 정도 더 가자 비포장 산길 너머로 하얀 담벼락이 보였다. 꽤나 높은 벽이었다. 높이가 20미터쯤 될까.

담벼락 중앙에 대문이 있었다. 열려 있었으므로 들어갔다. 대문 옆에는 CCTV가 있었고, 그 렌즈가 손님인 우리를 응시했다.

그렇다, 우리는 손님이다. 담 안은 정원이었고 그 중앙에 목적지인 호텔이 우뚝 서 있었다. 하얀 벽보다도 더욱 새하얀 서양식 저택. '설백관'은 그 이름 그대로 갓 내린 눈 같은 색의 건물이었다.

높은 담으로 둘러싸인 정원은 꽤나 넓었는데 정원이라기보다는 그냥 저택 주위의 땅을 담으로 둘러놓았다는 인상이었다. 정원수도 얼마 없고 지면은 검은 흙이 그대로 드러나 있었으며 화단 비슷한 것도 보이지 않았다.

저택 현관 앞으로 걸어가니 메이드복을 입은 금발 여자가 담배를 피우고 있었다. 나이는 스무 살 정도에 머리는 어깨까지

오는 길이인데 본래 머리색이 아니라 염색한 듯했다. 상당한 미인인데 화장기 없는 얼굴은 시원시원한 인상이었다. 메이드는 우리 모습을 보고는 주머니에서 휴대용 재떨이를 꺼내 아쉬운 듯 담배를 껐다.

"예약하신 손님이신가요?"

메이드가 쌀쌀맞게 물었다.

"네, 예약한 아사히나인데요."

요즈키가 대답하자 메이드는 고개를 끄덕였다.

"기다리고 있었습니다. 들어오시죠."

메이드는 정말 기다리고 있던 게 맞는지 의심스러워지는 말투로 말했다. 전체적으로 붙임성이 부족했다. 아니, 부족한 것은 붙임성이 아니라 의욕일지도 모르겠지만.

현관문을 열고 설백관 안으로 들어갔다. 현관에서 이어지는 짧은 복도를 걸으며 메이드는 문득 생각났다는 듯 말했다.

"저는 이 호텔에서 메이드 일을 하고 있는 메이로자카 지카라고 합니다. 필요하신 일이 있으면 무엇이든 말씀해 주세요."

메이드는 마치 정해진 문구처럼 말했다. 사무적이기 그지없는 말투였기 때문에 정말로 용건이 있을 때 불러도 되는지 걱정스러워졌다.

"메이로자카 씨구나. 메이드 메이로자카 씨라."

요즈키가 중얼거리는 소리가 들렸다.

이름을 가지고 말장난을 하는 모양이었다. 요즈키는 사람 이름을 말장난으로 외우는 습관이 있다.

*

현관 앞의 짧은 복도를 빠져나오자 로비가 펼쳐졌다. 본래 개인소유 저택이었다고 생각하기 어려울 만큼 넓고, 중규모 호텔 로비라 하기에도 손색없는 사이즈다. 로비에는 테이블과 소파가 여러 개 놓여 있었고 거기서 투숙객 몇 명이 커피나 홍차를 즐기는 중이었다. 테이블에 케이크 접시도 놓여 있는 걸 보니 카페처럼 가벼운 식사도 서비스하는 듯했다. 벽 쪽에는 커다란 텔레비전도 있었다.

나와 요즈키는 우선 프런트에서 체크인을 마치기로 했다. 프런트에는 머리를 짧게 치고 서른 살 전후로 보이는 여성이 있었다. 스웨터 위로 검은 앞치마를 둘러, 왠지 모르게 카페 주인 같은 분위기가 느껴졌다. 차분한 성인 여성이다. 일상 속 수수께끼를 가져오면 해결해 주는 미인 주인 같았다.

실제로 이 여성은 호텔 지배인인 모양이었다. 이 저택은 지배인과 메이드 메이로자카 씨, 둘이서 운영하고 있는 듯했다.

여성은 '시하이 레이코'라고 자기소개를 했다.

"지배인 시하이 씨."•

요즈키가 재빨리 중얼거렸다.

시하이 씨는 부드러운 미소를 지으며 말했다.

"아사히나 님, 구즈시로 님, 설백관에 정말 잘 오셨습니다. 풍요로운 자연과 맛있는 요리, 그리고 추리 작가 유키시로 뱌쿠야가 남긴 밀실의 수수께끼가 있는 곳. 저희 설백관 스태프 모두가 최선을 다해 환대해 드리겠습니다."

시하이 씨는 왠지 모르게 쑥스러운 듯 그런 인사말을 늘어놓고는 프런트의 컴퓨터 키보드를 두들겼다. 방 번호를 확인하는 모양이다.

"묵으실 방은 두 분 모두 서쪽 동 2층입니다. 아사히나 님은 204호, 구즈시로 님은 205호로군요."

그리고 프런트 안쪽 방으로 잠시 들어갔다가 열쇠 두 개를 들고 나왔다. 길이가 10센티미터쯤 되는 은색 열쇠였다. 늘씬한 디자인이고 손으로 잡는 부분에 방 번호가 각인되어 있었다. 시하이 씨는 나와 요즈키에게 열쇠를 하나씩 건넸다.

열쇠를 받아 들고 확인해 보는데 시하이 씨가 농담처럼 말했다.

"잃어버리시면 안 됩니다. 스페어키가 없거든요."

그 말에 다시 한번 열쇠를 들여다보았다. 열쇠 끝부분 모양이 상당히 복잡했다. 아마 복제가 불가능하지 않을까.

● 일본어로 '지배인'은 '시하이닌'이라고 읽는다.

나는 열쇠를 주머니에 집어넣었다. 그리고 "205호." 하고 내 방 번호를 중얼거리다가 궁금했던 부분을 시하이 씨에게 물었다.

"저어, 서쪽 동이라뇨?"

내 방은 서쪽 동의 205호실. 하지만 이 저택에 온 것은 처음이고 외관도 아까 대충 둘러본 게 전부라 솔직히 이 건물의 구조를 아직 잘 모른다.

"여기 패널이 있습니다."

시하이 씨는 그렇게 말하며 프런트 뒤쪽 벽에 붙어 있는 패널을 가리켰다. 패널에는 높은 곳에서 내려다본 건물 그림이 그려져 있었다. 이게 설백관의 조감도인가 보다.

"이 설백관은 네 채의 건물로 구성되어 있습니다."

시하이 씨가 설명했다.

"우선 저희가 지금 있는, 이 로비가 있는 건물을 중앙동이라고 합니다. 중앙동은 단층 건물입니다. 그리고 중앙동의 동서로 각각 동쪽 동과 서쪽 동이 있으며, 중앙동의 북쪽에는 식당동이 있습니다. 식당동은 이름 그대로 식당이 있는 동이지요. 아침, 점심, 저녁 식사 모두 이곳에서 이루어집니다."

조감도에 따르면 동쪽 동과 서쪽 동과 식당동(북쪽 동)은 각각 문과 구름다리를 통해 중앙동의 로비와 연결되어 있었다. 반면 동, 서, 북 세 건물끼리는 이어져 있지 않아서, 각 동으로 이동하려면 반드시 중앙동 로비를 거쳐야만 하는 모양이다. 예컨대 서쪽 동에서 동쪽 동으로 이동할 때는 반드시 로비를 지날 필요가 있다는 이야기다.

"그렇게 생각하시면 됩니다."

시하이 씨가 부드럽게 웃었다.

"말하자면 중앙동이 다른 세 건물을 잇는 조인트 역할을 맡고 있는 셈이지요. 게다가 이 설백관에는 뒷문이 일절 없습니다. 창도 전부 열리지 않는 붙박이창이거나, 격자 창살이 있어 사람이 드나들지 못하는 창입니다. 정원으로 나가는 유일한 경로는 중앙동의 현관뿐이지만 지금 말씀드린 대로 이 관에는 뒷문이라는 것이 존재하지 않으므로 정원을 통해 다른 동으로 이동하는 일도 불가능한 구조입니다."

"흐응, 불편하네요. 왜 그런 구조일까요?"

요즈키가 끼어들었다.

"글쎄요? 추리 작가의 생각은 저도 잘."

시하이 씨가 애매한 미소를 지은 뒤, 조감도를 가리키며 말을 이었다.

"참고로 각 동을 잇는 구름다리는 지붕과 벽으로 둘러싸여 있습니다. 뻥 뚫린 구조가 아니니 구름다리를 통해 밖으로 나갈 수도 없지요."

시하이 씨의 말에 나는 고개를 끄덕였다. 즉, 구름다리라고는 해도 실제로는 실내 복도와 다름없다는 뜻이다.

"이 건물은요?"

나는 조감도를 보고 물었다.

조감도에는 네 개의 동 외에 건물이 하나 더 있었다. 서쪽 동에서 북쪽으로 툭 튀어나온 작은 건물이다. 구름다리로 연결되어 있는 것 같다.

시하이 씨가 대답했다.

"아, 이건 별채입니다. 유키시로 뱌쿠야가 집필할 때 사용하던 방 중 하나죠. 통칭 통조림방. 아이디어가 나오지 않아 난감할 때 이곳에 틀어박혀 사과를 먹었다고 하더군요."

"왜 사과예요?"

"애거사 크리스티의 에피소드 중에 그런 게 있어."

요즈키의 질문에 내가 대답했다. 크리스티는 목욕하면서 사과를 먹으면 좋은 아이디어가 떠올랐다는 모양이다. 그 에피소드를 들을 때마다 진짜인가? 싶어지기는 하지만.

아무튼 유키시로 뱌쿠야의 통조림방이라. 그건 꼭 보고 싶다.

"안타깝지만 지금은 객실로 사용되고 있으므로 보실 수는 없습니다. 오늘도 예약되어 있고요."

시하이 씨가 미안하다는 표정으로 말했다.

그렇구나, 그건 아쉽네. 참고로 별채 역시 구름다리로 연결되어 있기 때문에 그곳으로 이동하려면 서쪽 동을 경유해야 한다.

*

"그럼 편히 쉬십시오."

프런트에서 체크인을 마친 후, 우리는 메이드 메이로자카 씨의 안내를 받아 각자의 방을 찾아갔다. 서쪽 동은 3층짜리 건물로, 내 방인 205호실은 2층 가장 안쪽에 위치한다. 똑바로 뻗은 복도를 따라 201호부터 205호까지 다섯 개의 방이 늘어서 있었다. 나를 방 앞으로 안내한 뒤 메이로자카 씨는 고개를 꾸벅 숙였다.

"식사는 저녁 7시로 예정되어 있으니 그 시간에 식당으로 와 주십시오. 저와 시하이 지배인의 방도 이곳 서쪽 동에 있으니 야간에 볼일이 있으신 경우 얼마든지 불러 주시면 됩니다."

메이로자카 씨는 여전히 시원시원한 말투로 말했다. 정말로 밤에 찾아가도 되는 걸까? 불안해진다.

나는 작게 궁얼거리며 손잡이를 잡고 문을 열었다. 그러자 눈앞에 흰색을 기조로 한 청결한 방이 펼쳐졌다. 종업원이 두 명밖에 없다고는 생각하기 어려울 만큼 깔끔하게 청소된 방이었다.

"실은 로봇 청소기를 스무 대 정도 키우고 있거든요. 그러니 청소는 거기에 거의 맡겨 두고 있습니다. 물론 꼼꼼하게 하려면 사람 손이 필요하지만, 그건 제가 합니다. 이래 봬도 청소는 특기고요."

메이로자카 씨가 내 뒤에서 방을 들여다보며 말했다.

"그렇군요."

그건 의외다.

"네. 세계 메이드 청소 선수권 최종 우승자랍니다."

"세계 메이드 청소 선수권 최종 우승자?"

수수께끼의 직함이 튀어나왔다. 아마 농담이겠지만 어쩌면 정말일지도 모른다.

"그럼 편히 쉬십시오."

메이로자카 씨는 다시 한번 말한 뒤 로비 쪽으로 사라졌다. 나는 짐을 내려놓고 곧바로 방 안을 둘러보기로 했다.

방 넓이는 다다미 열 장 정도, 거기에 화장실과 욕실과 넓은 세면대가 딸려 있다. 가구는 침대와 텔레비전, 냉동 칸이 있는 2단식 냉장고 정도다. 바닥은 황갈색 플로어링 마루에 창문은 열리지 않는 붙박이창. 상당히 괜찮은 방이다. 메이로자카 씨의 이야기에 따르면 이 방은 본래부터 손님방으로 사용했다고 한다. 유키시로 뱌쿠야는 손님 초대를 좋아해서 서쪽 동에 있는 방 대부분이 사실 손님방이었다지.

나는 다음으로 문을 조사해 보기로 했다.

초콜릿 색깔의 한 장짜리 여닫이 방문. 중후한 생김새와는 달리 가벼운 것을 보니 일반적인 가옥의 실내용 도어로 흔히 사용되는 문인가 보다. 내부가 비어 있는 '플러시 도어'. 목제라는 점도 고려하면 문의 무게는 아마 10킬로그램 정도로 여겨진다. 이 정도라면 성인이 몸으로 여러 번 들이받을 경우 부술 수도 있을 듯하다. 그리고 이것은 메이모자카 씨에게서 들은 이야기인데, 이 서쪽 동의 방문은 전부 동일한 종류로 통일되어 있다는 모양이다. 문의 디자인과 크기, 거기에다 안쪽으로 열리는지 바깥쪽으로 열리는지까지도 같다고 들었다. 따라서 내 방의 문 구조만 파악하면 동시에 다른 방의 문 구조도 파악할 수 있다는 뜻이다. 참고로 이 방의 문은 안쪽으로 열리는 타입이다. 즉 서쪽 동의 방문은 전부 안쪽으로 열린다는 말이 된다.

왠지 기분이 고양된 나는 바닥에 엎드려 문 아래를 들여다보았다. 문과 문틀은 완전히 밀착된 상태였고, 빈틈은 존재하지 않았다. 이른바 '문 아래에 틈새가 없는' 타입이다. 이래서는 밀실 트릭의 정석, 그러니까 열쇠를 문 아래 틈새로 던져서 실내로 집어넣는 트릭을 쓸 수 없다. 그것만으로도 한 명의 미스터리 마니아로서 왠지 히죽 웃음이 났다.

문 조사를 마친 뒤, 슬슬 방을 나가 보기로 했다. 요즈키와 로비에서 차를 마시기로 약속했기 때문이다. 옆방인 204호실로 가서 문을 똑똑 두드리니 "미안." 하면서 요즈키가 나왔다.

"아직 짐 정리가 다 안 끝났거든. 먼저 가 있어."

요즈키는 그렇게 말했지만 명백히 거짓말이었다. 요즈키의 웨이브 진 머리카락 끝이 살짝 뻗쳐 있었다. 자다 깨서 몸단장을 할 시간이 필요해 보였다.

내가 뻗친 머리를 응시하자 요즈키는 조금 부끄러운 듯 손가락으로 머리를 살며시 빗어 내렸다.

*

나는 할 수 없이 혼자 로비로 향했다. 계단을 이용해 서쪽 동 1층으로 내려가다가 뭔가를 발견하고 살짝 움찔했다. 복도 창가에서 소녀 한 명이 조용히 정원을 내다보고 있었기 때문이다. 하얀 피부에, 어깨 부근에서 반듯하게 정리된 은빛 머리카락. 얼핏 보기에도 외국인이라는 사실을 알 수 있었다. 심지어 용모가 인형처럼 아름다웠다.

나이는 내 또래 정도일까? 고등학생쯤으로 보이는 생김새다.

소녀는 나를 보더니 생긋 웃었다. 그리고 "안녕하세요." 하고 유창한 일본어로 말했다. 나도 나름히 "안녕하세요." 하고 대답했다. 외국인과 대화하자니 다소 긴장된다.

반면 소녀는 전혀 긴장한 기색이 없었다. "여긴 정말 좋은 곳이네요."라며 웃더니, "여름엔 분명 멋진 피서지가 되겠어요." 하고 잡담을 시작했다.

피서지라니, 어려운 일본어를 다 안다.

"관광 목적으로 오셨나요?" 하고 나도 잡담을 이어 갔다. 그러자 소녀는 "네, 관광이에요." 하고 대답했다.

"이 근처에 스카이 피시가 나온다고 들었거든요."

"스카이 피시?"

나는 고개를 갸웃했다. 그러자 소녀가 검지를 올려 들고 설명했다.

"스카이 피시란 하늘을 나는 물고기를 말해요. 쉽게 말하면 UMA죠."

"쉽게 말하면 UMA……."

그 말에, 나는 굳어 버렸다.

……이 녀석, 요즈키와 같은 냄새가 난다.

느닷없이 나타난 요즈키의 냄새에 경계심이 들었다. 하지만 고민한 끝에 결국 장단을 맞춰 주었다.

"멋지네요, 스카이 피시. 물고기가 하늘을 날다니, 꿈같은 이야기잖아요."

귀여운 소녀에게서 호감을 사고 싶은 마음에서일까, 나는 기회주의적인 태도를 취했다.

다행히도 소녀는 기쁜 듯 미소를 지었다.

"정말 멋지죠, 스카이 피시. 그걸 보고 싶어서 일부러 후쿠오카에서 여기까지 왔거든요."

수줍어하며 말을 잇는다.

"후쿠오카? 해외가 아니고요?"

"저는 후쿠오카에 사는 영국인이에요. 다섯 살 때부터 살았어요."

그렇구나. 어쩐지 일본어가 능숙하더라니.

소녀와 한동안 이야기를 나눈 뒤, 슬슬 로비로 가기로 했다.

"그럼 또 봐요."

고개를 숙이자 소녀도 같은 동작으로 답했다. 헤어질 때 통성명을 했다.

"저는 펜릴 앨리스해저드라고 해요. 이곳에 당분간 체재할 예정이니, 꼭 같이 스카이 피시를 찾으러 가요."

나는 엄지를 척 들었다.

"구즈시로 가스미입니다. 꼭, 같이 스카이 피시를."

*

"큰일 났어, 가스미. 여기, 인터넷이 안 돼."

멜론 소다를 마시며 요즈키가 내 맞은편에서 비통한 목소리로 외쳤다. 나는 로비 소파에 걸터앉아 홍차 잔에 입을 대면서 말했다.

"택시에서 내릴 때부터 이미 안 터졌잖아?"

"그건 그렇지만, 호텔에 도착하면 와이파이가 될 줄 알았단 말이야."

요즈키는 으으으, 하고 신음하더니 옆 테이블을 걸레로 닦고 있던 메이드 메이로자카 씨를 불렀다.

"죄송한데요, 여긴 와이파이 없나요?"

"죄송합니다. 인터넷 회선은 들어오지만 무선 랜은 도입하지 않아서 휴대전화로는 인터넷이 불가능한 상황입니다."

메이로자카 씨는 별로 죄송하지 않은 표정으로 말했다.

"으으으, 말도 안 돼. 육지의 외딴섬이잖아."

요즈키는 그렇게 한탄하며 스마트폰을 주머니에 집어넣었다. 그리고 로비를 둘러보았다. 로비에는 드문드문 손님이 있었다.

"오늘은 투숙객이 몇 명 정도 되나요?"

"예약하신 손님은 총 열두 분이십니다."

"열두 명이나? 그렇게 많이?"

요즈키가 눈을 동그랗게 떴다. 그러다가 납득했다는 표정을 지었다.

"역시 다들 예티에 관심이 많군요?"

"예티?"

"그냥 무시하세요."

내가 메이로자카 씨에게 말했다.

메이로자카 씨는 고개를 갸우뚱한 후, 호텔에 손님이 많은 이유를 가르쳐 주었다.

"자화자찬이기는 하지만 저희 지배인의 음식 솜씨가 정말 훌륭하거든요."

"시하이 씨가요? 요리는 그분이 직접 하세요?"

요즈키가 물었다.

"네. 창작 이탈리안 요리인데 아주 맛이 좋다고 평판이 자자합니다. 이 저택이 장기 체류 고객님밖에 받지 않는 이유도, 원래는 다양한 요리를 맛보여 드리고 싶다는 시하이 지배인의 욕심에서 시작된 일이죠. 그래도 그렇게 한 보람이 있어, 일부러 요리를 드시러 오시는 손님도 많답니다. 예컨대 저기 앉아 계시는 야시로 님 같은 분도 그렇고요."

메이로자카 씨는 조금 떨어진 테이블에서 담소하는 남자들 쪽으로 시선을 돌렸다. 비싸 보이는 정장을 입은 마흔 살 정도의 남자와, 스웨터에 청바지 차림이고 서른 살쯤 되어 보이는 남자가 웃으며 이야기를 나누고 있었다. 마흔 살 정도로 보이는 남자가 야시로인가 보다.

"참고로 야시로 님은 어느 회사 사장님이라고 하시는데요."

"사장(社長)님, 야시로(社) 씨."

요즈키가 중얼거렸다.

"저희 호텔 요리가 무척 입에 맞으셨는지, 자주 찾아와 주십니다. 뭐, 저는 지배인에게 구애하러 오는 게 아닌지 의심하고 있지만요."

그런 말을 들으니 그런 것 같기도 하다. 야시로는 누가 봐도 자신감 넘치는 타입이었고 눈빛도 번들거렸다. 뭐랄까, 여자 문제를 많이 일으킬 것 같다.

"다른 사람은 야시로 씨 일행이에요?"

요즈키가 물었다. 야시로와 대화하는 스웨터 남자 쪽으로 시선을 돌리니, 야시로와는 대조적으로 차분한 분위기의 외모였다.

"아뇨, 저 손님과 야시로 님은 초면이신 것 같습니다." 하고 메이로자카 씨가 말했다.

"두 분 모두 시계를 좋아하셔서, 서로의 손목시계를 보고 금세 이야기꽃을 피우게 되신 모양입니다. 두 분 다 어제부터 묵고 계시는데 고작 하루 만에 저렇게까지 친해지셨어요."

실제로 초면이라고는 생각할 수 없는 분위기였다. 그나저나 사장인 야시로가 눈독을 들일 정도의 시계를 차고 다니다니, 저 스웨터 남자도 실은 상당한 부자일까.

"네, 의사라나 봐요."

"의사요?"

역시 상류계급이었나.

"네. 이시카와 씨라고 하셨어요."

"의사 이시카와 씨."●

● 일본어로 '의사'는 '이샤'라고 읽는다.

요즈키가 중얼거렸다.

"두 분 다 수백만 엔은 나가는 시계를 갖고 계시나 봐요. 그렇게까지 비싼 물건을 들고 다니는 건, 제 눈에는 오히려 천박해 보이지만요."

메이로자카 씨가 흉을 보았다. 알고 보니 독설 메이드였다. 게다가 잘 생각해 보니 고객의 직업 같은 개인정보도 나불나불 떠들어 대고 있다. 개인정보 누설 전문 메이드였는지도 모른다. 대화 상대로는 재미있지만 호텔 직원으로는 좀 그렇지 않나 싶다.

그 개인정보 누설 전문 메이드는 우리에게 고개를 꾸벅 숙이고는 자리를 떠나려 했다. 그때 문득 메이로자카 씨에게 볼일이 있었다는 사실이 떠올랐다. 불러 세우자, 메이로자카 씨는 왠지 모르게 귀찮다는 표정으로 시선을 돌렸다.

"무슨 일이신가요?"

"아, 그러니까요."

나는 혼자로 목을 숙이며 말했다.

"이 저택에는, 유키시로 바쿠야 소유 당시부터 사용하지 않았던 방이 있다고 들었는데요."

애매하게 돌려 말했지만 메이로자카 씨는 바로 알아들은 모양이다. "아아, 손님도 그 방을 보러 오셨나요?"라는 답변이 돌아온 것을 보니 말이다.

"그 '설백관 밀실사건'의 범행 현장을."

나는 고개를 끄덕였다. 예전에 유키시로 뱌쿠야의 홈 파티에서 일어났던 사건의 현장 말이다.

메이로자카 씨가 어깨를 살짝 으쓱했다.

"밀실사건 수수께끼 풀이라니 저는 대체 뭐가 재미있는지 모르겠지만, 물론 보여 드리는 일은 가능합니다. 지배인의 창작 이탈리안 요리와 더불어 저희 호텔의 명물이니까요."

나는 홍차를 훌쩍 마셔 버리고 몸을 일으켰다. 그리고 멜론소다를 마시던 요즈키에게 물었다.

"요즈키는 어떻게 할래?"

"나는 전혀 관심 없어."

망설이지도 않고 대답이 날아왔다. 무척 쓸쓸했다.

*

'설백관 밀실사건'이 일어난 곳은 내가 묵는 서쪽 동의 반대편에 위치한 동쪽 동의 2층이었다. 동쪽 동 2층 복도에는 털이 긴 융단이 깔려 있어 걸어 보니 푹신푹신했다. 앞을 걷던 메이로자카 씨가 멈춰 서서 어느 방의 문을 가리켰다.

"이 방입니다."

메이로자카 씨가 설명해 주었다.

이 방이구나, 하고 나는 생각했다.

다소 긴장하며 손잡이를 잡고 문을 열었다. 내가 묵는 서쪽 동 방과 넓이는 거의 비슷했다. 다다미 열 장 정도 넓이인데, 방 두 개가 연결되어 있는 구조였다. 방 입구에서 볼 때 왼쪽 벽에 문이 하나 더 있어 그 문을 통해 옆방으로 갈 수 있었다. 그리고 그 옆방이 바로 '설백관 밀실사건'의 진짜 현장이었다.

나는 실내로 들어가 왼쪽 벽의 문을 열었다. 지금은 잠겨 있지 않았다. 십 년 전, 사건 당시에도 잠겨 있지 않았다고 한다.

옆방에 들어가자 제일 먼저 보인 것은 인형이었다. 나이프가 꽂혀 있는 프랑스 인형……은 아니고, 아무 상처도 없는 봉제 곰 인형. 아무리 그래도 나이프가 꽂힌 인형이라는 광경은 너무 충격적이니 대신 가져다 놓은 모양이다.

나는 과거에 책에서 읽은 사건의 개요를 떠올려 보았다. 대략 이런 느낌이다.

십 년 전, 유키시로 뱌쿠야가 주최하는 홈 파티에서 일어난 일이다. 중앙동 거실(현재는 로비로 개축되었다)에서 모두 함께 식사를 하고 있는데, 동쪽 동 방향에서 여자의 비명 소리가 들렸다. 깜짝 놀라, 모두가 비명이 들린 동쪽 동으로 향했다. 거기서 또다시 비명 소리가 들렸다. 아무래도 2층에서 들리는 것 같았다. 계단을 올라가 복도에서 우왕좌왕하고 있는데 세 번째로 비명이 울렸다. 그제야 사람들은 어느 방에서 비명 소리가 들리는지 알아차렸다. 문손잡이를 잡고, 돌렸다. 잠겨 있다. 손님 한 명이 유키시로 뱌쿠야에게 물었다. 뱌쿠야와 동년배인 미스터리 작가다.

"이 방 열쇠는?"

뱌쿠야는 대답했다.

"며칠 전부터 안 보였어. 어디 갔는지 모르겠군. 그나저나 이상하네. 어제 확인했을 때 이 방은 잠겨 있지 않았는데."

"그렇다면 누가 잠갔나?"

"그렇게 생각할 수밖에 없겠지."

"마스터키는 없습니까?"

이번에는 다른 손님이 물었다. 대형 출판사의 젊은 편집자였다.

"마스터키는 없어."

뱌쿠야가 고개를 저었다.

"하지만 갖고는 계시잖아요, 마스터키. 쓰시는 걸 봤는데."

"아, 그건 서쪽 동 마스터키야. 서쪽 동하고 동쪽 동은 열쇠 종류가 다르거든, 서쪽 동 마스터키로 동쪽 동 방문을 열 수는 없어. 그리고 동쪽 동 마스터키는 존재하지 않는다네."

"왜 안 만드셨어요?"

"글쎄, 왜더라? 기억이 안 나."

뱌쿠야는 구렁이 담 넘듯 천연덕스럽게 대답했다. 그러자 또 다른 손님이 물었다. 데뷔한 지 얼마 안 된 십 대 여성 작가였다.

"스페어키는 없나요?"

"스페어키는 없어. 이 설백관의 열쇠는 전부 지극히 특수한 재료로 만들었거든. 그래서 스페어키를 제작하는 일이 불가능해."

"그럼 방에 들어가려면 창을 깨는 수밖에 없겠네요."

"아니, 창에는 창살이 쳐져 있어서 사람이 드나들 수가 없어."

"그럼 대체 어떻게 안에 들어가야……."

그때 또다시 여자의 비명 소리가 들렸다. 모두 서로의 얼굴을 마주 보았다. "할 수 없지." 다른 손님이 말했다. 신랄하기로 이름난 삼십 대 남성 평론가였다.

"문을 부수자. 괜찮겠죠, 선생님?"

"긴급사태니까."

뱌쿠야가 마지못해 고개를 끄덕였다.

체격 좋은 남자 여러 명이 안쪽으로 열리는 문 앞으로 나와 자리를 잡았다. 그리고 기합 소리와 함께 문에 몸통 박치기를 했다. 문이 삐걱거리는 소리. 그러기를 여러 번 반복했다. 열 번 사이이 되있을 무렵 겨우 문이 항복했다.

부서진 문이 요란하게 열렸다. 실내는 깜깜했다. 누군가가 더듬더듬 불을 켰다.

조명이 밝혀진 방 안에 별다른 이변은 보이지 않았다.

"혹시 저쪽 방일까요?"

대형 출판사의 젊은 편집자가 말했다. 그러면서 가리킨 쪽에는, 입구에서 볼 때 왼쪽 벽에 난 문이 있었다. 옆방으로 통하는 문인데 지금 그 문이 열려 있었다. 활짝 열어 젖힌 상태였다. 문은 벽 중앙에서 조금 오른쪽, 그러니까 입구에서 보면 방 안쪽에 설치되어 있었다

다들 흠칫거리며 옆방 문으로 다가갔다. 옆방 조명은 입구가 있는 안방의 조명과 연동되어 있는 모양이다. 안방의 전기를 켜 놓았더니 옆방 불도 켜져 있다. 그래서 문으로 다가갔을 때 방 안이 잘 보였다. 옆방에는 나이프가 꽂힌 프랑스 인형이 바닥에 누워 있었다. 문 정면에 해당하는 위치였다. 바닥까지 뚫어 버릴 기세로 인형에 꽂힌 나이프는 칼날 길이가 30센티미터쯤이었는데 날이 문 쪽을 향한 채로 반짝반짝 빛났다.

비명을 지르는 사람은 없었다. 그저 다들 깜짝 놀란 눈치였다.

프랑스 인형이 있는 옆방에는 그 인형 외에도 특징적인 물건이 두 개 있었다. 사건의 유류품이라 표현해도 좋을지 모른다.

하나는 녹음기였다. 이 물건은 프랑스 인형 옆에 떨어져 있었다. 재생하니 여자의 비명 소리가 났다. 아까 들은 비명은 여기서 흘러나온 건가 보다.

그리고 두 번째는 '피해자' 역할인 프랑스 인형에서 조금 떨어진 곳에 뒹구는 병이었다. 병 안에는 열쇠가 들어 있었다. 뱌쿠야는 그 투명한 플라스틱 병을 집어 들더니 "틀림없어. 이 방 열쇠가 분명해."라고 말했다.

사람들이 술렁거렸다.

"그럼 이 방은 밀실이었다는 말인가?"

뱌쿠야와 동년배인 미스터리 작가가 물었다.

"믿기 어렵지만 그런 말이 되지."

뱌쿠야가 대답했다.

"아니, 그럴 리가 없잖아요. 선생님, 잠깐 그 열쇠 좀 줘 보세요."

신랄하기로 이름난 삼십 대 남성 평론가가 뱌쿠야에게서 열쇠가 든 병을 받아 들었다. 그러고는 굳게 잠긴 뚜껑을 열고 안에서 열쇠를 꺼냈다.

"흔한 트릭이네. 그래 봤자 이 열쇠가 가짜겠지."

평론가는 그렇게 말하며 열쇠를 들고 방 입구 문으로 향했다. 그리고 열쇠 구멍에 열쇠를 꽂았다가 놀란 듯 눈을 휘둥그렇게 떴다.

"진짜잖아."

신랄하기로 이름난 삼십 대 남성 평론가가 중얼거렸다.

"믿을 수가 없군. 설마 이런 일이 일어날 줄이야."

뱌쿠야가 말했다.

"그나저나, 선생님."

"응?"

"선생님, 아까부터 왜 그렇게 히죽히죽 웃고 계세요?"

데뷔한 지 얼마 안 된 십 대 여성 작가가 물었다.

모두의 시선이 뱌쿠야에게 쏠렸다. 뱌쿠야는 웃음기를 지우고 천연덕스럽게 말했다.

"안 웃었는데."

"어떻게 봐도 웃는 얼굴이셨잖아요! 아, 혹시, 이게 다 선생님이……."

십 대 여성 작가는 거기서 말을 멈추었다. 끝까지 말할 필요도 없다는 생각이 들어서였다. 이 영감탱이를 규탄하는 일은 밀실의 수수께끼를 푼 후에 해도 늦지 않다.

십 대 여성 작가는 마치 선전포고라도 하듯 뱌쿠야를 향해 도전적인 미소를 지었다. 그런 미소를 띤 사람은 한 명이 아니었다. 뱌쿠야와 동년배인 미스터리 작가도, 대형 출판사의 젊은 편집자도, 신랄하기로 이름난 삼십 대 남성 평론가도, 그리고 다른 손님들도 모두 같은 기분이었다.

내가 제일 먼저 이 수수께끼를 풀어서 이 영감탱이에게 보기 좋게 한 방 먹여 주리라.

이리하여 홈 파티의 히든 이벤트, '설백관 밀실사건' 추리 대회의 막이 올랐다. 하룻밤 사이 수많은 추리들이 정신없이 오갔지만 진상에 도달한 사람은 단 한 명도 없었다.

"……."

여기까지가 내가 책에서 읽은 '설백관 밀실사건'의 개요다.

현장에 있던 십 대 여성 작가(지금은 이십 대가 되었고 큰 상도 여러 개 받았다)의 단편집 마지막에 이때의 이야기가 씌어 있었던 것이다. 여러 번 거듭 읽었기 때문에 내용이 완벽하게 머릿속에 들어 있다.

나는 휴우, 하고 한숨을 내쉰 다음 바로 수사를 시작했다. 우선 이 방의 유일한 창을 확인했다. 창은 옆방에 있었는데, 안방과 옆방을 잇는 문의 정확히 정면에 위치했다. 커다란 창으로, 바닥에서 천장까지 닿는 높이였다. 아까 들었던 대로 금속 격자 창살이 끼워져 있었다. 미닫이창이며 사건 당시에는 열려 있었다고 하지만 창살이 끼워진 이상 그리로 사람이 드나들 수는 없었다.

창 확인을 마친 후 나는 이 사건의 가장 중요한 유류품, 즉 병에 든 방 열쇠를 확인하기로 마음먹고 바닥에 떨어져 있던 그것을 주워 들었다.

병은 생각보다 작았다. 카메라 필름통 정도 크기였다. 뚜껑은 잼병처럼 금속제였고, 돌려서 여는 타입이었다. 물론 사건 현장이 펼쳐졌을 때 병뚜껑은 꽉 닫혀 있었다고 한다. 그리고 뚜껑 위쪽에는 'O' 모양의 작은 고리가 붙어 있었다. 끈 같은 걸 꿰는 고리인 듯했다.

나는 고리를 한참 들여다보다가 투명한 병 안에 든 열쇠로 시선을 옮겼다. "이 방 열쇠입니다." 하고 내 옆에 느긋하게 서 있던 메이로자카 씨가 말했다.

"사본이 아닌 진품이니 잃어버리지 않게 조심해 주세요."

열쇠는 내가 묵는 서쪽 동 열쇠보다 훨씬 작았다. 길이 5센티미터 정도 현장에 남겨진 작은 플라스틱 병에 충분히 들어갈 크기였다. 그렇지만 옆방 창에 쳐진 창살의 직사각형 사이로 빠져나갈 수 있는 크기는 아니었다. 창살 격자 칸 하나하나는 병 안에 든 열쇠보다 훨씬 작았다. 즉 창살 사이로 실내에 열쇠를 집어넣는 일은 불가능하다. 하지만 다른 장소라면……

"그렇구나." 하고 나는 중얼거렸다.

"뭐가 그렇다는 말씀이신가요?"라고 메이로자카 씨가 물었다.

나는 작은 병을 들고 방 입구 쪽으로 향했다. 메이로자카 씨도 따라왔다. 함께 복도로 나간 다음 나는 문을 닫고 털이 긴 융단 위로 무릎을 꿇은 채 살짝 허리를 숙여 문 아래를 들여다보았다.

"……뭐 하시는 건가요?"

메이로자카 씨가 의아하다는 듯 물었다.

"문 아래 틈새를 확인하는 겁니다."라고 나는 대꾸했다.

문 아래에는 빈틈이 있었다. 내가 묵는 서쪽 동의 방문 아래에는 이런 틈새가 없었지만 이곳 동쪽 동의 방은 구조가 다른 모양이다. 물론 나는 이 정보를 사전에 알고 있었다. 사건이 기록된 책에 씌어 있었기 때문이다.

설백관 밀실사건 현장

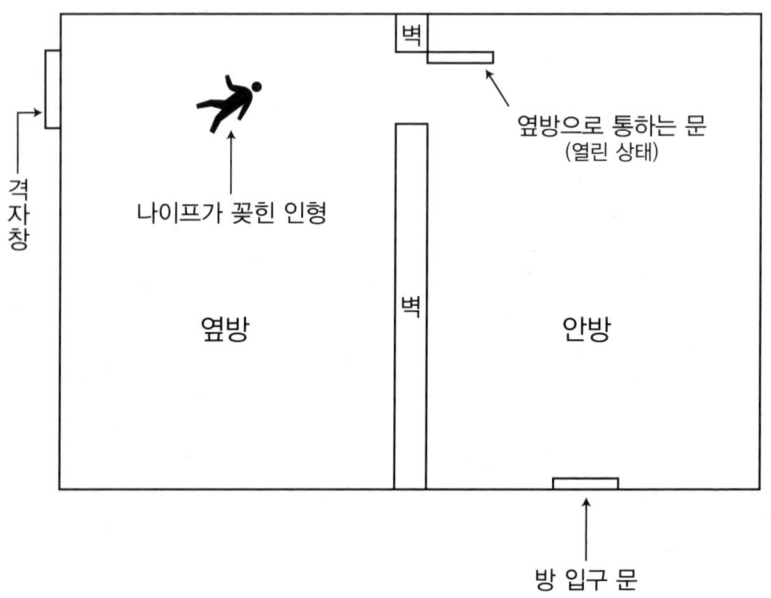

내가 그렇게 설명하자 메이로자카 씨가 덧붙였다.

"정확히 말씀드리면 문 아래에 틈이 있는 곳은 동쪽 동의 2층과 3층에 있는 방뿐입니다. 이곳 동쪽 동은 3층짜리 건물인데 1층에 있는 방 문 아래에는 틈새가 없거든요."

"1층 문에는 왜 틈이 없나요?"

"1층 바닥에 융단이 안 깔려 있기 때문이죠."

나는 고개를 갸웃했으나 잠시 후 그 말의 의미를 이해했다.

"혹시 융단이 문에 안 걸리게 하려고 만든 건가요?"

메이로자카 씨는 고개를 끄덕였다. 나는 그렇구나, 하고 생각하며 다시 한번 문을 쳐다보았다.

이 방은 문이 안쪽으로 열리며, 실내에는 복도와 마찬가지로 털이 긴 융단이 깔려 있다. 복도 융단의 털 길이는 7센티미터 정도고 실내 융단의 털 길이는 1센티미터쯤 된다. 아마 위층인 3층도 마찬가지일 터였다. 따라서 만일 문 아래에 공간이 없다면 문을 열 때 융단이 문에 걸리게 된다.

그리고 이 문 아래의 빈틈이 바로 밀실에서 가장 중요한 요소였다. 털이 긴 복도 융단에 가려 거의 보이지 않지만 그곳에는 틀림없이 빈틈이 있다. 그렇다면 이끌어 낼 수 있는 결론은······.

나는 작은 플라스틱 병에서 방 열쇠를 꺼냈다. 열쇠를 문 아래 빈틈으로 넣어 보니, 아주 여유롭게 들어가는 크기였다. 열쇠를 이용하여 문을 잠근 후 이 틈새를 통해 충분히 실내로 집어넣을 수 있을 듯했다. 그렇다면 다음으로 확인할 것은······.

나는 열쇠를 병에 넣고 뚜껑을 잠갔다. 그리고 그 병을 문 아래 빈틈으로 넣어 보려 했다.

플라스틱 병은 문에 걸려 딸그락거리는 소리를 냈다. 이 병 크기로는 문 아래 빈틈을 통과할 수 없는 모양이다.

"으음······."

메이로자카 씨가 하품하는 모습이 보였다. 나는 무척 슬펐다.

그렇다면 다른 방식으로 접근을······. 나는 문을 관찰했다. 문 안쪽에는 돌려서 잠그는 자물쇠 레버 같은 게 따로 달려 있지 않고, 그 대신 열쇠 구멍이 있었다. 즉 이 방은 안에서 문을 잠글 때도 열쇠가 필요하다는 뜻이다. 이러면 자물쇠 레버를 실로 묶어 당겨서 문을 잠그는 부류의 트릭은 사용할 수가 없다.

즉, 역시 밀실을 만들기 위해서는 문 밖에서 열쇠로 잠그는 수밖에 없다는 말이다.

"······문제는 열쇠를 어떻게 방 안으로 다시 집어넣느냐인데."

"맞아. 그 방법을 모르니까 문제인 거야."

갑자기 모르는 목소리가 끼어드는 바람에 나는 그쪽으로 시선을 돌렸다.

그곳에는 한 남자가 서 있었다. 세계대전 이전 시대의 영국인처럼 고풍스러운 정장을 입은 남자였다. 연령은 이십 대 중반 정도, 키는 나와 비슷해 보였다. 거기에다 상당한 미남이었다. 짧은 머리를 왁스로 발라 넘겨 이목구비가 뚜렷하고 지적인 얼굴을 드러냈다.

"사구리오카(探岡) 님."•

메이로자카 씨가 불렀다. 그러고는 어이가 없다는 듯 한숨을 내쉬었다.

"아직 계셨군요. 방으로 돌아가신 줄 알았는데요."
"아니, 화장실에 다녀왔을 뿐이야. 기분 전환도 할 겸. 아무래도 계속 똑같은 생각만 하다 보면 사고의 진흙탕에 발목을 잡혀 꼼짝도 못 하게 되니까."

사구리오카라 불린 남자가 대답했다.

나는 두 사람의 대화를 통해 대충 상황을 눈치챘다.

아마 이 사구리오카라는 남자가 먼저 온 손님인 모양이다. 물론 호텔 투숙객이기도 하겠지만, '먼저 온 손님'이란 말은 그런 의미가 아니다. 분명 사구리오카도 나와 마찬가지로 '설백관 밀실사건'의 수수께끼에 도전하는 사람일 것이다. 그리고 나보다 한발 먼저 수사를 개시했겠지.

"네 생각이 맞아."

내 머릿속을 읽기라도 한 듯 사구리오카가 말했다.

"나도 너와 마찬가지로 이 밀실에 도전하는 중이야. 아아, 자

• 사구리오카의 이름에서 探자는 탐정(探偵)과 같은 한자를 쓴다.

기소개가 늦었군. 나는 이런 사람인데."

사구리오카는 주머니에서 명함을 꺼냈다. 받은 명함에는 '밀실탐정 사구리오카 에이지'라고 씌어 있었다. 밀실탐정……. 이 사람, 밀실탐정이었나.

밀실탐정이란 이 나라에서 밀실사건이 빈번히 일어나기 시작한 후 새롭게 만들어진 직업이다. 현재 일본에서 일어나는 밀실사건의 3할은 레버식 잠금장치에 물리적인 힘을 가해서 돌리거나 범인이 방 안에 숨어 있는 등 지극히 단순한 트릭을 사용하지만, 나머지 7할은 상당히 복잡하거나 또는 급진적인 트릭을 쓰는 터라 평범한 경찰관은 대처할 수 없다. 따라서 경찰은 그 수수께끼 풀이를 외부 탐정에게 의뢰한다. 그때 지명받는 사람이 밀실탐정이다. 그들은 밀실의 수수께끼를 풀고 국가에서 보수를 받는다.

물론 경찰이 협력을 의뢰하는 사람은 밀실탐정 중에서도 극히 일부일 뿐이고 대부분의 탐정들은 밀실만으로는 먹고살 수 없기 때문에 불륜 조사나 반려견 찾기 등으로 생계를 꾸린다고 들었다.

내가 수상하게 쳐다본다는 사실을 알아차렸는지 탐정은 어깨를 으쓱했다.

"이봐, 잠깐. 그런 눈으로 보지 마. 이래 봬도 난 〈이 밀실탐정이 대단하다〉 베스트 10 안에 든 적도 있거든."

"어? 정말요? 굉장한데요."

나는 손바닥 뒤집듯 태도를 바꿨다. 〈이 밀실탐정이 대단하다〉란 반년에 한 번 발행되는 잡지인데 이름 그대로 사건 실적 등을 근거 삼아 밀실탐정이 랭킹을 매기는 곳이다. 거기서 베스트 10에 드는 일은 대단한 명예다.

나도 매번 사서 읽으니 이 남자에 대해서도 아마 알고 있을 터였다. 떠올려 보려고 기억을 더듬었다. 사구리오카 에이지……. 확실히 어디서 들어 본 것 같기는 했다. 어떤 내용이 씌어 있었더라.

하지만 이 탐정에 대해 겨우 떠올린 이야기는 〈이 밀실탐정이 대단하다〉와는 전혀 상관없는 다른 기사였다.

"……혹시 사구리오카 씨, 얼마 전에 불륜 소동이 나지 않았던가요?"

"아, 그 이야기는 잊어 줘."

숨 쉴 틈도 없이 대답이 날아왔다. 남자는 난처한 듯 쓴웃음을 지었다.

한 일 년쯤 전 주간지에 이런 기사가 났다. 〈이 밀실탐정이 대단하다〉에 실렸던 젊은 탐정이 유부녀와 불륜을 저질렀다는 이야기였다. 당시 '설마 탐정의 불륜 사건이 보도되는 시대가 올 줄이야.' 하는 생각에 몹시 놀랐던 기억이 있다.

"나 참, 씁쓸한 추억이라니까. 뭐, 탐정한테도 잘하는 분야가 있고 못 하는 분야가 있다는 얘기지. 사건 해결은 잘해도 사랑의 수수께끼를 푸는 데에는 서툴러서 말이야."

사구리오카는 어깨를 으쓱하며 그럴싸한 말을 늘어놓았다. 아니, 별로 그럴싸한 말 같지도 않았지만.

그러고는 어흠, 하고 헛기침을 했다.

"뭐, 아무튼 나는 밀실 전문 탐정이고 이번에는 잡지 취재를 겸해서 방문했어. 불륜 기사 취재가 아니라고. 미스터리 계통의 잡지인데 '설백관 밀실사건'의 현장에서 사건에 관해 내가 인터뷰를 한다는 기획이야. 물론 사건의 수수께끼 풀이에도 도전할 예정인데 아직 기자가 안 왔거든. 그래서 먼저 사전 조사를 하고 있었지. 기자가 도착했을 때 순식간에 수수께끼를 풀어 버리면 더 멋지지 않겠어?"

꽤나 계산적인 이야기를 한다. 그런 사구리오카에게 물었다.

"그래서 어디까지 푸셨는데요?"

"솔직히 말하면 전혀 모르겠어."

사구리오카는 또 어깨를 으쓱했다.

"아까 네가 말했던 대로 열쇠를 병 안에 넣은 상태로는 문 아래 틈새를 통과할 수가 없어. 즉 범인, 아니, 유키시로 뱌쿠야지. 그 사람은 열쇠를 병에 넣은 후에 밀실에 도로 집어넣은 게 아니라, 열쇠를 밀실에 집어넣고 나서 병 안에 넣었다는 말이 돼."

"아, 역시 그렇게 되는군요. 즉 열쇠를 문 아래 틈을 통해 실내에 던져 넣고, 낚싯줄 같은 것을 이용하여 옆방으로 밀어 넣는다. 그리고 무슨 방법을 동원해서 병 안에 넣었다는 거죠?"

"호오. 제법인데, 소년."

내 말에 사구리오카가 감탄한 듯 휘파람을 불었다.

"그러니까 여기서 문제가 되는 건 ①어떻게 열쇠를 병에 넣었는가, ②어떻게 병뚜껑을 잠갔는가, 이 두 가지인 거지."

"①은 잘만 하면 될 것 같은데 ②는 아무래도 어려워 보이네요."

"그렇다니까. 낚싯줄을 뚜껑에 묶어서 빙빙 회전시키는 방식으로 잠그는 방법도 생각했는데, 애당초 병은 바닥에 고정되어 있지가 않단 말이지, 물리적으로 생각할 때 쉽지 않은 일이야. 하지만 그렇다면 대체 어떻게 뚜껑을 잠갔느냐, 거기로 돌아온다니까."

"그럼 이런 건 어떨까요? 뚜껑을 열어 두고 옆으로 누인 병을 실내, 그러니까 문 바로 옆에 놓아둔다. 그리고 복도 쪽에서 열쇠를 손가락으로 튕겨서 문 아래로 세차게 집어넣는다. 이러면 병 안에 열쇠를 넣을 수가 있어요. 그런 다음 가느다란 막대기 같은 걸 이용해서 문 아래 틈새로 뚜껑을 잠그는 거죠."

"그러면 병을 옆방으로 옮기기만 하면 되겠군."

사구리오카는 흐음, 하고 고개를 끄덕였다.

"다행히 병뚜껑에는 'O'자 모양 고리가 붙어 있으니 그리로 실을 꿰어 잡아당기면 확실히 병을 이동시킬 수가 있지. 하지만 안타깝게도 그 트릭은 실행이 불가능해. 보다시피 문 아래 틈새가 너무 좁거든. 1센티미터쯤 될까. 이 틈새로 바늘 같은 걸 집어넣어 병뚜껑을 닫을 수는 없어. 심지어 뚜껑은 꽤나 꽉 잠겨 있었다고 하니까, 손으로 직접 돌려 잠그지 않으면 그렇게까지 꽉 잠그는 일은 불가능했겠지."

"으음……. 그럼 대체 어떻게……."

"그래, 거기가 수수께끼야. 나 참, 유키시로 뱌쿠야도 정말이지 엄청난 불가능 범죄를 준비해 놓았다니까."

그렇게 의견을 주고받는 우리를 메이로자카 씨는 무관심한 눈빛으로 지켜보다가 결국 한숨을 내쉬고 "느긋하게 즐기세요."라고 말한 뒤 사라졌다.

*

그건 그렇고 현장에 있던 십 대 여성 작가가 정리한 '설백관 밀실사건'의 르포는 추리 작가 유키시로 뱌쿠야의 어떤 대사로 마무리된다. 아침이 찾아오고, 추리 대회가 마무리된 후에도 뱌쿠야는 자신이 범인이라는 사실을 인정하지 않았으나 대신 그 여성 작가에게만은 이렇게 말했다고 한다.

"유감이야."라고.

"지금 제시된 정보만으로 충분히 이 밀실의 수수께끼를 풀 수 있는데 말이지."

*

 두 시간 후, 밀실의 수수께끼 앞에서 백기를 든 나와 사구리오카는 휘청휘청 로비로 돌아왔다. 사구리오카는 "그럼 나중에 또 봐." 하고 인사한 뒤 휘청휘청 창가 자리로 향했다. 지친 모양이었다. 아니, 나도 지쳤지만.
 프런트 근처 자리에 요즈키가 앉아 있었기에 나도 그쪽으로 다가갔다. 스마트폰 게임을 하던 요즈키는 나를 보고 고개를 들었다.
 "수고했어. 밀실 수수께끼는 어때?"
 "음, 솔직히 전혀 모르겠어."
 "그렇겠지. 그럴 줄 알았어."
 요즈키는 그렇게 말한 뒤 다시 스마트폰으로 시선을 돌렸다. 짜증은 났지만 아무 대꾸도 할 수 없다는 게 슬펐다. 나는 메이로자카 씨에게 바나나 주스를 주문한 뒤 소파에 앉아 눈을 감았다. 지쳤다. 몸이 진흙탕에 빠진 것 같았다. 이대로 그냥 잠들어 버리고 싶어……
 하지만 요즈키가 내 정강이를 찼다. 그냥 다리가 부딪혔다고

만 생각하고 무시했더니 이번에는 있는 힘껏 걷어찼다. 역시 착각이 아니었다. 뭐 이렇게 난폭한 여자가 다 있어.

눈을 뜨니 죄책감 하나 없는 요즈키의 얼굴이 보였다. 어째서인지 잔뜩 흥분한 눈치로 내게 귓속말을 했다.

"가스미, 가스미."

"시끄러워. 왜?"

"저기, 저쪽 좀 봐."

요즈키가 카운터 쪽을 가리켰다. 그쪽에는 투숙객으로 보이는 남녀 한 쌍이 서 있었다. 이십 대 후반 남자와 십 대 중반쯤 되는 소녀. 아무리 봐도 커플은 아니다. 남자는 안경을 썼고 외모가 변변찮았지만 그에 반해 소녀는 반짝반짝 빛났다. 갈색 머리를 양갈래로 묶었는데, 앳된 얼굴이 상당히 화사하여 이목을 끌었다. 뭐랄까, 오라가 굉장하다. 아니, 애초에 저 소녀, 어디서 많이 본 것 같은데.

"왜, 하세미 리리아잖아. 아침 드라마에 나오는 배우."

"잇!"

나는 무심코 소리를 질렀다. 리리아의 시선이 이쪽을 향했다. 나는 다급히 시선을 피했다.

리리아…… 하세미 리리아. 가을까지 방송되었던 아침 드라마의 주역을 맡았던 국민 배우였다. 분명 나이가 열다섯 살이었지. 원래도 인기가 있었지만 아침 드라마가 워낙 대히트를 쳐서, 지금은 여러 드라마나 버라이어티 방송 등에 끊임없이 출연하곤 했다.

속물의 상징이라 할 수 있는 나와 요즈키는 나란히 흥분했다.

"있지, 기스미. 아무리 봐도 진짜 맞지?"

"응, 아무리 봐도 진짜야."

"엄청 예쁘다."

"그러게."

"저기, 나중에 사인 받아도 될까?"

"싫어하지 않겠어?"

"유명세란 게 있잖아."

"그건 그러네."

"그런 건 치를 의무가 있지."

우리는 소곤소곤 대화를 나누며 리리아 쪽을 주시했다. 프런트에서 지배인 시하이 씨가 리리아에게 열쇠를 건넸다. 리리아는 열쇠에 각인된 방 번호를 보더니 기쁜 듯 목소리를 높였다.

"와, 001호다! 이거, 그거죠? 별채 방."

"네. 서쪽 동 별채입니다. 유키시로 뱌쿠야가 집필에 사용했던 방이죠."

"와, 역시 그렇군요! 리리아, 유키시로 선생님의 엄청난 팬이라 한번 묵어 보고 싶었거든요."

리리아는 유키시로 뱌쿠야의 팬이었구나. 의외의 사실을 알았다. 게다가 실제로 만나 본 리리아는 상당히 귀여운 척하는 성격이었다. 아니, 이런 캐릭터인 건 버라이어티 방송을 보고 이미 알았지만.

"아무튼 고맙습니다! 감격스러워요."

리리아가 신이 난 얼굴로 열쇠를 움켜쥐며 시하이 씨에게 감사 인사를 했다. 그리고 그 미소를 순식간에 지우더니 함께 있던 남자에게 말했다.

"그럼 마네이 씨, 방 앞으로 짐 옮겨 놔."

살짝 움찔할 정도로 싸늘한 목소리였다. 마네이라 불린 남자는 "네, 리리아 씨." 하고 대답한 뒤 바닥에 놓여 있던 명품 여행 가방(아마도 리리아의 가방)을 들고 서쪽 동 방향으로 사라졌다.

리리아는 시하이 씨를 돌아보며 또다시 생긋 미소를 지었다.

"여기 로비에서 차를 마실 수 있나요? 리리아, 목이 말라서."

"아, 네. 저쪽에 있는 메이드에게 말씀하시면 다양한 음료를 주문하실 수 있습니다."

"정말요오! 너무 좋아! 죄송한데요, 메이드 언니. 주문해도 될까요오?"

리리아가 기쁜 얼굴로 메이로자카 씨를 향해 달려갔다.

뭐랄까, 앞뒤가 엄청나게 다른 아이였다. 마네이 씨는 아마 리리아의 매니저겠지만, 저렇게 싸늘하게 대하는 걸 보니 연예인은 정말 무섭다는 생각이 든다.

"마네이 씨도 힘들겠네. 매니저라 그렇겠지만."●

요즈키가 또다시 이름을 가지고 말장난을 했다.

아까 주문한 바나나 주스를 메이로자카 씨가 가져다줘서 음료를 한 모금 마셨다. 멍하니 로비를 바라보니 투숙객들이 꽤 많이 앉아 있었다. 사장 야시로와 의사 이시카와는 아직도 시계 이야기를 하는 모양이고, 아침 드라마 배우 리리아는 즐거운 얼굴로 자몽 주스를 마시고 있었다. 탐정 사구리오카는 소파에 축 늘어진 채 반쯤 기절하다시피 앉아 있었다. 나와 요즈키까지 포함하면 지금 로비에 있는 투숙객은 총 여섯 명. 오늘 밤 묵을 손님이 열두 명이라고 하니 절반은 이 자리에 모여 있다는 말이 된다.

다른 투숙객은 어떤 사람들일까? 그런 생각을 하던 중 나는 누군가의 모습을 발견했다. 그 순간 온몸의 털이 거꾸로 섰다. 믿을 수가 없었다. 대체 왜지? 저 애가 왜 여기에 있지?

서쪽 동에서 좀 전에 로비로 넘어온 모양이다. 허리까지 닿는 길고 검은 머리, 아름답고 단정하며 시원스러운 이목구비. 그리고 눈꼬리가 길게 빠진 커다란 눈. 미소녀라는 단어가 이렇게까지 잘 어울리는 인간을, 이 사람 말고는 알지 못한다.

하지만 그 모습은 내 기억 속에 있던 것보다 조금 어른스러

● 일본어로 '매니저'는 '마네자'라고 읽는다.

웠다. 그도 그렇겠지. 마지막으로 만난 게 벌써 일 년 이상 지난 일이니까.

나는 무심코 일어나 그쪽으로 다가갔다. 그런 내 모습을 보고 상대방도 눈을 동그랗게 떴다. 그리고 놀란 듯 말했다.

"구즈시로?"

고개를 끄덕이는 대신 나는 말을 걸었다.

"오랜만이다, 미쓰무라."

아아, 여기 오길 잘했다는 생각이 들었다. 요즈키가 '예티를 찾으러 가자'는 소리를 꺼냈을 때는 제정신인가 싶었지만, 따라온 대가로 보수를 충분히 받고도 남은 기분이었다.

"오랜만이네, 구즈시로."

상대방이 미소를 지었다.

이것이 나와 미쓰무라 시쓰리의, 일 년만의 재회였다.

*

"가스미, 누구야?"

나와 미쓰무라의 관계가 궁금한지 요즈키가 폴짝폴짝 뛰어다가왔다.

나는 대답했다.

"뭐라고 해야 할까, 중학교 때 동급생이야. 같은 문예부 소속이었지."

그렇다고는 해도 문예부 부원은 나랑 미쓰무라 둘뿐이었다. 그래서 미쓰무라가 문예부를 그만두기 전까지 나는 방과 후 대부분의 시간을 미쓰무라와 함께 보냈다.

그런 이야기를 하자 요즈키는 아하, 하는 표정을 지었다.

"그렇구나. 한마디로 전 여친이라는 뜻이네."

아니, 아니거든. 사람 얘기 제대로 들은 거 맞아?

"그럼 친구 이상 애인 미만?"

"얘기 제대로 들은 거 맞아?"

"구즈시로, 이 사람은 누구야?"

이번에는 미쓰무라가 물었다. 나와 요즈키가 무슨 관계인지 묻는 모양이다.

대답하기 어려운 질문이다.

"으음, 뭐라고 해야 할까. 일단은 소꿉친구라고 해야 하나? 옆집 사는데, 어린 시절부터 친누나처럼 지냈어."

미쓰무라가 고개를 끄덕였다.

"그렇구나. 즉 소꿉친구 이상 친누나 미만이라는 말이네."

기묘한 표현이네.

나는 의아한 눈빛으로 미쓰무라를 쳐다본 후, 순수하게 궁금하던 것을 물었다.

"그런데 미쓰무라, 오늘 여긴 웬일이야?"

"역시 예티를 찾으러 온 건가?"

요즈키가 물었다.

"예티? 아뇨, 그냥 여행인데요. 어? 여기 예티가 나와요?"

미쓰무라가 대답했다. 요즈키는 의기양양하게 가슴을 폈다.

"나와."

"아니, 안 나오겠지."

내가 끼어들었다.

"나오는 거야, 안 나오는 거야?"

미쓰무라는 당황스럽다는 표정으로 말한 후 작은 소리로 웃음을 터뜨렸다. 우리가 고개를 갸웃하자 "아니, 뭔가 예전 생각이 나서." 하며 웃었다.

"구즈시로랑 대화를 나누는 게 워낙 오랜만이라."

"그렇구나. 그러면 예전 생각이 나겠네."

요즈키가 맞장구를 쳤다. 그리고 흥미를 느낀 듯, "가스미는 중학교 때 어떤 애였어?" 하고 물었다. 미쓰무라는 "글쎄요……." 하며 기억을 더듬는 표정으로 대답했다.

"굳이 말하자면, 꽤나 잘난 척했어요. 항상 '난 한 마리 늑대지' 하는 표정으로 걸어 다녔던 것 같네요."

아니, 그게 무슨 표정이야? 아무리 중학교 때였다고는 해도 그런 표정으로 걸어 다닌 적은 없었던 것 같은데.

"그리고 이런 소문도 들었어요. '나는 한번 본 걸 사진처럼 기억할 수 있어. 그런 특수 능력이 있거든. 하지만 뇌에 너무 부담이 가니까 평소 시험 볼 때는 안 써. 유일하게 사용할 때는……세계에 위기가 닥쳤을 때뿐이야.' 그런 말을 친구한테 자랑스럽게 떠들어 대고 다녔다던가."

중학교 시절의 나, 진짜 제정신이 아니었잖아! 아니, 확실히 그런 말을 하기는 했지만! 그런 건 어느 정도 시간이 흐르면 시효가 만료되는 걸로 다 같이 합의한 거 아니었어?

그런 내 마음속의 절규를 무시하고 요즈키가 말했다.

"그 얘기, 자세히 좀 해 줘."

"좋아요. 그럼 같이 차라도 마시면서……."

내 험담으로 의기투합한 두 사람은 함께 테이블에 앉았다. 나도 그곳에 동석했다. 미쓰무라는 외모만 봐서는 쿨하고 진지해 보이지만 알고 보면 허술한 데가 있다. 그러니 있는 말 없는 말 다 끄집어내지 못하도록 감시할 필요가 있었다.

내가 눈을 번득이며 두 사람을 감시하는데 그 타이밍에 서쪽 동에서 한 남자가 돌아왔다. 안경을 쓴 변변찮은 외모의 남자, 아침 드라마 배우 하세미 리리아의 매니저였다. 이름은 마네이라고 했던가. 마네이는 소파에 앉아 쉬고 있는 리리아의 맞은편 자리에 앉았다. 그리고 들고 있던 업무용 가방에서 얇은 종이를 한 장 꺼내 테이블 위에 올려놓았다.

자몽 주스를 마시던 리리아가 그 종이를 보며 말했다.

"마네이 씨, 이게 뭐야?"

"버라이어티 방송의 질문지입니다."

"윽."

리리아는 노골적으로 싫은 표정을 짓더니 주스 빨대를 물며 말했다.

"리리아는 지금 그런 거 쓸 기분이 아니야. 마네이 씨가 대신 써 줘."

"안 됩니다. 잘 써야죠."

"그치만 리리아는 젓가락보다 무거운 건 못 들어. 펜은 젓가락보다 무겁잖아?"

"재질에 따라 다르죠."

그건 그렇다.

리리아는 점점 불쾌해진 눈치였다.

"못 알아듣겠어? 쓰기 싫다고 했잖아."

"하지만 버라이어티 방송의 질문지 작성은 중요합니다."

마네이는 의외로 꼿꼿한 태도로 말했다.

"질문지의 답안을 어떻게 작성하느냐에 따라 기회의 양이 달라지거든요. 길게 쓰면 MC가 말을 많이 걸어 줄 거예요. 반대로 답안이 텅텅 비어 있으면 MC나 스태프도 의욕 없는 사람이라고 생각할 테고요."

"응, 알아. 그러니까 마네이 씨가 대신 써 달란 거잖아."
"이야기가 뱅글뱅글 도네요."
"마법에 걸렸나?"

리리아는 주스를 다 마신 뒤 마네이의 손에서 질문지를 난폭하게 빼앗아 들었다.

"알았어. 쓰면 되잖아. 방, 에, 가, 서!"

덜컹 소리를 내며 요란하게 일어선 리리아는 불쾌한 걸음걸이로 서쪽 동을 향해 자취를 감추었다. 마네이는 깊은 한숨을 내쉬었다.

마네이와 리리아가 그런 말싸움을 벌이는 동안에도 요즈키와 미쓰무라는 내 중학교 시절 이야기로 대화의 꽃을 피웠다. 흑역사가 끊임없이 쏟아졌다. 그러다 두 사람이 문득 대화를 멈췄다. 리리아가 로비를 나간 타이밍에 눈이 내리기 시작한 것이다.

창밖에서, 눈이.

반짝반짝, 하늘에서 힘차게 춤추며 환상적으로 쏟아진다. 정원이 하얗게 뒤덮여 갔다. 그러고 보니 올해 첫눈인가. 심지어 여행지에 와서 보는 눈이라니 들뜨지 않을 수가 없다. 로비에 모인 다른 투숙객들도 창밖으로 시선을 돌렸다.

사장 야시로와 의사 이시카와도, 탐정 사구리오카도. 방금 전까지 리리아와 입씨름을 벌이던 마네이도 기분 전환을 하듯 내리는 눈을 바라보았다. 커피를 나르던 메이로자카 씨도 창밖을 보고 있었다. 지배인 시하이 씨만이 프런트 카운터에서 노트북을 두드렸다.

오늘 밤 이 호텔에 묵는 사람은 전부 열두 명이라고 들었다. 지금은 그중 일곱 명이 이 로비에 모여 있다. 내가 아는 손님들 중 이곳에 없는 사람은 리리아, 그리고 영국인 펜릴 앨리스해저드뿐이다.

그리고 펜릴 또한 눈이 내리기 시작한 지 십 분쯤 지난 후 로비에 모습을 드러냈다. 코트를 입은 어깨에 눈이 쌓인 모습을 보니 정원을 산책한 모양이다. 이제 로비에 모인 투숙객은 여덟 명이 되었다. 은발이 눈에 젖은 펜릴은 잠시 로비를 두리번거리다가, 나를 발견하고는 환한 표정으로 다가왔다.

"구즈시로 씨. 선물이에요."

펜릴이 테이블 위에 무언가를 올려놓았다. 눈으로 만든 토끼였다.

조그마한 눈 토끼가 나무 테이블 위에 얌전히 앉아 있었다. 귀여웠다.

펜릴은 생긋 웃었다.

"맛있게 드세요."

"뭐야, 먹는 거예요?"

"속에 팥소가 들어 있어요."

"……진짜로?"

조심스럽게 깨물어 보려는데 펜릴이 "농담이에요."라며 웃었다. 그러고는 장난꾸러기처럼 우리 자리를 벗어나 창가로 터벅터벅 이동해서는 스마트폰으로 정원 사진을 찍었다. 창밖으로는 눈발이 더욱 거세게 몰아쳤다.

그로부터 이십 분쯤 후 눈은 그쳤다. 짧은 눈이었지만 정원은 완전히 은세계가 되어 있었다. 높은 담장으로 둘러싸인 저택의 정원이 새하얗게 물들었다.

눈이 그친 것을 계기로 로비에 앉아 있던 투숙객 여덟 명은 드문드문 자리를 뜨기 시작했다. 내내 카운터에서 일하던 시하이 씨도 크게 기지개를 켜며 식당동 쪽으로 향했다. 그리고 교대하듯 메이로자카 씨가 카운터로 들어갔다.

나도 방으로 돌아가기로 했다. 펜릴이 주고 간 눈 토끼가 약간 녹으려 했다. 다 녹기 전 방 안의 냉장고에 넣어 생명을 연장시킬 필요가 있었다.

*

저녁 7시, 나는 요즈키와 함께 식당동으로 향했다.

저녁 식사가 이미 시작된 모양이다. 식당 북측 벽은 전면이 유리로 된 채광창이어서 지금은 어둡지만 낮에는 꽤나 개방적인 분위기이지 않을까. 넓은 실내에 테이블 석이 여러 개 있었고, 손님들은 각자 자리에 앉아 요리를 즐겼다. 자리가 미리 정해진 듯하여, 우리는 '아사히나 님, 구즈시로 님'이라고 쓰인 팻말이 놓인 자리에 앉았다. 그 모습을 본 메이로자카 씨가 재빨리 요리를 날라 왔다.

"'셰프의 변덕스러운 오르되브르······ 남유럽, 서유럽, 북유럽 풍을 곁들여서'입니다."

느닷없이 수수께끼의 요리가 나왔다. 어느 나라 요리인지 알 수가 없다.

"다국적이네요. 이 스페니시 오믈렛은 스페인이죠? 그리고 이 카르파초는 이탈리아고, 이 청어가 들어간 요리가 북유럽?"

요즈키는 청어 요리를 먹더니 눈을 동그랗게 떴다.

"뭐야, 이 요리. 말도 안 되게 맛있잖아."

"뭐? 진짜?"

"먹어 봐. 혀가 원형을 잃고 녹아내리니까."

원형을 잃는 건 싫은데.

나는 요즈키와 마찬가지로 청어가 들어간 요리를 먹었다. 그리고 나도 모르게 "우와아." 하고 중얼거렸다.

"뭐야, 이 요리. 말도 안 되게 맛있잖아."

"혀가 녹아내리지?"

"녹아내려, 녹아내려. 지금까지 먹어 본 요리 중 최고로 맛있어."

 요리 덕분에 흥분한 나는 무심코 '주방장 불러!' 하고 외치는 기분으로 손가락을 딱 울려, 근처에서 서빙하던 메이로자카 씨를 불렀다.

 다가온 메이로자카 씨에게 내가 말했다.

"음식이 정말 맛있어요."

"아, 네. 그러시군요."

 쌀쌀맞은 대꾸가 돌아와 나는 무척 상처를 받았다.

 그런 나를 내팽개치고 요즈키와 메이로자카 씨가 대화를 시작했다.

"이 요리는 지배인님이 만드신 건가요?"

"네, 시하이 지배인이 만듭니다. 자화자찬이지만 도쿄도 내의 일류 셰프 못지않을 솜씨라서요."

"채소도 굉장히 신선하네요. 이 토마토도 그렇고."

"아, 그건 지배인의 여동생이 보내 준 겁니다. 쌍둥이 동생이 있는데 야마나시에서 농사를 짓고 있다고 합니다."

 두 사람의 대화는 점점 무르익어 갔다. 신기한 일이었다. 나랑 이야기할 때는 저렇게 즐거워 보이지 않았는데.

 문득 전부터 궁금하던 점을 물었다.

"메이로자카 씨랑 시하이 씨는 어떤 관계인가요?"

"어떤 관계라뇨?"

"아뇨, 이 호텔을 두 분이서 관리할 정도라면 원래 예전부터 알던 사이가 아닐까 싶어서요."

워낙 찾아오기 힘든 곳에 있는 호텔이기도 하고, 메이로자카 씨는 이 저택에서 숙식을 겸하며 일하고 있다. 그렇다면 완전한 타인은 아니고 무슨 관계가 있지 않을까 싶었다.

내 감은 맞은 모양이다.

"네, 전부터 알던 사이 맞습니다." 하고 메이로자카 씨가 대답했다. "시하이 지배인은 제 고등학교 시절 은사거든요. 졸업한 후에도 드문드문 만났는데, 어느 날 갑자기 학교를 그만두고 호텔 경영을 시작했다는 겁니다. 어쩌다 보니 저도 일을 돕게 됐죠. 마침 무직이었거든요."

무직이었구나.

"그나저나 정말 굉장하네요. 시하이 씨, 아직 서른 정도밖에 안 되시지 않았어요? 그런데 이렇게 커다란 저택을 살 돈이 있다니."

청어를 먹으며 감탄하던 요즈키가 문득 무언가를 알아차린 듯한 표정을 지었다. 그리고 검지를 치켜든 채 조심스럽게 물었다.

"혹시 복권에 당첨된 거예요?"

메이로자카 씨가 고개를 가로저었다.

"아뇨, 그건 아닙니다. 하지만 그 비슷한 일이기는 했죠."

"비슷한 일?"

"시하이 지배인은 옛날부터 꽤나 인기가 많았거든요. 특히 연상에게서."

메이로자카 씨는 그렇게 말한 뒤 목소리를 살짝 낮추었다.

"제가 고등학교를 졸업했을 무렵 지배인은 나이가 마흔 살 가까이 많은 부자와 결혼했는데, 그로부터 일 년 후 사별해서 수십억의 유산을 물려받았습니다. 그 돈으로 이 저택을 사서 지금은 자유롭게 호텔 경영을 하고 있는 거죠."

"그, 그렇군요. 시하이 씨에게 그런 과거가……"

"네, 시하이 지배인은 마성의 여자랍니다."

요즈키가 중얼거리자 메이로자카 씨가 대답했다.

"교사 시절에도 남학생과 사귀는 등 여러 가지 일을 저질렀 거든요. 하지만 신기하게도 학생들이 잘 따르는 좋은 선생님이 었어요."

메이로자카 씨는 마지막으로 그렇게 수습한 뒤 물러났다. 수습이 됐는지 어떤지는 모르겠지만.

*

저녁 식사 후 방으로 돌아와 목욕을 하고 나서, 로비 자판기에서 음료라도 사 마실까 싶어 서쪽 동 복도를 걷다가 수상한

실루엣을 발견했다. 아침 드라마 배우 하세미 리리아였다. 리리아는 소형 무전기 같은 기계를 들고 심각한 표정으로 이리저리 안테나를 돌리는 중이었다.

"저기, 뭐 하세요?"

"후냐앗!"

느닷없이 뒤에서 말을 거는 바람에 리리아는 무척이나 놀란 모양이었다. 심호흡을 하면서 나를 쳐다보더니, 의아한 표정을 지었다.

"누구세요?"

"그냥 투숙객인데요."

"그냥 투숙객 따위가 어떻게 리리아에게 말을 걸 권리를 갖고 있는 거야?"

어처구니없는 말이 날아왔다. 내 표정을 보고 리리아도 조금은 반성했는지, 다급히 변명하듯 말했다.

"에이, 그냥 농담이야. 사양 말고 말 많이 많이 걸어 줘. 사실 리리아는 팬 서비스의 여신이거든. '하세미 팬 서비스 리리아'로 개명할까 생각했을 정도야."

"네에."

"네에……가 뭐야. 리액션 별로네. 혹시 긴장돼서 그래? 이해해, 리리아는 국민 배우잖아. 평균 시청률 25퍼센트의 여자니까."

"네에."

"아, 진짜."

"커헉."

영문도 모르고 정강이를 있는 힘껏 얻어맞았다. 뭐야, 이 여자. 주간지에 확 찔러 버릴까 보다.

사과할 생각 따위는 손톱만큼도 없는 표정의 리리아가 몸부림치는 나를 내려다보았다.

"주간지에 찌르면 죽일 거야."

리리아가 생글생글 웃으며 말했다. ……대체 뭐야, 이 여자. 성격 진짜 최악이네.

내가 겨우 통증에서 해방되자 리리아가 깔보듯 물었다.

"……그래서? 넌 왜 리리아한테 말을 걸었어? 사인? 아니면 사진? 정강이 걷어찬 입막음 값 대신 그 정도 부탁이라면 들어줄 수도 있는데."

"아니거든요."

나는 부루퉁한 목소리로 말했다. 이 여자의 사인 같은 건 필요도 없다.

"그냥 뭘 하는지 궁금했을 뿐이라고요. 그런 이상한 기계를 들고 있으니까."

리리아가 들고 있던 무전기 같은 기계를 가리켰다. 사인이 목적이 아니라는 사실을 안 리리아는 다소 뾰로통해져서, "뭐야, 그런 거였어?" 하고 흥미 없다는 표정을 지었다.

그러고는 무전기 같은 기계를 치켜들고 말했다.

"이건 말이야, 도청기를 찾는 기계야."

"도청기를 찾는 기계?"

그런 건 왜 들고 다니지?

내 얼굴에 그런 의문이 드러났는지 리리아는 깊은 한숨을 내쉬었다.

"저기 말이야, 리리아는 국민 배우거든."

"네에."

"또 정강이 맞고 싶어?"

"아뇨, 맞기 싫어요."

"정말? 사실은 리리아한테 발로 차이고 싶어서 일부러 그런 식으로 구는 거 아니고?"

세상에 이런 억지를 부리는 사람이 다 있다니. 정말이지 어처구니없는 생트집이다.

"뭐, 아무튼. 그러니까, 그런 국민 배우이자 데뷔 곡이 2억 뷰 재생을 기록한 리리아는 항상 매스컴의 표적이거든. 스토커에 가까운 팬도 있고. 그래서 항상 경계할 필요가 있어. 여행이나 업무로 호텔에 묵을 때는 항상 방에 도청기나 숨겨진 카메라가 없는지 이 기계로 확인하곤 해."

리리아는 무전기 같은 기계를 흔들었다.

나는 "네에." 하고 대꾸하려다 다급히 "그렇군요!" 하고 고쳐 말했다. 가능한 한 적극적인 목소리로.

"그 기계로 도청기나 카메라에서 나오는 전자파를 감지한다는 말이네요!"

"그래. 이제 좀 알아듣네, 하인."

"……저는 하인이 아닌데요."

"그럼 시종? 뭐, 아무튼 이것만 있으면 도청기나 카메라를 쉽게 발견할 수 있다는 뜻이야. 오늘도 꼼꼼히 조사했거든. 삼십 분 정도 들여서."

"그, 그렇군요."

뭐 이렇게 한가한 인간이 다 있나. 그럴 시간이 있으면 버라이어티 방송의 질문지나 작성해 둘 것이지.

그때 문득 생각했다.

"그런 잡무는 매니저님한테 맡기면 되지 않나요? 일부러 리리아 씨가 직접 할 필요가 있어요?"

그렇게 말하자 리리아는 불쌍한 아이를 보는 듯한 눈으로 나를 쳐다보았다. 어째서인지 동정을 산 모양이다.

리리아는 한숨을 내쉬었다.

"무슨 소리야? 마네이 씨한테 이런 일을 어떻게 시켜?"

아아, 그렇구나. 리리아를 조금 다시 보았다.

"하긴, 마네이 씨는 바빠 보이더라고요. 리리아 씨는 그런 마네이 씨의 부담을 조금이라도 줄여 주고 싶은 거군요."

그러자 리리아가 의아한 표정을 짓더니, 금세 어처구니없다는 듯 말했다.

"아니, 난 그냥 마네이 씨가 방에 들어오는 게 싫을 뿐이야. 그 사람, 중증 아이돌 마니아거든. 요즘도 휴일에는 아이돌 악수회에 다닌다잖아. 소름 끼쳐. 그런 인간을 리리아 방에 들인다니 말이나 돼? 무슨 짓을 당할지 모르는데. 오히려 도청기 설치 의혹이 제일 짙은 게 그 인간이거든?"

마네이를 향한 리리아의 신뢰도는 제로였다. 나는 리리아를 다시 본 일을 후회했다.

리리아는 나와 대화하기 질렸는지 다시 무전기 같은 기계를 한 손에 들고 도청기를 찾기 시작했다. 나는 그런 리리아에게 "그럼 실례할게요." 하고 인사했다. 무시당할 줄 알았는데 리리아는 "잘 자, 하인."이라고 대답했다.

*

로비 자판기에 동전을 넣고 과일 맛 우유를 구입했다. 음료를 마시며 로비 텔레비전의 채널을 돌려 보니 이 근처에서 커다란 버스 사고가 일어났다는 뉴스가 흘러나왔다. 사망자도 두 명이라고 했다. 아나운서가 이름을 읽었다.

"사망자는 나카니시 지즈루 씨, 구로야마 하루키 씨……."

뒤에서 "어?" 하는 소리가 들렸다. 돌아보니 메이로자카 씨였다.

메이로자카 씨는 드물게도 놀란 표정이었다. 나는 미간을 좁히며 물었다.

"혹시 아는 분이세요?"

"아는 분이라기보다……."

메이로자카 씨가 잠시 망설이다가, 난감하다는 목소리로 말했다.

"두 분 다 오늘 이곳에 묵으실 예정이었던 손님이세요. 도착이 늦어지시나 했는데 설마 이런 일이 벌어졌을 줄이야."

그 말에 나는 눈이 휘둥그레졌다. 숙박할 예정이었던 손님이 죽었다고?

우리 대화를 듣고 로비에 있던 다른 손님들도 모여들었다.

"그 말이 정말인가요?"

탐정 사구리오카가 물었다.

"믿을 수가 없네요."

영국인 펜릴.

"이런 일도 벌어지는구나."

누군가가 느긋한 말투로 말했다. 이 사람은…… 의사 이시카와였던가.

"뭐, 뭐야. 무슨 일이야?"

막 로비에 들어온 요즈키도 끼어들었다. 사정을 들은 요즈키 역시 눈이 휘둥그레졌다.

그때 현관 쪽에서 뚜벅뚜벅 발소리가 들려왔다.

팽팽하게 긴장된 분위기 속에서 모두의 시선이 일제히 그쪽을 향했다. 그리고 사고 뉴스에 당황하던 우리는 한층 더 동요했다. 느닷없이 나타난 그 남자 때문에.

모든 시선이 향한 곳.

그곳에는 서른 살쯤 되어 보이는 남자가 있었다. 현관으로 들어온 모습을 보니 아마 이 저택의 투숙객인가 보다. 오늘 밤 이 저택에 묵을 손님은 전부 열두 명일 터였다. 저택에 이미 아홉 명이 있고, 묵을 예정이었던 두 명은 사고로 죽었다. 그렇다면 지금 나타난 저 남자는 열두 번째 투숙객이라는 말이 된다. 늦게 찾아온 마지막 손님.

문제는 그 남자의 옷차림이었다.

남자는 가톨릭 사제가 입을 법한 종교복을 걸치고 있었다. 새하얀 의상의 왼쪽 가슴에 십자가가 그려져 있다. 하지만 십자가에 못 박힌 것은 그리스도가 아니라 살점 하나 없는 해골이다.

나는 그 십자가 그림을 본 적 있다. 어떤 교단의 로고 마크였다. 나지막이 그 교단의 이름을 중얼거렸다.

"'새벽의 탑'이다."

내 말에 또다시 사람들 사이로 긴장이 흘렀다.

"저기, '새벽의 탑'이라는 건 시체를 숭배한다는 그……."

요즈키가 속삭였다.

정확히 말하면 그 설명은 틀렸다. 그들이 숭배하는 대상은 시체가 아니라 살인 현장이다.

'새벽의 탑'은 최근 신자가 늘어난 종교 단체지만 신흥종교는 아니고, 의외로 역사가 오래된 종교다. 17세기 즈음 프랑스에서 생겨나, 사실인지 아닌지는 모르지만 전 세계에 십만 명 가까운 신자를 두고 있다고 한다. 일본에는 세계대전 후 얼마 되지 않아 전해졌다고 하는데 세력이 커지기 시작한 것은 삼 년 전, 일본에서 첫 밀실살인이 일어났던 그 삼 년 전부터였다.

'새벽의 탑'은 살인 현장을 신앙의 대상으로 삼고, 그 현장을 사진으로 찍어 성물로 사용한다. 살인 현장에는 피해자의 부정적인 에너지가 충만한데 그것을 신자들의 기도로 정화함으로써 부정함을 깨끗하게 반전시켜 행복을 얻는다는 교리다.

그리고 그들이 숭배하는 살인 현장 중 최고봉으로 여겨지는 것이 밀실살인 현장이었다. 아니, 삼 년 전 밀실살인 사건을 계기로 그런 교리가 추가되었다. 이유는 폐쇄된 곳이기 때문이라고 한다. 폐쇄되어 원념이 쌓이기 쉬운 만큼 정화할 때 얻는 행복 에너지도 더 커진다.

'새벽의 탑'은 삼 년 전부터 밀실 붐에 편승하여 국내에서 세력을 키워 나갔지만, 한편으로는 나쁜 소문도 끊이지 않았다. 숭배 대상인 밀실살인 현장을 늘리기 위해 신자들이 직접 살인을 저지른다는 이야기도 있을 정도였다.

우리는 메이로자카 씨와 종교복 차림의 남자가 나누는 대화에 귀를 기울였다. 남자의 이름은 간자키였고, '새벽의 탑'의 신부라고 했다.

"신부(神父) 간자키(神崎)란 말이지."

요즈키가 중얼거리는 소리가 들렸다.

프런트에서 체크인 수속을 하며 메이로자카 씨가 물었다.

"간자키 님은 저희 호텔에 어떻게 오셨나요? 역시 그 밀실 현장 때문인가요? 유키시로 뱌쿠야가 꾸민 '설백관 밀실사건'의 현장을 보러?"

간자키는 고개를 가로저으며 온화한 말투로 대답했다.

"아뇨, 그렇지 않습니다. 그곳에서는 사람이 죽지 않았으니까요. 저희의 신앙 대상이 아닙니다."

"그렇군요. 그렇다면 어떤 목적으로 방문하셨습니까?"

"제보가 들어왔거든요."

간자키는 여전히 온화한 목소리로 말했다.

"오늘 밤 이 저택에서 밀실살인 사건이 일어난다고."

*

눈을 뜨니 아침 8시였다. 커튼을 걷자 새하얀 정원이 보였다. 어제 낮에 내린 눈이었나. 쌓인 양이 그대로인 것을 보니 밤에는 오지 않은 모양이다.

나는 실내 세면대에서 세수를 하고 옷을 갈아입은 다음 옆방으로 요즈키를 찾아갔다. 문을 두드리자 머리가 다 뻗친 요즈키가 모습을 드러냈다. 요즈키는 불쾌한 얼굴로 말했다.

"……뭐야, 이런 아침 댓바람부터."

"아니, 같이 아침 먹으러 가자고."

"가스미, 제정신이야?"

뜻밖의 대꾸가 돌아왔다. 요즈키는 한숨을 내쉬며 말했다.

"이렇게 이른 아침부터 밥이 들어갈 리가 있겠어? 휴일 아침은 오후나 돼야 먹는 거야."

그건 점심 식사라고 해야 하는 것 아닌가?

"억지 부리지 마, 멍청아."

요즈키는 그런 말을 남기고 문을 쾅 닫았다. 나는 무척 슬펐다.

할 수 없이 혼자 식당으로 향했는데 이미 투숙객 여러 명이 모여 있었다. 아침 식사는 서양식을 중심으로 한 뷔페 스타일이었고 음식은 열 가지 정도였다. 나는 오믈렛과 비엔나소시지를 골라 영국풍 조식 한 접시를 만들었다.

어디 앉을까 두리번거리는데 혼자 식사를 하는 미쓰무라의 모습이 시야에 들어왔다. 나는 그 맞은편 자리에 접시를 내려놓았다.

"좋은 아침."

내가 말을 걸었다.

"응, 좋은 아침."

미쓰무라가 대답했다.

미쓰무라의 접시에는 오믈렛과 달걀 프라이가 각각 두 개씩 담겨 있었다. 온통 달걀뿐이다. 그러고 보니 미쓰무라는 옛날부터 달걀 요리를 좋아했지. 같이 중국식 패밀리 레스토랑에 갔을 때도 목이버섯 달걀 볶음이나 게살 볶음밥을 먹었던 것 같다.

추억에 젖어 있는데 미쓰무라가 의아한 표정으로 쳐다보았다.

"혼자 뭘 그렇게 히죽거려?"

"아니, 여전히 달걀을 좋아하는구나 싶어서."

"난 전생에 닭이었거든."

"그랬어?"

"응. 늙어서 알을 못 낳게 됐더니 마지막에는 닭튀김 신세가 되고 말았어."

"전생 한번 슬프네."

"응, 그래서 다음 생에는 더 많이 낳을 수 있도록 이렇게 영양을 보충하는 중이야."

"다음 생에도 닭이 될 셈이야?"

"안타깝게도 나는 닭과 인간으로 번갈아 가며 태어나는 체질이거든."

미쓰무라가 신시한 얼굴로 그린 농담을 했다. 왠지 그리운 기분이 들었다. 그러고 보니 중학교 때도 미쓰무라와 이런 식으로 하찮은 이야기를 자주 나누었지.

*

아침 10시쯤, 나와 미쓰무라가 로비에서 휴대용 오셀로로 게임을 하고 있는데 다소 조급한 표정으로 요즈키가 다가왔다.

"혹시 조식 벌써 끝났어?"

아무래도 지금 일어난 모양이다. 나는 오셀로를 뒤집으며 "벌써 끝났어." 하고 말했다.

"아침은 8시부터 9시까지였거든."

"진심으로 하는 소리야?"

요즈키가 심각하게 물었다. 진심이고 뭐고, 어제 프런트에서 체크인할 때 설명을 들었잖아.

요즈키는 슬픈 얼굴로 꼬르륵거리는 배를 부여잡았다.

"하지만 난 배고픈데."

그 타이밍에 미쓰무라가 내 오셀로를 대량으로 뒤집었다. 나는 "어!" 하고 소리를 질렀다.

"새하얗게 변했네."

요즈키가 말했다. 그 말대로 게임판은 완전히 새하얗게 물들었고, 내 검은 돌은 전멸했다. ……오셀로로 이렇게까지 대패한다는 게 정녕 가능한 일인가?

"그것보다 내 아침밥은."

"참아. 12시에는 점심 나오니까."

나는 불쾌한 얼굴로 요즈키에게 말했다.

"너무해. 오셀로에서 대패했다고 나한테 화풀이할 것까지는 없잖아."

"대패한 거 아니거든. 진짜로 종이 한 장 차이였거든."

"종이 한 장이라."

미쓰무라가 게임판을 내려다보며 의아하다는 표정을 지었다.

그런 우리를 보다 못한 시하이 씨가 카운터에서 나와서 다가왔다.

"지기, 뭐라도 좀 드릴까요? 뭐 남은 음식이라도 괜찮으시다면요."

친절하게도 그렇게 묻는다.

"어, 정말요? 살았다!"

요즈키는 후안무치하게 기뻐했다. 이런 어른이 되고 싶지는 않다.

그때 시하이 씨가 문득 생각난 듯 말했다.

"그러고 보니 아사히나 님 외에도 또 한 분, 조식을 드시러 오지 않은 손님이 계세요."

요즈키 말고 또 한 명 있다고?

"늦잠인가요?"

내가 물었다.

"그럴지도 모르죠. 하지만 조금 이상해서요."

"이상하다뇨?"

"그 손님의 객실 문에 무슨 트럼프가 붙어 있었거든요."

그 말에 나는 눈살을 찌푸렸다. 확실히 묘하기는 한데…….

"무슨 장난일까? 아니면 그 방에 묵는 사람이 직접 붙였나?"

요즈키가 흥미를 보였다.

"하지만 대체 이유가 뭔데?"

어느 쪽 케이스든 의도를 통 알 수가 없다.

나는 잠시 고개를 갸웃거리다가 중요한 질문을 빠뜨렸다는 사실을 알아차렸다. 그래서 시하이 씨한테 물어보았다.

"그 트럼프가 붙은 방에 묵는 사람은 누군데요?"

"간자키 님이십니다."

"간자키?"

누구더라?

"어젯밤 마지막으로 오셨죠."

아하, 기억났다. 그 '새벽의 탑' 사제구나.

오셀로를 정리한 미쓰무라가 "어젯밤 온 손님?" 하며 고개를 갸우뚱했다. 그러고 보니 간자키가 왔을 때 미쓰무라는 그 자리에 없었구나.

"그럼 일단 상황을 보러 가 볼까?"

요즈키가 제안했다.

"뭐든 현장에 가 봐야 한다고 하잖아. 가 보면 뭔가 알 수 있을지도 몰라. 명탐정으로서 내 감이 그렇게 말해."

"요즈키 씨는 명탐정이었군요."

미쓰무라가 맞장구를 쳤다.

"왜 그렇게 의욕이 넘쳐?"

나는 의아한 눈빛으로 요즈키를 쳐다보았다. 솔직히 요즈키는 이런 수수께끼에 관심이 없는 타입이라고 생각했는데 말이다. 유키시로 뱌쿠야가 남긴 '설백관 밀실사건'의 수수께끼에는 전혀 흥미를 보이지 않았으면서.

그러자 요즈키가 쑥스러운 듯 뺨을 긁적였다.

"실은 최근에 살면서 처음으로 '일상 미스터리' 소설을 읽었거든."

그건 참으로 대담한 고백이었다.

"그래서 한번 말해 보고 싶었어. '저, 신경 쓰여요.'라고."

*

간자키가 묵는 방은 동쪽 동 3층에 있었다. 2층과 마찬가지로 털이 긴 융단이 깔린 복도를 나와 요즈키와 시하이 씨, 그리고 미쓰무라까지 넷이 걸어갔다.

간자키의 방은 '설백관 밀실사건'의 현장이 된 방의 바로 위에 위치했다. 그리고 그 객실의 문에는 시하이 씨 말대로 트럼프 카드 한 장이 테이프로 붙어 있었다. 숫자 면이 보이게 붙여놓았다. 트럼프는 하트 'A'였다.

"진짜 이상하네요."

나는 새삼 그렇게 말하며 트럼프를 문에서 떼었다. 숫자 뒷면에는 토끼와 여우가 티타임을 갖는 기묘한 그림이 그려져 있었다. 인쇄가 아니라 손으로 그린 그림 같았다. 고급 그림엽서 같은 수채화에, 오른쪽 구석에는 작가의 것으로 여겨지는 사인까지 들어가 있다.

"비싸 보이는 트럼프네."

요즈키가 말했다.

"하긴, 장난이라고 하기에는 이상해."

카드를 들여다보며 미쓰무라도 말했다.

그 순간 문 너머에서 남자의 비명 소리가 들렸다. 귀를 후벼파는 듯한 크기였기에 그 자리에 있던 우리는 모두 놀라서 어깨를 움찔했다. 나는 순간적으로 문손잡이를 잡았다. 돌려서 문을 안쪽으로 밀었으나 꿈쩍도 하지 않았다. 문이 잠겨 있다.

"이 방 열쇠는요?"

내가 물었다.

"간자키 님이 갖고 계십니다."

시하이 씨가 대답했다. 그야 그렇겠지, 하고 뒤늦게 깨달았다. 이곳은 간자키의 방이니, 열쇠는 당연히 간자키가 갖고 있겠지.

"그럼 마스터키는요?"

이어진 내 질문에 시하이 씨는 고개를 가로저었다.

"동쪽 동 방에는 마스터키가 없습니다. 서쪽 동에는 마스터키가 있지만 서쪽 동과 동쪽 동은 열쇠의 종류가 달라서요. 그래서 서쪽 동 마스터키로 동쪽 동 방을 열 수는 없습니다."

그 이야기를 듣고 다소 이상한 기분이 들었다. 어? 이 설명, 전에도 어디서 들은 것 같은데.

"저기, 그럼, 스페어키는? 스페어키는 없어요?"

조급해진 얼굴로 요즈키가 물었다.

시하이 씨가 또다시 고개를 가로저었다.

"스페어키는 없습니다. 이곳 설백관의 열쇠는 모두 극히 특수한 재료로 만들어졌기 때문에 스페어키를 만드는 것은 불가능합니다."

"그렇다면 방에 들어가려면 창문을 깨는 수밖에 없겠네요?"

미쓰무라가 그렇게 묻자, 시하이 씨가 "아뇨, 그것도 어렵습니다."라고 씁쓸한 표정으로 대답했다. "창에는 창살이 쳐져 있어, 사람이 드나들 수가 없거든요."

"그럼 대체 어떻게 안에 들어가야……."

자리에 침묵이 내려앉았다. ……그렇다면 남은 수단은, 이제…….

"뭐야, 무슨 일이야!"

그 타이밍에 동쪽 동 복도로 사구리오카가 다가왔다. 메이로자카 씨와 다른 투숙객들도 있었다. 간자키를 제외하고 지금 이 저택에 있는 전원이 모인 셈이었다.

나는 그들에게 상황을 설명했다. 문에 붙어 있던 트럼프. 안에서 들려온 비명 소리. 문을 열 수단이 없고, 창으로도 들어갈 수 없다는 사실.

그렇다면 방에 들어갈 유일한 수단은…….

"문을 부수는 수밖에 없다는 말이군."

사구리오카가 말했다. 그리고 시하이 씨에게 시선을 돌렸다.

"괜찮을까요?"

시하이 씨는 고개를 끄덕였다.

"어쩔 수 없으니까요. 부탁드립니다."

나와 사구리오카 둘이서 문 앞에 자리를 잡았다. 그리고 손잡이를 돌린 채로 있는 힘껏 몸으로 문을 들이받았다. 문이 삐걱거렸다. 그 횟수가 열 번에 도달했을 무렵 겨우 문이 열렸다. 그 바람에 나와 사구리오카는 넘어져서 방 안으로 뒹굴었다.

실내는 암흑이었다. 금세 천장조명에 불이 들어왔다. 메이로자카 씨가 불을 켠 모양이다.

방 안에 간자키는 없었다.

"혹시 저쪽 방일까요?"

그렇게 말한 사람은 리리아의 매니저 마네이였다. 마네이의 손가락은 입구 왼쪽 벽에 있는 문을 가리키고 있었다. 간자키가 묵는 이 방은 객실이 두 개인 구조인가 보다. 즉 옆방과 연결된 문이다. 지금은 그 문이 활짝 열려 있다. 문은 벽 중앙에서 약간 우측, 그러니까 입구에서 보면 방 안쪽에 위치했다.

다 같이 조심스럽게 그 문으로 향했다. 가장 처음으로 옆방을 들여다본 사람은 나였다. 옆방 조명은 입구가 있는 안방 조명과 연동되어 있는지, 안방 조명을 켰더니 옆방 조명도 같이 켜져 있었다.

그래서, 잘 보였다.

전등 불빛이 비추는 남자의 모습, 그것은 종교복을 입은 간자키의 시체였다.

누군가의 비명 소리가 실내에 울려 퍼졌다. 리리아의 목소리였다. 어젯밤의 건방진 모습과는 전혀 다른 비명이었다.

하지만 그 비명은 내 귀에서 금세 떠났다. 나는 리리아가 비명을 지르기 직전에 그 물건을 발견했고, 그 탓에 머릿속이 너무 혼란스러워진 나머지 주위 소리가 제대로 들리지 않았기 때문이다.

"말도 안 돼."

나는 중얼거리며 시체에서 조금 떨어진 곳에 놓인 그 물건을 주워 들었다. 그런 나를 보고 사구리오카가 다급히 다가왔다. 그리고 나와 같은 말을 내뱉었다.

"말도 안 돼."

아아, 정말로 말도 안 되는 상황이었다. 왜냐하면, 내가 지금 들고 있는 물건은……

뚜껑이 꽉 잠긴, 카메라 필름통 크기의 플라스틱 병.

그리고 그 병 안에는 열쇠가 들어 있다. 확인할 필요도 없이 이 방의 열쇠겠지.

"모방범인가?"

사구리오카가 말했다. 나는 고개를 끄덕였다.

아아. 틀림없이 모방범이다. 다만 트릭의 진상이 밝혀지지 않은 미해결 사건을 흉내 낸.

나는 열쇠가 든 병을 노려보며 말했다.

"이 사건은 '설백관 밀실사건'의 재현입니다."

*

간자키의 가슴에는 나이프가 꽂혀 있었다. 목을 조른 흔적 같은 것은 없어 보이니 이것을 사인으로 간주해도 문제없을 듯했다. 벌렁 드러누운 시체의 가슴에 수직으로 꽂힌 나이프는 날 길이가 30센티미터 정도였고, 반짝이는 칼날이 안방과 옆방을 잇는 문 쪽을 향해 있었다. 날 길이와 생김새로 볼 때 식칼은 아닌 것 같으니 범인이 저택 밖에서 가지고 들어온 흉기로 추정할 수 있었다.

시체는 '설백관 밀실사건'과 마찬가지로 안방과 옆방을 연결하는 문의 바로 정면에 위치했고 그 시체 건너편에는 암실에서나 쓰는 두꺼운 암막 커튼이 쳐진 창이 있었다. 커튼과 마룻바닥 사이에는 1센티미터 정도 틈새가 있었지만 거기로 새어들어오는 빛은 매우 적었고, 햇빛도 거의 들어오지 않았다. 이래서는 안방까지 빛이 들어오지 않을 터였다. 정오 가까운 시각인데도 방 안이 심야처럼 캄캄했던 이유도 이해가 된다.

커튼을 걷으니 창살이 쳐진 창이 있었다. '설백관 밀실사건'의 현장에 있던 창과 완전히 똑같았다. 그 미닫이창은 현재 열려 있지만 창살이 있는 이상 그리로 사람이 드나들 수는 없다. 또한 직사각형의 창살 칸은 하나같이 매우 촘촘해, 도저히 그 칸을 통해 방으로 열쇠를 집어넣을 수도 없었다.

그리고 '설백관 밀실사건'과 마찬가지로 시체 옆에 녹음기가 놓여 있었다. 재생해 보니 남자의 비명 소리가 들렸다. 맨 처음 들었을 때는 간자키의 목소리인 줄 알았는데, 아무래도 다른 사람 같다. 영화나 무슨 음성을 녹음했나 보다.

다음으로는 내 손에 들린 작은 플라스틱 병을 들여다보았다. 그 뚜껑에는 마찬가지로 'O'자 모양의 고리가 붙어 있었다. 나는 병뚜껑을 열고 열쇠를 꺼냈다. 이 열쇠가 정말 이 방 열쇠인지 일단 확인은 할 필요가 있었다. 그래서 문 앞으로 가 열쇠 구멍에 열쇠를 꽂았다. 열쇠를 돌리자 매끄럽게 돌아갔다. 역시 열쇠는 진짜였다.

"아무튼 경찰을 불러야 해요."

드디어 그 생각이 난 듯 마네이가 말했다. 그 옆에서는 리리아가 훌쩍훌쩍 울고 있었다.

"마, 맞아요. 경찰."

시하이 씨도 겨우 생각난 듯 말했다.

우리는 다 같이 로비로 자리를 옮겼다. 그리고 다 같이 경찰에 전화를 거는 시하이 씨를 지켜보는데, 시하이 씨가 문득 눈을 둥그렇게 떴다. 그러고는 동요한 듯 수화기를 내려놓고 말했다.

"신호가 안 가는데요. 어쩌면 전화선이 끊어졌는지도 모르겠어요."

"아니면 누가 잘랐거나."

턱을 짚으며 사구리오카가 말했다. 모든 사람의 시선이 모이자 사구리오카는 어깨를 으쓱했다.

"충분히 생각할 수 있는 가능성이잖아? 클로즈드 서클의 정석이지."

"클로즈드 서클?"

요즈키가 물었다.

"아, 모르는구나. 별일이네."

사구리오카가 설명했다.

"외부와 차단된 저택 또는 외딴섬에서 살인 사건이 일어나는 장르를 말해. 그런 케이스에서는 대부분의 경우 경찰에 연락할 수 없도록 범인이 전화선을 자르지."

"경찰이 오면 범인이 불리해져요?"

요즈키가 신기하다는 표정으로 물었다.

"당연하지. 경찰이 개입하면 범인은 자유롭게 움직일 수 없으니까. 다음 타깃을 죽일 수가 없잖아."

리리아의 얼굴이 파랗게 질렸다.

"그 말은…… 범인이 그 신부님 외에 또 다른 사람을 죽일 생각이라는 거야?"

"당연하지. 그렇지 않고서야 전화선을 왜 잘랐겠어?"

리리아의 얼굴이 그야말로 새파래졌다. 그러더니 다급히 스마트폰을 꺼내서 떨리는 손가락으로 화면을 조작했다.

"경찰에…… 경찰에 연락해야 해!"

하지만 금세 핏기가 싹 빠져나간 얼굴로, "서비스 지역 밖이래……." 하고 중얼거렸다.

"완전히 육지 속 외딴섬이잖아!"

리리아는 스마트폰을 로비 바닥에 집어던졌다.

"진정하세요! 리리아 씨!"

마네이가 다급히 리리아를 달랬다. 그리고 짜증 가득한 눈빛으로 사구리오카를 노려보았다.

"당신도! 자꾸 그렇게 사람들 겁주지 마세요! 아직 연쇄살인이 벌어질 거라고 확정된 건 아니잖아요!"

사구리오카는 난처한 듯 어깨를 으쓱했다.

"아, 확실히 그건 내 잘못이네. 배려가 다소 부족했어."

하지만 그렇게 말해 놓고도 사구리오카는 역시나 허세 가득한 어조로 말을 이었다.

"하지만 안타깝게도 이게 연쇄살인이 되리라는 사실은 거의 확실하거든."

"근거가 뭐죠?"

마네이가 물었다.

"문에 붙어 있던 트럼프야."

사구리오카는 그렇게 말한 뒤 내 쪽으로 시선을 돌렸다.

"소년, 아까 방문에 트럼프가 붙어 있었다고 했지? 그 카드를 좀 보여 주지 않겠어?"

"아, 네."

나는 주머니에 넣어 두었던 카드를 꺼냈다. 하트 'A'. 뒤에는 수채화 물감으로 토끼와 여우의 티타임 장면이 그려져 있다.

트럼프를 받아든 사구리오카는 앞뒤로 뒤집어 보더니 "역시 틀림없어." 하고 말했다.

"아까 벽에 트럼프가 붙어 있었다는 말을 듣고 바로 느낌이 왔지. 그리고 실물을 보고 확신했어. 이건 트럼프 연쇄살인 사건에 사용된 것과 같은 카드야."

고개를 갸웃하는 사람이 있는 한편, 얼굴이 새파래지는 사람도 있었다. 나는 후자였다. 트럼프 연쇄살인 사건, 오 년쯤 전에 일어난 미해결 연쇄살인 사건이다. 피해자는 세 명이었고 현장에는 매번 트럼프 카드가 한 장 남겨져 있었다. 나는 기억의 구석을 더듬었다. 사건의 세부 사항을 떠올리는데, 청량한 목소리가 그 위로 겹쳐졌다.

"오 년 전 4월 21일. 가나가와현의 뒷골목에서 한 남성이 구타를 당해 사망했죠."

모두의 시선이 발언한 소녀에게로 몰렸다. 은빛 머리카락이 아름다운 소녀, 펜릴 앨리스해저드는 수줍게 웃었다.

"우연히 기억하고 있었을 뿐이에요."

그러고는 평온한 목소리로 이야기를 이어 갔다.

"피해자는 유능한 형사로 알려져 있었고, 실력도 대단했지만 무엇보다 행운아였어요. 과거에 우연히 술집에서 미해결 사건의 범인과 마주쳤는데 술에 취한 상대가 '나는 사실 사람을 죽인 적이 있다'면서 의기양양하게 이야기하는 것을 들었다나 봐요. 그 일로 경찰 관계자들 사이에서 그 남성은 유명인이 되었죠. 하지만 그 영광은 살해당하기 반년 전 본인이 일으킨 교통사고로 와르르 무너졌어요. 운전하면서 한눈을 팔다가 일으킨 사망 사고……. 피해자는 경찰을 그만둬야만 했죠. 당연히 유족들이 원망했을 테니, 경찰에서는 그 지점부터 시작해 수사를 진행했어요. 하지만 결국 범인은 잡히지 않았고요. 그리고 그 사건에는 한 가지 기묘한 점이 있었는데요."

펜릴은 거기서 말을 끊고, 사구리오카가 들고 있던 트럼프를 가리켰다.

"시체 옆에 한 장의 트럼프 카드가 떨어져 있었던 거예요. 트럼프 숫자는 하트 '6'이었어요."

담담하게 이야기하는 펜릴에게 모두의 넋 나간 시선이 모였다. 펜릴은 수줍게 웃었다.

"우연히 기억하고 있었어요."

그런 우연이 어디 있단 말인가?

에헴, 하고 목을 가다듬은 후 펜릴이 계속해서 사건을 설명했다.

"다음으로 사건이 일어난 건 오 년 전 7월 6일. 지바현의 어느 아파트 주차장에서 목이 졸려 살해당한 삼십 대 중국인 남성의 시체가 발견되었어요. 대학교에서 일하는 연구원이었고 어린 시절부터 매우 우수한 인재였다고 하더라고요. 하지만 반대로 배움이 짧은 아버지를 경멸해서 벌써 십 년 이상 중국에 돌아가지 않았다고 해요. 그날은 대학에서 돌아오는 길에 정체 모를 누군가에게 습격받고 살해당했다고 들었어요. 흉기는 짐 싸는 데에 사용하는 노끈이고, 남성의 시체 옆에는 하트 '5' 트럼프가 떨어져 있었죠."

계속해서 사건 개요가 이어졌다.

"그로부터 사 개월 후에 세 번째, 즉 최후의 사건이 일어나요. 날짜는 오 년 전 11월 12일. 도쿄도 내의 어느 맨션에서 회사 경영자였던 남성이 독살당합니다. 위장에서 송이버섯을 닮은 신종 독버섯이 검출되었으므로 누군가가 피해자에게 그 독버섯을 먹였을 거라고 여겼죠. 그 남성이 경영하는 회사는 사원들에게 과중한 노동을 시키는, 소위 악덕 기업이라서 수많은 사람들에게 원한을 샀으리라 추측할 수 있었어요. 하지만 이 사건 역시 미해결로 끝났어요. 그리고 시체 옆에는 하트 '4'가 남겨져 있었답니다."

펜릴이 이야기를 마치자 모두 일제히 표정이 어두워졌다.

즉, 오 년 전 사람을 세 명이나 죽인 살인범이 지금 이 저택에서 또다시 사건을 재현하려 하고 있다는 말인가.

"뭐, 그런 거지."

사구리오카가 말했다. 그리고 어깨를 으쓱한 뒤 펜릴을 칭찬했다.

"정말 대단해. 당시 꽤 화제가 된 일이기는 했지만 이렇게 자세한 사항까지 용케 기억하고 있군그래. 뭐, 나도 기억하고는 있지만."

진짜인지, 그냥 허세인지 판단하기 어려운 말이었다.

"그치만, 그치만, 그렇다고 꼭 이번 살인 사건이 그 트럼프 연쇄살인 사건과 동일범이라고는 할 수 없잖아."

리리아가 끼어들었다.

"모방범일 가능성도……. 아니, 분명 그럴 거야. 이 정도쯤이야, 똑같은 트럼프를 사 오면 쉽게 흉내 낼 수 있잖아!"

"하긴, 그럴 가능성도 있지."

사구리오카가 말했다.

"아뇨, 그럴 가능성은 없어요."

펜릴은 고개를 가로저었다.

"범행에 사용된 트럼프는 유일한 물건이고 똑같은 것은 존재하지 않으니까요. 세상에 한 세트밖에 없는 카드라서요. 타인이 똑같은 트럼프를 입수해서 모방범인 척하는 건 불가능해요."

그 설명을 듣고 사구리오카가 어깨를 으쓱했다.

"하긴, 그 말이 맞아."

"그치만, 그치만, 이번에 사용된 트럼프가 위작일 수도 있잖아? 범인이 가짜 트럼프를 만들어서 사용했을 가능성도……."

"그럴 가능성도 있지."

사구리오카가 말했다.

이 사구리오카라는 남자는 대체 어떤 입장인 걸까.

"그럼 확인해 볼까요?"

펜릴이 스마트폰을 꺼내 어떤 애플리케이션을 열더니 내밀었다. 그 화면을 보고 모두가 당황한 표정을 지었다.

"그게 무슨 앱이야?"

"미술품 진위 감정 앱이에요."

요즈키의 질문에 펜릴이 대답했다.

"감정하고 싶은 미술품을 촬영해서 이 앱에 올리면 그게 진짜인지 아닌지 감정해 주죠. 이 앱에는 진품인 미술품 사진 데이터가 들어 있어서 AI를 이용해 그 데이터와 조회해 보는 시스템이에요. 아무리 실력 좋은 위조범이라도 진품과 완벽하게 똑같은 작품을 만들어 내지는 못하니까, 진품의 사진 데이터만 있으면 진위를 감정하는 일은 매우 쉽죠."

펜릴은 스마트폰을 조작하며 계속 설명했다.

"그리고 이 앱에는 오 년 전 트럼프 연쇄살인 사건에서 사용된 트럼프 카드의 사진 데이터도 들어 있어요. 조커를 포함한 쉰세 장 전부. 트럼프 뒷면에 그려진 티타임 그림은 수채화라서 한 장 한 장이 아주 미묘하게 다르거든요. 그러니 진위를 감별하려면 쉰세 장분의 데이터가 필요하다는 뜻이죠. 참고로 앱에 들어 있는 트럼프의 사진은 오 년 전 사건이 일어나기 한참 전, 미술상이 촬영한 사진이에요. 범인이 트럼프를 입수한 것보다 훨씬 오래전에 찍은 사진이라는 말이에요. 당시 경찰이 이 앱을 이용해서 현장에 남겨진 트럼프의 진위를 판별했다는 이야기는 정말 유명해요."

"하긴, 유명하기는 해."

사구리오카가 말했다.

"그럼 사구리오카 씨."

"뭐야, 의심해? 나도 다 알아."

"아뇨, 그게 아니고 트럼프의 진위를 확인하고 싶은데 그것 좀 이리 주시면 안 될까요?"

펜릴은 사구리오카가 들고 있던 트럼프 쪽으로 시선을 던졌다. 하트 'A', 이번 사건에서 문에 붙어 있던 트럼프였다. 사구리오카는 당황한 듯 "아, 이거 말이구나." 하고 펜릴에게 트럼프를 건넸다. 펜릴이 스마트폰으로 그 사진을 찍자 금세 딩동, 하는 소리가 울렸다.

"판정 결과가 나왔네요. 진품인가 봐요."

분위기가 단숨에 무거워졌다.

오 년 전의 연쇄살인 사건, 그 범인이 이 저택에서 또다시 살인을 시작한 것이다.

"오 년 전 사건과 합치면 이제 피해자가 총 네 명이 되네요."
하고 펜릴이 말했다.

"지금까지 사용된 트럼프는 전부 네 장. 숫자는 '6', '5', '4', 그리고 'A'. 카운트다운이라고 하기에는 중간에 숫자가 갑자기 튀었으니 무슨 법칙이 있는지는 모르겠지만, 한 가지 공통점이 있어요. 사용된 트럼프의 문양이 전부 하트라는 점이에요. 따라서 만일 범인이 하트 트럼프만 사용한다고 가정할 경우 남은 트럼프 카드 수는 아홉 장, 조커를 포함하면 열 장이죠. 그리고 여기서부터가 중요한데, 지금 이 저택에 있는 투숙객과 종업원을 전부 합친 인원수는……."

"열한 명이지."

내가 중얼거렸다. 등골이 오싹해졌다. 현재 인원수가 열한 명이고, 범인이 갖고 있는 트럼프의 남은 수는 열 장. 그 말은, 곧…….

"범인은 자기 빼고 나머지를 전부 죽일 생각이라는 뜻인가."

사구리오카가 그렇게 말하자 또다시 사람들의 표정이 굳어졌다. 아무도 입을 열지 않은 채 십 초 가까운 시간이 흘렀다.

"웃기지 마!"

갑작스러운 고함 소리가 자리의 침묵을 찢었다. 사람들의 시선이 그쪽을 향했다. 고함을 지른 사람은 무역 회사 사장 야시로였다.

야시로는 노기로 일그러진 얼굴로 사구리오카를 향해 성큼성큼 다가갔다. 그리고 난폭하게 그 멱살을 잡았다.

"크악!"

사구리오카가 소리를 질렀지만 야시로는 신경도 쓰지 않고 상대를 있는 힘껏 벽으로 밀쳤다. 그리고 창문을 깨기라도 할 듯 큰 목소리로 화가 잔뜩 나서 소리를 질러 댔다.

"아까부터 아무 말이나 내뱉으면 다인 줄 아나! 사람 깔보는 거야?"

"아, 아니, 나는, 그냥 객관적인 증거에 기반한 논리적 추리를······."

사구리오카가 다급히 변명했다. "뭐가 논리적 추리야! 그런 식으로 말하는 게 사람을 깔본다는 거지! 이 망할 탐정 나부랭이 자식. 말해 두겠는데 나는 너 따위보다 훨씬 머리가 좋아! 게이오를 나왔다고!"

"저는 도쿄대인데요."●

"······젠장!"

● 게이오기주쿠대학교는 일본의 유명한 사립대학. 도쿄대학교는 일본 최고의 국립대학이다. 일반적으로 국립인 도쿄대를 더 좋은 학교로 친다.

야시로가 사구리오카에게 주먹을 날렸다. 뭐랄까, 모든 게 다 엉망진창이었다. 시하이 씨가 다급히 중재에 나섰다.

"야시로 님, 진정하십시오!"

"너도 문제야! 지배인!"

"네? 저요?"

"그래! 왜 휴대전화도 안 터지는 이딴 곳에서 호텔을 경영하는 거야! 이런 사태도 예상 못 했나? 살인마가 저택에 숨어들어 전화선을 끊어 놓는 사태 말이야!"

"그, 그런 사태를 어떻게 예상하라는 건데요!"

"억지 부리지 마!"

 야시로가 고래고래 소리를 질러 댔다. 그 박력에 사람들이 움츠러들던 중, 그보다 더욱 화난 목소리가 끼어들었다. 울어서 눈이 퉁퉁 부은 리리아였다.

"잠깐, 그런 사소한 것 때문에 싸우고 있을 때야? 시간 낭비하지 마!"

 그 발언에 야시로는 다음 타깃을 리리아로 정했다.

"뭐가 시간 낭비야! 사람 깔보는 거야?"

"뭘 깔본다는 거야, 이 영감탱이가. 콱 때려죽여 버린다!"

"……때려죽여?"

"됐으니까 입 좀 다물어, 영감탱이. 그쪽이 떠들어 대는 것 자체가 민폐라고."

리리아가 숨을 씨근거리며 화를 냈다. 그리고 일단 한숨을 내쉰 후, 다소 냉정해진 표정으로 말했다.

"……아무튼 리리아는 더 이상 이런 곳에 있기 싫어. 이런 저택에서 살인마랑 같이 지내야 한다니 목숨이 몇 개나 있어도 모자라잖아!"

그렇게 말하며 다급히 현관 쪽으로 향하려 했다. 하지만 그 뒷모습에 대고 마네이가 불러 세웠다.

"리, 리리아 씨! 어디 가세요!"

"그야 당연하지! 산을 내려갈 거야!"

"산을 내려가요?"

"여기가 육지의 외딴섬이라고는 해도 진짜 외딴섬은 아니잖아! 한 시간쯤 걸으면 차도가 나올 거야! 거기서 히치하이크로 차를 붙잡으면……."

하기야 리리아의 말이 맞다. 전화선이 끊기고 연쇄살인의 전조가 나타난 지금 그 방법이 가장 현실적이고 유일한 수단처럼 느껴졌다.

그래서 나도 리리아에게 동의했다.

"시하이 씨, 저도 리리아 씨 의견에 찬성이에요. 다 같이 하산해요."

그 말에 리리아가 환한 미소를 지었다.

"제법이잖아, 하인."

"하인이 아니라고요."

우리는 최소한의 짐만 챙겨서 현관에 집합했다. 다 같이 저택을 나가 산을 내려갈 생각이었다. 저택을 둘러싼 담벼락의 정문을 통과하여 오 분 정도 걸어 산을 크게 가르는 깊은 계곡 앞에 도달했다. 하지만 금세 위화감이 느껴졌다. 어라? 싶었다. 무언가가 부족한데, 계곡에. 뭐가 부족하지? 아, 그렇구나.

다리였다.

"다리가…… 없어."

리리아가 신음하듯 말했다. 아니, 정확히 말하면 다리는 있었다. 그저 원형을 유지하지 못할 뿐.

다리는 불타서 무너져 있었다. 꽤나 오래전에 불이 났는지 열기조차 느껴지지 않았다. 아마 어젯밤에 불을 지른 듯했다.

"육지의 외딴섬."

요즈키가 그렇게 중얼거렸다.

이리하여 설백관은 외부 세계와 격리되었다.

*

사람들은 의기소침한 채 다시 설백관 로비로 돌아갔다. 우리는 이 저택에 갇히고 말았다.

"저택에 식량은 얼마나 있나요?"

"여기 계신 여러분 모두가 보름은 드실 수 있는 양이 있을 겁니다."

내 질문에 시하이 씨가 대답했다.

그렇다면 보름은 살 수 있다는 말이구나. 그 정도 시간이 있으면 누군가가 반드시 이변을 눈치채고 찾으러 와 주리라 믿고 싶지만.

그때 문득 어떤 사실이 떠올랐다.

"오늘 이후 이곳에 숙박할 손님은 없나요? 저택을 찾아오려던 사람들이 불타서 떨어져 버린 다리를 발견하면 경찰에 연락해 주지 않을까 싶은데요."

"그 말이 맞아. 나이스 아이디어야, 하인."

리리아가 퍼뜩 놀란 듯 얘기하더니 기대에 찬 눈빛으로 시하이 씨를 바라보았다. 시하이 씨는 "네, 오늘 이후 숙박 예정인 손님이 분명 계십니다." 하고 말했다. 사람들의 얼굴에 빛이 돌아왔다. 하지만 시하이 씨는 씁쓸한 표정으로 말을 이었다.

"하지만 그 손님은 아마 안 오실 겁니다."

"뭐? 왜?"

리리아가 물었다.

"그게…… 뭐라고 해야 할까요."

"다소 기묘한 손님이셨거든요."

메이로자카 씨가 대신 대답했다. 그리고 담담한 설명이 이어졌다.

"사실 그 손님은 어제부터 이 저택을 일주일 동안 전체 대관하셨는데요. 그것도 반년도 더 전부터 예약까지 하셨어요."

"반년도 더 전에 호텔 전체를 대관해? 그거 좀 이상한데요?"

요즈키가 끼어들었다.

"우리가 이 호텔을 예약한 게 한 달 전인데, 그때는 아무 문제 없이 예약이 됐거든요? 전체 대관 선약이 있었다면 제가 예약을 못 했을 텐데요."

"그게 기묘하다고 말씀드린 부분입니다."

메이로자카 씨가 말했다.

"그 손님은 예약 당시 이렇게 말씀하셨어요. 전체 대관 기간 중 다른 손님의 예약이 들어왔을 경우 그 손님의 예약을 우선해서 받아도 상관없다. 단, 대관 기간 중에는 손님이 중간에 돌아가거나 새 손님이 들어와서는 곤란하다. 그런 손님의 예약은 거절해 달라. 이렇게 말이죠."

그 설명에 나는 눈살을 찌푸렸다. 즉 대관 기간인 칠 일간, 그 칠 일을 연속으로 숙박하는 손님에 한해 예약을 받고 다른 손님들은 예약을 거절하라는 말인가. 본래 이 저택은 일주일 이상 묵는 장기 체류자밖에 예약할 수 없는 곳이라 나와 요즈키는 일주일 내내 이 저택에 머무를 예정이었다. 다른 손님들도 그럴 터였다. 그렇기 때문에 전체 대관 기간 중인데도 예약이 가능했다. 하지만 내일 이후 이 저택에 묵고 싶은 손님들의 예약은 전부 거절했을 테니…….

"그렇다면, 그 말은……."

나는 신음했다.

"네. 그 전체 대관 손님을 제외하면 이 저택에는 앞으로 일주일 동안 아무도 오지 않는다는 말이 됩니다. 그 손님은 본래 어제 도착하실 예정이었는데 어제 아침에 갑자기 '하루 늦는다'는 연락이 왔습니다. 하지만 방금 전 시하이 지배인이 말한 대로 그 손님은 사실은 오늘 이곳을 찾아오지 못하시겠지요. 아니, 다들 아시겠죠? 그 손님의 정체는, 아마도……."

전화선을 끊고 다리를 불태운 범인이라는 말인가.

범인은 아무도 이 저택을 구하러 오지 못하도록, 저택 전체를 대관한 것이다.

"웃기지 마! 그런 예약은 왜 받은 거야!"

야시로가 또 화를 냈다. 메이로자카 씨가 담담하게 대답했다.

"요금이 사전에 전액 입금되었기 때문이죠. 괜찮은 손님이라고 생각했습니다."

"괜찮은 손님은 무슨! 아무리 생각해도 수상하잖아!"

"지금 생각해 보면 그렇지만, 그때는 이런 사태가 벌어질 줄은 상상도 하지 못했거든요."

"상상을 해! 머리를 쓰라고!"

"인간의 상상력에는 한계가 있습니다."

"지금 사람 깔보는 거야? 난 게이오 졸업생이야!"

"저는 도쿄대입니다. 중퇴했지만요."

"……너도 도쿄대였냐?"

야시로가 어깨를 축 늘어뜨렸다. 그러고는 덜컹 소리를 내며 로비 의자에서 일어섰다. 자기 방이 있는 서쪽 동으로 향하는가 싶더니 금세 짐을 들고 돌아왔다. 시하이 씨가 다급하게 물었다.

"야, 야시로 님, 어디 가십니까?"

"집에 가야겠어. 이런 곳에 더는 있고 싶지 않아."

"댁에 가신다니, 다리가 망가졌는데요?"

"그런 건 나도 알아! 하지만 숲을 통과해서 우회하면 계곡을 굳이 건너지 않아도 되잖아? 즉 산을 내려갈 수 있다는 말이지!"

"자, 잠시만 기다려 주십시오! 위험합니다! 숲이 굉장히 험해서 도저히 걸어갈 수 있는 길이 아닙니다!"

"그래도 이딴 저택에 살인마랑 같이 있는 것보다는 안전할 거 아냐! 됐고, 난 그만 가야겠어! 이거 놔!"

"기다려 주십시오!"

그런 두 사람의 공방전을 어이없는 기분으로 지켜보고 있는데 "난리도 아니네." 하고 웃으며 사구리오카가 다가왔다. 그리고 야시로에게 맞은 뺨을 문지르며 말했다.

"저런 녀석일수록 보통 초반에 살해당하는 법이라니까."

꽤나 원한이 깃든 말투였다. 오히려 사구리오카 본인이 야시로를 죽일 듯한 기세다.

"저기는 됐고 슬슬 가자고."

"슬슬 가요? 사구리오카 씨도 산을 내려가시려고요?"

나는 고개를 갸웃했다.

"그럴 리가 있겠어? 저런 바보랑 똑같이 취급하지 마."

사구리오카는 바보 취급하는 표정으로 야시로 쪽을 쳐다보았다. 그리고 어깨를 으쓱하며 말했다.

"전화선이 끊겨서 경찰은 부를 수 없고, 우리는 갇혀 있지."

"어엿한 클로즈드 서클이네요."

"그렇다면 할 일은 하나밖에 없잖아."

"뭔데요?"

"뻔하지 않겠어?"

사구리오카가 웃었다.

"우리가 현장을 조사하는 거야. 그리고 사건을 해결해야지."

*

이리하여 사구리오카 탐정단이 조직되었다. 멤버는 탐정 사구리오카와 조수(?)인 나. 그리고······.

"저기, 잠깐 같이 좀 가 줘."

사구리오카는 야시로와 시하이 씨의 공방전을 온화한 표정으로 지켜보던 남자에게 말을 걸었다. 삼십 대 초반의 남자, 이시카와였다. ……이 사람은 어떻게 저 난리법석을 이렇게 평온한 얼굴로 볼 수 있을까?

이시카와는 여전히 아무렇지 않은 얼굴로 "나?" 하며 고개를 갸웃했다. 사구리오카가 고개를 끄덕였다.

"당신, 의사라고 했지? 그럼 검시도 할 수 있잖아?"

"할 수야 있지만 내 전문은 아니야. 본업은 심장외과거든."

"심장 수술보다 검시가 더 쉽지 않겠어?"

"그야 그렇지만……. 나중에 혼난다고, 검시관한테."

이시카와는 그렇게 말하며 재미있다는 듯 웃었다. 뭐가 재미있는지는 모르겠지만.

이리하여 사구리오카 탐정단에는 의사 이시카와가 멤버로 추가됐다.

"저도 사구리오카 탐정단에 들어가도 될까요?"

펜릴 앨리스해저드가 끼워 달라는 눈빛으로 이쪽을 쳐다보았다. 사구리오카는 노골적으로 싫은 표정을 지었다. 아무래도 사구리오카 단장은 펜릴이 영 불편한 모양이었다. 트럼프 연쇄 살인 사건 해설 때 보여 주었던 펜릴의 방대한 지식량을 경계하는지도 모른다. 단장은 보통 자기보다 유능한 멤버가 단원으로 들어오는 일을 꺼린다.

 하지만 결국, 단장은 "알았어. 따라와."라며 펜릴의 가입을 허락했다. 넓은 아량을 보여 준 셈이다. 이렇게 탐정단은 네 명이 되었다.

 이리하여 우리는 또다시 동쪽 동 3층 간자키의 방으로 돌아왔다. 종교복의 가슴 위로 나이프가 깊이 꽂힌 시체. 이시카와가 그 시체를 조사했다.

 그 광경을 바라보며 나는 왠지 모르게 비현실적인, 신기한 기분을 느꼈다. 어쩌다 보니 이렇게 되었다고는 하지만 설마 내가 수사에 참가하고 검시에 입회하게 되다니. 보통은 불가능한 일이다. 다리가 불타 무너지고, 외부와의 연락 수단도 끊어지고, 밀실탐정의 조수 비슷한 짓을 하게 된 지금 같은 상황에 놓이지 않았다면.

 이윽고 검시를 마친 이시카와가 결과를 말했다.

 "사망 추정 시각은 오늘 오전 2시에서 4시 사이쯤이겠어."

 "한밤중이네……. 뭐, 예상했던 대로야."

 사구리오카가 흐음, 하고 중얼거리며 생각에 잠겼다. 그 옆에서 나도 생각했다. 그런 심야였다면 알리바이가 있는 사람도 얼마 안 될 터였다. 알리바이에 의지해서 범인을 좁히기는 어려워 보인다.

 우리가 그렇게 생각에 잠겨 있거나 말거나 펜릴은 시체로 다가가 그 옆에 쪼그려 앉았다. 그리고 거침없이 시체를 건드렸다.

"……뭐 하는 거야?"

사구리오카가 물었다. 펜릴이 생긋 웃었다.

"아뇨, 저도 검시를 해 볼까 하고요."

사구리오카가 미간을 좁히며 펜릴을 쳐다보았다.

"아니, 할 줄 알아? 검시를?"

"실력에는 자신이 있어요."

"뭐? 진짜?"

"이래 봬도 지금까지 이백 구 가까운 시체를 검시한 적이 있거든요. 아마 열일곱 소녀치고는 세계에서 가장 검시 경험이 풍부하지 않을까요?"

펜릴은 그렇게 말하며 재빨리 시체를 검시하기 시작했다. 그 등을 향해 이시카와가 말했다.

"하지만 사망 추정 시각은 내가 말한 시간이 맞을걸."

그러자 펜릴이 돌아보며 말했다.

"의학의 세계에는 세컨드 오피니언●이라는 말이 있다고 들었어요."

"있지, 일본에는 그리 깊이 침투하지 못했지만."

"저는 검시의 세계에도 세컨드 오피니언을 도입해야 한다고

● 주치의가 아닌 다른 의사에게 진단을 받거나 치료법에 대해 추가적인 소견을 듣는 것

생각해요."

"한마디로, 내 검시가 틀렸을 가능성을 고려해서?"

"아니요. 이시카와 씨가 범인일 가능성을 고려해서요."

펜릴은 아무런 의노도 남기시 않은 미소를 지으며 말을 이었다.

"클로즈드 서클 상황에서 의사가 범인일 경우, 잘못된 사망 추정 시각을 제시해서 가짜 알리바이를 만들거나 특정한 사람의 알리바이를 의도적으로 감출 수가 있죠. 그런 사태를 피하기 위해 검시는 항상 2인 체제여야 해요. 클로즈드 서클 하에서는 항상 그래야 한다고 생각하는데요."

"그렇구나. 하긴, 그 말이 맞아."

이시카와는 어깨를 으쓱했다. 그리고 온화한 미소를 지으며 말했다.

"충분히 조사해 봐. 그게 내 무죄를 증명하는 길이기도 할 테니까."

"무죄 증명은 안 되죠. 이시카와 씨가 검시 결과를 제대로 말했어도 범인일 가능성은 충분히 있으니까요."

"아, 그렇구나. 그것도 맞는 말이네."

이시카와는 감탄한 듯 "용의자 선상에서 통 벗어날 수가 없군그래." 하고 말하고는 즐거운 듯 웃었다. ……뭐지, 이 사람. 긴장감이 통 없네.

이시카와가 말한 대로 펜릴은 시체를 충분히 조사한 뒤 그

결과를 말했다.

"사망 추정 시각은 어젯밤 2시에서 4시 사이예요."

이시카와의 말과 같은 검시 결과였다. 적어도 이걸로 이시카와가 검시 결과를 거짓으로 말했을 가능성은 사라졌다.

"사후경직과 시반으로 미루어 볼 때 사망 추정 시각은 틀림없어요. 사실은 직장 온도도 재 보고 싶지만 안타깝게도 도구가 없네요."

펜릴이 말했다.

"아니, 넌 대체 정체가 뭐야?"

사구리오카가 의아한 눈빛으로 쳐다보았다. 펜릴은 엷게 웃으며 대꾸했다.

"정체라뇨?"

"아니, 이거 봐."

사구리오카가 언성을 높였다.

"아무리 생각해도 이상하잖아. 미성년자가 검시를 할 줄 알고, 트럼프 연쇄살인 사건에 대해서도 묘하게 잘 알고."

그 의문에 펜릴이 웃었다.

"저는 그냥 일반 시민이에요. 남들보다 살인 사건과 법의학을 조금 더 잘 아는 여자애죠. 뭐, 물론."

그러더니 펜릴은 가슴팍에 손을 넣어 무언가를 꺼내서는 우리에게 보여 주었다.

"믿는 신이 여러분과 다를지도 모르겠지만요."

펜릴이 꺼낸 것은 은으로 된 목에 거는 묵주였다. 나는 그 십자가에 못 박힌 '그것'을 응시했다.

팔다리에 말뚝이 박힌, 고개를 푹 늘이뜨린 해골상.

"'새벽의 탑'이잖아?"

펜릴이 짓고 있는 부드러운 미소가 그 순간 정체 모를 웃음으로 보였다. 은발의 아름다운 소녀가 우리에게 말했다.

"새삼스럽지만 다시 한번 자기소개를 할게요. 저는 펜릴 앨리스해저드, 종교 단체 '새벽의 탑'의 5대 주교 중 한 사람이에요."

"5대 주교?"

이시카와가 고개를 갸웃했다. 하지만 나는 물론이거니와 사구리오카도 금세 무슨 말인지 알아들은 눈치였다. '새벽의 탑'에는 교단을 통솔하는 교황 아래에 5대 주교라 불리는 간부가 존재한다. 즉 펜릴은 17세라는 어린 나이로 '새벽의 탑' 차기 교황 후보 중 한 자리를 차지하고 있다는 뜻이다.

펜릴은 같은 교단의 신부인 간자키의 시체를 내려다보았다.

그러고는 추모라도 하듯 눈을 내리깔며 말했다.

"간자키 일은 정말 안타까워요. 하지만 간자키는 인생의 마지막에 어마어마한 공적을 세우고 갔습니다. 보세요, 이 완벽한 밀실을."

그 목소리는 평온하면서도, 어딘가 모르게 자랑스러운 느낌을 풍겼다.

"저는 이렇게까지 완벽한 밀실을 지금까지 한 번도 본 적이 없어요. 간자키가 죽은 이 현장은 분명 수많은 사람들에게 도저히 헤아릴 수 없을 정도의 행복을 선사하겠지요."

펜릴은 스마트폰을 꺼내 간자키의 시체를 찰칵, 하고 찍었다.

'새벽의 탑'은 살인 현장의 사진을 숭배의 대상으로 삼는다. 죽은 자의 원념을 기도로 풀어 줌으로써 그 부정적인 에너지를 반전시켜 행복으로 바꾼다.

분명 그런 교리라고 들었다.

*

펜릴이 현장을 떠난 후에도 우리는 한동안 망연한 기분으로 방 벽과 융단만 바라보았다. 이윽고 퍼뜩 정신을 차린 사구리오카가 현장검증을 재개했다. 나도 그 뒤를 따랐다.

시체 옆에 쪼그리고 앉아 있던 사구리오카가 문득 입을 열었.

"저기, 갑자기 이런 생각이 들었는데. 이 사건, 자살일 가능성은 없을까?"

그 말에 나도 긍정했다.

"우연이네요. 저도 같은 생각을 하고 있었거든요."

'새벽의 탑'은 그 교리 때문에 살인 현장, 특히 밀실살인 현장을 늘 원한다. 그래서 그 상황을 만들어 내기 위해 자살했다, 추리로서는 충분히 성립되는 느낌이다.

하지만.

"아니, 자살은 불가능해."

이시카와가 부정했다. 단정하는 말투였기에 나는 의아해졌다.

"근거는요?"

"시체의 상처야."

이시카와는 그렇게 말하며 간자키의 상의 소매를 걷어 올렸다. 거기에는 나이프로 찢은 듯 커다란 상처 자국이 있었다.

"자, 이것도 봐."

직업상 피를 보는 데에 익숙한 이시카와는 태평한 얼굴로 말했다.

"가슴에 꽂힌 나이프 상처 외에도 이런 데까지 상처가 있어. 범인이 낸 상처일 거야. 게다가 이 상처는 간자키 씨가 죽은 후에 생겼거든."

"생활반응이 없다는 뜻이야?"

사구리오카가 물었다.

"응, 맞아. 상처가 벌어져 있어."

두 사람의 대화를 들으며 나는 고개를 끄덕였다.

사람의 몸에 상처가 나면 육체는 자연스럽게 그 상처를 막게끔 되어 있다. 피를 멈추고, 상처를 회복하기 위해서다. 이것을 생활반응이라고 한다.

하지만 죽은 사람에게서는 생활반응이 일어나지 않는다. 사후에 육체에 상처가 날 경우 그 상처는 벌어진 채로 남는다. 즉 시체의 상처를 조사하면 그 상처가 생전에 생겼는지 사후에 생겼는지 판별할 수 있다는 뜻이다.

"하지만 이해가 안 되는 게 있는데. 범인은 왜 간자키 씨를 죽인 후 일부러 팔에 나이프로 상처를 냈을까? 솔직히 말해 아무 의미도 없는 행위잖아. 왜 범인은 굳이 그런 일을……."

이시카와가 물었다.

"으음, 그러게. 와이더닛이네. 수수께끼야."

사구리오카도 신음했다.

하지만 나는 금세 짚이는 데가 있었다.

"아니, 이유는 간단하죠. 이시카와 씨는 팔의 상처를 보고 금세 자살 가능성을 부정했어요. 사실 그게 범인의 노림수가 아니었을까요? 범인은 살인자가 자살했다는, 밀실의 정석 패턴 중 하나를 없애기 위해 시체의 팔에 상처를 낸 거예요."

밀실 미스터리에서 가장 흥이 식어 버리는 패턴은, 알고 보니 피해자가 타살을 가장하고 자살했다는 결말이다. 그래서 범인은 일부러 그 패턴을 소거했다. 피해자가 죽은 후 팔에 상처를 냄으로써 이것이 확고한 타살이라는 사실을 우리에게 보여 준 것이다.

이시카와가 어이없다는 듯 웃었다.

"그런 거야? 철저하네. 과거의 '설백관 밀실사건'을 모방한 것도 그렇고, 이 사건의 범인은 어지간히도 밀실에 집착하나 본데."

"확실히 변태적이기는 해." 하고 사구리오카도 말했다. "뭐, 그렇기 때문에 도전하는 보람이 있지만. 앗, 그렇지. 소년, 방금 그 와이더닛의 정답 말인데, 당연히 나도 했던 생각이야. 설명할 타이밍을 놓쳤을 뿐이지."

대놓고 '수수께끼야.'라고 말했으면서. 뭐, 상관은 없지만.

"뭐, 아무튼 힘내 봐."

이시카와가 그런 우리를 보고 어깨를 으쓱하며 말했다.

"나는 슬슬 돌아가 봐야겠어. 할 수 있는 일은 했으니까. 밀실에는 문외한이라 도움이 될 것 같지가 않네."

그러고는 이시카와는 현장을 뒤로 했다. 사라지는 이시카와의 등을 향해 우리는 손을 흔들었다.

사구리오카가 기지개를 켰다.

"자, 그럼 이제부터 본격적으로 밀실의 수수께끼 풀이를 시작해 볼까?"

그 말에 나는 웃었다.

"범인 찾기보다 밀실이 먼저예요?"

"뭐, 보아하니 범인과 연결될 만한 단서는 없는 것 같으니까.

게다가 나는 후더닛보다 하우더닛이 특기거든."

그렇구나, 하고 나는 고개를 끄덕였다. 그럼 어디 솜씨 한번 구경해 볼까.

그 후로 한동안 우리는 현장 상황을 하나하나 확인했다. 현장은 과거에 '설백관 밀실사건'이 일어났던 방과 구조가 똑같았고, 가구와 인테리어도 거의 동일했다. 바닥에 깔린 융단의 털 길이와 입구 문 아래에 틈새가 있다는 사실도 마찬가지다. 거기에 더해 복도에 깔린 융단의 털 길이까지도 같았다.

그리고 현장에 남겨진 유류품도 '설백관 밀실사건'과 동일했다. 비명이 녹음된 녹음기, 열쇠가 들어 있는 작은 플라스틱 병.

나는 그 작은 병을 들고 복도로 나왔다. 사구리오카도 따라왔다. 문을 닫은 상태로 병을 문 아래 틈새로 밀어 넣을 수 있는지 검증하기 위해서였다. 결과는 물론 불가능이었다. 병 크기가 문 아래 틈새보다 커서 자꾸 걸렸다.

"그렇다면 역시 이걸 꺼낼 차례인가?"

사구리오카는 주머니에서 낚싯줄을 꺼냈다.

"준비성 좋으시네요."

나는 감탄했다. 사구리오카가 입꼬리를 올려 웃었다.

"원래 내가 이 저택을 방문한 이유부터가 '설백관 밀실사건'의 수수께끼를 풀기 위해서였으니까 낚싯줄 정도는 준비해 와야지. 머릿속에서 가설을 세워도 실험을 못 하면 의미가 없잖아."

나는 고개를 끄덕였다. 확실히 그 말이 맞다.

그 후로 우리는 이것저것 실험을 했다. 시체 옆에 병을 놓고 문 아래로 집어넣은 열쇠를 낚싯줄만으로 병에 넣을 수 있는지 시험해 보기도 하고, 병뚜껑을 낚싯줄로 묶어 원격으로 병을 잠글 수 있는지 시험해 보기도 했다. 결과는 둘 다 엉망진창이었다. 몇 번을 시도해 보아도 열쇠는 병 안에 들어가지 않았고, 낚싯줄을 조작해도 병뚜껑을 잠글 수는 없었다. 그럼 다른 방식으로 도전해 볼까 생각했지만, 문은 '설백관 밀실사건'의 현장과 마찬가지로 방 안에서 잠그려면 열쇠가 필요한 타입이었기 때문에 내부의 자물쇠 레버에 물리적인 힘을 주어 문을 잠그는 방식의 트릭도 사용할 수 없다. 즉, 역시나 밀실을 만들기 위해서는 문 밖에서 열쇠를 이용해 잠그는 수밖에 없다는 말이었다.

정신을 차리니 해가 지고 복도 창으로 보이는 경치가 새까맣게 물들어 있었다. 우리는 고민했다. 하지만 문 밑으로 병을 집어넣을 수 없는 이상 범인은 복도 쪽에서 문을 잠근 뒤 무슨 방법을 써서 실내에 있는 병 안으로 열쇠를 넣어야만 한다. 그야말로 불가능 범죄였다.

"애당초 범인은 왜 플라스틱 병을 사용했을까요?"

내가 고개를 갸웃했다. 유리병이 아니라 플라스틱 병을 사용했다는 부분, 거기에도 무슨 의미가 있을까? 아니면 그냥 변덕일까?

"아, 알았다! 혹시……."

사구리오카가 병을 손가락으로 찌그러뜨려서 문 아래 틈새로 넣어 보려 시도했다. 그렇구나, 하고 생각했다. 유리와 달리 플라스틱은 모양을 바꿀 수 있다. 단순한 발상이지만 그만큼 맹점이라고 할 수 있었다.

하지만…….

"끄응."

사구리오카는 금세 포기한 기색이었다. 플라스틱 병은 단단해서 아무리 찌그러뜨려도 모양이 바뀌지 않았다. 억지로 힘을 주었다가는 오히려 부서질 것 같다. 그러니 이 방법도 아닌가 보다.

나는 신음했다.

"으음……. 대체 뭐가 어떻게 된 거야."

"'뭐가 어떻게 된 거야.'는 무슨."

목소리가 들려서 돌아보니 미쓰무라가 서 있었다. 작은 한숨을 내쉬면서.

"어이가 없네. 아직도 그러고 있었어?"

나와 사구리오카는 얼굴을 마주보았다. 그랬다, 아직도 이러고 있었다. 이미 해도 진 지 오래인데.

"할 수 없잖아. 우리한테는 밀실의 수수께끼를 풀어야 한다는 사명이 있으니까. 그리고 이건 우리 모두를 위한 일이기도 해. 그러니까 고생했다고 칭찬해 줘."

"알았어, 알았어. 칭찬해 줄게. 만약 정말로 수수께끼를 푼다면 말이지."

내 말에 미쓰무라가 코웃음 치듯 대답했다.

"그보다 벌써 저녁 식사 시간이야. 다들 식당에 모여 있어. 두 사람 빼고."

나와 사구리오카는 얼굴을 마주 보았다. 나란히 뱃속에서 꼬르륵 소리가 울려 퍼졌다.

저녁 식사를 하러 가고 싶은 마음은 굴뚝같았지만, 나는 "우리는 수수께끼를 풀고 나서 먹을게." 하고 대답했다.

"단식이라도 할 생각이야?"

미쓰무라가 어처구니없다는 듯 말했다.

"죽지 않을 정도까지는 버텨 보려고."

"몇 시간이나 걸릴 예정인데?"

"날짜가 바뀔 때까지?"

"그럼 시하이 씨한테 민폐잖아."

"그건 그러네."

"뭘 '그건 그러네.'야, 잘난 척하긴."

"으음, 어쩌지. 아, 그럼 있잖아."

"응?"

"너도 도와줄래? 이 밀실 수수께끼 풀이."

내 말에 미쓰무라가 눈을 동그랗게 떴다.

"아니, 생각해 봐."

나는 말을 이었다.

"너라면 풀 수 있잖아? 이 밀실살인 사건의 수수께끼를 말이야."

커다랗게 뜬 미쓰무라의 눈에 금세 불쾌한 기색이 번졌다.

"……대체 무슨 생각이야? 왜 그런 말을 하는 건데?"

미쓰무라가 따져 물었다.

나는 어깨를 살짝 으쓱했다.

"그러게, 대체 무슨 생각인데?"

우리 대화를 듣고 있던 사구리오카가 끼어들었다.

"농담하지 마. 얘가 이 밀실의 수수께끼를 풀 수 있다고? 그럴 리가 있겠어?"

"하지만 미쓰무라는 머리가 엄청 좋아요. 전국 모의고사에서 1등을 한 적도 있고요. 그렇지?"

내가 말했다.

"'그렇지?'는 무슨. 그건 중학교 때 얘기잖아?"

"그래도 대단해."

"그럴 수도 있겠지만."

그런 우리의 대화를 듣고 사구리오카가 살짝 웃음을 터뜨렸다.

"아, 그래. 그건 대단하네. 전국 모의고사에서 1등이라니 나도 해 본 적 없긴 해."

그러더니 입가에 다소 우리를 무시하는 듯한 미소를 지었다.

"하지만 공부를 잘하는 사람, 본질적으로 머리가 좋은 거랑은 달라. 공부는 잘해도 다른 분야에서는 아무짝에도 쓸모없는 녀석들을 난 얼마든지 알고 있거든."

그건 사구리오카 본인 이야기 아닌가? 하는 생각이 들었다. 하지만 미쓰무라는 그 말을 다르게 받아들인 모양이다. 쿨한 외모와 달리 미쓰무라는 의외로 도발에 쉽게 넘어간다. 명백히 짜증이 난 표정으로 미쓰무라가 내게 물었다.

"누구였더라, 이 사람은?"

"탐정이야. 몇 번 마주쳤잖아."

"아, 시체가 발견됐을 때 줄줄 헛소리나 늘어놓던 사람이네. 지적 수준이 너무 낮아서 자연스럽게 기억 속에서 삭제됐지 뭐야. 기억해 봤자 소용없을 것 같아서."

사구리오카의 얼굴이 붉게 물들었다. 마찬가지로 도발당하고 화가 났는지 노기를 머금은 목소리였다.

"나도 널 잊고 있었거든. 바로 방금 전까지."

"괜찮아. 내가 더 오래 잊고 있었으니까."

"아냐, 나야."

"아니, 내가 더."

초등학생 싸움도 아니고, 도저히 공부 잘하는 사람들의 대화로는 보이지 않았다. ……공부 머리와 실제 지능의 차이라는 게 바로 이런 상황을 가리키는 이야기였나.

심지어 사구리오카는 "아무튼 내가 너보다 훨씬 머리가 좋거든!" 하는 말까지 내뱉기 시작했다.

"아, 그래. 그럼 한번 붙어 보자고. 누가 먼저 이 밀실의 수수께끼를 푸는지. 진 사람은 이긴 사람 앞에 엎드려 절하며 사죄하는 거야. 어때?"

그 말에 미쓰무라가 거만하게 어깨를 으쓱했다.

"그래, 좋아. 그런데 괜찮겠어? 그럼 당신이 내 앞에 무릎 꿇게 될 텐데?"

"저런, 자신만만하네."

"그럼. 이미 승리 확정이거든. 왜냐하면…… 나는 이 밀실의 수수께끼를 이미 풀었으니까."

미쓰무라가 선언했다.

그 말에 나와 사구리오카의 사고가 한순간 정지했다. 미쓰무라는 그런 우리를 보고 의아하다는 듯 고개를 갸웃했다.

"오히려 내가 보기에는 둘이나 붙어서 왜 이런 삼류 밀실을 가지고 애를 먹는지, 진짜로 이해가 안 돼."

*

 밀실 트릭 재현 실험을 하기 위해 우리는 간자키의 방 바로 아래, 즉 예전에 '설백관 밀실사건'의 현장이었던 방으로 자리를 옮겼다. 간자키의 방 문은 시체를 발견했을 때 우리가 몸통으로 부딪쳐 부쉈기 때문에 자물쇠도 망가지고 경첩도 느슨해졌다. 미쓰무라는 가능한 한 멀쩡한 문으로 트릭을 재현하고 싶은 모양이다. '설백관 밀실사건'의 현장 문도 십 년 전 사건 때는 부서졌지만 사건 후 바로 복원되어, 지금은 정상적으로 여닫을 수 있다. 방 구조도 간자키의 방과 똑같았으므로 트릭을 재현하는 데에는 최적의 장소라 할 수 있겠다.

 하지만 실제로 재현하는 미쓰무라는 꽤나 기분이 좋지 않아 보였다. 입씨름에 불이 붙어서 그만 밀실 수수께끼를 풀었다고 말해 버린 일을 후회하는 눈치였다.

 "심지어 전부 모이기까지 했으니."

 미쓰무라는 불쾌한 표정으로 주위를 둘러보았다. 그 말대로 지금 이 방에는 설백관 투숙객과 종업원이 거의 전부 모여 있었다. 사구리오카가 불러왔기 때문이다.

 "관객이 있어야 분위기도 더 달아오를 것 같아서."

 사구리오카는 천연덕스럽게 말했지만 무슨 꿍꿍이일지 뻔했다. 수많은 사람들 앞에서 잘못된 추리를 시켜서 창피를 주려는 모양이다. 과연 그 소망은 이루어질지, 아니면.

미쓰무라가 한숨을 내쉬었다.

"그럼 슬슬 시작할까요?"

미쓰무라는 자포자기한 듯 말한 뒤, 관객들을 둘러보고는 우선 서론부터 시작했다.

"여러분 모두 아시다시피 오늘 새벽 이 저택에서 투숙객 한 명, 간자키 씨가 살해당했습니다. 사인은 칼에 찔린 상처, 그리고 현장은 밀실이었죠. 심지어 십 년 전에 일어난 '설백관 밀실사건'의 카피캣이라는 덤까지 딸려 있습니다. 하지만 그것은 반대로 말하면 '설백관 밀실사건'의 수수께끼가 풀리면 이 사건의 수수께끼도 풀린다는 말이 되죠. 따라서 트릭의 재현 실험은 '설백관 밀실사건'이 벌어졌던 이 방에서 하겠습니다. 뭐, 사실은 현장 문이 부서졌기 때문이지만요. ……그럼 여러분, 일단 안쪽 방으로 들어가시죠."

미쓰무라의 지시에 따라 우리는 입구가 있는 안방에서 십 년 전 사건 당시 나이프가 꽂힌 인형이 발견되었던 옆방으로 건너갔다. 그 방에는 시체 역할을 맡은 곰 인형과 식당에서 가져온 것으로 보이는 식칼이 놓여 있었다. 그 옆에 녹음기와 방 열쇠가 든 작은 병도.

미쓰무라는 그 병을 집어 들어, 뚜껑을 열고 안에서 열쇠를 꺼냈다.

"십 년 전 사건 당시 현장에 있었던 작가들과 평론가들은 모두 입을 모아 '이것은 완벽한 밀실이다'라고 말했다고 합니다. 저는 유키시로 뱌쿠야의 작품을 읽은 적이 없으니 십 년 전 사건에 대해서는 문외한이지만, 세 지인 중에 그 이야기를 잘 아는 사람이 있어서 가르쳐 주었습니다."

그 지인이란 물론 나다. 이 방에 관객들이 모이기를 기다리는 동안 미쓰무라와 나는 그런 잡담을 나누었다.

"하지만 저는 의문이었습니다. 완벽한 밀실? 그럴 리가요. 오히려 수많은 힌트들이 뿌려져 있어서 풀기 쉬운 밀실인데요. 그 힌트를 하나하나 풀어 나가면 자연스럽게 범인이 설치한 트릭의 흔적이 보이게 됩니다."

미쓰무라는 그렇게 말한 뒤 들고 있던 병과 열쇠를 일단 주머니에 넣었다. 그리고 양손을 합쳐 아홉 개의 손가락을 치켜들었다.

"힌트는 전부 아홉 개입니다.

① 비명이 녹음된 녹음기.

② 창살이 쳐진 창.

③ 병뚜껑에 달린 'O'자 모양의 고리.

④ 시체에 꽂힌 나이프.

⑤ 병보다 폭이 좁은 문 아래 틈새.

⑥ 털 길이가 7센티미터인 복도 융단.

⑦ 조명이 꺼져 완전히 깜깜했던 방.
⑧ 털 길이가 1센티미터인 방 안의 융단.
⑨ 플라스틱 병."

"의외로 힌트가 많네! 그런데 무슨 뜻인지 전혀 모르겠어."

요즈키가 끙끙거렸다.

"융단의 털 길이에 무슨 의미가 있나요?"

펜릴이 물었다.

"방 불이 꺼져 있었다는 게 뭐가 그렇게 중요한지 모르겠는데."

리리아가 말했다.

미쓰무라는 길고 검은 머리를 긁적였다.

"그럼 힌트 하나하나를 설명하겠습니다. 우선 '①비명이 녹음된 녹음기'부터. 구즈시로, 여기에 무슨 의미가 있다고 생각해?"

"어? 나?"

갑자기 지명당하는 바람에 깜짝 놀랐다. 미쓰무라는 그런 나를 보고 어깨를 으쓱하더니 "추리를 들어 줄 사람이 있으면 이야기하기 편하니까." 하고 말했다. 하긴 그렇겠다. 한마디로 조수 대역을 하라는 뜻이다.

나는 기대에 부응하기 위해 생각에 잠겼다가, 의견을 꺼내 놓았다.

"그건 아무래도 역시, 사람들에게 방 안에 시체가 있다는 사실을 알려 주기 위해서가 아닐까? 시체가 발견될 수 있도록 범인이 일부러 녹음기를 설치한 거지."

미쓰무라가 고개를 끄덕였다.

"응, 맞아. 그리고 현장의 창은 '②창살이 쳐진 창'이어서 사람늘이 드나들 수 없으니, 방 안에 들어가려면 문을 부숴야만 해."

"그 말은, 그러니까……."

"응, 맞아. 범인은 사람들이 문을 부수게끔 하려고 녹음기를 설치한 거야. 그리고 이 문을 부수게 만든다는 행위 자체가 이번 밀실을 만드는 데에 큰 열쇠가 되지."

미쓰무라는 그렇게 말한 뒤 주머니에서 작은 플라스틱 병을 꺼냈다.

"그럼 다음은 '③병뚜껑에 달린 'O'자 모양의 고리'야. 이 고리는 이렇게 사용하지."

그러더니 이번에는 주머니에서 3미터쯤 되는 고무줄을 꺼냈다. 굵기 5밀리미터쯤 되는 고무 밴드 여러 개를 잘라서 길게 엮어 끈으로 만든 듯했다. 미쓰무라는 그 고무줄을 병뚜껑에 달린 'O'자 모양의 고리에 꿰어 놓고 가로세로 창살이 쳐진 창 쪽으로 다가가 바닥 융단에 무릎을 꿇었다. 그리고 그 고무줄 끄트머리를 제일 아래쪽 직사각형 창살 칸('칸 A'라 한다) 중 하나로 집어넣어 일단 창밖으로 빼낸 다음, 바로 옆 칸('칸 B'라 한다)을 통해 방 안쪽으로 들였다. 고무줄이 세로 창살 하나를 감은 모양새가 되었다. 미쓰무라는 주머니에서 가느다란 막대기 모양의 추를 꺼내고 고무줄 양쪽 끝을 모아 추를 단단히 묶었다. 한곳으로 모인 고무줄 양쪽 끝에 추가 매달리자 고무줄은 거대한 고무 밴드로 모습을 바꾸었다.

"그리고 이 막대 모양 추를 창밖으로 늘어뜨립니다."

선언한 대로 미쓰무라는 그 추를 '칸 B'를 통해 창밖으로 내보냈다. 이 방은 저택 2층이기 때문에 추는 지면에 닿지 않고 창밖으로 늘어져 매달렸다. 그 후 미쓰무라는 고리를 고무줄에 꿰었던 플라스틱 병을 창밖으로 늘어뜨린 추와 대칭이 되는 위치, 즉 창에서 먼 곳으로 슬슬 끌고 왔다.

이리하여 거대한 고무 밴드는 한쪽에 작은 플라스틱 병을, 그리고 창살을 가운데 두고 그 반대편에는 막대 모양의 추를 매단 모습이 되었다. 그 고무 밴드 안에는 세로 창살(바둑판 모양 창살의 세로 프레임)이 있다. 미쓰무라가 시험 삼아 고무 밴드를 창 반대쪽 방향으로 잡아당기자 고무 밴드 끄트머리가 창살에 걸리면서 고무가 팽팽하게 늘어났다.

미쓰무라는 고개를 한 번 끄덕인 후 간자키의 시체가 발견되었을 때와 마찬가지로 커튼을 쳤다. 커튼과 바닥 사이에는 1센티미터 정도의 틈이 있어서 바닥으로 늘어진 고무 밴드에 커튼이 닿을 일은 없었다.

"그럼 다음은 '④시체에 꽂힌 나이프'네요."

미쓰무라는 그렇게 말한 뒤 시체 역할인 곰 인형 옆에 살며시 무릎을 꿇었다. 그리고 날 길이가 30센티미터나 되는, 칼날이 날카롭고 큼직한 식칼을 바닥에서 집어 들더니 곰 인형을 뚫고 바닥까지 꽂힐 기세로 그 식칼을 내리꽂았다. 곰 인형은 안방과 옆방을 잇는 문의 바로 정면에 놓여 있었고, 거기에 꽂힌 식칼도 문을 향한 채 칼날을 번득였다.

그리고 그 곰 인형의 맞은편에는 창살이 쳐진 창이 있다. 문과 곰 인형과 창이 일직선으로 놓였다.

미쓰무라가 들고 있는 고무 밴드는 세로 창살에 걸려 한없이 늘어나 거의 직선에 가까운 상태가 되어 있었다. 원이 아니라 평행을 달리는 두 개의 끈처럼 보였다. 미쓰무라는 곰 인형에 꽂힌 식칼이 그 두 개의 끈 사이에 위치하게 했다. 즉 가늘게 뻗은 고무 밴드로 마치 고리 던지기 놀이처럼 식칼 양 옆을 둘러쌌다는 뜻이다. 그리고 고무 밴드 끝에 걸려 있던 작은 병을 들고 뒷걸음질을 쳤다.

"이 상태로 복도에 나갑니다."

그렇게 말하며 선언한 대로 방 출구를 향해 걸어 나갔다. 창살에 걸려 있던 고무 밴드는 미쓰무라가 이동한 만큼 늘어나, 방 출구에 도착했을 무렵에는 고무 밴드가 원래 길이의 세 배 이상 길어졌다.

미쓰무라는 그 상태 그대로 복도로 나갔다. 사람들도 모두 따라왔다.

거의 끊어질 정도로 팽팽해진 고무 밴드가, 중간에 안방과 옆방을 가로막는 문틀에 걸려 꺾였다. 현장인 옆방에서 안방으로 가려면 안방의 왼쪽 벽에 있는 문을 통과해야만 한다. 따라서 옆방에서 시작해 안방을 경유하여 복도 쪽으로 고무 밴드를 당기면 고무 밴드는 안방과 옆방을 나누는 문틀에 걸려 꺾일 수밖에 없다. 참고로 시체 발견 당시 두 방을 가로막는 문이 활짝 열려 있었으므로, 이번에도 마찬가지로 활짝 열어 두었다.

"그럼 이대로 방 입구 문을 닫습니다."

복도로 나온 미쓰무라는 그렇게 말한 뒤 방문을 닫았다. 길게 뻗은 고무 밴드는 문 아래 틈새를 통해 복도로 나와 있다. 미쓰무라는 한 손으로 고무 밴드를 들고 반대쪽 손으로 방 열쇠를 꺼내 문을 잠갔다.

그러고 나서 사람들에게 말했다.

"이제 문이 잠겼습니다. 그리고 이 열쇠는 이 상태로 병에 넣습니다."

미쓰무라는 고무줄에 꿰여 있는 병뚜껑을 열었다. 그리고 병에 열쇠를 넣고, 다시 뚜껑을 잠갔다.

"마지막으로 이 열쇠가 든 병을 시체 옆으로 되돌려 놓으면 밀실이 완성됩니다."

물론 그 말이 맞다. 하지만 문제는 여기서부터다. 이 밀실의 가장 큰 수수께끼는 당연히 열쇠가 든 병을 어떻게 실내로 집어넣었느냐다.

"그건, 이렇게 해서 집어넣으면 되죠."

미쓰무라는 문 옆에서 허리를 숙이고 문 아래 틈새로 병을 넣으려 했다. 하지만 병은 문에 걸려 들어가지 않았다. 그 모습을 본 사구리오카가 웃음을 터뜨렸다.

"잠깐, 잠깐. 농담해? 대체 머리가 얼마나 나쁘길래 그래?"

사구리오카는 유쾌한 듯 말했다.

"'⑤병보다 폭이 좁은 문 아래 틈새', 즉 병은 문 아래 틈새를 통과할 수 없어. 자기 입으로 말해 놓고서 잊어버리다니, 기억력이 닭 수준이잖아."

"사실 난 전생에 닭이었거든."

"뭐?"

"농담이야. 게다가 당신은 착각하고 있어. 나는 문 아래로 병을 집어넣으려는 게 아니야. 병이 들어가지 않는다는 사실을 이용해서 이렇게 병을 문에 걸쳐 놓은 거지."

그렇게 말하며 미쓰무라는 병에서 손을 떼었다. 병은 고무의 장력으로 한껏 당겨져 금방이라도 방 안으로 빨려 들어갈 것만 같았다. 하지만 들어갈 수가 없다. 문 아래 틈새는 병보다 폭이 좁아, 병이 문에 걸려 있기 때문이다. 경첩의 반대쪽, 문 왼쪽에 걸린 상태였다.

미쓰무라는 허리를 굽힌 채 문 주위 융단을 양손으로 마구 쓸어 모았다. 개나 고양이에게 하듯 털을 마구 헝클어뜨린다.

"다음은 '⑥털 길이가 7센티미터인 복도 융단'."

미쓰무라가 말했다.

"이러면 어때?"

나는 눈이 휘둥그레졌다. 문 쪽을 향해 융단의 긴 털을 쓸어 모으자, 문에 걸려 있던 병이 그 털에 파묻혀 완벽하게 사라졌기 때문이다. 실제로 허리를 숙이고 손으로 만져 보지 않는 한 그곳에 병이 숨겨져 있다는 사실을 알아차리기는 어려울 터였다.

"이걸로 준비 완료입니다."

문 옆에서 몸을 일으킨 미쓰무라가 말을 이었다.

"자, 시체 발견 당시 저희는 몸통 박치기로 문을 부쉈는데 말이죠. 있잖아, 구즈시로. 만약 이번에 똑같은 행동을 하면 어떻게 될 것 같아?"

"어떻게 되겠냐고?"

나는 당황하며 말했다. 지금 상태로 문을 부수면, 즉 안쪽으로 열리는 문을 열면······.

그럼, 그렇게 되지 않을까? 한마디로 이 밀실 트릭은······.

"그럼 실제로 시험해 볼까요?"

미쓰무라가 또다시 문 옆에 허리를 숙이더니 융단 속에서 병을 꺼내 뚜껑을 열고 열쇠를 손에 들었다. 그리고 그 열쇠로 아까 잠근 문을 연 후 다시 병에 집어넣었다. 뚜껑을 꽉 닫고 주위를 한 바퀴 빙 둘러본 다음 마지막으로 요즈키를 쳐다보았다.

"요즈키 씨."

"아, 응."

"조금만 도와주시겠어요?"

미쓰무라는 들고 있던 병을 요즈키에게 건넸다. 그리고 문쪽을 가리키며 요즈키에게 설명했다.

"이제 저희는 방 안으로 돌아갈 건데 요즈키 씨만 복도에 좀 남아 주세요. 트릭을 재현하려면 도움이 필요하거든요. 즉, 조수 역할인 셈이죠. 구체적으로는 저희가 방으로 들어가면 그 병을 다시 문 아래에 걸어 주시는 거예요. 그리고 제가 부르면 세게 문을 엽니다. 부탁드려도 될까요?"

"병을 걸쳐 놓고, 문을 연다."

요즈키는 중얼거린 후 들고 있던 병을 쳐다보았다.

"응, 좋아."

미쓰무라는 고개를 끄덕이고 나서 다시 문을 열고 우리에게 들어오라고 손짓했다. 그러자 혼자 복도에 남겨진 요즈키가 조심스럽게 문을 닫았다. 병이 문 아래에 걸리는 달그락 소리가 들렸다.

나는 새삼 방 안을 둘러보았다.

실내에는 바닥을 따라 고무 밴드가 쭉 뻗어 있었다. 한쪽 끝은 복도에 있는 병에, 그리고 반대쪽 끝은 세로 창살 한곳에 걸려 있다. 그리고 길게 늘어진 고무 밴드의 중간에는 곰 인형을 바닥에 꽂은 식칼이 위치하고 있다.

미쓰무라는 안방과 옆방을 나누는 문 앞에서 걸음을 멈추었다. 시체 발견 당시와 마찬가지로 문은 활짝 열려 있었다. 미쓰무라는 문을 똑바로 마주 본 채로 벽 쪽으로 뒷걸음질을 치면서 문에서 차츰 멀어졌다. 다들 미쓰무라 주위에 모였다.

"자. 그럼 요즈키 씨, 문을 열어 주세요."

미쓰무라가 말했다.

그 신호 다음 한 박자 늦게, 문이 세차게 열렸다. 마치 활시위에서 발사된 화살처럼, 또는 지면을 달리는 쥐처럼. 문 아래에 걸려 있던 열쇠가 든 병은 가로막는 것이 사라지자 팽팽한 고무줄에 이끌려 순간적으로 가속했다. 눈에 보이지도 않을 만큼 빠른 속도로 융단 위를 내달려, 중간에 크게 커브를 그리며 옆방으로 빨려 들어갔다. 그리고 여세를 몰아 고무 밴드 사이에 있던 식칼 쪽으로 날아왔다. 병이 식칼로 날아들자 병뚜껑에 꿰어 있던 고무 밴드가 식칼의 날에 닿았다. 길이가 30센티미터나 되는 날카로운 칼날은 고무 밴드를 깔끔하게 절단하여 기다란 고무줄로 바꾸어 놓았고, 그 고무줄 끝에서 'O'자 모양의 고리가 스르륵 빠져나왔다. 고무줄은 창밖으로 늘어져 있던 막대 추의 무게에 이끌려, 바닥과 커튼 사이의 아주 좁은 틈새를 지나 2층 창의 창살 사이를 통해 방 밖으로 사라졌다.

첫 번째 밀실 트릭

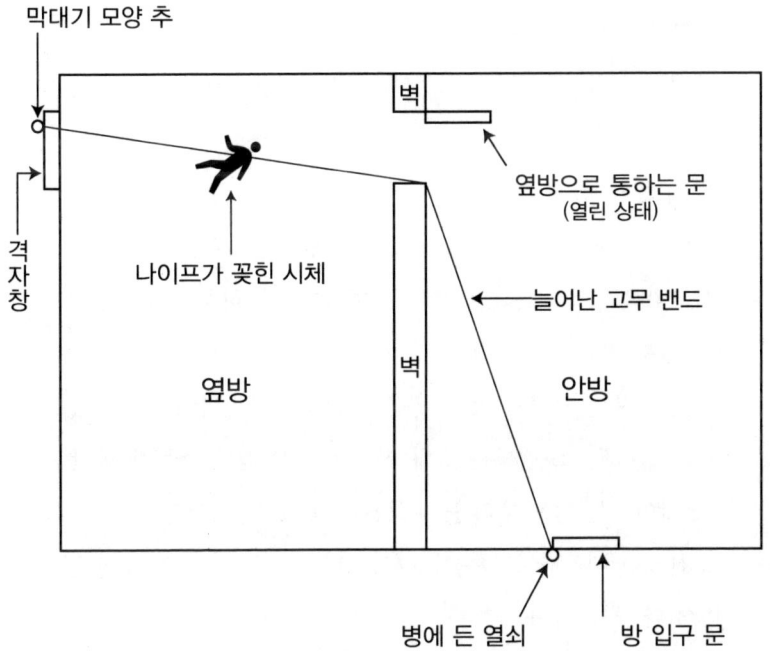

방 안에는 병에 든 열쇠만이 남았다.

그랬다. 열쇠만이.

"이게 범인이 사용한 트릭입니다."

미쓰무라가 말했다.

"녹음기 소리를 듣고 저희가 방으로 달려왔을 때, 열쇠는 아직 방 밖에 있었어요. 하지만 문을 부숴서 활짝 열어젖힌 순간 열쇠가 이렇게 고무줄을 따라 실내로 되돌아온 거죠."

우리는 놀라서 할 말을 잃었다. 이것이 바로 간자키 살해 사건, 그리고 십 년 전 '설백관 밀실살인 사건'에 사용된 트릭의 진상이었다.

"아니, 그래도, 그 트릭을 쓰기에는 무리가 있지 않아?"

사구리오카가 말했다. 어떻게든 미쓰무라의 허점을 찾아내겠다는 말투였다.

"물론 고무줄에 걸려 있던 병은 순간적으로 옆방에 날아가겠지. 그래도 일 초 정도는 걸릴 거 아냐? 그 틈에 빠르게 융단 위를 날아가는 병을 우리 중 누군가는 볼 수 있지 않겠어?"

그건 그렇다. 나도 그렇게 생각했다. 사구리오카의 주장은 정당하다. 하지만······.

"그렇기 때문에 ㉠이 필요했던 거야."

"㉠이라고?"

"그래, '㉠조명이 꺼져 완전히 깜깜했던 방'."

미쓰무라는 그렇게 설명했다.

"시체 발견 당시 방 안은 불이 꺼져 어두웠고, 창에도 암실에서나 쓰는 두꺼운 암막 커튼이 쳐져 있었으니까 방 안은 완전히 암흑이었어. 세다가 문을 부순 두 사람, 구즈시로와 사구리오카 씨의 뒷모습이 블라인드가 되어서 결과적으로 복도에 있던 우리 시야를 가로막았지. 그러니 우리한테는 아무것도 안 보여. 그리고 문을 부순 두 사람은 환하게 불이 켜져 있던 복도에서 시커먼 어둠 속으로 들어갔으니 어둠에 눈이 익기까지 시간이 걸렸을 테고, 문을 부순 직후에는 발밑을 내려다볼 여유도 없었을 거야."

사구리오카는 끙, 하고 신음했다. 미쓰무라는 추격타를 가하듯 말했다.

"거기에 더해 '⑧털 길이가 1센티미터인 방 안의 융단'. 병이 바닥을 따라 이동하는 소리를 이 융단이 흡수합니다. 물론 혹시 너무 기세 좋게 들어가 병이 벽이나 창살에 부딪히기라도 할 경우 그 소리까지 지워 주지는 못하겠지만, 문을 부순 직후잖아요. 그렇게 커다란 소리를 들은 후 연달아 사소한 소리가 난다 한들 의식 한구석에 묻혔겠죠. 즉 들리지 않은 것이나 마찬가지입니다. 그리고, ⑨."

미쓰무라는 사람들을 둘러보며 말했다.

"범행에 사용된 병은 '⑨플라스틱 병'이었습니다. 바닥 위로 미끄러지거나 벽에 부딪혀도 절대 깨지지 않죠. 만일 유리병이었다면 백 퍼센트 깨졌겠지만요. 이상이 밀실 트릭의 진상입니다. 경청해 주셔서 감사합니다."

*

"걔는 대체 정체가 뭐야?"

미쓰무라의 추리가 끝난 후 요즈키가 물었다. 나는 어깨를 으쓱하며 "그냥 일반인이야." 하고 대답했다. 요즈키는 당연히 납득 못 하겠다는 표정을 지었다.

"진짜야?"

"진짜야."

물론 거짓말이지만. 아니, 거짓말은 아니구나. 미쓰무라 시쓰리는 단순한 일반인이며 특수한 직업에 종사하지도 않고, 특별한 교육을 받지도 않았다.

그저 단 하나, 남들과 다른 과거가 있을 뿐이다.

삼 년 전 겨울, 중학교 2학년이었던 어느 소녀가 아버지를 죽인 혐의로 체포되었다. 현장 증거로 미루어 볼 때 소녀가 범인이라는 사실은 의심할 여지가 없었으나 재판 결과 소녀는 무죄로 풀려났다. 왜였을까? 현장이 밀실이었기 때문이다.

삼 년 전 겨울, 일본에서 벌어진 최초의 밀실살인 사건.

용의자의 이름은 미쓰무라 시쓰리. 한때 내 동급생이었던 소녀나.

회상 1
삼 년 전 12월

　문예부실에 갔더니 아무도 없었다. 한가하게 앉아 문고본을 뒤적거리기는 했지만 소녀가 올 기척은 없었다. 별일이네, 싶었다. 중학교 1학년 봄, 미쓰무라와 처음 만난 지 벌써 이 년 가까이 되어 가지만 상대가 부활동을 쉰 적은 한 번도 없었다. 미쓰무라는 항상 나보다 먼저 문예부실에 와서 추리소설을 읽거나, 보드게임 상자를 껴안고는 놀이 상대인 내가 오기만을 목이 빠져라 기다리곤 했다. 문예부실에는 어째서인지 보드게임이 산더미처럼 구비되어 있어서 나와 미쓰무라는 칩 대신 5백 엔짜리 동전을 두고 자주 놀곤 했다.

나는 산더미처럼 쌓인 보드게임을 바라보며 오늘은 미쓰무라와 어떤 보드게임을 할까 고민하면서 기다렸다. 하지만 아무리 시간이 지나도 미쓰무라는 오지 않았고 나는 기다리다 지쳐 집에 돌아가기로 했다. 문예부실은 좁았지만 혼자 앉아 있기에는 왠지 너무 쓸쓸하게 느껴졌다.

그날 집에 갔더니 텔레비전에서 살인 사건 뉴스가 나오고 있었다. 도쿄도 내에서 남자가 살해되었고, 딸인 중학교 2학년 소녀가 참고인 조사를 받고 있다는 모양이었다. 그것만으로는 화제성이 부족하지만 사건에는 또 하나의 요소가 있었다. 남자가 살해된 곳은 자택 안의 방이었는데, 그 문은 안에서 잠겨 있었고 문을 여는 유일한 열쇠도 실내에서 발견되었다. 즉 현장은 밀실이었다는 이야기다. 내 기억에 따르면 지금까지 일본에서 밀실살인 사건이 일어난 일은 단 한 건도 없었다. 즉 이것은 일본 최초의 밀실살인이었고, 나는 그 사실에 매우 흥분했다. 빨리 학교에 가서 미쓰무라와 이 이야기를 하고 싶었다.

하시만 나음 날 학교에 갔더니 교실이 어떤 소문으로 떠들썩했다. 어제 뉴스에서 본 살인 사건의 용의자로 미쓰무라가 체포되었다는 이야기였다. 악질 농담인 줄 알았다. 하지만 미쓰무라네 교실을 찾아가도 미쓰무라는 없었다.

밤낮으로 끊임없이 미쓰무라의 뉴스가 흘러나왔다. 내가 모르던 미쓰무라의 정보도 퍼져 나갔다. 예컨대 부모님이 이혼했다는 것. 미쓰무라는 어머니와 함께 살고 있었다는 것. 그래서 아버지와는 따로 살고 성도 다르다는 것. 그리고 아버지가 데리고 있던 미쓰무라의 여동생이 아버지가 살해당하기 이 주 전 그 집 2층에서 떨어져 죽었다는 것.

사건의 개요도 차츰 드러났다.

현장은 도쿄도 내의 단독주택이었는데 그 서양식 건축물은 저택이라 불러도 손색이 없을 만큼 호화로운 건물이었다. 부모님이 이혼하기 전 미쓰무라가 아버지, 그리고 여동생과 함께 살던 저택이기도 했다. 사건 당일 저택 앞에 설치된 CCTV에 미쓰무라의 모습이 찍혔기에 그날 미쓰무라가 저택을 찾아갔다는 사실은 틀림없었다. 그리고 또 하나, 미쓰무라가 체포되는 계기를 만든 증거가 있다. 아버지의 위 속에서 사망자 본인의 손톱이 발견되었던 것이다. 신경질적인 인간이 습관적으로 그러듯, 아버지는 자기 손톱을 깨물다 그 부스러기를 삼켰다. 그 손톱에서 미쓰무라의 피부 파편과 혈액이 검출되었다. 실제로 미쓰무라의 손등에는 손톱으로 할퀸 듯한 상처가 남아 있었다.

경찰은 그것이 미쓰무라가 아버지와 몸싸움을 벌였을 때 난 상처라고 판단했다. 미쓰무라가 아버지를 살해할 때 아버지가 저항하면서 생긴 흔적이라는 말이다. 그에 반해 미쓰무라는 아버지와 몸싸움을 벌인 것은 사실이지만 죽이지는 않았다고 주장했다. 몸싸움을 벌인 후 현장을 떠나고 나서 다른 누군가가 아버지를 죽였다는 이야기다. 저택에는 집사와 메이드 등 고용인이 다섯 명 정도 있었으나 피해자의 사망 추정 시각에는 우연히도 모두 저택에 없었다. 저택 부지를 드나드는 문에는 CCTV가 있었기 때문에, 고용인 또는 강도 같은 제삼자가 현장을 드나들기 위해서는 저택 부지를 둘러싼 담장을 넘는 수밖에 없다. 담 높이는 10미터 정도로 결코 넘을 수 없는 높이는 아니었지만, 경찰은 처음부터 그럴 가능성을 생각하지 않았던 모양이다. 미쓰무라는 부모님이 이혼한 후 이 년 동안 한 번도 그 저택을 찾아가지 않았다. 즉 사건이 일어난 날은 이 년 만에 방문한 날이었다. 이 년 만에 처음으로 찾아왔다가 아버지와 트러블이 생겨 손등을 긁혔고, 심지어 마침 그날 다른 누군가가 10미터 높이의 담장을 뛰어넘어 들어와 아버지를 죽였다니. 그것은 너무나 우연이 거듭되는 이야기였으며, 그런 주장이 인정된다면 형사사건의 대부분은 입증이 어려워질 터였다.

게다가 아버지는 손톱을 깨무는 버릇이 없었다. 하물며 피가 묻은 손톱이 아닌가. 그런 손톱을 깨물어 삼키다니 평상시 같으면 생각할 수조차 없는 행위다. 즉 아버지는 자기 손톱에 남은 증거를 미쓰무라가 없애 버리지 못하도록 물어뜯어서 위장 속에 '숨겼다'고 생각할 수밖에 없었다.

그에 반해 미쓰무라는 아버지에게 본래 그런 성벽이 있었던 것이 아니냐고 주장했다. 즉 딸의 피가 묻은 손톱을 깨물어 삼

킨다는 성벽 말이다. 물론 이 주장은 경찰과 검찰에서도 일소에 부쳤고, 법정에서 변호사도 논증으로 사용하지 않았다.

결국 미쓰무라는 끝까지 자신이 범인이라고 인정하지 않았나. 그래서 나는 미쓰무라가 정말로 범인인지 아닌지 알지 못하고, 설령 범인이라 친다 해도 그 동기도 모른다. 주간지의 보도에 따르면 사건 이 주 전 추락사한 미쓰무라의 여동생은 사실 사고사가 아니라 아버지가 죽였을지도 모른다고 했다. 미쓰무라는 그 복수를 하려고 아버지를 살해했다는 것이다. 하지만 경찰은 한 번도 그런 정보를 발표하지 않았으므로 주간지가 지어낸 헛소문이라고 생각하는 사람들도 많았다.

미쓰무라는 사건 당시 만 14세, 미성년이었으나 가정 재판소의 판단에 따라 형사처분이 내려져서 소년 재판이 아닌 성인과 같은 형사재판을 받게 되었다. 도쿄 지방재판소에서 이루어진 1심, 거기서 검찰과 변호측은 밀실을 둘러싸고 의견 대립을 벌였다.

각 매스컴에서 보도한 대로 현장은 완벽한 밀실이었다. 아버지의 시체가 발견된 곳은 본인 방이었고, 그곳을 드나드는 유일한 문에는 일절 빈틈이 없었다. 열쇠는 물론이고 실 한 오라기조차 통과할 수 없었다. 창은 붙박이여서 침입이 불가능했다. 범행 현장인 아버지 방에는 스페어키나 마스터키가 없었고 유일한 열쇠는 실내, 그것도 시체의 옆에 있던 사무용 책상 서랍 안에서 발견되었다. 심지어 그 서랍은 잠겨 있었고 서랍 열쇠는 시체가 된 아버지의 주머니에서 나왔다.

열쇠에는 방 번호가 적힌 키홀더가 달려 있었다. 열쇠 자체에 방 번호가 각인되어 있지는 않았으므로 키홀더를 바꿔치면 다른 방 열쇠가 마치 현장 열쇠인 양 위장할 가능성이 있다, 그런 주장도 나왔다. 하지만 실제로는 시체 발견 당시 현장에 있던 집사와 메이드가 그 열쇠가 진짜라는 사실을 확인했다. 정말 그 열쇠로 문을 잠글 수 있는지 알아본 것이다. 결과적으로 현장의 책상 서랍 속에 들어 있던 열쇠는 역시나 진짜였고, 그 열쇠를 가짜와 바꿔치기했을 가능성은 없었다.

검찰은 온갖 가능성을 고려했으나 결국 현장의 밀실 상황을 타파할 수는 없었다. 결과적으로 미쓰무라는 1심에서 무죄를 거머쥐었고, 2심과 3심도 그 판결을 따랐다.

제2장
밀실 트릭의 논리적 해명

 그날 밤 식당에 모인 사람들은 하나같이 표정이 밝았다. 밀실 수수께끼가 풀려서 한숨 돌린 모양이다. 물론 범인이 아직 잡히지 않았으니 사건은 미해결 상태지만, 다들 그 사실은 머릿속 한구석으로 밀어내고 한때의 평화를 향유하고 있었다.

 그런 평화로운 분위기 속에서 사구리오카만이 뿌루퉁한 표정이었고, 때때로 원망이 깃든 눈빛으로 미쓰무라를 노려보곤 했다. 자기보다 먼저 밀실 수수께끼를 풀었다는 사실이 꽤나 불만스러운 듯했다.

 그 가운데 나는 어떤 사실을 알아차렸고, 그래서 식사가 끝난 후 메이로자카 씨에게 물었다.

"그러고 보니 야시로 씨는 어떻게 됐어요?"

투숙객이 모두 식당에 모였는데 무역 회사 사장 야시로가 보이지 않았던 것이다. 내 질문에 메이로자카 씨는 "아." 하고 대답했다.

"야시로 님은 귀가하셨습니다."

나도 모르게 "예에?" 하는 목소리가 튀어나왔다. 나는 미간을 찌푸리며 물었다.

"귀가라니, 다리가 무너졌는데요?"

"네, 맞습니다."

메이로자카 씨는 고개를 끄덕였다.

"그래서 숲속을 가로질러 가셨습니다. 오늘 낮 무렵, 미쓰무라 님의 추리가 시작되기 한참 전이었지요. 저와 시하이 지배인이 열심히 말렸지만 눈을 뗀 사이 숲속으로 달려가 버리시더군요. 바로 뒤쫓아 가고 싶었지만 행방을 알 수가 없어서요. 그 이상 깊은 숲속으로 들어가면 저희까지 위험해지기 때문에 할 수 없이 수색을 포기하고 저택으로 돌아왔습니다."

"······."

아니, 그러니까 즉, 야시로는 지금······.

"아마 분명 조난을 당하셨을 겁니다. 초보자가 지도도 없이 내려갈 수 있는 산이 아니니까요. 하지만 경찰에 연락하고 싶어도 수단이 없어서요."

메이로자카 씨가 담담하게 말했다.

"하긴, 전화선이 끊어졌으니까요."

이게 무슨 일이람. 실마 이런 형태로 등장인물이 줄이들 줄은 상상도 못 했다.

나는 깊은 한숨을 내쉬었다.

"야시로 씨는 왜 그렇게까지 이 저택에서 도망치려 했을까요?"

"글쎄요, 저도 잘 모르겠군요. 하지만, 뭐…… 이유가 있었나 보죠."

"무슨 이유요?"

"살해당할 만한 이유 말입니다."

그 말에 다소 오싹해졌다. 즉 야시로는 이 저택에서 또다시 살인 사건이 일어나리라 생각했다는 말이다.

나는 불안을 얼버무리기 위해 화제를 바꿨다.

"그러고 보니, 나중에 CCTV 영상을 보여 주실 수 있을까요? 저택을 둘러싼 담장의 입구 대문에 설치된 것 말이에요."

설백관은 높이가 20미터쯤 되는 담으로 사방이 둘러싸여 있어, 담 안으로 들어오기 위해서는 하나밖에 없는 문을 통과해야 한다. 그리고 그 문에는 CCTV가 설치되어 있다.

메이로자카 씨가 고개를 갸웃했다.

"상관은 없는데 이유가 뭔가요?"

"범인이 외부에서 왔을 가능성을 없애려고요."

다리가 무너짐으로써 이 저택은 클로즈드 서클이 되었다. 하지만 그렇다고 반드시 우리 중에 범인이 있으리라는 보장은 없다. 이 저택 주위에 누군가가 숨어 있다가 간자키를 죽였을 가능성도 있기 때문이다. 하지만 대문 CCTV를 확인하면 범인이 외부에서 왔을 가능성을 없앨 수 있다. 문을 통과하지 않으면 저택에 있는 간자키를 죽일 수 없다. 즉 제삼자가 범인일 경우 그 인물은 반드시 문을 통과할 테고, CCTV에 그 모습이 찍힌다는 뜻이다. 따라서 CCTV에 제삼자의 모습이 찍히지 않은 경우 범인은 반드시 우리 안에 있다는 말이 된다.

그렇게 설명하자 메이로자카 씨가 억지를 부렸다.

"하지만 범인이 아주 오래전부터 담 안에서 잠복하고 있었을지도 모르잖아요."

메이로자카 씨의 주장은 이렇다. CCTV 영상은 일주일 보관 후 그 위에 새 영상을 덧씌워 기존 영상이 삭제되도록 설정되어 있다. 따라서 일주일 이전에 제삼자가 담 안에 숨어 있었을 경우 그 영상은 이미 덧씌워져서 지워졌다는 이야기다. 그리고 범인은 일주일 넘게 담 안에서 잠복하다가 간자키를 살해했다.

황당무계하기 그지없는 이야기였으나 가능성을 아주 부정할 수 없다는 게 난감했다. 내가 떨떠름한 표정을 짓자 "안심하세요." 하고 메이로자카 씨가 말했다.

"CCTV 영상은 제가 매일 체크하고 있거든요. 이 호텔이 개업한 후 이 년 이상 내내. 휴가로 저택을 떠났을 때도 나중에 한꺼번에 체크합니다. 그러니 수상한 제삼자가 문 안으로 들어왔다면 제가 반드시 눈치챘을 겁니다."

그렇구나. 나는 조심스럽게 물었다.

"그래서 수상한 제삼자가 있었나요?"

"다행히 없었습니다. 어제 분의 영상도 이미 확인했고요."

메이로자카 씨가 말했다.

"그렇군요. 그럼 제삼자가 범인일 가능성은 완전히 부정할 수 있겠네요. 아니, 잠깐. 이 호텔이 개업하기 전부터 범인이 숨어 있었을 가능성도……."

"그건 너무 억지네요."

"하지만 가능성은 있잖아요?"

메이로자카 씨가 고개를 가로저었다.

"없습니다. 이 년 이상 잠복하려면 이 년간 먹을 식량이 필요하잖아요? 매일 저택 식료품 창고에서 어른 한 명 몫의 식량이 계속 줄어들었다면 아무래도 모를 수가 없겠죠."

"하지만 범인이 사전에 이 년치 식량을 외부에서 가지고 들어왔을 가능성도……."

"그러면 짐이 너무 커지잖아요?"

메이로자카 씨는 숨 쉴 틈도 주지 않고 반론했다.

"청원에 그만큼의 짐을 숨길 만한 장소는 없으니, 범인은 당연히 저택 어딘가에 그것을 숨겨야겠죠. 하지만 저택은 일 년에 한 번, 저와 시하이 지배인 둘이서 대청소를 합니다. 매년 봄이면 저택을 구석구석 청소하니 범인이 이 년치 식량을 가지고 들어왔을 경우 그 타이밍에 반드시 발견했겠죠."

"으음, 그렇군요."

나는 신음했다. 즉, 이걸로 제삼자가 범인일 가능성은 확실히 부정할 수 있다는 뜻이다. 그렇다면 그것은 우리 중에 범인이 있다는 의미였다.

거기에 더해 메이로자카 씨와 이야기하던 사이 문득 알아차린 것이 있었다.

"메이로자카 씨, 어제 CCTV에는 누가 찍혀 있었나요?"

"네? 무슨 말씀이신가요?"

"왜, 어젯밤에 다리가 불탔잖아요. 다리에 불을 지르려면 담장 밖으로 나가야 하니까요. 즉, CCTV에 범인의 모습이 찍혔을지도 몰라요."

메이로자카 씨는 한참 기억을 더듬으며 생각하다 결국 고개를 가로저었다.

"아뇨, 영상에는 아무도 찍혀 있지 않았습니다."

"으음, 그렇다면……."

범인이 이 저택에 도착하기 전 다리에 일정 시간 후 작동하는 발화장치를 설치해 놓고 그걸로 불을 붙였다는 말일까. 그렇다면 그것은 이번 살인이 계획적인 범행이었음을 의미한다. 돌발적인 살인이었다면 미리 다리에 발화장치를 설치할 수 없었을 테니까.

"타이머가 붙은 기계식 발화장치 같은 거였을까요?"

메이로자카 씨가 말했다.

"그럴지도 모르지만 더 간단한 방법이 있어요."

나는 설명했다.

"예컨대 황린을 사용한 발화장치가 있는데요. 황린은 공기와 접촉하면 불이 붙는 성질이 있으니까 평소에는 물속에 보존하거든요. 그 성질을 이용해서 일정 시간 후 작동하는 발화장치를 만들 수가 있죠. 예컨대 물에 적신 탈지면으로 황린을 감싸놓으면 시간이 흐르면서 탈지면이 머금었던 물이 증발해, 황린이 공기에 닿아 불이 붙는다거나. 즉 타이머식 불씨가 된다는 얘기예요."

"그렇군요. 그런 방법이라면 전문적인 기술이나 지식이 없어도 만들 수 있겠네요."

메이로자카 씨는 고개를 끄덕인 후 "그러니까 누구든지 다리에 불을 지를 수 있었다는 말이군요." 하고는 턱을 만지며 생각에 잠겼다.

*

아침 5시에 눈을 떴고, 오 분 정도 더 이불 속에 누워 있었지만 잠이 다시 찾아오지는 않았다. 할 수 없이 옷을 갈아입고 로비로 향했다. 아직 아무도 일어나지 않았겠지만 방에서 멍하니 앉아 있는 것보다는 시간을 때우기 편하겠다는 생각이 들어서였다.

하지만 로비로 가 보니 먼저 온 사람들이 있었다. 리리아와 매니저 마네이, 그리고 놀랍게도 요즈키가. 아침에 그렇게 일어나기 힘들어하면서.

"있지, 있지, 가스미. 진짜 놀라운 일이 있어."

요즈키가 흥분한 표정으로 나를 향해 손짓했다. 그리고 마네이를 쳐다보았다.

"마네이 씨가 옛날에 점술사였대."

이야기의 흐름을 따라갈 수가 없다고 생각하며 테이블을 돌아보자 그곳에 타로 카드가 펼쳐져 있었다. 상황이 대략 파악되었다. 마네이가 이 카드로 요즈키의 점괘를 봐 주고 있던 모양이다. 그리고 그 실력에 요즈키가 경탄했다.

"하인, 너도 앉아. 네 시시껄렁한 미래도 마네이가 점으로 알아봐 줄 테니까."

리리아가 말했다.

말이 너무 심하다.

나는 한숨을 쉬고 시키는 대로 의자에 앉았다.

"특별히 보고 싶은 점이 있나요?"

마네이의 질문에 나는 잠시 생각하다가 제일 먼저 떠오른 질문을 던졌다.

"이번 사건의 범인이 누구인지 알 수 있나요?"

그러자 리리아가 내 정강이를 걷어찼다.

"쓸데없는 소리 좀 하지 마, 하인. 고분고분하게 연애운 같은 거나 물어."

차가운 목소리로 비난한다.

"예."

"그, 그럼 연애운이면 되겠죠?"

불량한 리리아를 보고 마네이가 당황한 표정으로 말했다. 리리아는 어제부터 귀여운 척하는 일도 포기한 모양이지만, 그래도 일반인인 내 정강이를 걷어차다니 매니저 입장에서는 조마조마할 수밖에 없으리라.

타로 카드를 착착 섞는 소리가 울려 퍼졌다. 테이블에 카드를 늘어놓고 '역위치'라느니 '탑'이라느니 하는 말을 늘어놓던 마네이가 마침내 이렇게 말했다.

"노력하면, 가능합니다."

무성의했다. 지나치게 무성의한 답변이었다.

"그럼 가스미 점은 끝났으니 다시 모노폴리라도 할까요?"

요즈키는 그렇게 말하며 테이블에 모노폴리를 꺼내 놓았다. 듣자 하니 마네이의 타로 점 코너가 열리기 전에는 원래 셋이서 모노폴리를 하고 있었단다. 요즈키는 우연히, 정말로 우연히 일찍 일어났는데 로비에 와 보니 이미 리리아와 마네이가 둘이서 모노폴리를 하고 있었다는 모양이다. 그래서 요즈키도 거기 끼었다고 한다.

"그런데 모노폴리는 누가 가져온 거야?"

내 질문에 "그건 모르겠는데 로비에 있었어."라고 리리아가 대답했다. "저택 비품인가 봐. 이것 말고도 젠가랑 마작, 빙고 게임에 왠지 모르지만 도미노까지 있었어. 예전에 대학교 도미노 동아리가 놀러 왔다가 깜박하고 가기라도 했나?"

리리아의 귀여운 추리에 나는 무심코 웃음을 터뜨렸다.

"뭐야?"

리리아가 노려보았다. 그리고 험악한 목소리로 선언했다.

"지금부터 널 모노폴리로 아주 흠씬 무릎 꿇려 패 줘야겠는걸."

*

우리가 모노폴리를 하고 있자니 로비로 다른 투숙객들도 하나둘씩 모여들었다. 메이로자카 씨도 일어나 와서는 모두에게 음료를 나누어 주었다.

"식사는 아직이에요?"

펜릴이 물었다.

"죄송하지만 8시부터입니다."

메이로자카 씨는 로비와 식당동을 나누는 문을 가리켰다. 우리가 앉은 테이블 바로 옆에 있는 문이었다. 그곳에는 통행금지 입간판이 세워져 있고, '밤 11시부터 아침 8시까지 출입금지'라고 씌어 있었다.

"그거 아쉽네."

이시카와가 태평하게 중얼거렸다.

얼마 후 미쓰무라도 일어나서 나왔다. 미쓰무라는 게임을 즐기는 우리를 보고 "뭐 해?" 하며 고개를 갸웃했다. 내가 "모노폴리."라고 대답하자 "흐응……."이라는 말이 돌아왔다.

결국 미쓰무라도 합세하여 나와 요즈키, 리리아, 마네이까지 다섯 명이서 게임을 하기로 했다. 그렇게 노는 사이 8시가 되었다. 메이로자카 씨가 식당동으로 가는 문 앞의 입간판을 치웠다. 나는 꼬르륵거리는 배를 부여잡았다. 게임하느라 머리를 쓴 탓인지 배가 고팠다. 미쓰무라도 공복인 듯했다.

우리는 로비와 식당동을 잇는 문을 열고 어슬렁어슬렁 안으로 들어갔다. 그곳에는 20미터쯤 되는 짧은 복도가 있었고, 그 끝에 문이 하나 있었다. 그 문을 열고 식당으로 들어갔는데 곧

바로 위화감이 느껴졌다.

우선 식당에 조식 뷔페가 준비되어 있지 않았다. 그리고 향긋한 빵 냄새 대신 아주 짙은, 녹슨 쇠 냄새가 났다. 자연스럽게 시선이 그쪽으로 향했다. 그곳에는 로비에서 가져온 것으로 보이는 1인용 소파가 놓여 있고, 그 소파에 몸을 파묻다시피 앉아 있는 시체가 한 구 있었다. 죽은 사람은 시하이 씨였다.

시체 옆에는 트럼프 카드가 한 장, 하트 '10'이 떨어져 있었다.

*

모두가 멍하니 시하이 씨의 시체를 응시했다. 상의 가슴 부분이 붉은 피로 물든 모습을 보니 예리한 날붙이로 여러 번 찌른 모양이다. 그리고 그 흉기는 시하이 씨가 앉아 있는 소파 바로 앞에 떨어져 있었다. 언월도처럼 자루가 아주 긴 도끼, 소위 핼버드라 불리는 흉기였다. 핼버드 도끼날 반대편에는 날카로운 갈고리 창날이 붙어 있는데 범인은 그 갈고리 창날로 시하이 씨를 찌른 듯했다. 자루에서 직각으로 뻗은, 날카로운 갈고리 창날. 그것을 본 미쓰무라가 나직이 말했다.

"범인은 왜 도끼날이 아니라 갈고리 창날로 시하이 씨를 죽였을까?"

그 질문을 들은 사람은 나뿐이었지만 당연히 나는 그 질문의 답을 갖고 있지 않았다.

시하이 씨의 시체는 식당 남쪽 벽(식당 출입구 쪽에 있는 벽) 근처에 놓여 있었다. 소파에 앉혀진 시체는 동쪽, 즉 식당 출입구를 바라보고 있었다. 그리고 남쪽 벽, 그러니까 시체의 바로 오른쪽에는 식기장이 있었다. 시체에서 2미터쯤 떨어진 그 식기장에도 피가 좀 튀었다.

그리고 흉기인 핼버드는 시하이 씨가 앉은 소파 앞에, 날붙이 반대쪽인 자루의 끝부분이 벽 쪽으로 향한 채 떨어져 있었다. 자루 끝에는 남색으로 염색한 장식용 천이 붙어 있었다. 천은 손수건 정도 크기였다. 만져 보니 물에 젖어 있었다. 미쓰무라도 그 천을 만져 보고는 고개를 갸우뚱했다.

실제로 들어 보니 핼버드는 굉장히 가벼웠다. 무대 같은 데서 사용하는 모조품인지, 대부분이 플라스틱으로 만들어져 있었다. 이거라면 성별 상관없이 사용할 수 있으리라. 그리고 갈고리 창날 부분만 금속제 날붙이로 바꿔 둔 상태였다.

"그래서 범인은 갈고리 창 쪽으로 찔렀구나. 도끼 부분은 모조품이니까. 살인에 쓸 수가 없었던 거야."

미쓰무라가 말했다.

핼버드를 조사한 뒤 나는 시하이 씨의 시체 쪽을 돌아보았다. 의사 이시카와와 펜릴이 검시를 진행하고 있었다.

"사인은 역시나 자창(刺創)이야. 가슴을 다섯 군데나 찔렸어."

두 번째 살인(식당 살인) 현장

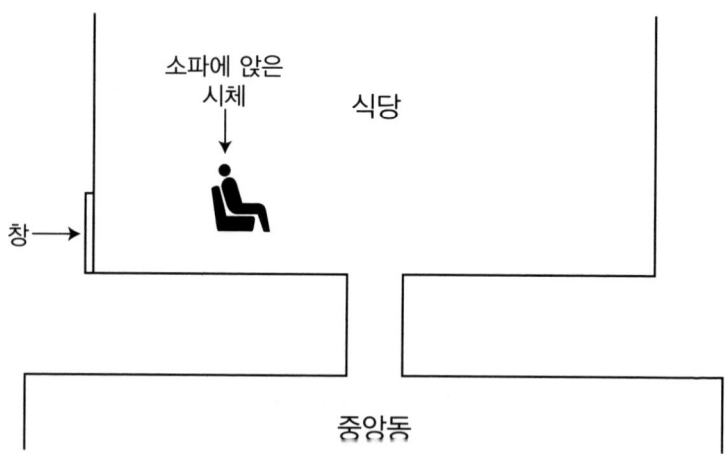

이시카와가 말했다.

"사망 추정 시각은 지금으로부터 한두 시간 전일까요?"

펜릴도 덧붙였다.

"응, 내 건에도 비슷해. 그러니까 오늘 아침 6시부터 7시 시이겠네."

"주방 쪽을 보고 왔습니다만."

메이로자카 씨가 끼어들었다. 시하이 씨가 살해당한 모습을 보고, 언제나 담담하던 이 메이드도 조금은 동요한 모양이다.

"조식 준비는 되어 있지 않았습니다. 하지만 시하이 지배인은 항상 식재료의 전처리를 전날 마쳐 놓기 때문에 아침에 하는 작업량 자체는 그리 많지 않습니다. 언제나 대체로 6시에서 7시 사이에 작업을 시작하죠."

"즉 사망 추정 시각과 모순이 발생하지 않는다는 말이네."

이시카와가 말했다.

그 이야기를 들으며 나는 머릿속으로 정보를 정리했다. 시하이 씨는 6시에서 7시 사이에 자기가 묵는 서쪽 동에서 나와 식당으로 왔고 조식 준비를 시작하기 전에 살해당했다. 그렇게 생각하면 확실히 사망 추정 시각과는 위화감이 없다. 아니, 잠깐만.

그 반대다. 온통 위화감투성이였다.

"메이로자카 씨."

내 목소리에, 불린 상대가 고개를 갸웃했다.

"왜 그러시죠?"

"확인하고 싶은 게 있는데, 이 식당동에 뒷문 같은 건 없나요?"

질문의 의도를 파악하려는 듯 메이로자카 씨가 잠시 뜸을 들였다.

"……식당동뿐만 아니라, 이 저택 자체에 뒷문이라는 것이 전혀 존재하지 않습니다. 창도 보시다시피 전부 고정식이고요."

식당 북쪽 벽은 전면이 채광창이지만 확실히 그 창은 여닫을 수 없는 붙박이창이다. 식당 서쪽 벽 한구석, 남서쪽 모퉁이에 해당하는 부분에도 창이 있지만 그 창도 마찬가지로 붙박이창. 사람이 드나들 수는 없다.

"즉 식당으로 오려면 반드시 중앙동 로비를 통과해야만 한다는 말이죠?"

"네. 전에도 말씀드렸다시피 로비를 통하지 않고 식당동에 들어갈 수는 없으니까요."

나는 신음했다. 그렇다면 대체 어떻게 된 거지? 혹시, 이 상황은.

요즈키가 내 소맷자락을 살살 잡아당기면서 걱정스러운 듯 물었다.

"가스미, 왜 그래? 몸이 안 좋으면 들어가 쉬는 게 낫지 않겠어?"

"아니, 괜찮아. 그냥 생각을 좀 하고 있었을 뿐이야."

나는 그렇게 말한 뒤 사람들을 둘러보았다. 그리고 "중요한 사실을 깨달았는데요." 하고 입을 열었다.

"중요한 사실? 그게 뭔데?"

이시카와가 물었다.

"저는 오늘 아침 5시에 눈을 떴어요."

눈이 일찍 떠졌고, 그 후로 통 잠이 오지 않았다.

"그래서 일어나서 로비로 나왔거든요. 그랬더니 요즈키랑 리리아 씨랑 마네이 씨가 게임을 하고 있어서, 거기 끼었어요."

"응, 맞아. 그랬어. 그런데 그게 어쨌다는 거야?"

리리아가 물었다. 나는 설명을 이어 갔다.

"저희가 게임을 하던 곳은 식당동으로 향하는 유일한 문 바로 옆에 있는 테이블이었는데요. 저희는 5시부터, 그리고 리리아 씨와 마네이 씨는 그전부터 그 자리에 앉아 있었던 거죠. 가끔 화장실을 가느라 자리를 비운 사람은 있었지만 저는 한 번도 일어나지 않고 5시부터 계속 그 자리에 있었고요. 8시에 메이로자카 씨가 식당동으로 가는 문 앞에 있던 입간판을 치우기 전까지, 내내. 한마디로 저는 아침 5시부터 8시까지 의도치 않게 문을 감시하고 있었다는 말이 돼요. 그리고 그 사이 식당동으로 들어가는 사람은 한 명도 없었어요."

"그 말은, 그러니까……. 식당동은 일종의 밀실이었다는 뜻인가요?"

펜릴이 말했다.

"네, 소위 '광의의 밀실'인 셈이죠."

이 나라에서 밀실살인이 빈번히 일어나게 된 후로 법무성에서는 밀실의 정의를 셋으로 분류했다. '완전밀실'과 '불완전밀실', 그리고 '광의의 밀실'이다. '완전밀실'과 '불완전밀실'은 합쳐서 '협의의 밀실'이라고도 불린다.

'완전밀실'의 정의는 실내에서 살인이 일어나고, 방 안의 모든 문과 창문이 잠긴 상태를 가리킨다. 말하자면 가장 표준적인 타입의 밀실이다.

그에 반해 '불완전밀실'의 정의는 실내에서 살인이 일어나고, 방 안의 모든 문과 창문이 잠긴 상태에 준하는 상황을 말한다. 안으로 열리는 문 앞에 장애물이 놓여 있어서 그 장애물 때문에 문이 열리지 않는다거나, 창문은 열려 있지만 워낙 높은 층이어서 도저히 아무도 드나들 수 없었다거나. 이런 타입의 밀실이 '불완전밀실'이라 불린다.

그리고 '광의의 밀실'의 정의는 '완전밀실'과 '불완전밀실', 양쪽의 정의에 모두 들어맞지 않는 상태를 가리킨다. 예컨대 눈 밀실로 대표되는 발자국 없는 살인이나, 살인 현장이 된 광장으로 침입하는 경로가 카메라로 감시당하고 있어 지나갈 수 없는 상황 등이 여기에 해당한다. 단 이때 '불완전밀실'과의 경계는 애매하다. 예컨대 창문이 열린 방에서 살인이 일어났는데, 그 창밖에 눈이 쌓여 있어서 밟으면 발자국이 남기 때문에 사람이 드나들 수 없었다고 하자. 이 경우 창이 열려 있으니 '불완전밀실'이라 정의해야 할까? 아니면 눈 밀실의 아종이니 '광의의 밀실'이라 정의해야 할까? 그 판단은 어렵기 때문에 전문가들 사이에서도 의견이 갈린다.

"아무튼 이번 범행 현장인 식당동은 아침 5시부터 8시까지 그 '광의의 밀실'이었습니다."

나는 설명을 이어 갔다.

"그것은 그 시간대에 범인과 피해자인 시하이 씨 자신도 식당동으로 이동할 수 없다는 사실을 의미하죠. 그럼에도 불구하고 시하이 씨는 아침 6시에서 7시 사이에 그 밀실 안에서 살해당했습니다. 그럼 대체 범인은 어떻게 시하이 씨를 죽였을까요?"

"그건……. 역시 아침 5시 이전에 식당동에 가서 죽였다는 말일까? 식당동이 그 '광의의 밀실'이었던 건 아침 5시부터 8시 사이잖아? 그럼 5시 이전 시간대에는 식당동으로 이동할 수 있어. 범인은 그렇게 5시 이전에 시하이 씨를 식당동으로 불러내서 살해한 거야."

이시카와가 생각에 잠긴 얼굴로 말했다.

"하지만 아침 5시 이전은 사람을 불러내기에 너무 이른 시간 아닐까요? 시하이 씨는 왜 그 부름에 응했을까요? 게다가 설령 시하이 씨가 그 시간에 식당으로 찾아왔다 해도, 시하이 씨가 살해당한 건 그로부터 한 시간 이상 흐른 아침 6시에서 7시 사이의 일이죠. 그 시간대에는 이미 식당이 '광의의 밀실'이었으니 이번에는 범인이 식당에서 탈출할 수 없다는 문제가 발생하고요."

내 말에 이시카와는 "으음……." 하고 신음했다. 그러자 대신 메이로자카 씨가 "범인이 식당에서 탈출한 방법은 모르겠습니다만." 하고 대화에 참여했다.

"시하이 지배인이 5시 이전에 식당에 있었던 이유는 알겠습니다. 이전에도 말씀드렸다시피 시하이 지배인의 방은 서쪽 동에 있지만, 식당동에도 수면실이 있거든요. 시하이 지배인은 식자재 전처리 작업이 밤늦게까지 이어질 경우 자기 방으로 돌아가지 않고 그 수면실에서 자곤 했습니다."

"즉, 어제도 그랬다는 건가요?"

"네, 그럴 가능성이 높다고 생각합니다."

그렇다면 시하이 씨가 식당에 있었던 이유는 설명할 수가 있다. 그럴 경우 남은 수수께끼는 범인이 식당에서 탈출한 방법뿐인데…….

그 타이밍에 뜻밖의 인물이 "아!" 하고 소리를 질렀다.

"혹시 그렇게 된 걸까요?"

펜릴의 말에 흥미를 느낀 듯 이시카와가 돌아보았다.

"펜릴 씨, 왜 그래?"

"아뇨, 뭐랄까, 그……."

펜릴은 에헴, 하고 헛기침을 했다. 은세공품 같은 머리카락이 찰랑찰랑 흔들렸다.

"저, 범인이 누구인지 알 것 같아요."

*

"이 사건의 요점은 역시나 아침 5시부터 8시 사이에 식당동으로 갈 수 있는 유일한 문이 구즈시로 씨 일행에게 계속 감시당하고 있다는 점이에요."

펜릴이 설명을 시작했다.

"그래서 아까부터 이야기가 나왔다시피 식당동은 '광의의 밀실'이었고, 그 사이 범인을 포함해 누구 한 사람 밀실에 드나들 수가 없었죠. 설령 범인이 5시 이전부터 식당동에 있었다 해도, 범인은 시하이 씨를 죽인 후 거기서 탈출할 수가 없어요. 하지만 실제로 그게 가능한 방법이 딱 하나 있는데, 거창하게 '트릭'이라 부를 정도는 아니지만 바로 식당동이 '광의의 밀실'에서 해제된 후에 탈출하는 거예요."

"'광의의 밀실'에서 해제된 후에 식당동에서 탈출했다고요?"

내가 물었다.

"네. 문이 감시받는 동안에는 범인도 밀실에서 탈출할 수 없지만 아침 8시가 된 시점에서 감시는 해제됐잖아요? 그때 식당동은 '광의의 밀실'을 벗어나니까, 그 이후 시간대라면 범인도 탈출이 가능하죠. 분명 범인은 식당 테이블 밑 같은 곳에 숨어 있다가 우리가 시체에 정신이 팔린 틈을 타서 식당을 나와 로비로 돌아왔을 거예요."

하기야 시선이 시체로 쏠렸을 때 사람들은 모두 식당 출입구에서 등을 돌리고 있었다. 그 타이밍이라면 확실히 식당동에서 탈출이 가능하다.

펜릴이 무슨 말을 하고 싶은지 차츰 이해되었다.

"그렇군요. 그렇다면 범행이 가능한 사람은 정해져 있네요. 범인이 식당동에서 탈출할 수 있는 것은 아침 8시 이후. 즉 아침 8시 이전에 식당동 이외의 장소에서 목격된 인물은 저절로 용의자에서 제외되죠."

"맞아요."

펜릴이 고개를 끄덕였다. 사람들은 하나같이 기억을 더듬는 표정을 지었다. 나도 머릿속을 정리했다. 본래 이 저택에는 투숙객과 종업원을 포함하여 총 열두 명이 있었다. 그중 간자키와 시하이 씨는 살해당하고 야시로는 산을 내려갔으므로 지금은 아홉 명으로 줄었다. 그럼 그중에서 아침 8시 이전에 확실히 식당동에 없던 사람은 누가 있을까?

"우선 나."

나는 아침 8시 이전에 로비에 있었다.

"그리고 나랑 같이 게임을 했던 요즈키와 리리아 씨, 마네이 씨도 제외할 수 있어."

용의자가 단숨에 네 명 줄었다. 이제 남은 인원은 다섯 명.

"저도 로비에 있었어요. 여러분께 마실 것을 나누어 드렸잖아요."

메이로자카 씨가 말했다.

맞다, 그랬다. 이제 남은 인원은 네 명.

"나도 로비에 있었어. 중간부터 모노폴리에 끼었으니까."

미쓰무라도 말했다.

맞다. 나머지 세 명.

"나도 있었어." 이시카와가 말하고, "저도예요." 하고 펜릴도 손을 들었다. ……이 두 사람의 기억은 애매하다. 있었던 것 같기도 하고, 없었던 것 같기도 하다.

"아냐, 확실히 두 사람 다 로비에 있었어. 내가 기억해."

미쓰무라가 말했다.

"그랬구나."

그렇다면 이제 한 명. 남은 사람은.

"사구리오카 씨인가?"

나는 주위를 둘러보았다. 그리고 그제야 깨달았다.

"그러고 보니 사구리오카 씨는 어디 갔지?"

모습이 보이지 않는다. 아니, 그보다 내가 오늘 사구리오카를 봤던가?

"나도 못 봤는데."

요즈키가 말했다.

"리리아도."

리리아가 말했다. 다른 사람들도 하나같이 못 봤다며 목소리를 높였다. 지금 이 자리에 있는 그 누구도 오늘 사구리오카를 보지 못한 모양이다.

"그렇다면……."

나는 펜릴 쪽으로 시선을 던졌다. 펜릴이 고개를 끄덕였다.

"범행이 가능한 사람은 사구리오카 씨뿐이었어요. 즉 시하이 씨를 죽인 사람은 사구리오카 씨라는 말이 되죠."

믿고 싶지 않았다. 하지만 그것이 사실일 터였다. 그렇다면 한시라도 빨리 사구리오카를 찾아내야만 한다.

"사구리오카 님의 방은 동쪽 동 1층 방입니다. 찾아가 보죠. 그곳에 있을지도 모르니까요." 하고 메이로자카 씨가 말했다.

메이로자카 씨를 선두로 이시카와, 펜릴, 마네이가 식당을 나갔다. 요즈키와 미쓰무라도 그 뒤를 따르고, 나는 모두의 뒷모습을 좇듯 식당을 나섰다. 식당동과 중앙동을 잇는 20미터 길이의 복도를 나아가던 중, 등 뒤에서 신음하는 소리가 났다.

돌아보니 리리아가 눈물을 글썽거렸다.
"……다 싫어. 집에 가고 싶어."
리리아는 머리를 끌어안고 중얼거렸다.
나도 완전히 똑같은 기분이었다.

*

동쪽 동 1층은 융단이 깔리지 않은 갈색 플로어링 바닥이었다. 우리는 반짝반짝 닦아 놓은 마룻바닥을 성큼성큼 걸어갔다. 사구리오카의 방은 1층 중간 부근에 있었다. 그리고 그 방 앞에 도착한 우리는 말을 잃었다. 사구리오카의 방문에는 하트 '7' 트럼프가 붙어 있었다.
"설마 사구리오카 씨도?"
요즈키가 당황한 얼굴로 말했다. 메이로자카 씨가 문 손잡이를 잡고 돌리려 하자 데드볼트(문을 잠그면 문 측면에서 튀어나오는 가로 빗장)가 덜컥 걸리는 소리가 주위에 울려 퍼졌다.
"문이 잠겨 있습니다."
메이로자카 씨가 말했다. 그러고는 손등으로 문을 몇 번 노크했다.
"사구리오카 님, 계세요? 사구리오카 님."
"대답이 없네. 역시 이미……."

이시카와가 중얼거렸다.

"어떻게 할까요? 또 문을 부술까요?"

마네이가 제안했지만 메이로자카 씨는 잠시 생각한 후 "아뇨." 하고 고개를 가로저었다.

"정원에서 창 안을 들여다보면 됩니다. 이곳은 1층이니 창으로 방 안을 볼 수 있을지도 모릅니다."

우리는 그 말에 고개를 끄덕이고 다 같이 다시 로비가 있는 중앙동으로 돌아가, 현관을 통해 밖으로 나갔다. 눈이 쌓인 정원을 달려서 사구리오카의 방 창문이 있는 장소로 향했다. 그리고 다 함께 그 창에 달라붙었다. 붙박이창을 통해 실내가 들여다보였다.

그곳에는 남자가 쓰러져 있었다. 사구리오카였다. 복도와 같은 갈색 마룻바닥에 피웅덩이가 생겨 있었다.

*

방 안에 들어가기 위해 우리는 창을 깨기로 했다. 청소용 대걸레를 가져와 자루 끝으로 창유리를 여러 번 내리쳐서 사람이 들어갈 만한 공간을 만든 뒤 창틀을 넘어 사구리오카의 방으로 들어갔다. 나는 이시카와와 함께 바닥에 쓰러진 사구리오카에게 다가갔다. 그리고 숨이 끊어졌다는 사실을 바로 알아차렸다.

권총의 총알이 사구리오카의 머리를 관통했다. 잠옷 차림이었고 범인과 몸싸움이라도 벌였는지 상의 단추가 하나 없었다. 바닥에 빈 탄피가 굴러다니는 것을 보니 아마 자동 권총이 사용된 모양이다. 리볼버였다면 사용한 탄피가 자동으로 배출되지 않아 현장에 빈 탄피가 남아 있을 가능성이 낮기 때문이다.

 나는 흐음, 하고 고개를 끄덕이고 메이로자카 씨를 돌아보았다.

 "이 방, 방음은 잘되나요?"

 "방음성은 상당히 높다고 들었습니다." 하고 메이로자카 씨가 대답했다.

 "이 방은 본래 유키시로 뱌쿠야가 오디오룸으로 사용하던 공간이라고 하니까요. 그러니 방 안에서 발포가 이루어졌다 해도 그 총성이 방 밖으로 흘러 나갈 가능성은 없을 겁니다."

 메이로자카 씨의 설명에 나는 "그렇군요." 하고 대답했다. 그렇다면 총성이 들린 시간을 단서 삼아 범행 시각을 좁힐 수가 없다는 뜻이 된다. 이 방이 방음이 잘된다는 사실을 범인이 사전에 알고 있었을지는 모르지만 사구리오카는 이번에 분명 잡지 취재 때문에 이 저택을 방문했다고 말했다. 그렇다면 사구리오카의 숙박을 예약한 사람은 그 잡지의 기자일 가능성이 높다. 그리고 그 기자가 사실 범인이 변장한 가짜 기자였다면 의도적으로 사구리오카가 이 방음 시설이 된 방에 묵게끔 손을 쓰는 일은 어렵지 않다. '동쪽 동의 ○○호실에 묵고 싶다'는 희

망을 표시하기만 해도 되니까.

내가 머리를 굴리고 있는데 누군가가 "앗!" 하고 외치는 소리가 들렸다. 요즈키의 목소리였다. 요즈키는 방에 있던 텔레비전 앞에 서서, 그 텔레비전이 놓여 있는 받침대 위를 가리켰다.

"열쇠야."

요즈키가 가리키는 곳에 열쇠가 하나 놓여 있었다.

"이 방 열쇠군요. 방 번호가 각인되어 있습니다."

메이로자카 씨가 열쇠를 집어 들고는 설명했다.

나는 흐음, 하고 고개를 끄덕이고는 사람들을 둘러보았다.

"요즈키가 텔레비전 받침대로 다가가기 전에 먼저 접근한 사람은 없었나요?"

그 질문에 사람들은 고개를 가로저었다. 요즈키가 의아한 표정으로 "그런 건 왜 물어?" 하고 물었다.

"아니……."

나는 애매하게 대답했다. 어쩌면 누군가가 시체 발견 당시의 어수선한 틈을 타 텔레비전 받침대에 열쇠를 놓아두었을지도 모른다는 생각이 들어서였다. 하지만 아무도 텔레비전 받침대에 다가가지 않았다면 그 가능성은 고려하지 않아도 된다. 즉 우리가 이 방에 들어오기 전부터 열쇠는 내내 그 장소에 있었다는 말일까.

나는 그렇게 결론을 내린 후, 이 방의 유일한 출입구인 문 쪽으로 다가갔다. 모두 이 방에 들어온 후 아직 아무도 문에 접근하지 않았다. 하지만 그 문은 틀림없이 안에서 잠겨 있었다.

"밀실인가?"

문은 잠겨 있고, 창은 고정시이라 열리지 않는다. 그리고 유일한 열쇠는 방 안에 있다.

"완전밀실이네요."

펜릴이 말했다. 그리고 문으로 다가와서 아래쪽을 내려다보았다.

"심지어 이 문 밑에는 빈틈이 없어요. 밀실 자체의 강도로 따지면 간자키가 살해당한 첫 번째 살인보다 높네요."

실제로 펜릴의 말대로 문 아래에는 빈틈이 없었다. 즉 열쇠를 문 밑으로 집어넣는 방법은 쓸 수 없다는 말이 된다.

펜릴은 은발을 쓸어 넘기며 이시카와 쪽을 돌아보았다.

"이시카와 씨, 검시를 시작하죠. 재미있는 사실을 알아낼 수 있을 것 같아요."

"재미있는 사실?"

이시카와가 고개를 갸웃했다.

"네, 재미있는 사실요. 사구리오카 씨의 사망 추정 시각에 따라서는, 말이죠."

펜릴은 그렇게 말하며 사구리오카의 시체를 조사하기 시작했다. 그리고 검시를 끝내자 이시카와가 교대했다. 두 사람이 말한 사망 추정 시각은 오늘 오전 2시에서 3시 사이였다. 아까 펜릴이 의미심장하게 했던 말의 의미가 이해됐다.

"그랬구나."

내가 중얼거렸다. 그 말을 들은 요즈키가 궁금한지 "왜 그래?" 하고 물었다. 나는 요즈키에게, 아니, 모두에게 방금 깨달은 사실을 말했다.

"시하이 씨의 사망 추정 시각은 오늘 아침 6시에서 7시 사이. 사구리오카 씨가 2시에서 3시 사이에 죽었다고 하면, 사구리오카 씨는 시하이 씨를 죽일 수가 없어."

"그렇다면 시하이 씨를 죽인 사람이 따로 있다는 뜻이야?"

요즈키가 물었다.

"음, 그치만, 그건 이상하지 않아?"

리리아가 고개를 갸우뚱했다.

"시하이 씨를 죽일 수 있는 건 사구리오카 씨뿐이었잖아? 사구리오카 씨가 범인이 아니라면 대체 누가 시하이 씨를 죽였는데?"

하기야 리리아의 말이 맞다. 식당동은 거대한 밀실 상태였고, 우리는 모두 그 밀실 밖에 있었다.

펜릴이 기쁜 얼굴로 말했다.

"이걸로 '광의의 밀실'이 부활했네요. 그리고 사구리오카 씨가 살해당한 방도 완벽한 밀실. 하룻밤 사이 밀실살인이 두 건이나 발생하다니, 정말 훌륭해요. 이 저택에 오길 잘했어요."

흥분한 펜릴의 피부가 희미하게 상기되었다. 그리고 펜릴은 스마트폰으로 현장을 촬영하기 시작했다. 나는 무심코 그 팔을 붙잡았다.

"아파요."

펜릴이 얼굴을 찌푸렸다. 그리고 다음 순간 나는 허공에 떠 있었다. 펜릴이 나를 집어던졌다는 사실을 깨달은 것은, 이미 바닥에 등을 찧은 후였다.

*

"가스미, 괜찮아?"

요즈키가 등을 쓸어내려 주었다.

"정말 보기 좋게 날아가더라."

미쓰무라도 걱정(?)해 주었다.

나를 집어던진 펜릴은 제자리에서 쌀쌀맞게 고개를 홱 돌렸다. 사과할 생각은 없는 모양이다.

나는 끄응, 하고 신음하면서 바닥에서 몸을 일으켜 지금까지의 상황을 정리해 보기로 했다. 시하이 씨와 사구리오카가 살해당했다. 두 개의 서로 다른 밀실 상황. 그중 시하이 씨가 살해당한 현장에는 다소 마음에 걸리는 부분이 있었다. 그래서 나는 이시카와에게 물어보았다.

"시하이 씨의 사망 추정 시각이 틀렸을 가능성은 없나요?"

현장이 밀실 상태가 된 것은 로비와 식당동을 가로막는 문이 감시당하는 사이 시하이 씨가 살해당했기 때문이다. 만일 시하이 씨가 살해당한 시각이, 문이 감시당하기 한참 전이었다면 현장은 밀실이 아니다.

"나도 마침 같은 생각을 하고 있었어." 하고 이시카와가 말했다.

"하지만 검시에 실수는 없었다고 생각해. 게다가 펜릴 씨의 사망 추정 시각도 나랑 같았잖아."

"그렇지만 두 사람 다 틀렸을 가능성도……."

이시카와는 "으음……." 하고 신음했다. 그러더니 어깨를 으쓱했다.

"그럼 다시 한번 조사해 볼까? 그래야 다들 납득할 것 같고, 나도 조금 불안해졌거든."

*

우리는 다 같이 식당으로 돌아가 다시 한번 시하이 씨의 시체를 조사해 보기로 했다. 검시를 하던 이시카와 씨가 한참 후 고개를 들었다. 얼굴에는 쓴웃음이 떠올라 있었다.

"변함없어. 역시 사망 추정 시각은 오늘 아침 6시부터 7시 사이야."

이것으로 현장이 '광의의 밀실'이었다는 사실이 확정되었다. 나는 미간을 좁히며 신음했다. 이 저택에 온 후로 사흘, 그 사이 밀실사건이 세 건 발생했다. 아무리 밀실사건이 툭하면 벌어지는 세상이 되었다 해도 이 페이스는 지나치게 빠르다.

"이시카와 님, 저도 시하이 지배인의 시체를 좀 봐도 될까요?"

그때 메이로자카 씨가 나섰다. 이시카와가 고개를 갸웃했다.

"당연히 괜찮은데, 갑자기 왜?"

"아뇨, 좀."

메이로자카 씨는 그렇게 말한 뒤 시체 옆에 쪼그리고 앉아, 시하이 씨의 몸을 뒤졌다. 그리고 더듬거리다 무언가를 찾았는지 상의 안주머니에서 어떤 물건을 꺼냈다.

메이로자카 씨는 열쇠를 들고 있었다.

"서쪽 동의 마스터키입니다." 하고 메이로자카 씨가 말했다.

그러고 보니 간자키와 사구리오카가 살해당한 동쪽 동과 달리 서쪽 동에는 마스터키가 존재한다고 했지.

"이 열쇠는 제가 갖고 있겠습니다. 마스터키는 하나밖에 없기 때문에 잃어버리면 큰일이거든요."

메이로자카 씨는 그렇게 말하며 마스터키를 자기 주머니에 넣었다. 그리고 시체 옆에서 일어서려다, 문득 움직임을 멈추었다.

"응? 뭐가 떨어져 있네요. 봉투일까요?"

메이로자카 씨가 고개를 갸웃했다.

메이로자카 씨의 시선은 시체에서 5미터쯤 떨어진 장소에 있는 테이블 아래로 향했다. 정말로 무슨 봉투가 떨어져 있었다. 테이블보 그림자에 가려져 지금까지 보이지 않았지만.

나는 그 테이블로 다가가 허리를 굽히고 봉투를 주웠다. 아무것도 씌어 있지 않은, 하얀 봉투였다. 안에는 반으로 접은 종이가 한 장 들어 있었다.

꺼내서 훑어보았다.

그것은 시하이 씨의 유서이자 범인의 고백이었다.

*

시하이 씨의 유서에는 이런 내용이 씌어 있었다. 시하이 씨 본인이 트럼프 연쇄살인 사건의 범인이라는 것. 간자키와 사구리오카도 자신이 죽였다는 것. 그 죄를 후회하고 있으며, 자살하기로 결심했다는 것. 요약하면 이렇다. 유서는 컴퓨터로 작성되었으나 맨 마지막에는 육필로 '시하이 레이코'라고 서명되어 있었다.

"시하이 지배인의 글씨예요. 틀림없습니다."

유서를 확인한 메이로자카 씨가 그렇게 말하더니 혼란스러운 표정으로 고개를 갸우뚱했다.

"그나저나 믿을 수가 없네요. 시하이 지배인이 범인이라니."

"저도 그렇습니다. 게다가 자살이라뇨? 시하이 씨는 핼버드의 갈고리 창날 부분에 찔려 죽은 게 아니었던가요?"

마네이도 거들었다.

이시카와가 어깨를 으쓱했다.

"그건 틀림없는데. 하지만 반드시 타살이라고 할 수는 없어. 예컨대 자루를 갈고리 창날에 가깝게 바짝 쥐면 자기 자신을 그것으로 찌를 수도 있으니까……. 자루가 워낙 길어서 찌르기 힘들겠지만."

실제로 핼버드 자루는 길이가 2미터쯤 되기 때문에 자살에 쓸 날붙이로는 너무 길다. 가지고 다니기 편하도록 자루 부분을 분해할 수 있는 타입이었으니 예컨대 자살하기로 마음먹었다면 자루를 줄이는 편이 훨씬 사용하기 편했으리라.

"하지만 결국 자살이었던 거잖아? 현장은 완벽한 밀실이었고, 자필 서명이 들어간 유서까지 발견됐잖아. 이게 자살이 아니라면 범인은 대체 어떻게 시하이 씨를 죽이고, 어떻게 유서를 갖다 놓았다는 거야?"

리리아의 말에 자리에 썰렁한 침묵이 내려앉았다. 하지만 잠시 후 "그 말씀이 맞는 것 같네요." 하고 메이로자카 씨가 입을 열었다.

"뒷맛이 찜찜한 결말이지만 그렇게 생각하는 수밖에 없겠습니다. 여러분, 시하이 지배인이 정말 큰 폐를 끼쳤습니다."

에이프런 치맛자락을 꽉 움켜쥐고, 메이로자카 씨가 고개를 깊이 숙였다. 이번에는 무거운 분위기가 감돌았다. 리리아가 "따, 딱히 메이로자카 씨가 사과할 필요는……." 하고 다급히 입을 열었다.

그러는 와중에 누군가가 내 옷옷 옷자락을 살살 잡아당겼다. 돌아보니 요즈키가 자기 목깃을 잡고 팔락팔락 흔들며 미간을 찌푸린 채 말을 걸었다.

"……저기, 이 방 좀 덥지 않아?"

듣고 보니 정말로 방 온도가 높은 느낌이 들었다. 한여름처럼 후끈했다. 난방이 너무 잘된 모양이다.

"어디 보자, 히터 리모컨이……."

요즈키가 식당을 두리번거렸다. 그러다 리모컨을 발견하고는 후다닥 뛰어갔다. 리모컨은 식당 북측 창가 테이블 위에 놓여 있었다. 요즈키는 그 리모컨을 집어 들더니 "어?" 하고 고개를 갸웃했다.

"설정 온도는 보통인데 왜 이렇게 덥지?"

*

사구리오카 살해에 사용된 권총은 시하이 씨의 방에서 발견되었다. 자동 권총이고 소음기는 달려 있지 않았다. 만일을 대비하여 권총과 탄창을 분리하여 보관하기로 했는데 탄창은 메이로자카 씨가, 그리고 권총 본체는 어째서인지 리리아가 가져가기로 했다. 리리아의 말에 따르면 "리리아가 세상에서 제일 신용할 수 있는 사람은 리리아니까."라는 이유였다. 마네이가 "아니, 리리아 씨. 위험해요. 다른 사람한테 맡깁시다." 하고 설득했지만 리리아는 "리리아가 세상에서 제일 신용할 수 있는 사람은 리리아니까."라는 주장을 굽히지 않았다.

시하이 씨의 자살로 사건이 해결됨에 따라 사람들은 어딘가 모르게 안도한 표정을 지었다. 메이로자카 씨가 간단한 조식을 준비해 주었기에 음식을 먹은 후 사람들은 하나둘씩 자기 방으로 돌아갔다. 나도 내 방으로 돌아와, 점심과 저녁 식사 시간을 제외하면 내내 방 안에서 빈둥거렸다. 하지만 목욕을 하고 나왔더니 문득 어떤 생각이 떠올라, 사구리오카의 방을 조사해 보기로 했다. 범인이 자살함으로써 사건 자체는 해결되었지만 아직 해결되지 않은 수수께끼도 있었다. 사구리오카의 방이 밀실이었던 점도 그렇고, 그리고 현장에 남겨져 있던 트럼프 문제도 그랬다. 트럼프 연쇄살인 사건은 오 년 전에 세 건 일어났고, 시하이 씨의 자살을 포함하여 이 저택에서도 세 건 일어났다. 합쳐서 여섯 건. 현장에서 발견된 트럼프는 전부 하트였지만 숫자는 제각각 달랐다. 아무래도 이 숫자에 무슨 법칙성이 있는 것 같다는 생각이 자꾸 든다.

트럼프 연쇄살인 사건이 최초로 일어난 오 년 전, 전직 형사가 살해당한 현장에는 하트 '6'이 남겨져 있었다. 이어서 중국인이 살해당한 다음 사건에서는 하트 '5'가, 세 번째 사건에서는 어느 악덕 기업의 사장이 독살당하고 하트 '4'가 남겨져 있었으며 여기서 트럼프 연쇄살인 사건은 일단 멈춘다.

그리고 이 저택에서 다시 사건이 일어났으며 간자키가 살해당했을 때는 하트 'A', 시하이 씨의 자살 현장에는 하트 '10'이 있었다. 다음으로 사구리오카 살해 현장에서 발견된 트럼프는 하트 '7'. 이 숫자들의 의미가, 시하이 씨의 유서에는 전혀 언급되지 않았다. 이 방의 밀실 수수께끼와 마찬가지로 미해결 상태다. 무슨 암호일까? 아니면 피해자들끼리의 보이지 않는 연결 고리, 미싱 링크를 암시하는 걸까?

나는 머리를 벅벅 긁었다.

다시 한번 사구리오카의 시체가 있던 자리를 바라보았다. 시체는 손상을 막기 위해 이미 식당동의 와인 셀러 안으로 옮겨 놓은 후였다. 지금은 시체가 있던 자리에 나일론 끈을 이용해 하얀 선으로 사람 모양을 그려 두었다. 사구리오카는 벽 바로 옆에서, 벽 쪽으로 두 다리를 뻗은 자세로 쓰러져 있었다. 두 다리와 벽 사이의 거리는 15센티미터 정도밖에 되지 않았다. 큰대자로 펼친 두 팔은 벽과 평행하게 뻗어 있었다. 사구리오카의 두 다리가 향한 벽에는 빛이 은은한 수면 등이 설치되어 있었는데, 이 수면 등은 사건 발견 당시 분명히 켜져 있었다. 하지만 조명 빛이 너무 약해 바로 밑으로 가지 않으면 글씨도 읽기 힘들 정도였다.

나는 수면 등이 있는 벽의 맞은편 벽도 조사해 보기로 했다. 거기에는 탄흔과 혈흔이 남아 있었다. 쓰러진 사구리오카의 등 뒤에 해당하는 위치다. 탄환은 벽을 관통하지 못하고 박혔다. 사구리오카의 머리를 관통해서 위력이 줄어든 모양이다.

"어이가 없네. 뭐 하는 거야?"

목소리가 들리는 쪽을 돌아보니 입구에 미쓰무라가 서 있었다. 나는 어깨를 으쓱하며 말했다.

"보다시피 밀실을 조사하고 있어."

"사건은 이미 해결됐잖아."

"그건 그렇지만 아무래도 마음에 걸려. 나는 눈앞에 해결되지 않은 수수께끼가 있으면 자꾸 신경이 쓰이는 체질이거든."

"해결되지 않은 수수께끼가 신경 쓰이는 체질 좋아하시네, 잘난 척하긴. 그럼 너는 자기 인생이 신경 쓰여서 잠도 못 자겠다."

미쓰무라가 어이없어하며 말했다.

"멋진 인생이잖아."

"멋지지만 보람 없는 인생이지. 주어진 시련에 비해 능력이 못 따라가니까."

미쓰무라는 평소보다 더욱 신랄했다. 나는 씁쓸한 표정을 지으면서도 오기를 부리며 대꾸했다.

"그래도 괜찮아. 나한테는 믿음직스러운 친구가 있으니까."

미쓰무라는 의아한 표정을 짓더니 "친구?" 하면서 자신의 얼굴을 가리켰다. 나는 "응, 친구." 하고 고개를 끄덕였다. 그리고 그 친구를 향해 말했다.

"그래서 이 밀실의 수수께끼를 푸는 일을 좀 도와줬으면 해."

그 순간 미쓰무라는 얼굴을 찌푸렸다. 그리고 불쾌하다는 말투로 말했다.

"또 날 끌어들일 생각이야?"

"끌어들이고 뭐고, 넌 이미 말려들었어. 사건에도, 클로즈드 서클에도."

미쓰무라가 미간을 찌푸리며 나를 쳐다보았다.

"클로즈드 서클 좋아하시네, 잘난 척하긴. 항상 그렇게 남의 도움만 받으려 하지 말고, 조금쯤은 스스로 해결하려 하는 기백을 보여 줘야 하지 않겠어?"

"안타깝게도 난 문제집 풀다가 막히면 바로 해답을 찾아보는 타입이거든."

"전형적인 구제 불능이네. 내가 제일 싫어하는 타입이야."

"자꾸 그런 식으로 말하는 걸 보니 사실은 자신이 없나 보네? 이 밀실의 수수께끼를 풀 자신 말이야."

그 말에 미쓰무라가 한순간 울컥하는 것이 느껴졌다. 미쓰무라는 나를 노려보며 말했다.

"혹시 지금 도발하는 거야?"

"응."

"내가 매번 도발에 넘어가는 값싼 여자인 줄 알아?"

"응."

"안타깝게도 나도 이제 어른이 됐거든. 그렇게 매번 넘어가는 탐정 피에로가 될 생각은 없어."

탐정 피에로는 또 뭐람.

미쓰무라는 휴우, 하고 한숨을 내쉰 다음 온화한 말투로 말했다.

"하지만 내가 수수께끼를 못 푼다고 생각하는 건 싫으니까 그 도전은 받아 줄게."

아니, 결국 받아 주는 거냐고! 하나도 성장 안 했잖아!

그런 내 기분과는 상관없이 미쓰무라는 방을 한 바퀴 돌아보았다. 그리고 사구리오카의 시체 모양을 따라 그려 놓은 하얀 선을 응시하며 말했다.

"사구리오카 씨 시체, 벽 쪽으로 두 다리를 뻗고 있네."

"맞아."

"벽과 다리의 거리는 15센티미터 정도."

"응."

"바닥에는 빈 탄피가 떨어져 있었고."

"그랬지."

"그리고 벽에는 수면 등."

"수면 등."

"사구리오카 씨의 시체가 발견됐을 때 이 수면 등은 분명히 켜져 있었어. 즉 범행이 이루어진 시각에도 이 불은 켜져 있었다는 말이 돼."

미쓰무라는 그렇게 말한 뒤 발길을 휙 돌려 반대편 벽으로 이동했다. 그리고 그 벽을 빤히 쳐다보았다.

"탄환은 이쪽 벽에 남아 있지."

"……? 당연하지."

"그걸 당연하다고 생각하느냐 아니냐가 사건 해결의 분기점이야."

미쓰무라는 검은 긴 머리를 벅벅 긁더니 나를 향해 말했다.

"대충 알았어. 아무래도 그렇게 대단한 트릭이 사용된 건 아닌 것 같아."

나는 눈을 휘둥그렇게 떴다.

"진짜 벌써 알았다고?"

"그래."

"아무리 그래도 너무 빠르지 않아?"

"나한테는 표준적인 속도야. 구즈시로, 너한테는 광속으로 보일지도 모르지만."

실제로 빛의 속도였다. 미쓰무라는 광속탐정 피에로였다.

"아무튼 내 예상으로는 아마……."

미쓰무라는 그렇게 말하며 바닥에 무릎을 꿇더니 침대 밑을 들여다보았다. 그리고 "앗, 역시." 하면서 침대 밑으로 손을 집어넣었다.

"이것 봐, 이런 게 떨어져 있잖아."

미쓰무라가 의기양양하게 보여 준 것은 실 부스러기가 붙은 작은 단추였다.

"뭐야, 그 단추는?"

"사구리오카 씨의 잠옷 단추 아닐까? 왜, 사구리오카 씨의 잠옷 단추가 하나 없었잖아? 아마 그 단추일 거야."

미쓰무라가 설명했다.

"즉 사구리오카 씨가 범인과 몸싸움을 벌일 때 단추가 떨어져서 침대 밑으로 굴러들어갔다는 말이야?"

"글쎄, 어떨까?"

미쓰무라는 의미심장하게 어깨를 으쓱했다. 참다못한 내가 물었다.

"그래서 대체 무슨 트릭이 이용된 건데?"

"가르쳐 줘?"

미쓰무라는 심술궂게 말하더니 입가를 살짝 올려 웃었다.

"걱정 마. 지금부터 설명해 줄게. 그것도 로직을 이용해서, 지극히 논리적으로."

*

"이 사건 현장에는 수많은 힌트가 남겨져 있습니다. 그리고 그 힌트들을 조합하면 자연스럽게 어떤 트릭이 사용되었는지가 떠오르는 구조죠."

미쓰무라가 입을 열었다.

마치 연극 대사를 읊는 듯한 그 태도에 나는 머리가 아파져, 항의하듯 대꾸했다.

"더 쉽게 좀 말해 줘, 탐정 피에로."

"누가 탐정 피에로야! ……그래도 뭐, 좋아. IQ 테스트 문제를 전부 다 틀린 구즈시로도 이해할 수 있게 설명해 줄게."

자연스럽게 남의 과거를 불명예스럽게 날조한다. 그건 뭐, 상관없지만.

"그래서 힌트란 게 뭔데?"

"첫 번째, 사구리오카 씨가 벽 쪽으로 두 다리를 뻗은 채 죽었다는 점이야. 그리고 다리와 벽 사이 거리가 15센티미터 정도밖에 되지 않았다는 점하고."

"아, 그러고 보니 아까도 그런 이야기를 했지."

"응, 맞아. 그런 이 힌트에 무슨 의미가 있는가? 그건 바로 사구리오카 씨가 벽 바로 옆에서 총을 맞았다는 거지."

"……흐음."

나는 시체의 위치를 표시해 둔 하얀 선을 쳐다보았다. 그리고 그야 그렇겠지, 하고 생각했다.

"뭐, 그건 당연한 얘기네."

"맞아, 당연한 얘기야. 하지만 다음 사실과 조합하면 재미있는 장면이 보여."

미쓰무라는 수면 등이 있는 벽의 반대편 벽, 즉 사구리오카의 다리가 향한 쪽 벽의 반대편 벽을 가리켰다.

"사구리오카 씨의 머리를 꿰뚫은 탄환은 이쪽 벽에 박혀 있었어. 이게 무슨 의미인지 알겠어?"

나는 고개를 갸웃했다. 솔직히 모르겠다. 알 수 있는 건 탄환이 날아온 방향뿐이다.

그래서 미쓰무라에게 정직하게 그렇게 말했다. 그러자 미쓰무라는 의외의 답변을 내놓았다.

"맞아, 탄환이 날아온 방향을 알 수 있지. 그리고 그것만 알면 이 밀실에 존재하는 거대한 위화감을 알아차릴 수 있어."

"거대한 위화감?"

나는 방 안을 한 바퀴 둘러보았다. 아무 위화감도 느껴지지 않았다. 아무래도 내 위화감 센서는 망가진 모양이다.

"한마디로, 이렇게 된 거야. 뭐 쓸 것 없어?"

미쓰무라가 두리번거리기에 나는 주머니에서 메모지와 펜을 꺼내 내밀었다. 미쓰무라는 거기에 간단한 그림을 그렸다(208페이지 참조).

"이런 위치 관계가 돼."

"엄청나게 간단한 그림이네."

"그림 실력이 꽤 괜찮지 않아?"

미쓰무라는 어째서인지 의기양양하게 말했다.

"즉, 자연스럽게 생각하면 이렇게 되지. 권총을 든 범인은 '수면 등이 있는 벽'을 등지고 사구리오카 씨를 쏘았어. 그 탄환이 사구리오카 씨의 머리를 꿰뚫은 뒤 '탄흔이 남은 벽'에 박혔고."

나는 흐음, 하고 신음했다.

"당연한 소리 아니야?"

"아냐, 전혀 당연하지 않아. 왜냐하면 범인이 벽을 등지고 사구리오카 씨를 쏘는 일은 절대 불가능하거든."

나는 그 말에서 오히려 강렬한 위화감을 느꼈다. 절대 불가능? 왜 절대 불가능하다는 거지? 벽을 등진 범인이 권총을 사구리오카에게 들이댄다, 그리고 방아쇠를 당긴다. 고작 그게 전부인데 왜 불가능하다는 건지 알 수가 없다.

"그게 불가능하다니까. 왜냐하면."

미쓰무라는 벽으로 다가가 자신의 체중을 실어 기댔다. 그리고 권총을 드는 자세를 취했다.

"기본적으로 벽을 등지고 누군가를 쏘려면, 쏘는 사람이 벽과 그 사람 사이에 서 있어야만 하잖아."

미쓰무라는 총구를 내게 들이댄 채 말을 이었다.

"그럼 구즈시로, 나한테 가까이 와 볼래?"

나는 총구를 쳐다보며 시키는 대로 미쓰무라에게 가까이 다가갔다. 그리고 세 걸음 정도 떨어진 곳에 멈추어 섰다.

"더 와. 더 가까이 와 봐."

두 걸음 더 다가갔다. 미쓰무라는 "더." 하고 말했다.

나는 의아한 눈빛으로 미쓰무라를 쳐다보았다.

"대체 어느 정도 다가오라는 거야?"

글쎄, 하고 미쓰무라가 웃었다.

"대략 벽에서 15센티미터 정도 떨어진 위치까지?"

무슨 말도 안 되는 소리람, 하는 생각이 들었다.

그렇게 가까이 다가가면 미쓰무라에게 부딪히게 된다. 아니, 미쓰무라를 꽉 짓눌러 버릴 것이다. 애당초 인간의 몸 두께가 15센티미터를 넘지 않는가. 미쓰무라가 거기 서 있는 한 내가 벽에서 15센티미터 거리까지 접근하는 일은 불가능하다.

세 번째 살인(탄환 밀실) 현장

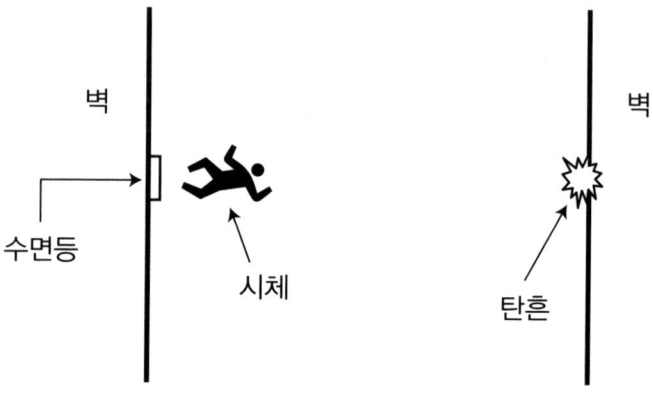

"아!"

그제야 나는 미쓰무라가 무슨 말을 하고 싶은지 이해했다.

"혹시 그런 거야?"

"응, 맞아." 하고 미쓰무라가 말했다.

"사구리오카 씨는 벽에서 15센티미터 거리에 쓰러져 있었어. 그러니까 범인이 사구리오카 씨를 쏘려면, 벽과 사구리오카 씨 사이의 15센티미터 정도 되는 공간으로 들어가야 해. 하지만 그건 불가능하잖아? 그 말은 곧 범인이 벽을 등지고 사구리오카 씨를 총으로 쏘는 일이 불가능했다는 의미가 돼."

그 말에 나는 고개를 끄덕였다. 하지만 동시에 새로운 의문이 솟아났다. 벽을 등지고 사구리오카를 쏘는 일이 불가능했다면, 범인은 어떻게 범행을 성공시켰을까?

그때 문득 그런 생각이 들었다.

"혹시 옆방에서 벽 너머로 총을 쏘았나?"

범인이 옆방에서 쏜 총알이 벽을 관통하여 사구리오카의 머리를 꿰뚫었다. 이럴 경우 범인은 굳이 벽과 피해자 사이의 얼마 안 되는 공간에 몸을 구겨 넣을 필요가 없으니, 벽 바로 앞에 있는 피해자를 쏘는 일이 가능해진다.

"하지만 벽 어디에도 탄환이 관통한 자국이 없는데?"

미쓰무라가 사구리오카의 두 다리가 향한 벽을 바라보며 말했다.

"그렇게 말하면 할 말이 없네."

"할 말이 없겠지."

"하지만 그럼 대체 어떻게……."

다시 골치가 아파졌다. 벽을 등진 범인이 사구리오카를 쏘는 일은 불가능하다. 벽을 관통하여 머리를 쏘는 일 또한 마찬가지로 불가능하다. 이래서는 범인이 권총으로 사구리오카를 쏘아 죽이는 일 자체가 불가능하다는 생각밖에 들지 않는다.

미쓰무라에게 그 이야기를 하자, "맞아. 실제로 그렇지 않겠어? 네 말대로 범인은 권총으로 사구리오카 씨를 쏘는 일이 불가능해. 그러니 이렇게 생각하는 수밖에 없지. 범인은 사구리오카 씨를 권총으로 쏘아 죽이지 않았다고." 하고 말했다.

그 말에 나는 아연실색했다. 아니, 그건 말이 안 되지 않나? 실제로 사구리오카는 머리를 맞고 죽었는데.

"정말?"

미쓰무라가 웃었다.

"정말로 사구리오카 씨는 권총에 맞아 머리를 관통당했을까? 굳이 권총을 사용하지 않아도 탄환으로 사구리오카 씨의 머리를 꿰뚫는 일은 가능하잖아?"

잠시 고민한 끝에 나는 "설마." 하는 깨달음을 얻었다.

미쓰무라가 고개를 끄덕였다.

"생각할 수 있는 가능성은 하나뿐이야. 탄환이 폭발해서 사구리오카 씨의 머리를 꿰뚫은 거야. 범인이 설치한, 탄환 폭발 트릭으로."

*

"탄환 폭발 트릭?"

내 말에 미쓰무라는 고개를 끄덕였다. 그리고 "방법은 얼마든지 있지만."이라며 검지를 치켜들고 말했다.

"예컨대 황린을 사용할 수가 있지."

"황린?"

"응. 황린은 공기에 반응해서 발화하는 성질이 있으니까 평소에는 물속에 보관해 두잖아? 그래서 그 성질을 이용해 시한 발화장치를 만들 수가 있어. 예컨대 소량의 황린을 젖은 탈지면으로 감싸고, 그걸 건조제와 함께 가로세로 1센티미터쯤 되는 비닐봉지에 넣어 두지. 그러면 탈지면이 머금고 있던 수분이 증발하고, 황린이 공기에 닿아 불이 붙는 거야. 즉 시간차를 두고 불이 붙는 불씨가 되는 거지. 그리고 그 불씨를 탄피 속에 넣어 두면 시간이 지나 불씨에 불이 붙고, 그게 탄피 속 화약에 옮겨붙어서 탄환이 폭발해."

나는 미쓰무라가 말한 특수한 장치를 머릿속으로 상상해 보았다. 권총을 사용하지 않고 탄환을 날릴 수 있는 특수한 흉기.

그것은 일종의 부비 트랩이나 다름없었고, 동시에 밀실의 수수께끼를 푸는 명쾌한 해답이었다. 사구리오카는 어떻게 밀실이 된 방 안에서 총에 맞아 죽었을까? 그것은 사구리오카 자신이 방문을 잠갔기 때문이며, 그렇게 직접 밀실로 만든 방 안에서 범인이 설치한 총탄에 맞아 생명을 잃었다.

머릿속에 끼어 있던 안개가 단숨에 맑아지는 기분이었다.

하지만, 동시에 미쓰무라의 추리에서 위화감을 느끼지 않을 수 없었다. 그 논리는 아무리 생각해도 성립되지 않는 기분이 든다. 그래서 나는 그 의문을 털어놓았다.

"이 트릭, 정말 실행이 가능해?"

그러자 미쓰무라는 어깨를 으쓱하더니 "무슨 뜻이야?" 하고 물었다. 나는 "확률 문제야." 하고 대답했다.

"사구리오카 씨는 머리를 맞았어. 하지만 황린을 사용한 시한 발화장치의 경우 범인은 탄환이 폭발할 정확한 시간을 모르잖아? 하지만 범인이 사구리오카 씨의 머리를 쏘려면 탄환이 폭발할 정확한 시간을 파악하고 그 시간내에 탄환을 설치해 놓은 벽 근처로 사구리오카 씨를 유도할 필요가 있어."

하지만 그건 불가능하다. 그 말은 곧 미쓰무라가 설명한 트릭 자체가 불가능하다는 사실을 의미한다.

그러나 미쓰무라는 딱히 동요하지 않고 "응, 맞아." 하고 대답했다.

"그러니까 아마 반대일 거야."

"반대?"

"응, 반대. 범인은 탄환이 폭발할 정확한 시간을 몰랐어. 그렇기 때문에 사구리오카 씨의 머리를 단환이 꿰뚫었던 거시."

그 말에 나는 얼굴을 찌푸렸다. 어쩐지 철학적인 말이다.

"그게 무슨 소리야?"

"힌트는 침대 밑에 떨어져 있던 단추야."

"침대 밑에 떨어져 있던 단추?"

"범인은 아마 이 장치를 침대 밑에 설치해 두지 않았을까?"

미쓰무라가 말했다.

"우선 침대 밑 바닥에 총을 세워 놓는 거야. 원기둥 모양의 총이 바닥에 수직으로 서 있도록. 그리고 황린을 감싼 탈지면을 적신 물의 양을 조절해서 한밤중에 장치가 폭발하게 만들어 놓으면 탄환은 침대 상판을 뚫고, 자고 있는 사구리오카 씨의 등을 직격했을 거야. 권총으로 직접 발포하지 않는 만큼 탄환이 똑바로 날아가지는 않겠지만 침대에서 바닥까지는 수십 센티미터 정도밖에 안 되니까 빗나가지 않겠지. 그러니 범인이 설치한 트릭은 완벽했다고 봐. 하지만 생각지 못한 오산이 벌어져, 탄환은 범인이 의도치 않은 형태로 사구리오카 씨의 생명을 빼앗고 말았어."

"범인이 의도치 않은 형태?"

나는 고개를 갸웃했다.

"그래. 사구리오카 씨가 잠옷 단추를 떨어뜨리는 바람에."

미쓰무라는 방금 전 침대 밑에서 주운 단추를 내게 들어 보였다.

"사구리오카 씨는 아마 한밤중에 화장실에 가려고 했거나, 무슨 볼일이 있어서 침대에서 일어나 나왔을 거야. 그때 원래 낡아서 달랑달랑하던 잠옷 단추가 바닥에 떨어지고 말았지. 그리고 그 단추가 침대 밑으로 굴러 들어갔어. 사구리오카 씨는 단추를 주우려고 침대 밑을 들여다봤고, 거기서 발견한 거야. 자신을 죽이기 위해 바닥에 수직으로 설치되어 있던 총기를."

나는 그 광경을 상상해 보았다. 사구리오카는 분명 단추를 잊고 그 총기로 손을 뻗었으리라.

미쓰무라는 말을 이었다.

"하지만 밤이라 방의 불은 꺼져 있었어. 수면 등은 켜져 있었지만 방은 어두컴컴한 상태였겠지. 그래서 사구리오카 씨는 자기가 주운 물건이 뭔지 몰랐어. 뭔가 총 같다는 느낌밖에 안 들었던 거야. 사구리오카 씨는 벽에 붙어 있던 수면 등 쪽으로 다가갔지. 하지만 수면 등은 불빛이 흐릿해서 바로 아래까지 접근하지 않으면 글자도 읽기 힘들 정도의 밝기잖아. 그래서 사구리오카 씨는 수면 등 바로 아래, 벽에서 15센티미터 정도 떨어진 위치까지 갔어. 그리고 총을 수면 등 불빛에 비춰 봤고.

그런데 거기서 불행한 사고가 벌어지고 말았어. 사구리오카 씨가 불빛에 총을 비춰 본 순간, 그 총이 폭발해서 탄환이 사구리오카 씨의 머리를 꿰뚫은 거야."

그래서 사구리오키는 침대 위가 아니라 벽 옆에서 총을 맞고 말았다. 결과적으로 범인이 권총을 쏘아 사구리오카를 맞혀 죽이는 일이 불가능한 상황이 생겨났고. 그것이 미쓰무라가 트릭의 진상을 알아차리는 계기를 만들어 주었다는 말인가.

"따라서 범인의 본래 계획에 따르면 빈 탄피가 침대 바로 밑에서 발견되었어야 해. 침대 밑에 숨어 있던 누군가가 자고 있는 사구리오카 씨의 등을 총으로 쏘아 죽인 것처럼 보이게 할 생각이었던 거지."

하지만 우연이 여럿 겹쳐, 결과가 바뀌고 말았다.

나는 끄으응, 하고 신음했다. 확실히 미쓰무라의 추리가 맞다면 현장에 남아 있는 온갖 상황을 설명할 수가 있다.

고분고분 납득은 했으나 동시에 새로운 의문이 여러 개 떠올랐다. 따라서 하나하나 해소해 나가기로 했다.

우선 가장 먼저 마음에 걸린 부분.

"범인은 언제 침대 밑에 장치를 설치했을까?"

나는 미쓰무라에게 그런 의문을 던졌다. 그러자 미쓰무라는 턱을 어루만지며 대답했다.

"정확한 시간은 모르지만. 어떤 타이밍에 사구리오카 씨를 구워삶아서 입실 허락을 받아 냈겠지. 어젯밤일지도 모르고, 그저께 낮이었을지도 몰라. 하지만 트릭 특성상 탄환을 설치하고 폭발에 이르기까지 시간이 짧으면 짧을수록 트릭 실현이 쉬워져. 황린이 언제 발화할지 계산하기 편하니까. 그러니 역시 장치를 설치한 건 어젯밤이었다고 생각하는 게 자연스럽겠지?"

미쓰무라의 대답에 나는 고개를 끄덕였다. 하기야 '삼십 시간 후에 폭발하는 탄환'보다야 '세 시간 후에 폭발하는 탄환'을 만들기가 더 쉬울 터였다. 그렇다면 미쓰무라의 말대로 범인은 어젯밤 사구리오카의 방을 찾아와, 그때 탄환을 설치해 놓았다고 간주해도 될 듯했다.

나는 그렇게 납득하면서 "그럼 다음 질문인데." 하고 이어서 물었다.

"탄환에 남아 있는 강선흔은 어떻게 생각해? 탄환이 총신을 통과할 때 총신에 새겨진 라이플링●에 접촉하면서 생기는 흔적 말이야. 네가 말한 트릭에 따르면 사구리오카 씨를 죽인 탄환은 권총을 사용하지 않고 발사되었다는 말이 돼. 그럼 나중에 조사했을 때 탄환이 권총 없이 발사되었다는 사실을 쉽게 들키지 않을까?"

내 질문에 미쓰무라는 "뭐야, 그런 거?" 하고 어깨를 으쓱했

● 총포의 내부에 나사 모양으로 판 홈으로, 총마다 홈 무늬가 다르다. 강선이라고도 한다.

다. 그리고 미리 답변을 준비해 놓기라도 한 듯 막힘없이 대답했다.

"그런 건 딱히 별 문제도 안 되잖아? 범인이 신품 탄환을 쓰지 않고 이미 강선흔이 있는 중고 탄환을 사용했다고 보면 되지. 탄피도 마찬가지로 이미 사용한 적 있는 물건을 쓰면 되고. 탄피 뇌관 부분에 격철로 때린 흔적이 있는 걸로."

나는 그 대답에 무심코 "그렇구나." 하고 중얼거렸다. 듣고 보니 확실히 아무 문제도 없었다. 광속탐정 피에로 미쓰무라는 토론에 매우 강했다. 어쩌면 광속탐정 피에로가 아니라 광속토론 피에로인지도 모르겠다.

"하지만 그 트릭의 경우, 현장에 남겨진 탄피 안에 황린 흔적이 남잖아? 나중에 경찰이 조사해 보면 트릭이 들통 나는 거 아냐?"

"아니, 경찰이 탄피 안까지 조사해 볼 리가 없잖아." 하고 미쓰무라가 즉답했다.

"트릭을 통해 역산하지 않는 한 화학분석 같은 건 굳이 해 보지 않을 테고, 범인은 나중에 틈을 봐서 현장에 남겨졌던 탄피를 다른 탄피로 바꿔치기할 생각이었을지도 몰라. 황린이 없는 평범한 탄피로. 여기는 클로즈드 서클이고, 경찰이 오기까지 아직 시간이 많으니까."

그 말을 듣고 보니 탄피에 황린 흔적이 남을 리스크는 거의 없겠구나 싶었다. 감탄했다. 정신을 차리고 보니 머릿속에 준비해 놓았던 의문이 거의 다 해소되었다는 사실을 깨달았다. 남은 의문은 하나뿐. 그래서 물어보았다.

"그럼 마지막 질문인데, 범인은 어떻게 그런 특수한 흉기를 저택으로 가지고 들어올 수 있었을까? 언제 폭발해도 이상하지 않은 흉기라니, 너무 위험하니까 함부로 갖고 다닐 순 없을 거 아냐?"

미쓰무라는 그 의문에도 마찬가지로 막힘없이 답을 내놓았다.

"그러니까 분명, 이 저택 안에서 그 특수한 총을 조립했을 거야."

"이 저택 안에서?"

"그래. 탄두와 탄피를 분해한 상태로 가지고 들어온 거지. 그러면 일부러 위험을 무릅쓰고 황린이 든 탄환을 갖고 다닐 필요가 없잖아? 전철 안에서 폭발을 두려워하며 조마조마할 필요도 없고. 뭐, 정말로 시하이 씨가 범인이라면 굳이 총기류를 들고 밖을 이동할 필요가 없으니 처음부터 걱정할 이유도 없었겠지만."

나는 그렇구나, 하고 생각하다가 문득 미쓰무라가 방금 한 말에서 어떤 단어가 마음에 걸리는 것을 느꼈다.

"'정말로 시하이 씨가 범인이라면'? 그러면 넌 사실은 범인이 시하이 씨가 아니라고 생각하는 거야?"

그 질문에 미쓰무라는 아차, 하는 표정을 지었다. 아무래도 실언인 모양이다.

미쓰무라가 얼굴을 찌푸리며 말했다.

"아니, 그렇잖아? 보통 클로즈드 시클에서 범인이 자살했을 경우 그 인물은 범인이 아니고 진범은 따로 있지. 추리소설의 대부분은 그런 패턴이잖아?"

하긴, 그건 그렇다고 생각했다. 물론 나도 그렇게 생각하지만.

"하지만 현장에 시하이 씨의 유서가……."

시하이 씨의 자필 서명이 들어간 유서가 남아 있었다. 그러니 틀림없이 자살이라고 생각했는데.

"그런 건 얼마든지 위조할 수 있어."

미쓰무라는 그런 내 생각을 순식간에 부정했다.

"예컨대 프린트한 유서 위에 시하이 씨의 자필 서명이 들어간 다른 종이, 본인이 과거에 쓴 편지 같은 걸 겹쳐 놓고 볼펜으로 그 위에 서명을 꾹 눌러서 따라 그려. 그러면 밑에 깔린 유서에 펜의 압력으로 시하이 씨의 서명 자국이 남잖아? 그러면 그 자국대로 유서에 꼼꼼하게 서명을 그리면 되는 거야. 그렇게 하면 프린트한 유서에 '시하이 씨의 자필로 보이는 서명'이 남겨지잖아. 물론 과학적으로 세세히 분석하면 위조 서명이라는 사실을 들킬 가능성이 있지만 육안으로 볼 때는 꿰뚫어 보기 불가능할걸."

물 흐르는 듯한 설명에 나는 그저 감탄할 뿐이었다. 정말로 그 방법대로라면 서명위조도 가능하리라. 하지만 그것은 동시에 시하이 씨의 자살이 위장이었다는 뜻이며, 곧 범인은 아직 살아서 우리 중에 숨어 있다는 말이 된다.

따라서, 살인 또한 계속······.

"아니야, 그건 분명히 없을 거야."

그런 내 걱정을 미쓰무라가 부정했다.

"이 이상 저택 안에서 살인이 일어날 일은 없어. 진범이 누구인지 몰라도, 그 녀석이 가짜 유서를 남기고 시하이 씨에게 죄를 뒤집어씌웠다는 건 그런 뜻이야. 살인 계획이 아직 진행 중인데 다른 누군가에게 누명을 씌우는 바보는 없잖아. 아무 의미도 없는 행위니까."

나는 그 견해에 납득하고 고개를 끄덕였다. 확실히 이치에 맞는 말이었다.

미쓰무라는 그런 나를 보며 슬쩍 웃은 뒤 "그럼 난 그만 쉬러 갈게. 잘 자." 하고 말했다.

나는 그 뒷모습을 향해 손을 흔들며 생각했다. 설마 그럴까 생각했는데 이렇게 쉽게 수수께끼를 풀어 버릴 줄이야.

역시 미쓰무라는 밀실의 사랑을 받는 인간이다. 탐정으로서도, 그리고 범죄자로서도.

*

 다음 날 아침, 문을 두드리는 소리에 눈을 떴다. 아직 7시도 되지 않았다. 문을 여니 펜릴이 서 있었다.
 "어제는 느닷없이 집어던져서 정말 죄송했어요."
 펜릴은 입을 열자마자 그렇게 말했다. 나는 "아아." 하고 중얼거린 뒤 "괜찮아요, 신경 안 써요."라고 대답했다. ……사실은 엄청나게 아팠지만. 하지만 나는 여자아이가 메다꽂았다고 계속 아프다 투덜거리는 속 좁은 남자가 아니다. 나와 펜릴은 여기서 화해하기로 했다.
 나는 머리를 긁적이며 물었다.
 "그런데 일부러 그 말을 하러 온 건가요? 이렇게 이른 아침부터?"
 "아뇨, 구즈시로 씨를 찾아온 이유는 따로 있어요."
 펜릴이 대답하고는 덧붙였다.
 "아침 산책을 하던 중 시체를 발견했거든요."
 그 말에 나는 혼란에 빠졌다.
 아니, 이젠 살인이 일어나지 않을 거라고 미쓰무라가 말하지 않았던가.
 하지만 눈앞에 있는 은발의 소녀는 방울이 울리는 듯한 목소리로 말했다.

"마네이 씨가 살해당했어요. 물론 밀실 안에서."

회상 2
삼 년 전 12월

 동아리방에 들어가자 문고본을 읽고 있던 미쓰무라가 기다리다 지쳤다는 듯 고개를 들더니 긴 테이블에 놓여 있는 원고 다발을 내게 보여 주었다.
 "이번에는 이런 걸 써 봤는데, 어때?"
 나는 "그렇구나." 하고 대답한 뒤, 마찬가지로 가방에서 원고 다발을 꺼냈다. 그리고 미쓰무라와 교환하여 서로의 원고를 읽었다.
 이즈음 우리는 서로 단편소설을 써서 보여 주는 활동을 하고 있었다. 문예부에서 내내 보드게임만 한다는 소문을 들은 고문 교사가 '그런 일 말고 좀 문예부다운 활동을 하라'며 야단을 쳤기 때문이다. 물론 항상 보드게임만 하는 것은 아니고 독서처럼 문예부다운 활동도 하고는 있었지만, 고문 교사는 '독서라면 굳이 동아리에 들지 않아도 할 수 있지 않나'라는 입장이었다. 집이나 도서실에서 읽으면 된다며 심각한 얼굴로 타이르기에, 나와 미쓰무라는 "그건 그러네요." 하고 대답할 수밖에 없었다. 그러다가 자연스럽게 '그럼 소설이라도 써 볼까?' 하는 분위기로 흘렀다. 정신을 차리고 보니 우리는 소설을 쓰는 일에 푹 빠져 버렸다.

미쓰무라는 주로 미스터리를 썼다. 문장과 스토리는 누가 봐도 초보자였지만 작중에 등장하는 트릭과 로직은 초보자라고는 생각할 수 없을 만큼 날카로웠다. 읽으면서 자주 "오!" 하고 감탄했다. 미쓰무라는 내가 "오!" 하는 소리를 낼 때마다 흐흥, 하고 코웃음을 쳤다.

한편 나로 말하자면 미스터리, SF, 호러, 판타지 등 다양한 장르의 단편을 썼다. 사실은 미스터리만 쓰고 싶었지만 안타깝게도 소재가 금세 다 떨어졌다. 서로 소설을 써서 보여 주는 문예부 모임은 격주로 이루어졌는데, 매번 미스터리에 도전한다는 것은 내게 너무 무리한 일이었다. 그 점만 보아도 미쓰무라는 대단하다. 본래 머리가 좋아서도 있겠지만 그 이상으로 미스터리를 향한 재능과 애정이 짙게 느껴졌다. 특히 이번에 보여 준 소설은 걸작이었다.

나는 원고 다발을 덮고 말했다.

"나쁘지 않네."

미쓰무라는 불만스러운 표정으로 나를 쳐다보았다.

"넌 항상 그렇게 거만하게 평가하더라."

"독자는 원래 거만하게 평가하는 거야. 손님이니까."

"손님 좋아하시네, 잘난 척하긴."

미쓰무라는 입을 삐죽거렸다. 나는 그런 미쓰무라를 개의치 않고 원고를 팔락팔락 넘기며 다시 읽었다. 그리고 이번에는 솔직하게 감상을 말했다.

"그나저나 이 밀실 트릭은 대단한데. 프로도 쉽게 쓸 수 없는 레벨이야."

절찬하자 미쓰무라가 눈을 둥그렇게 떴다. 그러더니 "왜 갑자기 칭찬해? 소름 끼치게." 하고 불쾌한 목소리로 말했다. 솔직하게 칭찬했는데 화를 내다니, 뭘 어떻게 해야 좋을지 모르겠다.

결국 나는 솔직한 칭찬을 이어 가기로 했다.

"하지만 이 소설은 진짜 대단하다고. 신인상 같은 데에 투고해도 될 수준 아냐? 〈이 미스터리가 대단하다!〉 단편상 같은 곳에."

쑥스러운지 미쓰무라는 시선을 돌려 창밖을 내다보며 말했다.

"〈이미대〉 단편상은 수준이 굉장히 높아. 매번 오백 편 정도는 투고된다잖아."

"하지만 충분히 통할 거야. 이 밀실 트릭은 진짜 대단해. 설마 이런 수가 있었을 줄이야……."

"딱히 그렇게 대단한 트릭도 아닌데."

미쓰무라가 쌀쌀맞게 말했다. 겸손이 아니라 진심으로 그렇게 생각하는 듯했다.

"이런 건 별로 대단한 트릭이 아니야. 내가 떠올린 궁극의 밀실 트릭에 비하면."

나는 살짝 숨을 들이켜고 "궁극의 밀실 트릭?" 하고 중얼거렸다. 그것은 그야말로 미스터리 마니아가 입에 담을 만한 단어였으나, 미쓰무라가 그런 표현을 쓰는 일은 드물었다. 미쓰무라는 굳이 따지자면 '궁극의 밀실 트릭이란 건 존재하지 않아'라고 주장하는 파였다.

당연히 어떤 트릭인지 궁금해졌다. 하지만 물어보기도 전에, 미쓰무라가 먼저 이렇게 말했다.

"있잖아, 구즈시로. 만약 일본에서 밀실살인이 벌어지면 어떻게 될 것 같아?"

갑작스러운 질문에 나는 한순간 고개를 갸웃했다. 그리고 곧바로 이렇게 대꾸했다.

"너 몰라? 일본에서 밀실살인이 일어난 적은 한 번도 없어."

미쓰무라는 어깨를 으쓱한 뒤 "그런 건 나도 알아." 하고 대답했다.

"그러니까 '만약'의 이야기야. 만약 일어나면 어떻게 될까? 범인은 누구인지 명백한데, 현장이 밀실이었기 때문에 그 인물의 범행은 불가능했다. 이 경우 재판소에서는 유죄와 무죄 중 어떤 판결을 내릴까?"

나는 한동안 "으음……." 하고 고민했다. 하지만 고민하면 고민할수록 답이 명확해지는 기분이었다.

"당연히 유죄겠지."

"왜?"

"그 인물이 범인이라는 사실이 명백하니까."

"하지만 범행이 불가능한데? 예컨대 범인에게 완벽한 알리바이가 있을 경우, 그 사람은 무죄가 되잖아? 왜냐하면 범행이 불가능했으니까. 그렇다면 밀실도 마찬가지 아닐까? 범행이 불가능하다는 점만 보면 밀실과 알리바이는 아무 차이도 없어. 왜 알리바이는 괜찮고 밀실은 안 돼? 전혀 논리적이지 않아."

미쓰무라의 말에 나는 "으음……." 하고 신음했다. 그런 나를 보며 미쓰무라는 말을 이었다.

"그래서 말이야, 구즈시로. 나는 만약 일본에서 밀실살인이 일어나면 무죄판결을 받을 거 같아."

그것은 진지한 표정으로 내뱉은 농담 같기도, 심각한 목소리에 담은 고백 같기도 했다. 아직도 그 진의는 모른다.

하지만 그로부터 일주일 후 미쓰무라는 살인 혐의로 경찰에 체포되었고, 그 현장은 아무도 무너뜨리지 못할 만큼 완벽한 밀실이었다.

나는 미쓰무라가 말했던 '궁극의 밀실 트릭'이라는 말을 떠올렸다.

제3장
이중밀실

 마네이가 살해당했다는 이야기를 듣고 리리아는 금방이라도 울음을 터뜨릴 듯한 표정을 지으며 "펜릴 씨, 그게 정말이야?" 하고 매달리듯 물었다.
 "안타깝지만요. 시체를 직접 확인하지 않았으니 단언할 수는 없지만, 거의 틀림없이 죽었습니다."
 펜릴은 그렇게 대답했다.
 로비에는 저택에 있던 모든 사람들이 모였다. 펜릴이 깨우고 다녔기 때문이다. 펜릴의 지시에 따라 우리는 현관을 나와 정원에 면한 마네이의 방 창문을 찾아가기로 했다. 창을 통해 실내 상태를 들여다보고, 그 창을 깨 밀실 안으로 들어가기 위해서였다.

"이번에도 문은 잠겨 있었어?" 하고 정원을 걸으며 요즈키가 물었다. 하지만 펜릴은 그 말에는 애매하게 고개를 끄덕였다.

"네. 확실히 문은 잠겨 있었지만 그것과는 별개로 문제가 하나 더 있어요."

"문제가 하나 더?"

"문이 잠겨 있는 것과는 또 다른 이유로 문을 열 수가 없어요. 뭐, 현장을 보면 아실 거예요. 자, 도착했네요."

우리는 마네이의 방 창문이 있는 벽 앞에 도착했다. 마네이의 방은 동쪽 동 1층이어서 창으로 안을 들여다볼 수 있었다. 안에는 펜릴이 말했던 대로 마네이가 쓰러져 있었다.

"마네이 씨!"

리리아가 비통한 소리를 질렀다. 하지만 나는 그런 리리아가 아니라, 실내의 광경에 시선을 빼앗겼다. 뭐지, 이게? 왜 방 안에…….

도미노가 놓여 있지?

"이게 문을 열 수 없는 또 하나의 이유입니다."

펜릴이 말했다. 나는 유리창 너머로 방 안에 줄줄이 놓여 있는 도미노를 응시했다.

마네이는 방 중앙에 쓰러져 있었다. 그리고 그 주위를 사각형으로 빙 둘러 도미노가 둘러싸고 있었다. 도미노 줄은 문 쪽으로도 뻗어 나가 안쪽으로 열리는 문에 거의 닿기 직전까지 이어져 있었다. 만일 이 상태로 문을 열 경우…….

"안으로 열리는 문에 부딪혀서 도미노가 와르르 쓰러신다는 말이네."

내가 말했다. 하지만 그럴 경우 당연한 의문이 생겨난다.

범인은 대체 어떻게 도미노를 세웠을까? 도미노를 세우려면 범인도 당연히 실내에 있어야만 한다. 그리고 도미노가 문 앞까지 이어진 것을 보면 범인은 문을 닫은 상태로 도미노를 세웠다는 말이 된다. 그렇다면, 대체 범인은 어떻게 이 방에서 탈출했을까? 문을 열면 그 순간 문이 도미노를 쳐, 세워 놓은 도미노가 줄줄이 쓰러진다. 하지만 문을 열지 않으면 밖에 나갈 수가 없다. 나는 이 상황을 가리키는 어떤 단어를 중얼거렸다.

"불완전밀실이잖아."

문이 잠겨 있는 상태에 준하는 상황. 안으로 열리는 문이 도미노로 가로막힌 이 상황은 그야말로 법무성이 만든 그 단어에 정확히 들어맞는다.

"아무튼 창을 깨고 안으로 들어가자. 어쩌면 아직 숨이 붙어 있을지도 몰라."

이시카와는 그렇게 말하면서도 스스로 한 말을 믿지 않는 눈치였다. 유리창 너머로 들여다보이는 마네이는 아무리 봐도 죽어 있었다.

*

 붙박이창을 깨고 안으로 들어가니 역시나 마네이는 이미 죽은 후였다. 시체 옆에는 방 열쇠가 떨어져 있었다. 이시카와와 펜릴의 검시 결과, 사망 추정 시각은 어젯밤 3시부터 4시 사이라고 했다. 내내 우는 리리아를 요즈키가 달랬다.

 나는 실내에 세워 놓은 도미노를 보았다. 그러고 보니 이 호텔 로비에 분명 모노폴리 같은 게임과 함께 도미노도 놓여 있기는 했다. 범인은 그 도미노를 이용했을까?

 나는 도미노 배치를 재확인하기 위해 방 입구 쪽으로 자리를 옮겼다. 벽을 등지고, 바닥에 놓인 도미노를 훑어보았다.

 도미노는 시체를 둘러싸고 정사각형으로 세워져 있었다. 도미노로 만들어진, 한 변의 길이가 2미터쯤 되는 정사각형. 그리고 그 정사각형의 아랫변(방 입구에서 볼 때 바로 앞쪽에 있는 변) 중앙에서 마찬가지로 길이 2미터 정도 되는 도미노 줄이 문을 향해 똑바로 뻗어 왔다. 나는 그 도미노 배치를 보고, 렌즈가 사각형인 돋보기 모양 같다고 생각했다. 아니면 사각형 달걀말이 프라이팬을 닮았는지도 모르겠다. 돋보기(또는 프라이팬) 손잡이 부분이 안쪽으로 열리는 문까지 뻗어 있어, 문을 열면 그 손잡이에 부딪히면서 도미노가 쓰러지는 구조였다.

문을 돌아보니 경첩이 문 왼쪽에 달려 있었다. 하지만 그것은 방 안에서 보았을 경우다. 복도 쪽에서 보면 당연히 경첩은 문 오른쪽에 붙어 있다.

나는 문으로 다가가, 시험 삼아 손잡이를 당겨 보았다. 그러자 데드볼트가 걸려 덜컥 소리가 났다. 아까 펜릴이 말했던 대로 문은 도미노에 막혀 있을 뿐 아니라 잠기기까지 한 모양이다. 즉 이 밀실은 불완전밀실인 동시에 완전밀실이기도 했다.

마네이의 시체 쪽을 돌아보자 검시를 하던 이시카와와 펜릴의 대화가 들려왔다.

"그런데 펜릴 씨는 어쩌다 시체를 발견했어?"

"정원을 산책하던 중이었어요."

이시카와의 물음에 펜릴이 대답했다.

"그런데 우연히 방 안에 마네이 씨가 쓰러져 있는 걸 발견하고 깜짝 놀랐죠. 가령 시하이 씨의 죽음이 자살이 아니었다 해도, 더는 살인이 일어나지 않을 거라 생각했거든요."

그러고 보니 미쓰무라도 같은 말을 했다.

나는 옆에 있던 미쓰무라를 돌아보았다. 그러자 미쓰무라가 시선을 휙 피했다. 나도 모르게 빤히 쳐다보자 미쓰무라는 결국 한숨을 쉬며 말했다.

"……어쩔 수 없잖아. 그래, 맞아, 완전히 잘못 짚었어. 범인이 시하이 씨를 자살로 위장하고 살해한 목적은, 시하이 씨에게 죄를 뒤집어씌우기 위해서가 아니었던 거야. 사건이 종결된 척해서 우리가 방심하도록 만들려는 의도였지. 그리고 그 빈틈을 노려 마네이 씨를 살해했고."

아무튼 이제 중단된 줄 알았던 살인극이 다시 시작되었다는 이야기였다. 트럼프 연쇄살인 사건이라. 나는 불쑥 이시카와에게 물었다.

"이시카와 씨, 트럼프는 있었나요?"

"트럼프? 아."

이시카와는 내 말에 다시 시체를 조사했다. 그리고 마침내 발견했다. 마네이의 상의 안주머니에 들어 있던 모양이다. 이시카와는 꺼낸 트럼프를 사람들에게 보여 주었다.

"있어. 이번에는 하트 '2'야."

하지만 솔직히 트럼프를 찾았다고는 해도 그래서 뭐가 어쨌다는 거지? 하는 기분이었다. 여전히 숫자의 법칙성을 알 수가 없으니.

그러나 옆에 있던 미쓰무라가 중얼거렸다.

"그렇구나. 그런 거였어."

그 말에 나는 "뭐?" 하고 놀랐다. 다른 사람들도 모두 "뭐?" 하고 놀랐다. 미쓰무라는 그런 우리를 보고 어깨를 살짝 으쓱하며 말했다.

"트럼프 숫자의 법칙성을 알았어요."

미쓰무라는 검은 머리를 벅벅 긁었다.

"녹스의 십계예요."

*

녹스의 십계

1. 범인은 이야기의 처음부터 등장하는 인물이어야만 한다.
2. 탐정의 수사 방법에 초자연적인 능력을 사용하면 안 된다.
3. 두 개 이상의 비밀 통로나 숨겨진 방을 사용하면 안 된다.
4. 발견되지 않은 독약이나 과학적으로 난해한 설명을 요하는 기계를 사용하면 안 된다.
5. 중국인을 등장시키면 안 된다.
6. 우연이나 직감으로 사건을 해결하면 안 된다.
7. 탐정 자신이 범인이면 안 된다.
8. 독자에게 제시하지 않은 단서로 사건을 해결하면 안 된다.
9. 왓슨 역할은 자신의 판단을 전부 독자에게 알려야 한다.
10. 일란성 쌍둥이의 존재는 사전에 독자에게 알려야 한다.

*

"녹스의 십계?"

요즈키가 고개를 갸웃했다.

"로널드 A. 녹스라는 옛날 미스터리 작가가 만든 추리소설의 규칙 같은 거야."

내가 말했다.

"반드시 지켜야 할 필요는 없지만 지키면 더 괜찮은 추리소설을 쓸 수 있다는, 그런 방침 같은 거라고 생각하면 돼. 구약성경에 나오는 모세의 십계를 패러디한 거지."

참고로 모세의 십계는 ①하느님은 유일한 신이어야만 한다, ②우상을 만들지 말라, ③신의 이름을 함부로 일컫지 말라, ④안식일을 지켜라, ⑤부모를 공경하라, ⑥사람을 죽이지 말라, ⑦간음하지 말라, ⑧도둑질하지 말라, ⑨이웃에 대해 위증하지 말라, ⑩이웃의 재산을 탐내지 말라, 이렇게 열 가지 항목이다(위키피디아 참조). 가톨릭 성직자이기도 했던 녹스는 거기서 아이디어를 얻어 추리소설에도 열 가지 규칙을 만들었다.

내가 설명하자 미쓰무라는 고개를 끄덕였다.

"맞아요. 그리고 녹스의 십계에는 각각 번호가 붙어 있죠. 그 번호와 현장에 남겨진 트럼프의 숫자가 부합하는 구조예요."

미쓰무라는 사람들을 휙 둘러보며 설명을 시작했다.

"그럼 하나하나 검증해 볼게요. 우선 오 년 전에 일어난, 트럼프 연쇄살인 사건의 첫 번째 살인부터. 전직 형사가 살해당했고, 현장에는 하트 '6'이 남겨져 있었죠."

나는 머릿속으로 녹스의 십계를 떠올리고, "잠깐 기다려."라고 말하고는 주머니에서 메모지와 펜을 꺼냈다. 나와 미쓰무라 외에도 알 수 있도록 십계를 전부 종이에 적어 둘 셈이었다.

"그러니까, 녹스의 십계랬나? 그 여섯 번째 항목은."

내 뒤에서 요즈키가 종이를 들여다보았다.

"'우연이나 직감으로 사건을 해결하면 안 된다.'"

미쓰무라가 고개를 끄덕였다.

"네, 맞아요. 피해자였던 전직 형사는 현역 시절 실력 좋은 형사로 유명했는데, 운도 좀 좋았다고 해요. '우연히 술집에서 미해결 사건의 범인을 마주쳐 체포한 적이 있다'고 하죠."

"그 말은 그러니까……. 그 전직 형사는 '사건을 우연이나 직감으로 해결하는 존재'였다는 말인가요?"

펜릴이 퍼뜩 놀란 얼굴로 물었다.

"맞아요. 그러니까 그 형사의 존재 자체가 녹스의 십계 중 여섯 번째 항목을 암시하죠. 일종의 비유로 볼 수도 있어요. 그리고 범인은 현장에 '6'이라는 숫자를 남겨 놓음으로써 그 사실을 세간에 알리려 했던 거예요."

나는 그 추리에 그렇구나, 하고 고개를 끄덕였다. 듣고 보니 첫 번째 살인은 녹스의 십계에 부합하는 느낌이 든다.

사람들이 납득한 것을 확인한 뒤 미쓰무라가 이어서 말했다.

"그럼 다음으로 갈게요. 두 번째 살인에서 현장에 남겨진 숫자는 '5'였죠. 그리고 피해자는 중국인이었어요."

미쓰무라의 말에 사람들은 종이에 적힌 녹스의 십계를 들여다보았다.

"이건 바로 보이네. '중국인을 등장시키면 안 된다.'"

요즈키가 말했다.

피해자가 '중국인'이라는 사실이 녹스의 십계 중 다섯 번째 항목을 암시한다는 뜻인가.

즉 이것도 부합한다. 그럼 다음은?

"세 번째 살인에 남겨진 숫자는 '4'. 피해자는 독살당했고, 그때 사용된 것은 신종 독버섯이었어요."

"어디 보자, 녹스의 십계 중 네 번째가······."

미쓰무라의 말을 이시카와가 이어받았다.

"'발견되지 않은 독약이니 과학적으로 난해한 설명을 요하는 기계를 사용하면 안 된다'네. 신종 독버섯은 어떤 의미에서 '발견되지 않은 독'이라고도 할 수 있을 테고. 그러니까 이것도 부합한다고 생각하면 되겠지?"

"네. 이제 오 년 전에 일어났던 세 번의 사건은 전부 녹스의 십계에 부합한다는 사실을 알았어요. 그럼 이번에 이곳 설백관에서 일어난 네 건의 사건은 어떨까요?"

미쓰무라의 말에 나는 기억을 더듬어, 네 건의 살인 사건 현장에 남겨진 각각의 트럼프 숫자를 떠올렸다. 그리고 사람들도 알 수 있도록 녹스의 십계를 쓴 종이에 그 정보를 추가했다.

첫 번째 살인 (피해자) 간자키 (트럼프 숫자) 'A'.
두 번째 살인 (피해자) 시하이 (트럼프 숫자) '10'.
세 번째 살인 (피해자) 사구리오카 (트럼프 숫자) '7'.
네 번째 살인 (피해자) 마네이 (트럼프 숫자) '2'.

"바로 알 수 있는 건, '탐정' 사구리오카 씨네. 녹스의 십계 중 일곱 번째 항목, '탐정 자신이 범인이면 안 된다'를 암시한다는 말이잖아."

요즈키가 말했다.

이것으로 사구리오카도 부합한다. 그럼 나머지 세 명의 피해자는 어떨까?

"시하이 지배인에게는 '쌍둥이' 동생이 있습니다. 그러니 녹스의 십계 중 열 번째 항목, '일란성 쌍둥이의 존재는 사전에 독자에게 알려야 한다'에 부합하는군요."

메이로자카 씨가 말했다.

나는 첫날 식당에서 메이로자카 씨에게 들었던 이야기를 떠올렸다. 분명 시하이 씨의 쌍둥이 동생이 농사를 지어, 신선한 채소를 이 호텔에 납품한다고 했다.

이것으로 시하이 씨도 부합한다. 남은 것은 두 명.

울어서 부은 눈을 비비며 리리아가 말했다.

"마네이 씨는 옛날에 점술가였어. 왜, 구즈시로한테도 타로 카드 점을 봐 준 적 있었잖아? 그러니까 녹스의 십계 중 두 번째 항목, '탐정의 수사 방법에 초자연적인 능력을 사용하면 안 된다'에 부합하는 거 아닐까?"

그렇구나, 하는 생각이 들었다. 하지만 그 말을 듣고 요즈키가 물었다.

"초자연적인 능력이 뭐야? 초능력 말하는 거야?"

"점술이나 신의 계시 같은 거예요. 추리소설의 여명기에는 그런 방법으로 범인을 지적하는 소설도 많았다고 해요."

미쓰무라가 대답했다.

아무튼 이제 마네이도 부합한다. 그렇다면 남은 사람은 한 명, 간자키뿐인데.

"녹스의 십계 첫 번째 항목은 '범인은 이야기의 처음부터 등장하는 인물이어야만 한다'네."

요즈키가 예쁜 눈썹을 찡그렸다.

"이건 솔직히 무슨 뜻인지 모르겠어. 애당초 '이야기의 처음부터 등장하는 인물'이란 게 뭐야?"

당연한 이야기지만 우리는 이야기의 등장인물이 아니다.

하지만 그때 생각에 잠겨 있던 펜릴이 "그렇군요, 그런 거였어요." 하고 중얼거렸다. 사람들의 시선이 자신에게 모이자 펜릴은 수줍은 얼굴로 말했다.

"녹스의 십계 제1조는 바꿔 말하면 '이야기의 처음부터 등장하지 않은 인물이 범인이어서는 안 된다'는 규칙이에요. 그리고 간자키는 이 설백관에 마지막으로 찾아온 인물이죠. 가령 이 일련의 살인 사건을 소설 형식으로 정리할 경우 간자키는 어떤 의미에서는 '이야기의 처음부터 등장하지 않았던 인물'이 되어, 녹스의 십계 제1조를 암시하게 돼요."

그 말에 사람들은 "아하." 하고 납득했다. 정신 나간 논리이기는 하지만 확실히 그 말이 맞다.

이것으로 일곱 개의 살인 사건, 즉 오 년 전 일어난 세 건의 사건과 이 저택에서 일어난 네 건의 사건 모두가 녹스의 십계에 부합했다.

"이게 현장에 남겨진 트럼프의 의미예요."

미쓰무라가 정리했다. 그리고 그 시선이 메이로자카 씨를 향했다.

"그런데 여기까지의 이야기를 전제로, 메이로자카 씨에게 묻고 싶은 게 있어요."

이름을 불린 메이로자카 씨는 고개를 갸웃했다. 상대에게 미쓰무라가 질문을 던졌다.

"이 설백관에 비밀 통로나 숨겨진 방이 있나요?"

모두의 시선이 자연스럽게 녹스의 십계가 적힌 종이로 향했다. 제3조.

'두 개 이상의 비밀 통로나 숨겨진 방을 사용하면 안 된다.'

이것은 하나까지라면 숨겨진 방 등의 장치를 이용해도 된다는 말을 의미한다. 그래서 미쓰무라는 이런 질문을 한 거겠지만, 솔직히 '무슨 바보 같은 질문을 하는 거야.' 하는 생각이 들었다. 추리소설도 아니고, 현실에 그런 장치가 되어 있는 건물이 있을 리가 없다.

예상대로 메이로자카 씨는 이렇게 대답했다.

"네, 있습니다."

아니, 있었냐고.

*

메이로자카 씨가 우리를 안내한 곳은 식당이었다. 메이로자카 씨는 히터 리모컨을 집어 들더니 리모컨 뒤쪽을 엄지로 누르고 손가락에 힘을 꾹 주었다. 그러자 리모컨 뒷면의 플라스틱 덮개가 밀려나며 새로운 버튼이 나타났다. 우리는 "오오!" 하고 감탄했다.

"이게 숨겨진 방을 여는 리모컨입니다."

메이로자카 씨는 그렇게 말하며 식당 남측 벽을 가리켰다.

"그리고 숨겨진 방의 입구가 여기고요."

메이로자카 씨가 가리킨 곳은 벽에 설치된 식기장이었다. 시하이 씨의 시체 바로 옆에 있던 식기장이다. 가로 2미터 정도 넓이였고 문은 따로 없었기에 얼핏 보면 책장처럼 보이기도 했다. 어쩌면 진짜 책장인지도 모르겠다.

메이로자카 씨는 그 식기장을 향해 리모컨 버튼을 눌렀다.

그러자 식기장이 오른쪽으로 힘차게 밀려났다. 움직인 거리는 1미터 정도였고, 벽에는 그 폭과 크기가 같은 공간이 열렸는데 그곳에서 지하로 내려가는 계단이 뻗어 있었다. 우리는 또다시 "오오!" 하고 감탄했다.

"이 계단을 내려가면 숨겨진 방이 나옵니다."

메이로자카 씨는 그렇게 말한 뒤 계단을 내려갔다. 센서가 반응하여 저절로 불이 켜졌다. 우리도 그 뒤를 따랐다. 삼십 초쯤 내려가니 숨겨진 방이 나타났다.

그곳은 천장이 높고 어두컴컴한 방이었다. 우리는 추리소설 속에서 튀어나온 듯한 그 숨겨진 방을 보고 눈을 휘둥그렇게 떴다가, 금세 방 중앙에 있던 무언가의 존재를 발견했다. 바닥에 사람 형태의 무언가가 쓰러져 있었다. 아니, 저건······.

"시체?"

내 목소리에 반응한 요즈키가 어깨를 떨었다. 나는 시체로 보이는 그 무언가 쪽으로 곧바로 달려갔다. 이시카와와 펜릴도 따라왔다. 셋이서 그것을 내려다보았다.

"죽었네."

이시카와가 태평하게 말했다.

"죽었네요."

펜릴은 기쁜 얼굴로 말했다.

완전히 글러먹었다, 이 둘은······. 나는 그렇게 생각하면서 발밑의 시체를 빤히 응시했다. 쓰러진 사람은 정장 차림의 남자였는데 어디를 어떻게 보아도 죽은 상태였다. 아니, 미라가 되어 있었다.

"사망 추정 시각을 알 수 있나요?"

내 질문에 이시카와가 쓴웃음을 지었다.

"말이 되는 소리를 해. 법의학자라면 몰라도 나는 심장외과야. 죽은 후 시간이 상당히 지났다는 것밖에 몰라."

그건 그렇다. 그렇게 생각하는데 시체를 조사하던 펜릴이 말했다.

"사망 추정 시각은 지금으로부터 사 개월쯤 전이네요."

그 말에 이시카와가 눈을 휘둥그렇게 떴다.

"그걸 알아? 대단하네."

"아뇨, 검시로는 아무것도 못 알아내겠지만요."

펜릴은 그렇게 말하며 카드 지갑 같은 것을 우리에게 보여주었다.

"시체 상의 안주머니에 이런 게 들어 있었어요."

우리는 카드 지갑을 받아 들고 확인했다. 그 안에는 면허증이 들어 있었다. 남자의 이름은 신카와라는 모양이다. 연령은 30세. 한동안 면허증과 눈싸움을 벌인 후 이시카와가 입을 열었다.

"이걸 가지고 어떻게 사망 추정 시각을 알 수 있어? 면허증 기간도 아직 안 끝났고, 언제 죽었는지를 판단할 만한 요소는 없어 보이는데."

이시카와가 그렇게 물으며 펜릴을 쳐다보았다.

"아뇨, 단순히 이 사람이 제 지인이라서요."

"그래요?"

나는 놀랐다.

"네. 신카와는 저나 간자키와 마찬가지로 '새벽의 탑' 사람이었어요. 사 개월쯤 전에 행방불명이 됐기 때문에, 그 시기에 살해당한 게 아닐까 판단한 거예요."

그렇구나. 나와 이시카와는 고개를 끄덕였다. 하기야 그렇게 생각하는 게 자연스러우리라.

그 타이밍에 멀찍이서 시체를 쳐다보던 다른 사람들도 모두 다가왔다. 그 사이에 있던 미쓰무라가 내게 물었다.

"트럼프는 있었어?"

"트럼프? 아."

나는 시체 쪽으로 시선을 돌렸다. 그리고 조심조심 시체의 주머니를 뒤져 보았다. 트럼프 카드는 바지 주머니에 들어 있었다. 하트 '3'. 녹스의 십계 제3조, '두 개 이상의 비밀 통로나 숨겨진 방을 사용하면 안 된다'에 부합한다.

"그런데 범인은 대체 무슨 목적으로 녹스의 십계에 비유한 살인을 저지르고 있을까?"

이시카와가 그런 의문을 입에 담자 미쓰무라는 "안타깝지만." 하고 말했다.

"그 와이더닛의 답은 아직 몰라요. 일종의 자기과시 같은 느낌도 들고, 그냥 유쾌범● 같기도 해요. 지금은 뭐라 말을 못 하겠네요."

미쓰무라는 그렇게 대답한 뒤 메이로자카 씨 쪽으로 시선을 돌렸다. 그리고 화제를 바꾸려는 듯 "하나 묻고 싶은 게 있는데요." 하고 물었다.

"이 숨겨진 방의 존재를 아는 사람이 메이로자카 씨 외에 또

● 재미와 즐거움을 위해 범죄를 저지르는 범죄자

누가 있나요?"

메이로자카 씨는 고개를 살짝 갸웃한 뒤 잠시 생각하듯 침묵했다가 대답했다.

"기본적으로는 저와 시히이 지배인뿐입니다. 하지만 유키시로 뱌쿠야는 저택을 방문한 손님들에게 이 숨겨진 방을 자주 자랑했다고 들었습니다. 그러니 실제로 아는 사람이 의외로 많을지도 모르죠. 소문으로 들은 사람까지 포함하면 불특정 다수가 됩니다."

그렇구나. 즉 지금 이 저택에 있는 멤버 중 누가 알고 있다 해도 놀라운 일이 아니라는 뜻이다.

"그런데 메이로자카 씨는 왜 이 숨겨진 방의 존재를 지금까지 우리한테 이야기하시지 않았죠?"

미쓰무라의 질문에 메이로자카 씨가 대답했다.

"특별히 말씀드릴 필요를 느끼지 못했기 때문입니다. 설마 이런 장소에 시체가 있을 줄은 상상도 하지 못했으니까요."

내가 끼어들었다.

"하지만 시하이 씨의 시체가 발견됐을 때 식당은 밀실이었잖아요? 그럼 식당과 연결된 이 숨겨진 방에 범인이 숨어 있을 가능성도 고려했어야 하는 것 아닐까요?"

그러자 미쓰무라와 메이로자카 씨가 어째서인지 동시에 어깨를 으쓱했다.

"아니, 그건 아냐, 구즈시로. 밀실 안에 범인이 숨어 있을 가능성은 이미 부정됐잖아?"

"맞습니다. 외부인의 존재는 부정됐으니까요."

메이로자카 씨가 말했다.

"그래. 시하이 씨의 시체를 발견했을 때 우리는 전부 그 자리에 있었어. 범인이 내부 사람인 이상, 만일 범인이 숨겨진 방에 숨어 있었다면 그 자리에 전부 모일 수는 없어. 누구 한 명은 빠졌어야 해. 그러니까 범인이 이 방 안에 숨어 있었을 가능성은 고려하지 않아도 돼."

미쓰무라가 엄청난 기세로 말을 쏟아 내는 바람에 나는 살짝 기분이 나빠졌다. 그런 나를 무시하고 미쓰무라는 "그런데 질문이 하나 더 있어요."라며 메이로자카 씨와 대화를 이어 갔다.

"이 저택에는 이 방 말고 비밀 통로나 숨겨진 방이 또 있나요?"

그 질문에 메이로자카 씨는 고개를 가로저었다.

"아뇨, 이곳 외에는 없습니다."

"그렇게 단언하시는 근거가 뭔가요?"

"호텔을 개업할 때 감정업자가 왔거든요."

그 말에 미쓰무라가 눈을 살짝 크게 떴다.

"밀실 감정업자가요?"

메이로자카 씨는 고개를 끄덕였다.

밀실 감정업자란 저택 등의 건축물에 비밀 통로 같은 것이 있는지 조사하는 전문 업자를 말한다. 밀실살인이 일어나면 경찰이 반드시 불러서 건물을 꼼꼼히 조사시키는 사람들이다. 초음파나 X선을 이용해 조사하기 때문에 정확도는 거의 완벽하다. 경찰이 밀실살인 조사를 할 경우 우선 밀실 감정업자를 불러 비밀 통로의 존재를 확인하고 '범인이 비밀 통로를 이용해 밀실에서 탈출했다'는 패턴을 제외하는 것이 거의 통과의례였다.

하지만 형사사건이 일어나지 않은 민간 건물에 밀실 감정업자를 부르는 일은 드물다. 그 점에 대해 메이로자카 씨는 이렇게 설명했다.

"아무래도 추리 작가의 저택이었으니까요. 어떤 장치가 되어 있는지 파악해 놓지 않으면 손님들께 불편을 끼쳐드릴 수가 있습니다."

그 설명에 우리는 납득했다.

"그렇다면 다음으로 신경 쓰이는 건 대체 언제, 누가 이 시체를 이 방으로 날라 왔느냐는 건데."

미쓰무라가 말했다.

그 의문에 "아, 그 점이라면." 하고 메이로자카 씨가 손을 살짝 들었다.

"두 달쯤 전 수상한 손님이 오신 적이 있습니다. 큰 선글라스를 쓰고 계셨는데 남자인지 여자인지도 판단하기 어렵더군요. 키는 170에서 180센티미터 사이였지만 깔창이나 구두 굽 등으로 키를 속였을 가능성도 있습니다. 그리고 그 손님은 커다란 트렁크를 갖고 계셨죠."

"즉 그 손님이 이 시체를 이 숨겨진 방에 가져다 놓았다고요?"

"가능성이 높아 보입니다. 게다가 저와 시하이 지배인은 이 방을 이용하는 일이 거의 없었습니다. 이 개월 전부터 시체가 방치되어 있었다 해도 발견할 확률은 낮습니다."

미쓰무라는 흐음, 하면서 생각에 잠겼다. 나도 그 흉내를 내면서 턱을 손으로 만지작거리다가 문득 시체에서 조금 떨어진 곳에서 무언가를 발견하고 다가가 집어 들었다.

"은화?"

그것은 5백 엔 동전 크기의 은화였다. 하지만 실제로 유통되는 돈은 아닌지, 코인의 앞뒤에 모두 'M'이라는 알파벳만 각인되어 있었다.

"M?"

이게 뭐지? 고개를 갸웃하자 뒤에서 내 모습을 지켜보던 미쓰무라가 눈을 둥그렇게 떴다.

"구즈시로, 그 코인은……."

"이게 뭔지 알아?"

"알고 말고의 문제가 아니라……."

미쓰무라는 잠시 생각에 잠긴 표정을 지었다. 머릿속을 정리하는 눈치였다. 왜 그럴까? 이 코인이 그렇게 위험한 물건인가?

그때 펜릴이 다가와 우리에게 물었다.

"여러분은 밀실 대행업자라는 존재를 아시나요?"

나와 요즈키는 얼굴을 마주 보았고, 요즈키는 고개를 가로저었다. 하지만 나는 들어 본 적 있었다.

"소위 말하는 살인 청부업자죠? 의뢰를 받고 사람을 죽이는. 심지어 반드시 밀실살인으로."

"조금 달라요." 하고 펜릴이 말했다.

"밀실 대행업자는 실제로 살인을 맡아 하는 자도 있는가 하면, 자기가 고안한 밀실 트릭을 의뢰인에게 제공하기만 하는 자도 있어요. 그리고 그 'M'이 씌어 있는 은화는 어떤 밀실 대행업자가 현장에 즐겨 남겨 두는 물건이죠. 물론 그 남자⋯⋯ 또는 여자?는 의뢰인에게 트릭을 제공하는 게 아니라, 실제로 살인까지도 저지르지만요. 그리고 그 은화가 현장에서 발견되었다는 건, 지금 이 설백관에서 벌어진 연쇄살인 사건이 그 밀실 대행업자의 범행일 가능성을 높여 주죠."

펜릴은 그렇게 말하며 은빛 머리카락을 깔끔하게 쓸어내렸다.

"그 인물은 밀실 대행업자 중에서도 사상 최악이라 불리는데요. 일본에서 밀실살인이 시작된 후로, 즉 최근 삼 년 동안 오십 명 이상을 죽였어요. 그리고 그 인물은 경찰이나 동업자 사이에서 이렇게 불리고 있죠."

은방울 같은 목소리가 방 안에 울려 퍼졌다.

"'밀실 제조사'라고요."

*

숨겨진 방에서 나온 후 나는 일단 사람들에게 현재의 수사 진척 상황을 설명했다. 즉 사구리오카가 살해된 밀실 트릭이 이미 해결되었다는 사실을 알렸다는 이야기다. 하지만 안타깝게도 사람들의 반응은 시원찮았다. 어떤 의미에서는 어쩔 수 없는 일이었으리라. 새롭게 만들어진 제4의 밀실, 거기서 발견된 마네이의 시체, 그리고 '밀실 제조사'의 존재. 이 혼란에서 빠져나오려면 밀실 상황을 하나 해결한 것 가지고는 한참 부족하다.

그래서 나는 그 상황을 타개하기 위해 로비에서 가져온 도미노를 들고 동쪽 동으로 향했다. 물론 마네이가 살해당한 밀실 상황, 즉 도미노가 세워져 있던 밀실 트릭을 해명하기 위해서였다. 단 실제로 마네이의 방에서 실험했다기는 현장에 세워져 있는 도미노를 쓰러뜨릴 수도 있으므로, 검증은 마네이 방의 옆방에서 하기로 했다.

그리고 뜻밖에도 미쓰무라가 따라왔다. 내내 사건 해명에 소극적이더니 갑자기 의욕이 생겼나 보다.

그 점에 대해 미쓰무라는 "입장상 너무 눈에 띄고 싶지 않았지만." 하고 미간을 찌푸리며 말했다.

"이미 잔뜩 눈에 띄어 버렸으니 이제 와서 별 상관없겠다 싶어졌어. 그보다 빨리 범인을 잡아서 푹 자는 게 먼저야. 요 며칠간 잠을 푹 못 자서 힘들어. 여섯 시간 정도밖에 못 자고 있어."

아니, 충분히 잘 잔 것 아닌가?

방에 도착한 후 나는 범행 현장과 마찬가지로 실내에 도미노를 대충 죽 늘어놓았다. 미쓰무라는 그 모습을 옆에서 지켜보았다.

어느 정도 도미노를 세운 후 나는 방 밖으로 나갔다. 미쓰무라에게는 방 안에서 대기해 달라고 말해 놓았다. 나는 철사를 꺼냈다. 메이로자카 씨에게 빌려 온 물건이다. 나는 문을 아주 살짝 열고, L자로 구부린 철사를 그 틈새로 집어넣었다. 그 철사를 이용해 도미노를 하나하나 문 쪽으로 가까이 끌어당겨 세웠다.

지금 현장이 된 동쪽 동의 1층 방문은 똑같이 동쪽 동의 1층에 있는 사구리오카의 방이 그랬던 것처럼 문 아래와 바닥 사이에 빈틈이 없는 구조였다. 문을 닫으면 머리카락 한 올 들어갈 틈새가 없다. 따라서 실외에서 도미노를 움직이려면 이런 식으로 문을 살짝 열고 철사를 집어넣는 수밖에 없었다.

십 분쯤 작업을 한 후 나는 이마의 땀을 닦고 실내에 있던 미쓰무라를 불렀다.

"어때, 도미노는 잘 세워져 있어?"

문을 열면 열심히 세운 도미노가 다 쓰러지기 때문에 복도에 있는 나는 확인할 길이 없다. 문 너머로 미쓰무라의 목소리가 들려왔다.

"안타깝지만 어처구니없을 정도로 엉망진창이야."

"진짜?"

"그래. 도미노가 대부분 쓰러져 있어. 이 방법으로는 안 될 것 같은데?"

말도 안 돼, 내 십 분간의 고생은 대체 뭐였을까.

나는 문을 열고 실내로 들어갔다. 안으로 열리는 문에 밀려, 세워져 있던 도미노가 와르르 무너졌다.

잠시 고민한 뒤 다시 한번 현장을 보고 오기로 했다. 미쓰무라도 따라왔다. 우리는 동쪽 동에서 로비로 돌아가 현관을 통해 정원으로 나갔다. 그리고 정원을 경유하여 깨진 창으로 마네이의 방에 들어갔다. 겨우 옆방에 가려고 왜 이렇게 애를 먹어야 하는 걸까. 귀찮게.

나는 마네이의 방에 세워진 도미노를 훑어보았다. 마네이의 시체가 있던 자리를 네모나게 둘러싼 도미노가 문을 향해 이어져 있었다. 그리고 문 코앞에서 멎었다. 그 첫 번째 도미노는 문에서 1센티미터 정도밖에 떨어지지 않은 곳에 있었다. 이래서는 조금이라도 문이 열리면 쓰러질 터였다. 문을 아주 조금 열고 철사를 넣어 도미노를 문 앞으로 끌어당긴다는 내 수법은 도저히 쓸 수 없어 보였다.

그때 나는 문득 어떤 사실을 발견했다.

"이 방은 바닥재가 다른 방히고 다르네."

"그러게. 다른 방과 다르게 상당히 조악해 보여."

미쓰무라도 말했다.

다른 방 바닥재는 열심히 갈고 닦은 듯 매끈매끈했지만 이 방바닥은 거칠거칠했다. 왁스 칠을 한 적도 없어 보인다. 만져 보니 습기를 머금은 듯 축축한 감촉이 느껴졌다. 왠지 장마철 폐가를 연상케 했다.

"어쩌면 다른 방 바닥재는 전부 리모델링해서 바꿨는지 몰라. 그리고 이유가 있어서 이 방만 리모델링이 안 됐던 거지."

하고 미쓰무라가 말했다.

"그 이유가 뭔데?"

"그걸 내가 어떻게 알아?"

미쓰무라는 어깨를 으쓱했다.

그 후 나는 한동안 바닥에 놓여 있는 도미노를 노려보았으나, 이러다 끝이 없겠다는 생각에 다른 과제에 도전하기로 했다. 바닥 도미노를 스마트폰으로 촬영한 후, 문 앞에 있는 도미노들만 재빨리 치웠다. 현장 보존이라는 관점에서는 상당히 문제가 있는 행동이지만 이러지 않으면 문을 열 수가 없다.

나는 잠겨 있던 자물쇠 레버를 돌려 문을 열었다. 그랬다. 이 범행 현장에는 커다란 문제가 하나 더 있었다. 그것은 문이 도미노로만 막혀 있는 게 아니라, 잠겨 있기까지 했다는 점이다. 즉 이 방은 불완전밀실인 동시에 완전밀실이기도 하다는 뜻이다.

"일종의 이중밀실이네."

미쓰무라가 그렇게 말했다.

이중밀실은 본래 방으로 들어오는 문이 이중이고, 그 두 문이 전부 잠긴 상태를 말한다. 지금처럼 하나의 문이 두 가지 방법으로 가로막힌 상태를 과연 이중밀실이라 할 수 있을지, 나는 알 수가 없었다.

참고로 이 방의 유일한 열쇠는 시체 옆에 떨어져 있었고 그것이 진짜 열쇠인지는 이미 확인했다. 실제로 열쇠 구멍에 넣어 보고, 열고 잠그는 일이 가능하다는 사실을 확인했다는 말이다. 또한 이곳 동쪽 동에는 마스터키가 없기 때문에 마스터키로 문을 잠갔을 가능성 또한 배제할 수 있다.

그렇다면 범인은 어떻게 밀실을 만들었을까? 나는 한동안 문을 훑어보다가, 어떤 중대한 사실을 발견했다.

"미쓰무라. 이 데드볼트 좀 봐."

나는 기쁨에 들떠 말했다.

"데드볼트?"

"중간에 잘려 있지 않아?"

나는 열려 있는 문에서 튀어나온 데드볼트를 가리켰다. 얼핏 보기에는 아무 문제도 없어 보였지만 중간을 자르고 접착제로 붙여 놓은 자국이 있었다. 이것은 중대한 단서가 아닐까?

"호응, 그러네. 범인이 절단했니?"

미쓰무라도 흥미를 느낀 듯 말했다.

"그렇게 생각하는 수밖에 없잖아."

분명 범인이 한밤중에 무슨 공구를 이용해 데드볼트를 절단했을 것이다. 그때 제법 큰 소리가 났겠지만, 현재 동쪽 동에 묵고 있는 사람은 피해자 마네이를 제외하면 아무도 없다. 메이로자카 씨를 포함하여 모두 서쪽 동에 묵고 있다. 그리고 서쪽 동까지는 그 소리가 들리지 않았겠지.

내가 그런 의견을 늘어놓자 미쓰무라도 "응, 그러게." 하고 동의했다. 그리고 "잠깐 기다려."라면서 서둘러 방을 나갔다가 펜치를 들고 돌아왔다. 미쓰무라는 펜치로 데드볼트를 잡고 비틀며 힘을 주었다. 그러자 지렛대의 원리로, 접착되어 있던 데드볼트가 떨어졌다. 나는 "오오!" 하고 소리를 질렀다.

문이라는 것은, 잠그면 데드볼트가 튀어나와서 문틀 쪽 구멍으로 들어가 걸리기 때문에 열리지 않는 구조다. 그렇다면 그 데드볼트가 존재하지 않았다면? 그러면 레버가 돌아간 상태여도 문을 여닫는 데 아무런 제한이 생기지 않는다는 사실을 의미한다.

범인은 분명 절단된 데드볼트의 끄트머리를 문틀 쪽 구멍에 넣어 두었을 것이다. 그리고 레버를 돌린 상태로 문을 닫았다. 데드볼트의 절단면에 미리 접착제를 발라 두면 문을 닫은 상태에서 데드볼트가 접착되어, 그야말로 데드볼트가 '절단되지 않은 상태'인 척할 수 있다.

이제 밀실의 수수께끼는 풀렸다. 나는 스스로의 추리를 확인하기 위해 레버를 돌린 상태에서 문을 닫으려 했다. 하지만 그때 생각지 못한 사태가 발생했다. 문이 제대로 닫히질 않았던 것이다. 자세히 보니 문에서 5밀리미터 정도 길이의 데드볼트가 튀어나와 있었다. 그 5밀리미터의 데드볼트가 문틀에 걸려 문이 닫히지 않게 방해했다. 나는 문에 체중을 실어서 세게 밀어 보았다. 당연히 닫히지 않았다. 문과 문틀 사이에 빈틈이 없는 탓에 고작 5밀리미터의 데드볼트로도 중대한 걸림돌이 되고 말았다. 이게 무슨 일이야, 하는 생각이 들었다.

데드볼트는 절단되어 확실히 길이가 짧아졌다. 하지만 짧아진 데드볼트로도 문을 잠그는 데에는 아무 문제가 없었다.

"안타깝게 됐네, 구즈시로."

미쓰무라가 동정하듯 말한 뒤 손잡이 레버를 잡고 돌려서 튀어나온 데드볼트를 집어넣었다. 섬턴 자물쇠의 힘찬 용수철 소리가 울려 퍼졌다. 미쓰무라는 그 상태로 문을 닫고 다시 레버를 돌렸다. 그리고 손잡이를 잡아당기자 데드볼트가 문에 걸리는 소리가 났다. 나는 또다시 이게 무슨 일이야, 하고 생각했다.

"그러니까 데드볼트가 짧아져도 문을 잠그는 기능에는 아무 영향도 주지 않았다는 말이야."

미쓰무라는 어깨를 살짝 으쓱했다.

그 후 나는 삼십 분쯤 밀실의 수수께끼에 도전했으나, 미쓰무라가 슬슬 돌아가고 싶다는 표정을 지어서 일단 포기하기로 했다. 일단 다른 사람들과 합류해야겠다는 생각에 로비로 돌아갔는데 왠지 로비가 소란스러웠다. 무슨 일일까 생각하고 있자니 요즈키가 다가와서 가르쳐 주었다.

"저기 좀 봐."

요즈키는 로비에 가득한 테이블석 중 한곳을 가리켰다. 그곳에는 낯익은 남자가 앉아 있었다.

"야시로 씨가 돌아왔어."

*

테이블석에는 옷이 다 너덜너덜해지고 완전히 만신창이가 된 남자가 앉아 있었다. 나이는 사십 대 정도. 그 모습을 본 미쓰무라가 고개를 갸웃했다.

"누구였더라, 저 사람?"

이 녀석, 진심이야? 하는 생각이 들었다.

"야시로 씨야. 무역 회사 사장. 이 저택에 묵었잖아."

"앗, 아아! 그런 사람도 있었지."

미쓰무라는 다소 재미없다는 표정으로 말했다. 진짜로 잊어버렸던 모양이다.

"……그런데 그 사람, 산을 내려가겠다고 하지 않았어? 이틀째 되던 날, 간자키 씨의 시체가 발견된 후에."

실제로 그랬다. 억지로 설산을 내려간다기에 어디서 조난이라도 당했거나, 까놓고 말해 죽었을 줄 알았다.

"그게, 방금 전에 돌아왔어. 그리고 지금 이시카와 씨랑 메이로자카 씨가 취조하는 중이야."

요즈키가 설명했다.

취조라는 말은 좀 듣기 거북하기는 하지만, 실제로 야시로의 맞은편에는 이시카와와 메이로자카 씨가 앉아 있었다. 그 대화가 들렸다. 아무래도 야시로는 산을 내려가려고 숲속에 들어간 것까지는 좋았는데 역시나 그 안에서 길을 잃고 헤맨 모양이었다. 그리고 이틀쯤 산속을 배회하다 기적적으로 저택에 돌아왔다는 이야기였다.

"그런데 왜 무리해서 산을 내려가려 했나요? 조난당할 게 뻔하다는 사실은 어린애도 알 텐데."

메이로자카 씨가 담담하게 신랄한 질문을 던졌다. 야시로는 완전히 지쳐 버린 목소리로 말했다.

"살해당할 게 무서웠으니까. 난 살해당할 이유가 있거든."
"살해당할 이유?"
이시카와가 물었다. 야시로가 말한 사정은 이랬다.
야시로는 옛날 무역 관련 사기를 쳤다고 한다. 돈은 꽤 벌었지만 동시에 남들의 원한도 샀다.
"하지만 이 저택에 올 때까지 그 사실을 후회한 적이 없었어." 하고 야시로는 말했다.
"심지어 그 사실을 거의 기억 속 저편에 묻어 두고 있었지. 그런데 저택에서 사람이 죽고, 다리가 불타 무너지는 바람에 갇히기까지 하고……. 어쩌면 범인은 나를 죽이기 위해 다리를 끊은 게 아닌가 싶어 무서워지더라고."
고백을 마친 야시로는 어째서인지 후련한 표정을 지었다. 달관한 듯 보이기도 했다. 야시로는 어딘가 모르게 미안한 말투로 메이로자카 씨에게 물었다.
"미안하지만 혹시 먹을 것 좀 없을까? 거의 아무것도 못 먹었어."
"네, 간단한 식사라도 괜찮으시다면 즉시 준비하겠습니다."
야시로와 메이로자카 씨가 일어나서 식당 쪽으로 가려 했다. 그때 미쓰무라가 메이로자카 씨를 불러 세웠다. 두 사람은 소곤소곤 무슨 이야기를 나누었고, 돌아온 미쓰무라에게 내가 물었다.

"뭘 물어봤어?"

"정문에 설치된 CCTV."

미쓰무라는 대답했다.

"야시로 씨가 돌아온 게 정말 지금이 맞는지 알고 싶었어. 더 빨리 돌아왔을 가능성도 있잖아."

그렇구나, 하는 생각이 들었다. 즉 미쓰무라는 야시로가 범인일 가능성도 고려했다는 말이다. 야시로가 며칠간 이 저택에 숨어 있었다면 확실히 야시로도 범인 후보가 된다.

"그래서 어땠는데?"

그렇게 묻자, "야시로 씨는 결백해."라고 미쓰무라가 대답했다. "메이로자카 씨도 같은 생각을 했는지 야시로 씨가 돌아오자마자 바로 CCTV를 돌려 봤대. 그랬더니 정말로 야시로 씨는 방금 막 돌아왔다는 거야. 즉 야시로 씨는 범행이 불가능했어."

미쓰무라는 그렇게 말한 뒤, 문득 로비 카운터에 오도카니 놓여 있던 물통을 돌아보았다.

"이게 뭐야?"

미쓰무라가 그것을 집어 들었다.

"아아, 그거. 아까 메이로자카 씨가 저택 창고에서 발견했대. 호텔 비품이 아니라서 누구 물건일까, 하고 의아했다나 봐."

요즈키가 말했다.

"흐응."

미쓰무라가 물통을 들여다보았다. 용량이 3리터쯤 되는, 새하얀 물통이었다. 왠지 일반적인 물통보다 뚜껑이 튼튼해 보였다.

시험 삼아 집어 들어 봤더니 제법 묵직했다. 평범한 물통은 아닌 듯했다.

*

내가 로비에서 밀실 트릭을 고민하는 가운데, 옆에서는 미쓰무라가 가위와 두꺼운 종이로 무언가를 만들고 있었다. "뭐 만들어?" 하고 묻자, "비밀이야."라는 대답이 돌아왔다. 미쓰무라는 비밀주의자였다.

"그보다 머릿속을 좀 정리하고 싶은데 말 상대가 되어 주지 않을래?"

미쓰무라가 가위를 움직이며 부탁했다. 나는 뾰루퉁한 얼굴로 비밀주의자를 노려보면서도 결국 고개를 끄덕였다. 머릿속 정리를 하고 싶은 건 나도 마찬가지였다.

"그래서 무슨 얘기를 할까?"

"시하이 씨의 시체가 발견됐을 때의 정황. 조금 마음에 걸리는 게 있어. 하지만 어쩌다 그렇게 됐는지를 모르겠어."

미쓰무라가 말했다.

"마음에 걸리는 거라니?"

내 입장에서는 오히려 그 말이 더 마음에 걸리는데.

"뭐, 좋아. 그래서 어디서부터 얘기할까?"

"그럼 기왕이면 어제 아침 상황부터 시간 순서대로 돌아보자. 구즈시로가 로비로 나왔던 건 아침 5시쯤이었지? 우선 그때 상황부터 알려 줄래?"

나는 고개를 끄덕였다.

"응. 아침 5시에 로비로 왔더니 요즈키랑 리리아 씨, 마네이 씨가 있었어. 그리고 마네이 씨가 타로 점을 잘 친다고 해서······."

그 후로 우리는 시하이 씨의 시체가 발견되기까지 서로가 보고 들은 정보를 공유했다. 또 그다음 사구리오카의 시체가 발견되기 전까지 일어난 일들에 대해서도 확인했다. 주로 내가 이야기하고 미쓰무라는 수수께끼의 공작 작업을 하면서 듣다가, 내 이야기가 어떤 지점에 접어들자 "스톱." 하고 나를 막았다.

미쓰무라는 가위를 든 채 턱을 어루만지며 중얼거렸다.

"그렇구나, 그런 거였어."

"뭐가 '그렇구나.'야?"

"조금만 입 다물고 있어 줄래? 생각 정리해야 해서."

말이 너무 심하다. 나는 고분고분 입을 다물었다. 무척 슬픈 시간이었다.

이윽고 미쓰무라는 턱에서 손을 떼더니 나를 돌아보았다.

"하나 확인하고 싶은데, 시하이 씨의 시체가 발견됐을 때 창

쪽으로 다가간 사람 없었어?"

"창? 식당 북측 창 말이야?"

식당 북측 창은 전면이 유리로 된 채광창이다. 하지만 시하이 씨의 시체가 놓여 있던 장소와는 거리가 있어, 누군가가 시체 곁을 벗어나 그쪽으로 다가갔다면 모를 수가 없었다.

그래서 나는 이렇게 대답했다.

"아무도 없었던 것 같은데."

"그럼 사구리오카 씨의 시체를 발견한 후, 다시 식당으로 돌아왔을 때는?"

"그때도 아무도 다가가지 않았…… 아니, 잠깐만."

그때 문득 떠올랐다. 그러고 보니 그때 요즈키가 북측 창으로 다가가지 않았던가. 히터의 온도를 내리려고, 창가에 놓여 있던 리모컨을 가지러 갔다.

"그러니까 요즈키 씨가 북측 창으로 다가갈 때까지 아무도 거기에 접근하지 않았다는 말이지?"

미쓰무라는 그렇게 말한 후 들고 있던 가위를 내려놓고 나를 보았다.

"겨우 알았어. 이걸로, 전부."

나는 눈을 둥그렇게 떴다.

"알았다니 뭘? 밀실의 수수께끼? 아니면 범인의 정체?"

"둘 다."

미쓰무라는 그렇게 말하더니 긴 머리를 긁적였다.

"시하이 씨가 살해당한 '광의의 밀실'과 마네이 씨가 살해당한 '이중밀실', 그리고 그것을 만든 '밀실 제조사'의 정체. 다 알았어."

미쓰무라가 내게 말했다.

"이 사건은 해결했어."

제4장
밀실의 빙해(氷解)

 미쓰무라는 우리를 동쪽 동, 마네이가 살해당한 현장의 옆방으로 안내했다. 오늘 나와 미쓰무라가 도미노 세우기를 실험했던 방이었다. 미쓰무라는 우선 그곳에서 제4의 살인, 즉 마네이가 살해당했을 때의 밀실 상황을 재현하는 실험을 하려는 모양이다.
 "그럼 이쪽으로 오세요."
 미쓰무라가 안으로 열리는 문을 열고 우리를 실내로 들여보냈다. 방 안에는 세우다 만 도미노가 놓여 있었다. 정확히 말하면 실제로 세웠던 건 나고, 뒷정리를 하지 않았기 때문에 그냥 남아 있었던 것뿐이지만. 미쓰무라는 그것을 재활용하려는 듯했다.

실내에는 조난당해 지쳐서 쉬고 있는 야시로를 제외한 모두가 모였다. 사람들의 시선이 자연스럽게 바닥에 놓인 도미노로 향했다.

방 중앙에는 미쓰무라가 가져왔는지 곰 인형이 놓여 있었다. '설백관 밀실사건'의 현장에 있었던 인형이다. 이 곰은 이번에도 시체 역할을 맡았나 보다.

그리고 그 곰 주위로는 'ㄷ'자 모양으로 도미노가 세워져 있었다. 정사각형을 세로로 반 자른 모양이었다. 한 변이 2미터쯤 되는 정사각형의 왼쪽 절반. 그리고 오른쪽 절반은 존재하지 않는다.

미쓰무라가 말했다.

"이 밀실에서 중요한 점은 현재 존재하지 않는 정사각형의 오른쪽 절반 도미노입니다. 그리고 마찬가지로 존재하지 않는, 정사각형의 아랫변에서부터 문 쪽으로 뻗어 있던 도미노도요. 이 도미노를 어떻게 늘어놓는가, 그것이 이 밀실을 성립시킬 때 가장 중요한 요소가 됩니다."

사람들은 고개를 끄덕였다. 물론 그것을 어떻게 하느냐가 가장 어려운 점이지만.

"그래서 대체 어떻게 할 건데?"라고 이시카와가 물었다. 미쓰무라는 "이걸 활용하는 거예요." 하고 방 안에 준비해 놓았던 듯한 '그것'을 집어 들어 우리에게 보여 주었다.

그것은 두꺼운 종이로 만든 공작품이었다. 폭이 스키 판 정도 되는 뒤집힌 'ㄷ'자 모양의 마분지 판과, 마찬가지로 폭이 스키 판 정도 되는 길이 2미터짜리 직선 판. 판 두께가 둘 다 1센티미터쯤 되니 실제로는 판이라기보다 얇은 상자라고 표현하는 편이 나을지도 모르겠다. 그리고 뒤집힌 'ㄷ'자 모양과 직선 판 양쪽 모두 같은 간격으로 도미노가 꽂혀 있었다. 아까 로비에서 미쓰무라가 만들던 수수께끼의 작품이었다. 미쓰무라는 그 두 장의 판을 바닥에 늘어놓았다. 먼저 'ㄷ'자 모양의 판을 시체 역할 곰 인형의 오른쪽에 놓는다. 사람들이 "앗!" 하고 소리를 질렀다. 'ㄷ'자 판은 곰 인형의 왼쪽에 놓여 있던 도미노와 합쳐져 한 변의 길이가 2미터인 정사각형을 이루었다. 비어 있던 정사각형의 오른쪽이 뒤집힌 'ㄷ'자 판 덕분에 보완된 것이다.

그리고 미쓰무라는 남아 있던 직선 판을 정사각형 아랫변에 접하는 위치에 놓았다. 직선 판이 정사각형에서 문까지 똑바로 뻗었다.

"어때요? 마네이 씨가 살해당한 현장을 훌륭하게 재현했죠?"

미쓰무라가 말했다.

실제로 문에서부터 쭉 일직선으로 도미노가 놓이고, 그 도미노가 넘어진다면 정사각형으로 놓인 다른 도미노와 부딪히게 되는……. 즉, 마네이의 방이 밀실이 된 상황과 같았다. 물론 도미노가 꽂힌 두 종류의 종이판이 없다면 말이다.

"그게 어쨌다는 거야? 물론 현장 상황은 똑같지만 이래서는 범인이 방 밖으로 탈출할 수 없잖아."

리리아가 물었다.

미쓰무라는 그 말에 당연하다는 표정으로 대답했다.

"아직 안 끝났어요."

그러고는 새로운 작업을 시작했다. 미쓰무라는 문으로 다가가 도미노가 꽂혀 있던 길이 2미터짜리 판의 끝을 셀로판테이프로 문에 척척 붙였다. 문과 종이판이 고정되었다. 그리고 계속해서 셀로판테이프로 'ㄷ'자 판과 직선 판을 연결했다. 이제 문과 직선 판과 'ㄷ'자 판까지 세 요소가 하나로 연결된 상태가 되었다.

작업을 마친 미쓰무라는 사람들을 휙 둘러보다가 요즈키에게 시선을 주었다.

"요즈키 씨."

"아, 응."

"좀 도와주시겠어요?"

"……또 조수 역할?"

지명된 요즈키는 떨떠름하게 앞으로 나섰다. 관중 입장에서 추리를 듣고 싶었던 모양이다. 하지만 "요즈키 씨가 아니면 부탁할 수 없는 일이에요."라는 설득에 금세 "알았어." 하고 주먹을 불끈 부르쥐었다. 요즈키는 순식간에 탐정 쪽에 붙었다.

"그래서 난 뭘 하면 되는데?"

조수가 남성에게 물었다. 탐정은 이렇게 대답했다.

"지금부터 문을 열고 복도로 나가 주세요. 그리고 문을 닫아 주세요. 이상입니다."

"……정말 내가 아니면 안 되는 일 맞아?"

조수도 의문을 느낀 듯했다. 하지만 결국 설득에 넘어가 복도로 나갔다. 요즈키가 문손잡이를 잡고 문을 안으로 잡아당겨 열었다. 그 순간 사람들이 "앗!" 하고 놀랐다.

"어? 뭐야?"

요즈키가 놀란 듯 발 밑을 내려다보았다. 움직인 것이다. 마분지 판에 꽂힌 도미노가. 셀로판테이프로 문에 고정되어 있으니, 열리는 문에 맞춰서.

혹시? 하는 생각이 들었다. 혹시, 이 트릭은.

"그럼 요즈키 씨, 복도로 나가 문을 닫아 주세요."

미쓰무라의 말에 요즈키는 조심조심 복도로 나갔다. 그리고 천천히 문을 닫았다. 요즈키가 문을 닫자, 거기에 맞춰서…….

문에 고정되어 있던 마분지 판도 함께 움직였다. 뒤집힌 'ㄷ'자 판과 직선 판 두 개가 모두. 복도 쪽에서 보면 문의 경첩이 오른쪽에 붙어 있다. 그래서 경첩을 중심으로 열릴 때는 문이 오른쪽으로 돌고, 닫히면 왼쪽으로 돈다. 그러므로 방금처럼 문을 열었을 때는 문에 고정되어 있던 두 판이 오른쪽으로 슬라이드하듯 움직여 시체 역할인 곰 인형의 왼쪽에 세워져 있는 도미노, 즉 정사각형의 왼쪽 절반과 일시적으로 거리를 두게 된다. 하지만 요즈키가 문을 닫자 영상을 되감듯 마분지 판이 왼쪽으로 움직여 정사각형의 왼쪽 절반과 다시 합쳐지면서, 곰 주위를 둘러싼 정사각형 도미노가 복원되었다. 그 정사각형의 아랫변에서는 문을 향해 도미노가 뻗어 있다. 이것도 범인 역할의 요즈키가 방을 나가기 전 상황과 똑같다.

"이게 도미노 밀실의 트릭입니다."

미쓰무라의 말에 사람들이 감탄하며 한숨을 내쉬었다. 하지만 이내 중요한 점은 전혀 해결되지 않았다는 사실을 알아차렸다.

"도미노가 꽂힌 판은? 그 마분지 판은 어떻게 회수하나요?"

펜릴이 물었다. 미쓰무라는 그 질문에 어깨를 으쓱했다. 그리고 희미하게 미소를 지었다.

"회수되지 않았어요. 편의상 종이로 만들었지만, 사실은 얼음을 이용한 거죠."

한순간 사고가 혼란에 빠졌으나 금세 무슨 말인지 알아차렸다.

"그러니까 얼음이 녹아서 도미노가 꽂혀 있던 판이 사라졌다는 뜻이야?"

"응. 히터를 틀어서 온도를 높여 두면 쉽게 녹을 테니까. 그리고 범행 현장이었던 마네이 씨 방은 바닥재가 다른 방에 비해 거칠었어. 그러니까 다른 방의 바닥에 비하면 얼음이 녹아 생긴 물이 스며들기 쉬웠다는 이야기야. 물론 완전히 마르지는 않아서 바닥이 조금 축축했지만."

듣고 보니 현장 바닥재가 확실히 물기를 머금고 있던 게 기억났다. 단순히 습기가 찬 줄 알았는데 그것도 트릭을 사용한 흔적이었던가.

하지만 그때 문득 어떤 의문이 떠올라 물어보았다.

"그렇다면 이 트릭은 바닥재가 거친 그 방에서만 쓸 수 있는 거잖아? 하지만 이번에 마네이 씨가 그 방에 묵은 건 우연이었을 텐데. 가령 마네이 씨가 다른 방에 묵었다면 범인은 이 트릭을 어떻게 실행하려 했던 걸까?"

바닥재가 거칠지 않은 일반적인 방이었다면 얼음이 녹은 물이 그대로 바닥에 남아 있었으리라. 그러면 트릭에 사용한 얼음이 녹았다는 사실을 순식간에 들키고 만다.

그러자 미쓰무라가 고개를 저으며 "오히려 반대가 아니었을까?" 하고 말했다.

"반대?"

내 말에 미쓰무라는 고개를 끄덕였다.

"응, 반대야. 아마 범인은 얼음 트릭의 흔적을 감추기 위해 처음에는 실내에 와인이라도 뿌려 놓을 생각이 아니었을까?

네 번째 살인(도미노 밀실) 현장

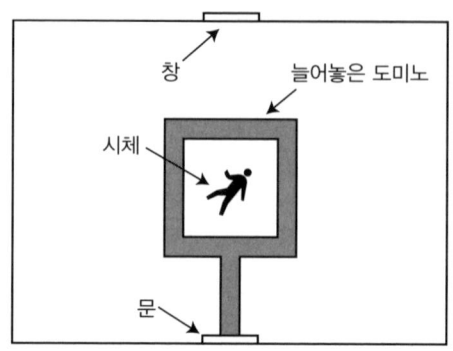

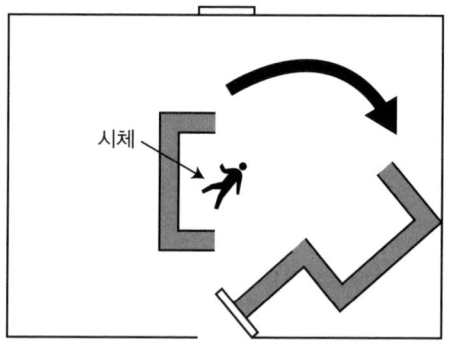

문을 열면 얼음 판에 꽂힌 도미노가 움직인다

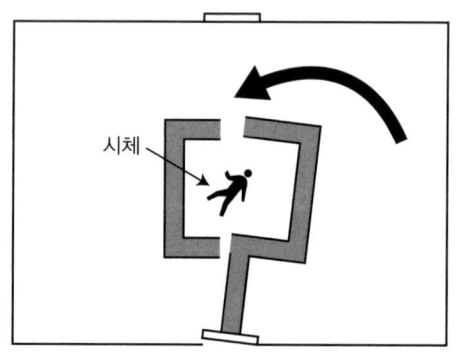

문을 닫으면 도미노가 원래 위치로 돌아간다

그러면 얼음이 녹은 물이 와인과 섞여서 눈에 안 띄잖아. 하지만 실내 바닥재가 거친 것을 보고 그럴 필요가 없다고 생각한 거지. 일부러 와인을 뿌리지 않아도 바닥이 얼음 트릭의 흔적을 감추어 줄 거라고 믿어야. 마네이 씨가 우연히 그런 방에 묵었기 때문에, 범인도 상황에 맞춰 트릭을 수정한 거야."

미쓰무라의 설명에 나는 그렇구나, 하고 납득했다. 즉 다른 방이었어도 트릭 실행은 가능하지만, 우연히도 마네이가 이번 트릭을 사용하기에 가장 적절한 방에 묵었다는 뜻이었다.

여기까지는 충분히 설명이 되었다. 그렇다면 남은 수수께끼는.

"트릭에 쓴 얼음 판은 어떻게 만들었는데?"

내가 물었다. 길이 2미터나 되는 직선 판과 크기가 같은 'ㄷ' 자 모양 판. 냉장고에서 만들기에는 너무 크다.

미쓰무라의 답은 이랬다.

"그건 액체질소를 쓰면 돼."

그러더니 메이로자카 씨에게 시선을 돌렸다.

"로비에서 봤는데, 메이로자카 씨는 오늘 저택 창고에서 수상한 물통을 발견하셨죠?"

메이로자카 씨가 고개를 끄덕였다.

"네, 그게 왜요?"

"그건 물통이 아니라 액체질소를 넣는 용기예요. 범인은 그 물통에 액체질소를 담아서 저택으로 가지고 들어왔죠. 그리고 범행 후 물통을 창고에 대충 숨겨서 처분했고요."

나는 미쓰무라와 함께 보았던 그 물통을 떠올렸다. 하긴, 생각해 보면 일반적인 물통보다 기밀성(氣密性)이 높아 보였다. 하지만 설마 액체질소를 담는 용기였을 줄이야. 미쓰무라는 어떻게 그것만 보고 바로 알아차렸을까?

그런 내 의문을 눈치챘는지 "전에 인터넷에서 본 적이 있어." 하고 미쓰무라가 말했다.

"인터넷?"

"응, 인터넷에서. 아마존에 '액체질소', '용기'로 검색했더니 나오더라. 아마존에서 이런 것까지 파는구나 싶어서 감탄했던 기억이 있지."

미쓰무라는 그렇게 말한 뒤 검은 머리를 긁으며 트릭 설명의 마무리에 들어갔다.

"얼음 판을 만드는 구체적인 방법 말인데요, 우선 두꺼운 종이 같은 것으로 길이 2미터의 얇은 상자를 만듭니다. 뚜껑 없는 직사각형 상자죠. 거기에 도미노를 같은 간격으로 늘어놓고 물을 부어요. 거기에 액체질소를 끼얹으면 물이 얼면서 직선 판이 완성되죠. 'ㄷ'자 판도 같은 방법으로 만들면 됩니다. 직선 대신 'ㄷ'자 모양의 상자를 준비하면 되니까요.

그리고 문과 직선 판, 또는 직선 판과 'ㄷ'자 판을 접착할 때도 액체질소를 사용합니다. 예컨대 문과 직선 판을 이을 때는 문에 물을 묻히고 판 끝을 거기에 댄 뒤 액체질소를 끼얹죠. 그러면 판이 문에 고정됩니다.

 단 이대로는 강도가 불안하기 때문에 범인은 따로 새로운 얼음 판을 준비했을지도 모릅니다. 예를 들면 L자 얼음 판을 만드는 거예요. 긴 쪽 끝에 주먹이 들어갈 만한 구멍이 뚫려 있게 만들어서, 그 L자 판을 좌우 반전시킨 상태로 구멍을 문손잡이에 걸고, 문손잡이에 매달린 그 판을 물과 액체질소로 문에 단단히 붙이죠. 그리고 문에 붙은 그 L자 판의 짧은 쪽, 즉 L자의 아랫변 부분에 도미노가 꽂힌 얼음 판을 붙여 놓습니다. 이러면 얼음 판이 문손잡이에 고정되어 있으니 그만큼 강도가 높아지고, 얼음 판과 문이 접촉하는 면적도 커지니 마찬가지로 강도가 올라갑니다."

 미쓰무라는 이야기를 끝낸 후 청량한 눈빛으로 사람들을 훑어보았다.

 "이제 마네이 씨를 살해할 때 사용한 '불완전밀실'에 대한 설명은 끝입니다. 하지만 이 살인에는 또 하나의 수수께끼가 있죠. 그러니 다음은 마네이 씨 살해에 사용된 '완전밀실'을 해설하겠습니다."

*

 마네이의 시체가 발견된 현장은 일종의 이중밀실이었다. 문은 도미노로 막혀 있을 뿐만 아니라 열쇠로 잠겨 있기까지 했다. 그리고 미쓰무라는 지금부터 그 '잠금'의 수수께끼를 밝히겠다고 한다.
 "여러분께는 아직 말씀드리지 않았지만 이번 밀실에는 하나의 커다란 특징이 있었습니다. 그것은 문의 데드볼트가 범인의 손으로 절단되어 있었다는 점이죠. 따라서 이번 밀실은 엄밀히 말하면 법무성이 정한 '완전밀실'에는 해당되지 않을지도 모릅니다. '완전밀실'은 현장에 크게 언급할 만한 특징이 없는, 가장 표준적인 밀실을 가리키니까요. 그러므로 데드볼트가 절단된 지금의 밀실은 엄밀히 따지면 '완전밀실'이 아니라 '준완전밀실'로 정의해야 하지 않을까……."
 "그렇게 골치 아픈 전제는 안 깔아도 돼. 그래서 범인은 대체 어떤 트릭을 썼는데?"
 리리아가 미쓰무라의 설명을 가로막았다.
 설명을 방해당한 미쓰무라는 다소 불만스러운 표정을 지었으나 이윽고 삐죽거리던 입술을 집어넣고는 이렇게 말했다.
 "지극히 심플한 트릭이죠."
 "그럼 간단한 트릭이구나?"

리리아가 말하자 미쓰무라는 고개를 저었다.

"'심플'과 '간단'은 비슷하지만 다른 말이에요. 생각보다 꽤 잘 만들어진 트릭이거든요. 저는 이 트릭을 '문의 자동 잠금 트릭'이라 부르기로 했어요."

문의 자동 잠금 트릭?

"그, 그건, 문이 저절로 잠긴다는 말이야? 호텔 문에 있는 오토 로크 같은 것처럼?"

요즈키가 당황했다.

"네, 그런 느낌이죠."

미쓰무라는 고개를 끄덕였다.

"물론 다들 아시리라 생각하지만, 현장이 된 마네이 씨의 방은 오토 로크가 아니에요. 그럼에도 불구하고 잠기거든요. 자동으로, 문이."

……그런 말도 안 되는 일이.

"그럼 이론보다 증거, 실제로 보여 드릴까요."

미쓰무라는 그렇게 말하며 복도로 나가 옆방인 마네이의 방으로 이동했다. 미쓰무라가 말하는 '자동 잠금 트릭'은 실제 범행 현장인 마네이의 방에서만 재현이 가능한가 보다. 그 이유는.

"이 절단된 데드볼트예요."

미쓰무라는 열린 문 가장자리에서 5밀리미터 정도 튀어나온 데드볼트를 가리켰다.

"이 데드볼트가 자동 잠금 트릭의 열쇠가 됩니다. 중간에 절단되는 바람에 짧아지기는 했지만, 문을 잠그는 기능에는 아무 영향도 없습니다."

미쓰무라는 그렇게 말한 뒤 데드볼트가 튀어나온 상태 그대로 문을 닫으려 했다. 하지만 5밀리미터 길이의 데드볼트가 문틀에 걸려 닫히지 않았다. 힘주어 꾹 밀었지만 역시나 문은 닫히지 않았다.

"아무리 해도 안 되죠. 그럼 어떻게 할까요?"

미쓰무라는 어깨를 으쓱한 뒤 주머니에서 셀로판테이프를 꺼냈다.

"저는 이렇게 하기로 했습니다."

미쓰무라는 가로로 돌려 놓은 문손잡이 레버를 20도 정도 회전시켰다. 문을 열고 닫을 때나 잠글 때는 레버를 90도쯤 돌리지만, 미쓰무라는 20도 정도밖에 돌리지 않았다. 하지만 그 20도만으로도 문 가장자리에 튀어나와 있던 데드볼트는 문 안으로 쏙 들어갔다. 어라?

"아하, 그렇구나. 데드볼트를 절단해서 짧게 만들어 놓았으니 레버를 조금만 돌려도 데드볼트를 문 안으로 숨길 수가 있군요."

메이로자카 씨의 말에 미쓰무라는 고개를 끄덕였다.

"네. 원래는 레버를 90도 돌리지 않으면 데드볼트가 들어가지 않지만, 절단해서 짧아진 만큼 겨우 20도만 돌렸을 뿐인데도 데드볼트를 전부 감출 수 있죠. 그리고 이 20도쯤 돌린 레버는 이렇게 셀로판테이프로 고정해 놓습니다."

미쓰무라는 20도 정도 돌려 놓은 레버를 테이프로 살짝 고정했다.

"그런 다음 이렇게 문을 닫으면……."

데드볼트는 문 속으로 전부 들어간 상태이므로 미쓰무라가 문을 닫자 문이 저항 없이 닫혔다. 거기서 미쓰무라는 선언했다.

"이걸로 자동 잠금 트릭 준비가 완료되었습니다."

우리는 일제히 물음표를 띄웠다. 트릭 준비가 완료됐다고? 대체 뭐가?

"대체 어디가 자동 잠금 트릭이라는 거야?"

내가 참지 못하고 물었다. 그러자 미쓰무라는 어깨를 으쓱하더니 "일단 보고 있어." 하고 말했다.

"조금만 기다리면 저절로 문이 잠길 테니까."

우리는 또다시 물음표를 띄웠다.

결국 우리는 미쓰무라의 말대로 얌전히 기다리기로 하고 미쓰무라가 설치한 장치, 즉 셀로판테이프로 고정해 놓은 자물쇠 레버만 응시했다. 한동안 아무 변화도 일어나지 않았으나 일 분쯤 기다리니 이상한 소리가 희미하게 귓가를 스쳤다. 그 소리는 레버에 붙여 놓은 셀로판테이프에서 나는 듯했다.

이 소리는······.

"셀로판테이프가 떨어지는 소리?"

내가 그렇게 말한 순간 셀로판테이프가 단숨에 떨어지더니, 20도쯤 돌아가 있던 레버가 원래대로 가로 위치로 돌아갔다. 동시에 데드볼트가 튀어나오는 소리가 들렸다. 우리는 "어?" 하고 소리를 질렀다.

"보다시피."

미쓰무라가 문을 당겼다. 그러자 데드볼트가 걸리는 소리가 들렸다. 문은 열리지 않았다. 완전히 잠겼다.

자동으로.

"이게 바로 자동 잠금 트릭이야."

미쓰무라는 그렇게 말했다.

*

"어, 어떻게 된 일이야? 왜 문이 저절로 돌아갔어?"

자동으로 잠긴 문을 보며 요즈키가 혼란에 빠진 얼굴로 물었다.

나도 요즈키와 마찬가지로 혼란스러웠다. 아무 힘도 주지 않았는데 살짝 돌려 놓았던 레버가 원래 자리로 돌아갔다. 아무리 생각해도 논리를 이해할 수가 없었다.

미쓰무라는 그런 우리의 의문에 이렇게 대답했다.

"논리는 간단해. 열쇠 자체가 원래 갖고 있는 성질을 이용한 거야."

열쇠 자체가 원래 갖고 있는 성질?

미쓰무라는 설명을 이어 갔다.

"일반적으로 이런 섬턴 자물쇠(레버를 돌려 잠그는 자물쇠)라는 것은……. 내부에 용수철이 들어 있어서, 레버를 조금 돌려도 용수철의 힘으로 원래 자리로 돌아가게 돼. 이런 식으로……."

미쓰무라가 레버를 잡고 다시 20도쯤 돌린 다음 손을 떼었다. 그러자 용수철 소리와 함께 레버는 원래 자리로 돌아갔다. 미쓰무라가 어깨를 살짝 으쓱했다.

"이런 자물쇠 레버는 보통 깔끔하게 수직이나 수평으로 있잖아? 어정쩡한 상태로 멈춰 있는 일은 거의 없어. 신기하다고 생각한 적 없어? 왜 자물쇠 레버는 항상 확실하게 세로나 가로로 놓여 있을까? 그건 섬턴 자물쇠 자체가 처음부터 그런 성질이 있기 때문이야. 레버의 위치를 정확하게 수정하는 성질이라고 해야 할까? 그래서 지금 내가 보여 준 것처럼 레버를 살짝 비틀어도 금세 원래 자리로 돌아가지. 물론 내부 용수철이 오래되거나 용수철의 힘이 처음부터 약한 경우에는 제자리로 잘 안 돌아가는 일도 있지만 다행히 이 섬턴 자물쇠는……."

"용수철이 튼튼한 타입이구나." 하고 내가 말했다.

미쓰무라와 함께 이 방을 조사할 때 미쓰무라가 레버를 돌리

문 자동 잠금 트릭

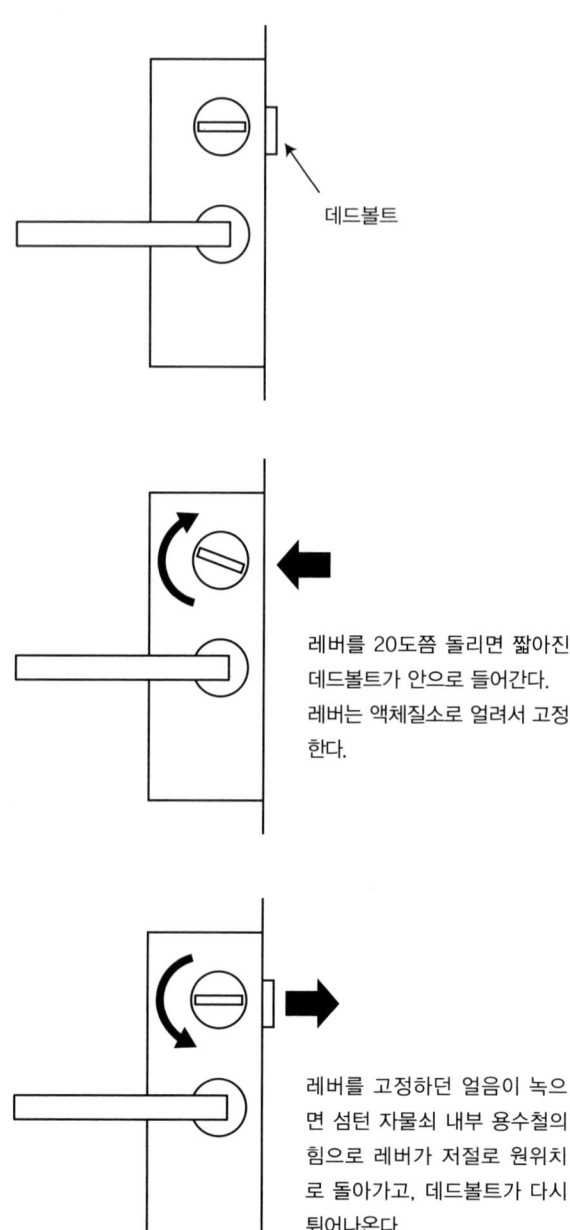

자 힘찬 용수철 소리가 울려 퍼졌던 일이 떠올랐다.

미쓰무라가 내 말에 고개를 끄덕였다.

"물론 섬턴 자물쇠에 이런 성질이 있다는 사실을 모르면 이 트릭은 풀 수 없겠지만, 구즈시모도 그렇고 다른 분들도 지금까지 살면서 섬턴 자물쇠를 만져 본 일은 있잖아요? 그러니까 평소에 의식을 했는지 어떨지는 모르지만 섬턴 자물쇠에 이런 성질이 있다는 사실은 무의식중에라도 알 테고, 알 기회도 여러 번 있었겠죠. 그야말로 몇천 번, 일상생활에서 체험했을 거예요. 그래서 범인은 그 성질을 이용하여 이 밀실을 만들었습니다."

그것이 범인이 고안한 '문의 자동 잠금 트릭'이라는 말인가. 이 이후 마지막으로 문틀에 있는 데드볼트를 끼우는 구멍 속에 접착제를 바른 데드볼트 조각을 넣어 두면, 문이 잠기는 타이밍에 문에서 튀어나온 데드볼트가 구멍 속에 들어 있던 데드볼트 조각과 부딪혀 접착된다는 이야기다.

그러면 남은 문제는……. 나는 레버를 고정시켜 놓는 데에 사용한 셀로판테이프를 쳐다보았다. 레버에는 아직도 셀로판테이프가 그대로 붙어 있었다.

"이 셀로판테이프를 어떻게 회수하느냐인데."

"아, 그 점은 말이야." 하고 미쓰무라가 내 의문에 답했다.

"트릭을 재연하느라 셀로판테이프를 쓰기는 했지만, 실제로는 셀로판테이프가 아니라 액체질소를 사용했을 거야. 레버를 돌린 상태로 물을 끼얹고 액체질소로 얼려서 레버를 고정시켜 두는 거지. 이러면 시간이 흘러 얼음이 녹고 레버가 돌아가잖아? 그러고 나면 현장에 흔적이 안 남으니 밀실 안에서 트릭에 사용한 장치를 굳이 회수할 필요도 없어."

미쓰무라는 그렇게 마무리를 지은 뒤 검은 머리를 긁었다.

"이게 마네이 씨를 살해한 제4의 밀실과 관련된 모든 진상입니다. 그럼 다음은 식당으로 가죠. 남겨진 최후의 밀실, 시하이 씨가 살해당한 '광의의 밀실'의 트릭을 설명하겠습니다."

*

미쓰무라의 지시에 따라 우리는 식당으로 자리를 옮겼다. 미쓰무라는 시하이 씨가 발견된 남측 벽 쪽에 우리를 모은 뒤 "우선 밀실 상황을 간결하게 설명하고 나서 시작할까요." 하면서 당시의 상황을 이야기했다.

"사건 당일 아침 5시부터 8시까지 식당으로 가는 문은 로비에 있던 구즈시로 일행에게 감시당했습니다. 시하이 씨의 사망 추정 시각은 아침 6시부터 7시 사이, 그리고 아침 8시가 된 시점에 저택에 있던 모두가 이 로비에 모였죠. 즉 아무도 식당동에 있던 시하이 씨를 죽일 수가 없었다는 뜻입니다. 그러면 어떻게 해야 좋을까? 저는 이 상황을 타개할 방법으로, 원격살인이 사용된 게 아닌가 생각합니다."

"원격살인?"

나는 고개를 갸웃했다. "원격살인이라 하면……." 하고 마찬가지로 고개를 갸웃하던 펜릴이 질문했다.

"알리바이 트릭에 주로 사용된다는 이미지가 있는데, 그게 밀실살인에도 사용되었다는 말인가요?"

"네. 펜릴 씨라면 아시겠죠? 원격살인은 알리바이 트릭인 동시에 밀실 트릭이기도 하다는 사실을. 구즈시로도 알까?"

그 말에 나는 고개를 끄덕였다.

하기야 원격살인은 밀실 트릭의 한 종류이기도 하다. 예컨대…….

"범인이 시하이 씨한테 약을 먹이든지 해서 재워 놓고." 하고 나는 설명을 시작했다. "그런 시하이 씨를 소파에 앉힌 뒤, 식당 내부에 원격살인 트릭을 장치해 뒀다고 쳐. 그리고 식당이 밀실이 되는 '아침 5시' 이전에 식당을 나와. 그리고 시하이 씨의 사망 추정 시각인 '아침 6시부터 7시 사이'에 원격살인 트릭을 기동시켰다고 치면 '아침 6시부터 7시 사이'에는 이미 식당이 밀실이 되었으니까 범인은 밀실 외부에서 밀실 내부에 있는 시하이 씨를 죽이는 일이 가능하지."

즉 밀실 안에 들어가지 않고 시하이 씨를 죽일 수 있다는 뜻이다. 이러면 현장을 밀실 상태로 만들 수 있다. 하지만 그러려면 한 가지, 어마어마한 모순을 무시해야만 한다.

그래서 나는 그 모순을 지적했다.

"시하이 씨는 가슴을 다섯 군데나 찔렸는데?"

"맞아요, 저도 그게 마음에 걸렸어요."

펜릴도 끼어들었다.

"피해자를 원격으로 살해하는 트릭은 여러 가지가 있지만, 대표적인 것은 나이프 사출장치에 타이머를 연결해서 시간이 되면 나이프가 날아가게 만들어 피해자의 생명을 빼앗는 방식이죠. 이번의 경우 흉기는 핼버드였으니까, 시간이 되면 핼버드가 날아오게 만들었나 보네요. 물론 이렇게 하면 시하이 씨의 가슴에 핼버드를 꽂을 수가 있죠. 하지만 이번에 시하이 씨는 가슴을 다섯 번이나 찔렸어요. 즉 시하이 씨의 가슴에 꽂혔던 핼버드는 한 번 뽑았다가 다시 한번 꽂혔다는 말이 돼요. 아니, 한 번 더…… 정도가 아니네요. 범인은 갈고리 창날을 뽑았다 꽂는 동작을 다섯 번이나 반복했으니까요. 그래서 생각했어요. 정말 원격살인으로 피해자의 가슴을 다섯 번이나 찌르는 일이 가능할까요?"

펜릴이 파란 눈으로 미쓰무라를 쳐다보았다.

식당에 무거운 침묵이 흘렀다.

불가능하다. 누구나 그렇게 생각했다. 물론 대규모 기계장치가 있으면 못 할 것도 없겠지만, 현장이 밀실인 이상 그 대규모 기계장치는 반드시 현장에 남을 수밖에 없다. 왜냐하면 밀실 상황이 해제될 때까지 범인 자신도 식당에 들어갈 수가 없기 때문이다. 따라서 원격살인에 이용한 장치를 현장에서 회수하는 일이 불가능하다.

그래서 나는 미쓰무라의 추리가 틀렸다고 생각했다. 하지만 당사자인 미쓰무라는 그렇게 생각하지 않는지, 서늘한 미소를 짓더니 어깨를 으쓱했다.

"그게 가능하거든요. 현장에 거의 흔적을 남기지 않고 피해자의 가슴을 핼버드로 여러 번 찌르는 일이."

그 말에 우리는 눈을 휘둥그렇게 떴다. 미쓰무라는 검지를 세운 뒤 "물론." 하고 덧붙였다.

"아무리 그래도, 아무 도구도 사용하지 않고 이 트릭을 성립시킬 수는 없겠죠. 어떤 도구가 필요합니다. 자, 그럼 그 도구는 무엇일까요? 힌트, 그 도구는 이 식당 안에 지금도 존재합니다."

느닷없이 퀴즈가 출제되었다. 우리는 "도구라니 무슨……." 하며 어리둥절했다.

"혹시 테이블인가? 테이블보도 수상하네."

요즈키가 말했다.

딱히 근거는 없는 모양이지만.

결국 우리는 일찌감치 포기하고 미쓰무라 쪽으로 시선을 돌렸다. 미쓰무라는 어깨를 으쓱한 뒤 퀴즈의 답을 말해 주었다.

"범인이 사용한 도구는······."

미쓰무라가 검지로 그 물건을 가리켰다.

"이 식기장이에요."

그 말에 우리 모두 놀랐다.

미쓰무라가 가리킨 것은 시체 바로 옆 벽에 설치되어 있던 식기장이었다. 시체와 2미터쯤 떨어져 있고, 시체에서 튄 피도 약간 묻었다. 아무 특징도 없는 식기장이다. 아니, 잠깐만.

"이 식기장은 분명······."

내 말에 미쓰무라가 고개를 끄덕였다.

"그래, 이 식기장은."

그러고는 주머니에서 리모컨을 하나 꺼내, 식기장을 향해 스위치를 눌렀다.

갑자기 식기장이 오른쪽으로 밀려났다.

그리고 그 공간이 드러났다. 지하로 이어지는 계단도. 그랬다, 이 식기장은······.

"숨겨진 방 입구."

이 설백관에 유일하게 존재하는 비밀의 방.

"그런데 이 숨겨진 방이 뭐가 어쨌다는 건가요? 원격살인에 응용이 가능할 것 같지는 않은데요."

메이로자카 씨가 물었다.

미쓰무라는 그 말에 고개를 끄덕였다.

"네, 이 숨겨진 방 자체는 트릭과 아무 상관도 없습니다. 범인이 이용한 건 이 식기장이죠."

"식기장을?"

"네, 왜냐하면……."

미쓰무라는 리모컨 버튼을 눌렀다. 그러자 식기장이 힘차게 움직이며 비밀 통로를 감추었다. 또 한 번 버튼을 눌렀다. 다시 힘차게 식기장이 옆으로 움직였다.

"꽤 힘차게 움직이잖아요, 이 식기장."

미쓰무라가 검은 머리를 쓸어내리며 말했다.

"그래서 생각한 거죠. 이 식기장에 핼버드를 고정시키면 피해자를 여러 번 찌르는 일도 가능하겠다고."

*

"즉 식기장이 옆으로 움직이는 걸 이용해서 시하이 씨를 찔러 죽였다는 말이야?"

내 말에 미쓰무라는 고개를 끄덕였다. 그리고 "구체적으로는……." 하고 식당 테이블 쪽으로 다가가, 테이블보 아래에 숨겨져 있던 막대기를 한 자루 꺼내 들었다. 빗자루 손잡이 부분만 잘라 낸 모양인데 끄트머리에 자루와 직각을 이루도록 종이 나이프를 붙여 놓았다. 흉기로 사용된 핼버드의 갈고리 창날 부분을 흉내 내 만들었나 보다. 실제로 핼버드 갈고리 창날도 자루와 직각이었으니 형태로는 거의 똑같다.

"이것을 식기장에 고정합니다."

미쓰무라는 그렇게 말하며 식기장의 선반 부분에 봉 끝을 놓았다. 식기장이 비어 있어서 공간은 충분했다. 그리고 접착테이프로 자루를 찬장에 단단히 고정했다. 이제 자루에 붙은 나이프 끝은 시곗바늘처럼 옆을 바라보는 모습이 되었다. 만일 소파에 사람이 앉아 있다고 가정하면, 나이프는 그 사람의 가슴 부분을 똑바로 겨냥하게 된다.

"그리고 이 상태로 비밀 통로를 열면."

미쓰무라가 리모컨 버튼을 눌렀다.

그러자 식기장이 힘차게 옆으로 밀려났다. 동시에 막대기에 붙어 있던 나이프 끝이 소파에 앉아 있을 인물의 가슴 쪽을 향해 돌진했다.

"이렇게 하면 꽂히죠."

미쓰무라가 말했다. 그리고 리모컨 버튼을 다시 한번 눌렀다. 이번에는 식기장이 역방향으로 밀려나고, 고정되어 있던 나이프도 같은 방향으로 되돌아갔다.

"이러면 꽂힌 나이프를 뽑을 수 있고요."

우리는 아연실색했다. 물론 이렇게 하면 피해자를 여러 번 찌르는 일이 가능하다. 식기장은 소파에 앉아 있는 시체의 오른쪽에 위치하며, 식기장의 가로 폭은 2미터 정도. 그리고 비밀 통로를 가릴 때 식기장이 이동하는 거리는 1미터 정도다. 즉 핼버드의 자루를 식기장에 수직으로 고정하고 창날 끝부분이 피해자의 가슴에서 1미터 정도 떨어지게 배치해 두면, 비밀 통로가 열리는 타이밍에 피해자에게 날이 꽂히고 통로가 닫히는 타이밍에 날이 뽑힌다.

그리고 시체가 놓인 장소에서 식기장까지 거리는 약 2미터이며, 핼버드 길이도 마찬가지로 2미터다. 즉 시체는 트릭을 실행하기 위해 핼버드 창날이 닿는 최적의 거리에 놓였다는 말이 된다. 그리고 시체를 1인용 소파에 깊이 앉혀 두었으므로 힘차게 여러 번 찔러도 시체는 자세가 무너지거나 소파에서 미끄러지지 않는다.

미쓰무라는 들고 있던 리모컨을 치켜들고 말을 이었다.

"그리고 일반적으로 리모컨이란 건…… 적외선으로 명령을 보내니까 창 너머로도 조작이 가능하죠. 아마 범인은 그 창밖에서 리모컨으로 이 원격살인 트릭을 기동시켰을 겁니다."

미쓰무라가 가리킨 곳은 식당의 서측 벽, 정확히는 남서쪽 모퉁이 위치에 있는 창이었다. 즉 범인은 피해자의 사망 추정 시각인 아침 6시부터 7시 사이에 저 창밖으로 이동해서 창 너

두 번째 살인(식당 밀실) 트릭

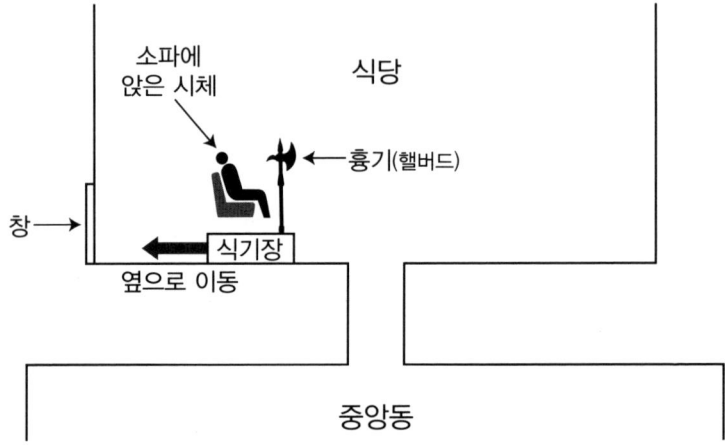

머로 원격살인 트릭을 기동했다는 말인가.

"하지만 이러면 핼버드가 식기장에 고정된 채로 남잖아? 시하이 씨의 시체가 발견됐을 때 핼버드는 바닥에 떨어져 있었는데?"

이시카와가 지적했다.

이시카와의 말대로 핼버드는 바닥에 놓인 채 발견되었다. 자루 끝이 식기장 쪽을 향하고는 있었지만 선반에 고정되어 있지는 않았다.

그럼 범인은 어떻게 핼버드를 선반과 떨어뜨려 놓았을까. 미쓰무라는 곧바로 그 답을 제시했다.

"간단해요. 액체질소로 고정한 거니까."

"액체질소?"

내가 물었다.

"그래. 오늘 세 번째 등장이지."

범인은 액체질소를 남용하는 습관이 있는 모양이다. 물론 편리하기는 하지만. "그래서 구체적으로 어떻게 사용했느냐 하면." 하고 미쓰무라가 설명을 이어 갔다.

"핼버드 자루 끝에 손수건 정도 크기의 장식 천이 달려 있었잖아? 범인은 그 천을 물에 적셔서 자루를 감싼 뒤 액체질소로 얼렸어. 이러면 천이 접착제 대용이 되어 핼버드를 선반에 고정시킬 수 있지. 핼버드는 창날 부분을 제외하면 플라스틱으로 만든 모조품이니까 무게 자체는 상당히 가벼워. 얼음으로 충분히 고정된다는 말이야. 물론 얼음이 너무 얇으면 트릭이 발동되기 전에 핼버드가 선반에서 떨어질 테니 천을 적시는 물의 양은 신경 쓸 필요가 있겠지만."

그 설명을 듣자 떠오르는 것이 있었다. 그러고 보니 시체가 발견되었을 때 핼버드의 장식 천은 물에 젖은 상태였다. 즉 그것은 현장에 남겨진 트릭의 흔적이었다는 뜻이다.

"그리고 범인은 마지막으로……."

미쓰무라는 또다시 리모컨을 치켜들었다.

"창 너머로 히터 스위치를 누른 거죠. 이 리모컨은 비밀 통로의 리모컨인 동시에 히터 리모컨이기도 하니까요. 그리고 기억나세요? 시체가 발견되었을 때 이 식당은 한여름처럼 더웠어요. 시하이 씨가 살해당한 건 아침 6시부터 7시 사이였고, 시체가 발견된 건 아침 8시. 즉 사건이 일어난 후 발견되기까지 최대 두 시간밖에 여유가 없었기 때문에 범인은 그 두 시간 사이 핼버드를 창에 고정시키는 데에 사용한 얼음을 녹일 필요가 있었던 거예요."

"그래서 범인이 히터의 온도를 높였구나."

"응, 맞아." 하고 미쓰무라가 말했다.

"그리고 아이러니하게도 그것 때문에 나는 범인의 정체를 알았어."

*

"히터 온도를 높인 게 범인의 정체와 연결된다고?"

그렇게 목소리를 높인 나를 필두로 다른 사람들도 모두 경악한 표정을 지었다. 미쓰무라만이 차분한 표정으로 말했다.

"그래, 히터 온도를 높임으로써 실내는 한여름처럼 더워졌어. 그래서 실내 온도를 낮추기 위해 요즈키 씨가 창가 테이블에 놓여 있던 히터 리모컨을 집어들었지. 그리고 그 사실이 범인의 정체와 연결돼. 시하이 씨가 살해당한 아침 6시부터 7시 사이 시점에 리모컨은 확실히 식당 밖에 있었을 거야. 그렇지 않으면 식기장을 움직일 수 없어서 원격살인 트릭도 사용할 수 없으니까. 그리고 아침 8시까지 식당은 밀실이었으니 범인은 사용한 리모컨을 식당 안으로 다시 가져다 놓을 수 없었지. 즉 범인이 리모컨을 식당으로 가져다 놓은 건 적어도 밀실이 해제된 아침 8시 이후야. 그리고 그 리모컨은 요즈키 씨가 히터 온도를 낮췄을 때, 즉 우리가 시하이 씨의 시체를 발견한 후 사구리오카 씨 방을 찾아갔다가 다시 식당으로 돌아온 시점에는 이미 식당 창가 테이블에 놓여 있었어."

"즉 범인이 리모컨을 식당에 가져다 놓은 건 우리가 시하이 씨의 시체를 발견했을 때부터 다시 식당으로 돌아오기 전까지 그 사이였다는 말이구나."

미쓰무라가 내 말에 고개를 끄덕였다.

"맞아, 그거야. 그리고 그게 가능했던 인물은 단 한 명밖에 없어. 즉 리모컨을 식당 안에 다시 가져다 놓을 수 있었던 사람이 범인이라는 말이 돼."

리모컨을 식당 안에 다시 가져다 놓을 수 있었던 사람이 범인?

"하지만 리모컨을 식당에 갖다 놓는 건 누구나 다 할 수 있는 일일 텐데요."

메이로자카 씨가 말하자 미쓰무라는 고개를 가로저었다.

"아뇨, 그렇지 않아요. 리모컨은 식당 북측 창가 테이블에 놓여 있었고, 누군가가 시체 옆을 벗어나 그쪽으로 다가가면 반드시 눈에 띌 상황이었죠. 즉 시체가 발견되고 나서 모두가 그 시체 옆을 벗어나기까지, 그러니까 사구리오카 씨의 방으로 가기 위해 모두 식당을 나설 때까지, 그 사이에는 아무도 리모컨을 식당에 가져다 놓을 수가 없었어요."

그러고 보니 전에 나도 미쓰무라와 그 이야기를 했다. 미쓰무라는 누구의 눈에도 띄지 않고 창가로 다가가는 일이 가능할지 어떨지 궁금해했다. 그때 한 대화가 이렇게 이어지는구나.

그리고…….

"마찬가지로 우리가 다시 식당으로 돌아온 후에도 누군가가 창가에 다가가면 모를 수가 없는 상황이었어. 창가 쪽으로 맨 처음 간 사람은 요즈키였는데, 그 시점에는 이미 리모컨이 테이블에 놓여 있었고. 즉 우리가 식당에 돌아왔을 때는 이미 누군가가 리모컨을 가져다 놓은 상황이었다는 말이 돼."

내가 말했다.

"그래, 그렇지."

미쓰무라는 그렇게 말하며 검은 머리를 긁적였다.

"즉 범인이 리모컨을 식당에 가져다 놓은 건 ①사구리오카 씨 방으로 가기 위해 다 함께 식당을 벗어난 후, ②모두가 다시 식당으로 돌아오기까지. 그 사이라는 얘기야."

즉 ①~② 사이에 범인은 아무도 모르게 식당에 돌아왔다는 말이다.

하지만 그때 '어?' 하는 기분이 들었다. 왜냐하면 그 시간대에는…….

"우리는 다 함께 움직였잖아."

아니, 모두 함께 사구리오카의 방을 찾아갔다가, 모두 함께 식당으로 돌아오지 않았던가. 아무도 모르게 혼자 식당으로 돌아오면 반드시 누군가의 눈에 띌 수밖에 없다.

내 의문에 미쓰무라는 "응, 맞아." 하고 고개를 끄덕였다.

"하지만 리모컨을 식당에 가져다 놓을 수 있는 순간이 딱 한 번 존재해. 간단한 일이야. 다 함께 사구리오카 씨의 방을 찾아가기 위해 식당을 나가, 식당이 텅 비었을 때 놓고 가면 돼. 즉 범인은 식당에서 마지막으로 나온 사람이야."

식당에서 마지막으로 나온 사람이 범인?

미쓰무라는 말을 계속했다.

"그리고 누가 언제 식당을 나왔는지 구즈시로가 기억하고 있었습니다. 구즈시로의 이야기에 따르면 우선 메이로자카 씨가 선두에 서고 이시카와 씨, 펜릴 씨, 마네이 씨가 식당을 나갔다고 해요. 그 후 요즈키 씨와 제가 뒤를 이었고, 그 뒤로 구즈시로. 즉 구즈시로가 마지막에서 두 번째로 식당을 나온 인물입니다. 그 말인 즉슨 구즈시로보다 늦게 식당을 나온 사람이 범인이라는 말이 돼요."

그 말에 나는 새삼 그때의 기억을 더듬어 보았다. 실제로 나는 마지막에서 두 번째로 식당을 나와, 식당동과 중앙동을 잇는 20미터짜리 복도를 걸어갔다. 그리고 그 복도를 걷던 도중 뒤에서 신음하는 소리가 들렸다. 나는 몸을 돌려 그 인물의 모습을 보았다.

"따라서 범인은 당신입니다."

미쓰무라가 청량한 목소리로 말했다.

"리리아 씨, 당신이 '밀실 제조사'입니다."

*

리리아는 입꼬리에 미소를 띠었지만 금세 그것을 지우고, 뒤늦게 수습하려는 듯 낭황한 표정을 시었나.

"아니, 무슨 소린지 하나도 모르겠는데. 왜 리리아가 범인이라는 말이 되는 거야? 어처구니가 없네."

리리아가 미쓰무라에게 따졌다.

"하지만 리리아 씨, 당신 외에는 아무도 식당에 리모컨을 가져다 놓을 기회가 없어요."

미쓰무라가 말했다.

"이 말은 당신 외에는 누구도 식기장을 이용해 원격살인 트릭을 실행에 옮길 수가 없다는 의미이기도 하죠. 기억하세요? 시하이 씨의 시체가 발견됐을 때 식당이 한여름처럼 더웠던 것과 히터의 설정 온도 자체는 적정 온도였다는 사실을. 즉 누군가가 리모컨을 이용해 설정 온도를 낮추었다는 말이 돼요. 상식적으로 생각할 때 살인 현장의 온도를 높였다 낮췄다 할 필요성이 있는 사람은 범인뿐이겠죠? 그리고 식당은 아침 5시부터 8시까지 밀실이었고, 아무도 드나들 수 없었어요. 즉 리모컨을 이용해 식당 밖에서 창 너머로 히터의 설정 온도를 낮춘 게 아니라고 가정할 경우, 리모컨으로 온도를 낮춘 건 식당이 밀실이 되는 아침 5시 이전의 일이었다는 말이 됩니다. 이 경우 아침 8시가 되는 시점에 식당이 한여름처럼 더웠던 이유를 설명할 수가 없어요. 적어도 그것보다는 온도가 더 낮았겠죠. 즉 아침 5시부터 8시 사이, 역시 리모컨은 식당 밖에 있었고…… 범인이 창 너머로 히터 온도를 낮추었거나 밀실이 해제된 후 리모컨을 식당 안에 도로 가져다 놓은 순간에 온도를 낮췄다는 뜻이에요. 그리고 어느 쪽이든 그게 가능한 사람은 리모컨을 식당 밖으로 가지고 나갈 수 있었던 인물, 즉 가지고 나간 리모컨을 식당에 다시 가져다 놓을 수 있었던 리리아 씨뿐이에요. 가령 리리아 씨가 범인이 아니라고 한다면, 당신은 왜 리모컨을 식당 밖으로 가지고 나갔나요?"

그 질문에 리리아는 "그건……." 하고 잠시 망설였다. 하지만 결국 고개를 살짝 가로젓고는 왠지 모르게 후련한 표정을 지었다.

"아니, 그만둘래. 밀실 트릭이 네 개나 풀린 시점에서 결국 이쪽의 패배가 결정됐으니까. 변명에 변명을 거듭하며 아닌 척하는 건 리리아가 추구하는 아름다움과 너무나 동떨어진 행위야."

천연덕스러운 리리아의 목소리가 눈앞에서 춤을 추며 말했다.

"맞아, 리리아가 '밀실 제조사'야."

그 고백에 자리가 얼어붙었다. 나는 도저히 믿기지 않는 기분이 되어 물었다.

"정말 리리아 씨가 범인이에요?"

"그래, 미소녀 살인마. 설레지?"

리리아는 즐거운 듯 미소를 지었다. 그리고 "아, 그치만." 하고 분한 듯 머리를 긁적였다.

"정말 하찮은 실수였어. '광의의 밀실'을 만들려고 일부러 마네이를 깨우면서까지 로비 문을 봉쇄했는데 이래서야 괜히 애만 쓰고 아무 소득도 없었잖아. 리모컨은 원래 창가 테이블에 있었으니까 같은 위치에 놓아두는 게 제일 자연스럽다고 그때는 생각했거든……."

담담한 리리아의 말에 내 머릿속은 혼란스러워졌다. 겨우 입에서 튀어나온 것은 너무나 흔해 빠진 말이었다.

"왜 그런 짓을……."

냉혹한 미소가 나를 돌아보았다.

"왜냐고? 당연히 일 때문이지. 리리아네 집안은 대대로 살인 청부업자였거든. 농담 같지? 하지만 안타깝게도 사실이야. 아빠도 엄마도 암살자였고, 언니는 살인 청부 의뢰의 중개업자. 이번 일은 언니를 통해 들어왔고."

리리아는 가벼운 목소리로 말했다.

"의뢰인은 집단 자살 사건의 생존자라는데, 젊은 여자였어. 인터넷에서 알게 된 멤버 일곱 명이 폐가에 모였는데 각자 자기 사정 이야기를 하다 보니 모두에게 한 명씩 죽이고 싶을 만큼 미운 상대가 있다는 사실을 알게 된 거야. 모인 일곱 명 전원에게. 그래서 모인 사람들은 그 일곱 명을 죽이기로 하고, 살인 청부업자에게 의뢰했어. 어차피 죽을 생각이라서인지 대담해졌나 봐. 그럴 거면 자기 손으로 죽이는 게 낫지 않을까, 하고 리리아는 생각했지만."

*

 리리아와 대면한 여자는 주머니에서 그 물건을 꺼냈다. 대면했다고는 해도 리리아는 노점에서 산 고양이 가면을 쓰고 있었기 때문에 여자는 리리아가 배우 하세미 리리아라는 사실을 알아차리지 못했지만.
 여자가 꺼낸 것은 트럼프였다. 받아 든 리리아는 금세 그 트럼프의 정체를 알아차렸다. "이건······." 하고 리리아가 말하자 여자는 "네." 하고 고개를 끄덕이고는 이야기를 시작했다.
 "자살하기 위해 모인 일곱 사람 중 한 명이 그걸 갖고 있었어요. 젊은 남자였고, 정확한 나이는 모르지만 소년이라고 해도 좋을 만한 나이였죠. 그 애의 아버지는 오 년 전 죽었다는데, 그 아버지의 유품 속에서 그 트럼프를 찾았다나 봐요."
 고양이 가면을 쓴 리리아는 고개를 갸웃했다.
 "그러니까 그 소년의 아버지가 트럼프 연쇄살인의 범인이었다고?"
 "네, 그 애는 그렇게 해석한 모양이에요."

여자는 말을 이었다.

"그 애는 사건에 대해 이것저것 조사했다는데, 그 과정에서 아버지가 일으킨 사건이 우연인지 의도적인지 십계에 부합한다는 사실을 알아차렸어요. 분명 머리 회전이 빠른 아이였을 거예요. 그리고 우리와 이야기하는 사이 이런 사실도 알게 됐죠. 우리 일곱 명이 각각 죽이고 싶을 만큼 미워하는 상대, 그 모두가 우연히도 십계에 부합한다는 사실을. 놀랍지 않나요? 우리가 미워하는 일곱 명, 일곱 명 전부가 그렇다는 게?"

여자의 눈이 광기를 머금고 형형히 빛났다.

"그래서 자연스럽게 그런 이야기가 나왔어요. 십계에 빗대서 그 일곱 명을 죽이자고. 우리는 독이 든 잔을 인원수만큼 준비했어요. 하지만 그중 하나에는 독이 아니라 수면제가 들어 있었죠. 그러니까 무슨 말인지 알겠어요?"

여자는 의기양양하게 말했다.

"한 명만 살아남았다는 의미예요."

그랬겠지, 하고 리리아는 생각했다.

여자는 어깨를 살짝 으쓱했다.

"정말로 일이 귀찮아졌다니까요. 다 같이 사이좋게 죽을 작정이었는데, 저만 이렇게 칙칙한 곳에서 지금도 커피를 마시고 있다니."

"다행이잖아요. 목숨은 소중하니까."

리리아는 말했다.

여자가 히죽 웃었다.

"당신이 할 말이에요?"

리리아는 가면의 입 부분만 살짝 젖혀 커피를 한 모금 마셨다. 맛없는 커피였다. 직접 끓인 커피지만. 아무래도 자신은 커피 끓이는 재능이 없는 모양이다.

애당초 리리아가 잘하는 일은 딱 하나밖에 없다.

밀실을 만드는 일.

"아무튼 저는 살아남았어요." 하고 여자가 말했다.

"그래서 당신을 만나러 온 거예요."

여자는 리리아의 얼굴을 가리켰다.

"'밀실 제조사', 당신을요."

*

리리아의 이야기를 듣고 나는 인원수에서 위화감을 느꼈다. 이번 사건에서 리리아가 죽인 사람은 숨겨진 방에서 발견된 시체를 포함해 다섯 명이었다. 여자가 리리아에게 의뢰한 일곱 명에서 두 명이 부족하다. 그렇다면 리리아의 살인 계획은 아직 끝나지 않았다는 말일까?

"아니, 살인은 완결됐어."

리리아는 고개를 가로저으며 말했다.

"사실 우연이었지만. 리리아도 사실은 일곱 명을 죽일 생각이었어. 밀실 트릭도 다 준비했다고. 하지만 그럴 필요가 없어졌어. 왜인지 알겠어? 죽었거든. 이 저택에 도착하기 전에."

그 말에 나는 혼란에 빠졌다. 이 저택에 도착하기 전에 죽었다? 그게 무슨 말이지?

하지만 그 설명만 듣고 바로 알아들은 인물이 있는 모양이다. 뜻밖에도 메이로자카 씨가 고개를 갸웃하며 물었다.

"혹시 버스 사고 때문인가요?"

그 말을 신호로 내 머릿속에서 기억이 연결되었다. 곧바로 생각난 것은 이 저택에 온 첫날 밤 로비에서 봤던 뉴스였다. 버스 사고 뉴스. 그리고 메이로자카 씨는 이 저택에 와야 하는 손님 두 명이 그 사고로 죽었다고 했다.

리리아는 어깨를 으쓱했다.

"응, 맞아. 그 사고 때문에 죽었어. 깜짝 놀랐지 뭐야. 설마 그런 일이 벌어질 줄은 상상도 못 했으니까. 그래서 실제로는 녹스의 십계 비유 살인이라는 구상이 첫 단추부터 어긋났던 거지. 아니, 그렇잖아? 저택에 부른 타깃 중 두 명이 저택에 도달하기 전에 죽어 버리다니. 솔직히 절망적인 상황이야. 어떻게든 얼버무려 보려 했지만 막이 내렸는데 카드가 두 장 남아 있는 건 꼴사납잖아?"

그러자 리리아의 이야기를 듣던 펜릴이 조심스럽게 손을 들었다.

"저어, 궁금한 게 있는데요." 하고 의아하다는 표정으로 묻는다.

"방금 이야기, 근본적으로 이상하지 않나요? 그 의뢰인은 타깃 일곱 명 전원이 녹스의 십계에 부합한다고 했잖아요? 하지만 탐정 사구리오카 씨랑 쌍둥이 동생이 있는 시하이 씨는 몰라도, 저택에 맨 마지막으로 찾아온 간자키나 숨겨진 방에서 시체로 발견된 신카와는? 이 두 사람이 십계에 부합하는 건 리리아 씨가 의도적으로 그런 상황을 만들었기 때문이잖아요? 의뢰인이 리리아 씨에게 살인을 의뢰한 시점에서 두 사람이 이미 십계에 부합한다는 건 명백히 부자연스러운 일인데요."

"응, 리리아도 그게 궁금했어."

리리아도 고개를 끄덕였다.

"간자키가 저택에 마지막으로 도착하도록 여러 모로 조정했는데, 솔직히 말하면 왜 그런 짓을 해야 하는지 잘 모르겠더라고. 하지만 의뢰인은 십계에 맞춰 죽이는 일에 강렬한 집착을 갖고 있었던 것 같았거든. 십계에 빗대어 죽여서 그들의 죄를 고발하겠다고 잔뜩 벼르고 있었어. 그들은 십계를 어김으로써 신의 심판을 받는 거라고."

"신의 심판……. 상당히 거창한 말이네."

미쓰무라가 중얼거렸다.

이시카와가 쓴웃음을 지었다.

"심판을 받을 만한 이유는, 그 집단 자살에 참가한 멤버 일곱 명이 각각 품고 있는 원한과 관계가 있겠지? 그게 녹스의 십계와 밀접한 관계가 있고."

"솔직히 그 점은 잘 몰라. 의뢰인은 동기에 대해선 알려 주지 않았으니까. 누구에게 몇 번째 트럼프를 남겨 놓을지, 리리아에게는 그것만 말해 줬어."

리리아가 자조적인 미소를 지었다.

"리리아가 짐작할 수 있었던 건 마네이가 표적이 된 동기뿐이야. 마네이가 아이돌 오타쿠라는 건 지난번에 구즈시로한테는 말했는데, 내가 들은 소문으로는 그 녀석이 옛날에 어떤 아이돌 그룹 멤버를 스토킹했다는 거야. 그 아이돌은 쫓아다니는 마네이를 피해 도망치다가 차에 치여 죽었대. 그 소문이 사실이라면 마네이는 살해당할 만한 원한을 샀다는 얘기가 돼."

리리아의 말에 미쓰무라가 눈을 둥그렇게 떴다. 그리고 무언가를 확인하듯 "마네이 씨는 아이돌 오타쿠였다." 하고 중얼거리더니, 허를 찔린 듯 눈을 더 크게 떴다.

"혹시…… 그런 건가?"

놀란 표정이 금세 이를 가는 분한 표정으로 바뀌었다.

"난 바보였어. 어마어마한 착각을 하고 있었어."

미쓰무라의 입에서 드물게도 감정적인 목소리가 흘러나왔다.

"이건 녹스의 십계 비유 살인이 아니야."

그 말에 전원의 시선이 미쓰무라를 향했다.

"그게 무슨 말이야? 의뢰인 여성은 리리아 씨에게 녹스의 십계에 빗대어 대리 살인을 해 달라고 했다면서?"

요즈키가 물었다.

"아니, 그런 말 안 했어요. 녹스의 십계에 비유해 달라는 말은 한 적 없어요."

미쓰무라가 대꾸했다.

"하지만……."

"맞아요, 십계라는 단어를 썼던 건 사실이에요. 하지만 장담하는데, 의뢰인은 '십계처럼'이라고는 했어도 '녹스의 십계처럼'이라고는 한 마디도 안 했을 거예요. 왜냐하면 그 십계는 녹스의 십계가 아니라 전혀 다른 십계를 가리키는 말이었으니까."

요즈키가 고개를 갸웃했다.

"다른 십계?"

"네."

미쓰무라가 검은 머리를 벅벅 긁었다.

"모세의 십계예요."

*

모세의 십계

1. 하느님은 유일한 신이어야만 한다.
2. 우상을 만들지 말라.
3. 신의 이름을 함부로 일컫지 말라.
4. 안식일을 지켜라.
5. 부모를 공경하라.
6. 사람을 죽이지 말라.
7. 간음하지 말라.
8. 도둑질하지 말라.
9. 이웃에 대해 위증하지 말라.
10. 이웃의 재산을 탐내지 말라.

*

"모세의 십계……."

나는 그렇게 중얼거리다 "잠깐만." 하고 미쓰무라를 막은 뒤, 주머니에서 메모지와 펜을 꺼내 거기에 암기하고 있던 모세의 십계를 적어 내려갔다. 모두 그것을 들여다보았다.

그 모습을 확인한 후 "그럼 지금까지의 사건을 돌아볼까요?" 하고 미쓰무라가 말했다.

"우선 오 년 전에 벌어진 첫 번째 살인 사건. 현장에 남겨진 트럼프는 '6'이었죠. 그리고 피해자였던 전직 형사는 과거에 운전을 하면서 한눈을 팔다가 사망 사고를 일으킨 적이 있어요. 이것은 모세의 십계 제6조, '사람을 죽이지 말라'에 부합합니다.

다음으로 두 번째 사건 현장에 남겨진 숫자는 '5'였어요. 그리고 피해자였던 중국인 남성은 배움이 짧은 부모를 경멸했습니다. 이것은 십계의 제5조, '부모를 공경하라'에 부합해요.

그리고 세 번째 살인. 현장에 남겨진 숫자는 '4'였고 살해당한 사람은 종업원에게 과도한 노동을 강요하던 악덕 기업의 사장이었습니다. 이것은 십계의 제4조, '안식일을 지켜라'에 해당하네요. 안식일은 일요일을 가리키니까, 종업원에게 휴일도 주지 않고 일을 시켰던 피해자는 이 말을 어긴 셈이죠."

우리는 메모지에 적힌 모세의 십계를 눈으로 따라갔다. 확실히 지금까지 전부 앞뒤가 맞았다.

"이어서 네 번째 살인. 이 저택에서 간자키 씨가 살해당한 사건이에요."

미쓰무라가 말했다.

"현장에 남겨진 트럼프는 'A', 즉 '1'이죠. 그리고 모세의 십계 제1조는 '하느님은 유일한 신이어야만 한다'입니다. 여기서 말하는 하느님은 기독교의 하느님이니까, 다른 종교인 '새벽의 탑' 신부인 간자키 씨는 이것을 위반했어요.

그리고 다섯 번째 살인. 피해자는 시하이 씨. 남겨진 숫자는 '10'이고, 거기에 맞는 십계는 '이웃의 재산을 탐내지 말라'입니다. 전에 구즈시로에게 들었는데 시하이 씨가 이 저택을 손에 넣은 건 부자와 결혼해서 막대한 재산을 물려받았기 때문이라고 하더군요. 그것은 보기에 따라 '이웃의 재산을 탐냈다'고 여겨질 수도 있죠.

이어서 여섯 번째 살인에서 살해당한 사구리오카 씨의 트럼프 숫자는 '7'. 십계로는 '간음하지 말라'에 해당해요. 간음은 불륜을 말하는데 전에 주간지에 사구리오카 씨의 불륜 의혹이 보도된 적이 있었다죠? 그러니 이것도 해당되네요. 다음으로 마네이 씨가 살해된 일곱 번째 살인인데요……."

"남겨진 트럼프 숫자는 '2'였고, 십계로 따지면 '우상을 만들지 말라'네. 하지만 이건 잘 모르겠는데. 마네이 씨가 과거에 점술가였다는 이야기는 들었는데, 불상이나 그리스도상 같은 걸 만들어서 팔았나?"

이시카와가 말했다.

그 말에 나는 메모지에 적혀 있던 모세의 십계 제2조를 훑어보았다. '우상을 만들지 말라'라는 말은 '우상을 숭배하지 말라'

라는 의미다. 하지만 그것과 마네이가 어떻게 부합하는지 알 수가 없었다.

그러자 미쓰무라가 "영어로 생각해 보면 돼요."라면서 무슨 뜻인지 설명해 주었다. "'우상'은 영어로 '아이돌'이니까요."

"아……. 그러네요. 그 말이 맞아요."

영국인 펜릴이 중얼거렸다.

즉…….

"아이돌 오타쿠였던 마네이 씨는 아이돌을 숭배했죠. 그래서 모세의 십계 제2조를 위반했어요. 게다가 마네이 씨는 '아이돌 스토커였기 때문에' 살해당했다는 의혹이 있죠. 그 점을 고려하면 역시 마네이 씨는 아이돌을 숭배했기 때문에 죽었다고 생각하는 게 자연스럽네요."

이렇게 여덟 가지 사건 중 일곱 가지가 모세의 십계에 부합했다. 마지막 하나는 숨겨진 방에서 미라가 된 채 시체로 발견된 사건인데.

"이건 간단해요." 미쓰무라가 말했다. "현장에 남겨진 트럼프는 '3'이고, 그 숫자가 가리키는 십계는 '신의 이름을 함부로 일컫지 말라'죠. 그리고 피해자 신카와 씨는 '새벽의 탑'의 신자. 여기서 말하는 '신'은 기독교의 하느님이니까 광의의 의미에서는 역시 신카와 씨도 십계를 위반했다고 생각할 수 있어요."

이리하여 현장에 남겨진 모든 숫자가 모세의 십계와 연결되었다. 나는 중얼거렸다.

"뭐랄까, 그것참. 정말 별일이 다 있네."

설마 녹스의 십계에 비유되어 살해당한 줄 알았던 피해자들이, 동시에 모세의 십계에도 부합할 줄이야.

미쓰무라가 한숨을 내쉬었다.

"그래, 정말 설마 했다니까. 모든 원흉은 오 년 전 살해당한 세 사람과 이번에 표적이 된 피해자 중 몇 명이 우연히 녹스와 모세의 양쪽 십계에 모두 부합했기 때문이야. 그야말로 신의 장난이네. 그리고 리리아 씨는 그 장난 때문에 어마어마한 착각을 하고 말았지."

그러더니 어깨를 으쓱했다.

"아까 리리아 씨는 버스 사고로 타깃이 두 명 죽은 것 때문에 계획이 망가졌다고 했지? 하지만 사실은 그렇지 않았어. 이 살인 계획은 처음부터 망가져 있었던 거야. 리리아 씨, 당신이 의뢰인의 이야기를 처음 들었을 때부터."

리리아를 바라보는 미쓰무라의 눈동자가 연민의 빛을 띤 채 가늘어졌다.

"안타깝게 됐네, 바보 같은 살인마. 머리를 좀 더 써서 이것저것 확인해 봤어야지."

리리아가 눈을 커다랗게 떴다.

자신만만했던 그 얼굴이 수치로 붉게 물드는 모습이 보였다.

*

이렇게 설백관에서 일어난 연쇄살인 사건은 막을 내렸다. 네 건의 밀실살인 모두 매우 정교하고 치밀하여 '나'는 상당히 즐거웠다. 어디까지나 '내'가 이제부터 일으킬 살인 사건의 오프닝 공연으로서의 이야기지만.

아니, 정말로 깜짝 놀랐다. 완벽한 살인 계획이라고 자화자찬했는데 설마 이런 훼방이 들어올 줄이야. 덕분에 사건이 해결될 때까지 기다리는 꼴이 되고 말았다. 무사히 사건이 해결돼서 다행이다.

자, 그럼. 여기서부터가 본론이다.

'나'는 이제부터 살인 사건을 시작한다. 물론 밀실살인이다. 그것도 과거에 유례가 없을 정도로 완벽한 밀실이 되리라.

모든 이가 잠든 후 '나'는 방을 나섰다. 죽여야만 하는, 증오스러운 상대가 있는 곳으로.

자, 보여 주지. '내'가, 지금부터.

진짜 밀실 트릭이 무엇인지.

회상 3
일 년 전 7월

 그날은 휴일이었고, 고등학교 1학년이 된 나는 아르바이트를 하느라 정신이 없었다. 뭐, 사실은 불법 아르바이트다. 나라에서 허가를 받지는 않았을 테니까. 정확히는 요즈키의 쇼핑을 따라다녀 주면 2천 엔을 받는 아르바이트였다. 이 가게에서 저 가게로 다섯 시간 정도 끌려다녔더니, 시급으로 치면 고작 4백 엔이었다. 노동 기준법도 안 지키나 보다.
 쇼핑을 마치고 가게를 나오자 "오늘 고마웠어." 하고 요즈키가 말했다. 그러고는 가슴을 펴더니 "답례로 누나가 저녁 사 줄게."라면서 수줍게 웃었다.

해는 이미 저물어, 빌딩 사이에 끼인 채 대로를 붉게 물들이고 있었다. 그 석양빛에 비쳐 갈색으로 염색한 요즈키의 머리카락이 금실처럼 찬란하게 빛났다.

"저녁은 초밥 먹고 싶어."

내가 말했다.

요즈키는 차분한 표정을 짓더니 타이르듯 말했다.

"초밥은 비싸서 안 돼."

"회전 초밥이라도 괜찮아."

"그래도 안 돼. 가스미는 항상 스무 접시쯤 먹잖아. 넌 아직 어린애라 모르겠지만 초밥을 스무 접시나 먹으면 몇천 엔이 사라진단 말이야."

그런 말을 들으니 끙 소리밖에 나지 않았다. 할 수 없이 나는 초밥을 포기하고 두 번째 후보를 제시했다.

"그럼 햄버그스테이크."

"좋아, 경제적이네. 속에 치즈 든 걸로?"

나는 고개를 끄덕이고 요즈키와 함께 패밀리 레스토랑으로 향했다. 옷과 봉제 인형이 든 봉투를 양손에 들고 인파 속을 걷고 있는데 문득 길고 검은 머리의 소녀가 내 옆을 스쳐 지나갔다. 나는 무심코 양손에 들고 있던 종이봉투를 집어던졌다.

"가스미?"

요즈키가 놀라서 소리를 질렀다. 하지만 그 목소리도 들리지 않았고, 정신을 차리고 보니 나는 달려 나가고 있었다. 소녀의 뒷모습만 쫓아갔다. 앞을 가로막는 인파에 갑갑해하며 계속 앞으로 나아갔다. 절대 잘못 봤을 리가 없었다. 저건, 저 뒷모습은, 분명.

뒷모습은 골목으로 사라졌다. 나도 그 골목으로 들어갔다. 골목에는 석양이 비치고 있었다. 새빨간 그 세계는 마치 꿈속처럼 아름다웠다.

붉은 경치에 눈을 크게 뜨니 미쓰무라 시쓰리가 눈앞에 있었다. 내가 알던 중학교 2학년 때의 모습에 비하면 다소 어른스러워진 얼굴로.

"오랜만이네, 구즈시로."

미쓰무라가 말했다.

"응, 오랜만이야. 정말로, 오랜만이네."

나도 대답했다. 인파 속을 뚫고 나오느라 가빠진 호흡을 가다듬으며.

미쓰무라가 입가에 희미한 미소를 지었다.

"미안, 나한테도 여러 가지로 사정이 있었어. 그래도 너한테 연락 정도는 했어야 했는데. 연락했으면 만나 줬을까?"

당연하지, 하고 대답하려는데 무언가가 목구멍에 걸렸다. 미쓰무라를 만나고 싶었던 것은 사실이고, 하고 싶은 이야기도 많았다. 하지만 정말로 하고 싶은 이야기는 딱 하나뿐이었고,

그 말을 꺼내기에는 너무 껄끄러워 천연덕스러운 척하기도 망설여졌다.

정말로 묻고 싶은 것. 그것은.

나도 모르게 무의식적으로 목소리가 흘러나왔다. 내 의식과는 유리된 곳에서 마치 그 말 자체가 의지를 지닌 인격인 것처럼.

"너, 정말로 사람을 죽였어?"

미쓰무라의 눈이 커졌다. 충격을 받은 듯한 얼굴을 보고 나는 바로 후회했다. 미쓰무라를 배신하는 말. 당연히 믿어 줘야 할 상대를 신뢰하지 않는다고 선언하는 셈이나 마찬가지인 말.

하지만 그것은 틀림없는 내 본심이었다. 알고 싶었다. 묻고 싶었다. 무엇이 진실인지. 미쓰무라가 그렇게 커다란 '비밀'을 품고 있는데 우리 둘의 관계가 예전처럼 돌아가는 건 불가능했다.

내 물음에 미쓰무라는 잠시 생각에 잠긴 듯 말이 없었다. 하지만 이내 입가에 미소가 떠올랐다. 해맑은 그 웃음은, 전에는 한 번도 보여 준 적 없던 환한 표정이었다.

"그래, 맞아."

붉은 노을 속에서 미쓰무라가 말했다.

"내가 아버지를 죽였어."

*

 정신을 차리고 보니 골목에서 미쓰무라의 모습은 사라진 후였다. 해는 이미 져서 주변이 어두웠다. 마치 미쓰무라가 어둠 속으로 녹아들기라도 한 듯했다. 여름날 환각처럼. 하지만 미쓰무라는 분명 내 눈앞에 있었다.
 내가 아버지를 죽였어…….
 그 말이 귓가에 맴돌았다.
 나는 지금까지 막연히 미쓰무라가 범인이 아니라고 생각했다. 높진 않지만 진범이 따로 있을 가능성도 아직 남아 있었고, 방금 전 했던 말도 그냥 나를 놀리느라 내뱉었을 가능성 또한 충분했다.
 그렇지만 신기하게도 나는 확신했다. 방금 미쓰무라와의 만남을 통해, 어리석게도 완전히 믿어 버린 것이다.

 미쓰무라는, 정말로 사람을 죽였다고.

*

 그날 이후 나는 미쓰무라 사건에 관한 책을 모아서 날이면 날마다 읽고 또 읽었다. 범행 현장의 상황을 수없이 머릿속에서 그리며, 어떻게 하면 그 밀실을 재현할 수 있을지 고찰했다. 미쓰무라가 생각할 법한 일이나 좋아할 만한 것이 무엇일지 열심히 고민했다. 내 기억 속에 있는 미쓰무라의 옛 모습을 떠올리며.

  사건에 대한 집착은 그로부터 일 년 정도 이어졌다. 물론 이제는 그것도 다 포기하고 고찰도 그만두었지만, 지금도 눈을 뜨면 곧바로 현장 상황을 떠올릴 수 있다.

제5장
진정한 의미의 완전한 밀실

 야시로는 달관한 기분이었다. 억지로 산을 내려가려다 겨울 숲을 이틀 내내 헤매는 사이, 야시로의 내면에 있던 쓸데없는 감정은 전부 녹아내리고 말았다. 온갖 욕망, 그리고 삶을 향한 집착까지도. 야시로는 본래 사기꾼이었고 수많은 사람에게서 원한을 사며 살아왔다. 그래서 이런 날이 오는 모양이라고, 지금은 고요히 받아들일 수 있었다.

 야시로는 흐려져 가는 의식 속에서 상대를 올려다보았다. 바닥에 쓰러져 벌렁 드러누운 상태고 가슴에는 나이프가 꽂혀 있었다. 도움을 청하고 싶어도 목소리가 나오지 않는다. 하지만 신기하게도 평온한 기분이었다. 고통과 숨이 막히는 괴로움조차 스스로가 받아야 할 벌로 받아들여졌다.

다만 야시로는 꼭 묻고 싶은 게 있었다. 그래서 겨우겨우 목소리를 쥐어짜, 자신을 찌른 상대에게 물었다. 자신이 왜 살해당하는지, 그 이유만은 알고 싶었다. 자신이 상처를 입혔던 사람 중 누구의 원한이 어떤 식으로 돌고 돌아 자신에게 돌아왔는지.

하지만 상대는 이렇게 대답했다. 원한은 있다고, 그러나 그런 일 따위는 이제 아무래도 상관없다고.

굳이 동기를 따지자면…….

"밀실을 만들고 싶어서."

뭐야, 그게. 이해하기 어려운 그 말이, 깨달음의 피안으로 넘어가려던 야시로의 옷깃을 붙잡았다. 문득 정신을 차린 것처럼 현실로 이끌려 되돌아왔다. 녹아내리던 욕망과 집착도 다시 손바닥 안으로 돌아와 있었다.

싫다. 기왕 죽을 거라면 더 그럴싸한 이유로 죽고 싶다. 아니, 죽기 싫다. 애당초 난 아직…….

거기서 야시로의 의식은 끊어졌다.

살아 있는 사람이 두 명에서 한 명으로 줄어든 그 방 안에서 야시로를 찌른 인물의 혼잣말이 고요히 들려왔다.

"자, 그럼 밀실을 만들어 볼까요."

*

 리리아는 동쪽 동의 어느 방에 가두어 두기로 했다. 메이로자카 씨가 안내해 준 방에는 문 안쪽에 레버식 잠금장치가 없고, 문을 열고 잠그려면 전용 열쇠가 꼭 필요했다. 즉 누군가를 감금하기에 딱 맞는 방이었다. 방에는 창도 없고, 문도 튼튼하여 도저히 부술 수 없을 듯했다. 동쪽 동에는 마스터키도 없으니 문을 잠그는 열쇠도 하나뿐이다.

"그럼 들어가세요."

"네에……."

 미쓰무라의 재촉에, 리리아는 간단한 신체검사를 받은 다음 방 안으로 들어갔다. 들어간 모습을 확인하고 메이로자카 씨가 문을 잠갔다. 그리고 그 열쇠를 미쓰무라에게 건넸다.

"미쓰무라 님이 갖고 계세요."

"제가요?"

"네. 이 저택 안에서는 가장 신뢰할 수 있는 분이니까요."

 아무래도 메이로자카 씨는 미쓰무라가 과거에 경찰에 체포당했다는 사실을 모르는 모양이다. 뭐, 실명으로 보도된 게 아니니 보통 사람들은 모르겠지.

 미쓰무라는 천연덕스럽게 열쇠를 받아 들고 주머니에 집어넣었다.

*

자고 있는데 요란한 벨 소리가 나를 두들겨 깨웠다. 알람 시계의 벨 소리였다. 하지만 내 방 알람은 아니다. 스마트폰 화면을 보니 새벽 2시였다. 나는 문을 열고 방을 나섰다.

복도로 나가자 벨 소리는 더욱 커졌다. 일반적인 알람 시계의 음량이라고는 생각할 수 없었다. 벨은 한 층 위, 즉 서쪽 동 3층에서 들려오는 듯했다.

서둘러 3층으로 올라갔다. 그러자 그곳에 이미 사람들이 모여 있었다. 요즈키와 미쓰무라, 펜릴, 이시카와. 그리고 메이로자카 씨. 복도 쪽 문 앞에 야시로와 리리아를 제외한 모두가 모였다. 나까지 포함하여 여섯 명이었다. 지금 이곳에 있는 멤버는 전부 서쪽 동의 방에 숙박하고 있기 때문에 빨리 모일 수 있었다. 구속되어 있는 리리아는 그렇다 치고, 야시로는 조난당한 일 때문에 피곤해서 깊이 잠든 걸까?

나는 새삼 3층 복도를 둘러보았다.

이 서쪽 동이 3층 건물이라는 말은 들었지만, 실제로 3층에 올라와 본 건 처음이었다. 복도 길이는 1층, 2층과 같았으나 문의 개수가 달랐다. 1층과 2층 복도에는 문이 다섯 개씩 있는 데 반해 3층에는 문이 하나밖에 없다. 방 개수가 다르다는 뜻이리라. 1층과 2층에는 방이 다섯 칸이지만 3층에는 하나뿐. 아마도 이 방 한 칸이 다섯 칸 넓이를 차지하고 있을 것이다. 평범한 객실은 아닐 듯했다.

"이 방은 뭐죠?"

나는 벨 소리가 울려 퍼지는 방을 가리키며 물었다.

"도서실입니다. 주로 유키시로 뱌쿠야의 저서와 애독서 등이 보관되어 있습니다. 장서가 그리 많지는 않습니다만."

메이로자카 씨가 대답했다.

흐음, 하고 나는 신음했다. 그럼 이 도서실에서 왜 알람 소리가 울려 퍼지고 있을까? 잠시 생각해 보았으나 금세 생각해 봤자 소용없는 의문이라는 사실을 깨달았다. 따라서…….

"아무튼 들어가 보죠. 안에서 무슨 일이 일어나고 있을지도 모르니까요."

내가 말했다.

그러자 미쓰무라가 고개를 가로저으며 말했다.

"방 안에 들어갈 수가 없어."

"왜?"

"문이 잠겨 있어서."

"잠겨?"

불길한 예감이 느껴진 나는 메이로자카 씨에게 물었다.

"그럼 마스터키는요? 서쪽 동의 방문은 전부 마스터키로 열 수 있잖아요? 아니면 도서실은 예외예요?"

"아뇨, 도서실 문도 마스터키로 열 수 있습니다만."

메이로자카 씨가 망설이더니 실수를 얼버무리려는 듯 시선을 피했다.

"마스터키가 보이질 않습니다."

"네? 그게 무슨 말이에요?"

"로비 프런트 안쪽에 있던 객실 열쇠 보관함 안에 걸려 있었습니다만……. 다섯 행짜리 다이얼 자물쇠가 달린 보관함이었는데요. 그 보관함을 누가 부수고 마스터키를 가져갔습니다. 제 불찰입니다. 어제까지는 제가 한시도 몸에서 떼어 놓지 않고 가지고 다녔는데, 사건이 해결된 터라 다시 보관함에 넣어 두고 관리하려 했거든요. 설마 그 보관함 자체를 부술 줄은 생각도 못 했습니다."

상황이 험악해진 느낌이 들었다. 나는 알람이 계속 울려 퍼지는 도서실 문을 쳐다보았다. 그렇다면 이 방 안에서 지금 일어나는 일은 역시 단순히 알람이 울리는 게 전부가 아닐지도 모른다.

"마스터키가 없어도 도서실 전용 열쇠로 열면 되잖아요?"

요즈키가 말하자 메이로자카 씨가 고개를 가로저었다.

"아뇨, 그럴 수는 없습니다. 도서실에는 문을 열고 잠그는 전용 열쇠가 없거든요. 열쇠를 분실하거나 망가뜨린 게 아니라, 정말로 처음부터 존재하지 않습니다. 여러분이 묵고 계시는 방은 유키시로 뱌쿠야가 저택을 소유했을 때부터 손님방으로 이용하던 곳이라 그 손님방에 묵는 손님들에게 건넬 용도로 전용 열쇠가 존재하지만, 도서실 문단속에는 마스터키 하나만 있으면 충분하죠. 그래서 굳이 전용 열쇠를 만들 필요가 없었다고 합니다."

우리는 끙 앓았다. 즉 도서실 문을 열고 잠그는 일은 오로지 마스터키로만 가능하며, 누군가가 마스터키를 훔쳐 간 지금 도서실 문을 열 방법은 존재하지 않는다는 말이었다.

그렇다면 방 안에 들어가려면 문 자체를 부수거나, 또는……. "저쪽에 창이 있습니다."

메이로자카 씨가 복도 끝을 가리켰다. 막다른 골목의 왼쪽에 도서실 창이 있었다. 우리는 복도 중간쯤에 있는 문 앞에서 창 쪽으로 자리를 옮겼다. 창유리가 불투명해서 안이 들여다보이지는 않았다. 그래도 방 안에 불이 켜져 있다는 사실은 알 수 있었다.

"잠시 대걸레를 가져오겠습니다."

메이로자카 씨는 그렇게 말한 뒤 복도로 내려갔다가 몇 분쯤 후 대걸레를 들고 돌아왔다.

"좀 비켜 줘."

대걸레를 받아 든 미쓰무라가 말했다. 시키는 대로 창에서 떨어지자 미쓰무라가 대걸레 끝으로 유리를 깨뜨려, 사람이 들어갈 수 있을 만한 구멍을 뚫었다. 그리고 창틀을 타 넘어 방 안으로 들어갔다. 나도 그 뒤를 따랐다. 알람 시계가 창 바로 옆에 놓여 있어서, 알람을 끈 후 실내를 둘러보았다.

그곳은 방 다섯 개 공간을 전부 터서 만든, 그냥 넓기만 한 방이었다. 책장은 전부 복도 반대편 벽에 세워져 있고, 방 안의 빈 공간에도 1인용 의자가 몇 개 놓여 있는 게 전부였다. 사각이 없는, 탁 트인 우드 플로어링 방. 그래서 방 중앙에 사람이 쓰러져 있는 모습이 바로 눈에 띄었다. 야시로였다. 사람들 사이로 동요가 흘렀다. 야시로는 눈을 부릅뜬 상태였고, 이미 숨이 끊어진 것은 명백했다.

"이건⋯⋯."

야시로 곁으로 뛰어간 미쓰무라가 옆에 놓여 있던 병을 집어 들었다. 큼직한 잼병이었다. 뚜껑이 닫힌 그 병 안에는 열쇠가 하나 들어 있었다.

"서쪽 동 마스터키네요. 틀림없어요."

메이로자카 씨가 말했다.

"그렇군요."

즉 이 도서실을 열고 잠글 수 있는 유일한 열쇠가 실내에 남겨져 있었다는 뜻이다.

미쓰무라는 "으음⋯⋯." 하고 중얼거린 뒤 열쇠가 든 병을 품에 안은 채 방문으로 다가갔다. 그러더니 "뭐야? 말도 안 돼."

하고 드물게도 놀란 소리를 질렀다. 무슨 일인가 싶어 다가가 보니 금세 그 이유를 알 수 있었다. 방 안쪽에 붙은 레버식 잠금장치가 돌아가 있는 것이, 문이 잠긴 상태가 분명했다. 혹시나 싶어 손잡이를 돌려 보았다. 역시나 잠겨 있었다. 그러니 범인은 방 밖으로 나갈 수가 없다. 그리고 방 안의 창은 아까 우리가 들어오면서 깬 것을 포함하여 전부 열리지 않는 고정식이었다. 그러므로 창으로 범인이 드나들었을 가능성도 생각할 수 없다.

따라서 이 방은 완벽한 밀실이다. 하지만 그것은 이제 와서 놀랄 일도 아니었다. 창을 깨기 전부터 방이 밀실이리라는 사실은 어느 정도 예측했기 때문에.

그러니 문제는 다른 곳에 있었다. 안에서 문을 잠그는 레버, 그 레버 위에 돔형 플라스틱 부품이 씌워져 있었던 것이다.

"이건······."

내가 중얼거렸다.

"가샤폰 케이스네."

미쓰무라가 말을 이어받았다.

소위 말하는 캡슐 토이, 즉 달걀 모양 캡슐 안에 상품을 넣어 자판기에서 판매하는 장난감의 케이스였다. 그 케이스가 레버 위에 덮여 있어, 케이스로 가로막힌 레버를 직접 건드릴 수가 없었다.

미쓰무라는 손톱으로 가샤폰 케이스를 톡톡 두드렸다. 그리고 "완전히 얕보였네." 하며 재미있다는 듯 중얼거렸다.

"이걸로 밀실 트릭의 패턴 중 하나를 소거했다고 생각하는 걸까?"

그 말에 나도 고개를 끄덕였다. "하기야……." 하고 미쓰무라가 말을 이었다.

"이러면 레버를 돌려서 문을 잠글 수가 없겠지."

밀실 트릭의 정석 패턴 중 하나로, 기계장치를 이용해 방 안의 레버 잠금장치를 돌려 잠그는 타입이 있다. 하지만 이번에는 그 패턴을 쓸 수가 없다. 가샤폰 케이스는 셀로판테이프로 아주 단단히, 누가 봐도 인위적으로 방문에 고정되어 있었다. 기계장치를 이용해 레버를 돌린 후 또 다른 기계장치를 이용해 가샤폰 케이스를 문에 붙이는 일은 아무리 생각해도 불가능했다. 아니, 애당초 기계장치를 이용하면 현장에 흔적이 남을 수밖에 없다. 그 흔적까지도 회수하는 가장 정석적인 방법은…….

"무리야."

문 아래를 들여다보려는 내게 미쓰무라가 말했다.

"문 아래에 빈틈이 없어. 그러니까 그곳을 통해서 뭘 회수할 수도 없어."

문은 우리가 묵는 서쪽 동 객실과 똑같았다. 한 장짜리 초콜릿색 문. 내 방이 그랬듯이 문 아래에는 빈틈이 없었으므로 그곳을 통해 기계장치를 회수하는 일은 불가능하다. 애당초 가샤폰 케이스 때문에 기계장치로 레버를 돌리는 일 자체가 불가능한데 그 장치를 회수하는 것도 불가능하다는 말이 된다.

"심지어 빙 안에는 사각이 될 만한 공산노 없고. 이러면 범인이 실내 어딘가에 숨어 있는 패턴도 없앨 수 있지."

열쇠가 든 병을 품에 안은 채로 미쓰무라가 계속 말했다.

그 말에 나는 실내를 둘러보았다. 책장은 전부 벽에 붙어 있고, 그 외의 가구라고 해 봤자 1인용 의자 정도밖에 없다. 그 의자도 판자와 뼈대로만 만들어진 심플한 물건이어서 뒤나 밑에 사람이 숨는다는 것은 불가능했다. 이러면 확실히 '범인이 밀실에서 탈출하는 척하고 사실은 방 안에 아직 숨어 있다'는 트릭도 쓸 수 없다. 뭐, 지금 이 도서실에는 감금된 리리아를 제외한 여섯 명이 다 모여 있으니까 이 방 안에 누가 숨어 있을 가능성은 처음부터 없었지만.

"그럼 남은 건……."

미쓰무라가 안고 있던 병을 흔들었다. 안에 든 열쇠가 병유리에 부딪혀 짤그랑거리는 소리를 냈다.

"이 마스터키가 가짜일 가능성이네."

미쓰무라는 병뚜껑을 돌리려고 했다. 하지만 너무 세게 닫혀 있어서인지 열리지 않았다. 입을 삐죽거리며 병을 내밀기에 내가 받아 들고 병뚜껑을 돌렸다. 확실히 꽉 잠겨 있었다. 어처구니없을 정도로 꽉 돌려 놓았다. 팔에 무지막지하게 힘을 주고서야 겨우 뚜껑을 열 수 있었다.

미쓰무라는 그것을 확인한 뒤 레버 위에 씌워져 있던 가샤폰 케이스를 떼어 내리고 셀로판테이프를 쫙쫙 벗겨 냈다. 하지만 셀로판테이프 끝이 떨어져, 5밀리미터 정도가 문에 남았다. 미쓰무라는 그것까지 벗기려고 손톱으로 긁다가 결국 포기한 듯 레버를 돌리고 잠겨 있던 문을 열어서 복도로 나갔다.

"구즈시로, 마스터키."

나는 병 안에 든 마스터키를 꺼내 미쓰무라에게 내밀었다. 미쓰무라는 그것을 열쇠 구멍에 꽂아서 빙글 돌렸다. 문이 잠기는 소리가 났다. 문손잡이를 달칵달칵 흔들어 보았으나 문은 완전히 잠겨 있었다.

"역시 열쇠는 진짜였네. 즉 도서실을 잠글 수 있는 유일한 열쇠는 그 도서실 안에 있었다는 말이었어."

이 시점에서 범행 현장이 완벽한 밀실이라는 사실이 확정되었다.

미쓰무라는 다시 마스터키를 열쇠 구멍에 꽂고 문을 연 뒤 방 안으로 들어갔다. 그리고 검시를 하던 이시카와와 펜릴에게 물었다.

"사망 추정 시각은 언제쯤인가요?"

"두 시간쯤 전이야. 지금이 2시가 좀 넘었으니까 자정 전후였을 거야."

이시카와가 말했다.

"사인은요?"

"자창. 가슴을 여러 번 칼로 찔렸는데 그 대부분이 죽은 후 난 상처야. 생활반응이 없거든. 그리고 출혈량으로 볼 때 다른 장소에서 살해당한 후 이 방으로 끌려온 것 같아. 흉기는 발견되지 않았고."

"그렇다면 적어도 자살은 아니네요."

"죽은 후에 찔렸으니까. 그리고 펜릴 씨, 그거."

이시카와가 펜릴을 쳐다보았다. 펜릴은 고개를 끄덕이고는 뭔가를 미쓰무라에게 보여 주었다.

"시체의 주머니에 이게 들어 있었어요."

트럼프였다. 하트의 '9'. 누가 보아도 트럼프 연쇄살인 사건에 사용되었던 것과 같은 트럼프 카드다.

"트럼프 숫자가 '9'라는 건 모세의 십계로 따져 보면 '이웃에 대해 위증하지 말라'라는 말이야?"

요즈키가 다가와서 말했다.

"그러고 보니 야시로 씨는 원래 사기꾼이랬지? 제대로 들어맞기는 하네."

내가 말했다.

"응, 하지만 범인이 현장에 트럼프를 남긴 이유는 다른 곳에 있을 거라고 생각해."

미쓰무라의 말에 나는 고개를 갸웃했다. 하지만 "무슨 의미야?" 하고 묻기 전에 이시카와가 끼어들었다.

"그런 것보다, 왜 또 살인이 일어난 거지? 사건은 이미 해결했잖아?"

"네, 해결했어요. 그러니까 하나를 해결한 후, 또 다른 사건이 일어난 거죠. 즉 리리아 씨에 이어 두 번째 범인이 나타난 거예요."

미쓰무라가 대답했다.

이시카와가 "진짜야?" 하고 중얼거렸다. 그러고는 머리를 긁으며 쓴웃음을 지었다.

"이 살인도 리리아 씨가 저질렀을 가능성은 없어? 새로운 범인의 등장보다 리리아 씨가 한 명을 더 죽였다고 생각하는 게 심정적으로 편한데."

그러자 미쓰무라는 고개를 가로저으며 대답했다.

"리리아 씨가 범인일 가능성은 없어요. 리리아 씨는 동쪽 동에 감금되어 있고, 그 방 열쇠는 제가 관리하고 있으니까 리리아 씨는 살인이 불가능해요. 하지만 뭐, 만일을 대비해서 확인하러 가 볼까요?"

　　　　　　　　＊

　우리는 리리아를 감금해 놓은 동쪽 동으로 향했다. 미쓰무라가 문을 열고 실내 불을 켰다.

　"……뭐야?"

　음냐음냐 눈을 비비며 리리아가 말했다.

　"……있네요."

　미쓰무라가 이시카와에게 시선을 던졌다.

　"그러게, 있네."

　이시카와도 고개를 끄덕였다.

　"……무슨 일이야?"

　리리아가 의아하다는 표정을 지었다. 미쓰무라는 "내일 이야기할게요." 하고 말한 뒤 리리아의 방문을 닫았다.

　"그렇다면……."

　문을 잠근 후 우리는 다시 이야기를 시작했다.

　"역시 리리아 씨는 범인이 아니라는 말이 되네요."

　펜릴이 그렇게 말하자 미쓰무라는 고개를 끄덕였다.

　"애당초 저는 처음부터 리리아 씨가 범인이 아니라고 생각했지만요."

　"왜죠?"

　"밀실의 강도 때문에요."

펜릴의 질문에 미쓰무라는 대답했다.

"아직 제대로 조사가 다 끝나지는 않았지만, 이번 사건의 밀실 강도는 지금까지의 네 사건과 수준이 달라요. 문 잠그는 레버는 가샤폰 케이스를 씌워 손도 대지 못하게 만들었고, 유일하게 문을 열 수 있는 마스터키는 뚜껑을 아주 세게 닫은 병 안에 들어 있었죠. 심지어 간자키 씨가 살해당한 첫 번째 사건과 달리 문 밑에 빈틈도 없었어요."

"그야말로 '완전밀실'이네요."

"네. 그 상위호환, '초완전밀실'이라고 해야 할까요? 만일 리리아 씨가 이런 밀실 상황을 재현할 수 있는 트릭을 떠올렸다면 저는 기존의 네 밀실살인을 푸는 데에 조금 더 애를 먹었을 거예요."

마치 지금까지 있던 네 사건은 거의 힘들이지 않고 해결했다는 말투였다. 아니, 실제로 그랬을지도 모르지만. 뭐니 뭐니 해도 광속탐정 피에로니까.

미쓰무라는 "그런 것보다." 하고 우리에게 말했다.

"지금부터 야시로 씨의 방을 조사해 봐도 될까요? 야시로 씨는 다른 곳에서 살해당한 후 시체가 도서실로 옮겨졌죠. 그렇다면 진짜 범행 현장은 야시로 씨의 방일지도 몰라요."

 야시로의 방에 가니 역시나 미쓰무라가 말한 대로였다. 바닥에 피웅덩이가 흥건한 것을 보니 이곳이 진짜 범행 현장이라는 사실은 명백했다.

 이시카와가 흐아아암, 하고 하품을 했다.

 "피곤하니까 오늘은 그만 쉴게. ……그나저나 걱정이네. 설마 여기서 또 한 명이 살해당할 일은 없을 거라고 생각했는데."

 이시카와는 그렇게 투덜거렸다. 요즈키가 동의한다는 듯 고개를 열심히 끄덕였다.

 그 후 우리는 도서실로 돌아와 야시로의 시체를 식당동에 있는 와인 셀러로 옮겼다. 다섯 구의 시체가 보관된 와인 셀러는 이제 완전히 시체 안치소가 되어 있었다.

 거기서 사람들과 헤어진 나와 미쓰무라는 다시 도서실로 돌아와 밀실을 조사하기로 했다. 문을 열고 방으로 들어가려던 순간 문득 어떤 생각이 떠올라, 나는 미쓰무라에게 말했다.

 "경첩 나사를 풀어서 문을 빼냈을 가능성은 없어?"

 그것도 정석 트릭 중 하나다. 범인은 복도로 나와, 경첩을 분해해서 문을 빼낸다. 그리고 레버를 돌려서 데드볼트를 튀어나오게 만든 뒤, 그 문을 문틀에 꽂고 다시 경첩 나사를 조여서 문을 고정시킨다. 그런 트릭이다.

내가 담담하게 이야기하자 미쓰무라는 어이가 없다는 표정으로 "구즈시로 너는 뭐 황금시대 사람이라도 돼?" 하고 말했다. 헐뜯는 말이라고 내뱉은 모양이었만 딱히 헐뜯는 말로 들리지도 않았다. 황금시대라 하면 애거사 크리스티나 엘러리 퀸이 활약한, 본격 미스터리가 가장 활발했던 시대를 가리키는 말이니까.

그건 그렇다 치고.

"잘 들어, 구즈시로."

미쓰무라가 타이르듯 말했다.

"요즘 세상에 그런 트릭을 쓸 리가 없잖아? 문을 보면 바로 알아. 자, 구즈시로. 이 문의 경첩 나사가 어디 붙어 있는지 확인해 봐."

"어디, 그러니까……."

시키는 대로 경첩 나사를 찾아보았다. 경첩 나사는 각각 문과 문틀의 측면에 붙어 있었다.

"측면에 있네."

나는 보고했다.

"좋아, 그럼 문을 닫아 봐."

시키는 대로 문을 닫았다가 나는 "아." 하고 중얼거렸다. 문을 닫은 상태에서는 경첩 나사가 완전히 숨겨지고 만다. 나사가 있는 곳은 문 측면과 문틀 측면이다. 문을 닫으면 그 측면끼리 겹쳐지기 때문에 필연적으로 경첩 나사도 문과 문틀 사이에 끼이게 된다.

"이 상태에서 어떻게 경첩 나사를 다시 조일 수 있는데?"

듣고 보니 확실히 맞는 말이었다. 그나저나 이상한데. '문짝을 떼어 낸 후 경첩 나사를 다시 조인다'는 트릭은 몇 십 번이나 들어 봤는데 실제로는 실현이 불가능하다니, 이럴 수가.

"나도 잘은 모르지만 아마 옛날 문이랑 구조가 다른 것 아닐까?"

미쓰무라가 말했다.

"문을 닫으면 경첩이 숨겨지는 게 아니라, 문과 문틀을 고정하는 나사가 복도 쪽으로 노출된다거나? 바깥쪽으로 열리는 문이었다면 그런 구조도 가능하잖아?"

"그렇구나. 그럼 확실히 문이 닫힌 상태에서도 경첩 나사를 조였다 풀었다 할 수가 있겠네."

하지만 냉정하게 생각해 보면 상당히 위험한 일이다. 나사가 방 밖에 노출되어 있다면, 그 나사만 풀어서 쉽게 문짝을 떼어 낼 수 있다는 말이 된다. 이래서는 도둑이 얼마든지 마음대로 드나들 수 있다.

"실제로 옛날 도둑들이 흔히 쓰던 수단 중 하나였대." 하고 미쓰무라가 말했다.

"구즈시로가 말한 그 트릭 자체도 도둑의 수법에서 발상을 얻었다고 하더라고. 하지만 지금 설명한 대로, 현대에는 쓸 수 없는 트릭이야."

나는 "끄응." 하고 신음한 뒤 다시 문을 열고 경첩을 바라보았다.

"그래도 왠지 나사가 느슨한 것 같은데."

"착각이야."

미쓰무라는 어이가 없다는 듯 대꾸했다. 그리고 도서실 안으로 들어가서는 벽으로 다가가 그 벽을 더듬더듬 만져 보기 시작했다.

"뭐 해?"

내가 물었다.

"범인이 방 벽에 구멍을 뚫지는 않았는지 조사하는 중이야."

미쓰무라의 대답에 나는 납득했다. 만일 범인이 몰래 벽에 구멍을 뚫어서 그 구멍을 이용해 무슨 트릭을 썼다면 이번 밀실의 강도는 단숨에 내려갈 테니 말이다. 미쓰무라는 그 가능성을 고려하여 벽을 조사하는 모양이다.

나도 미쓰무라와 함께 벽과 천장에 구멍이나 빈틈이 없는지 찾아보았다. 한 시간 정도 찾았으나 보이지 않았다.

"아무래도 없나 보네."

미쓰무라가 그렇게 결론을 내리고, 졸린 듯 눈을 비볐다. 벌써 4시 가까운 시각이었다.

"오늘은 그만 자자. 내일 계속하고."

미쓰무라는 그렇게 말한 뒤 방을 나가려 했다. 나도 뒤따르려다, 문득 어떤 생각이 나서 미쓰무라를 불러 세웠다.

"왜?"

미쓰무라가 불쾌한 듯 물었다. 졸린 모양이었다. 나는 그 잠기운을 무시하고 물었다.

"아까 그랬잖아? 현장에 남겨진 트럼프에 다른 의미가 있다고."

야시로의 살인 현장에 남겨진 트럼프의 숫자는 '9'. 모세의 십계 중 '이웃에 대해 위증하지 말라'라는 조항을 가리키는 숫자다. 야시로는 본래 사기꾼이었다고 하니 틀림없이 그 항목에 부합하지만, 아까 미쓰무라는 범인에게 다른 의도가 있다고 말했다.

"아아."

미쓰무라가 하품을 했다.

"아마 범인이 비유하고 싶었던 건 모세의 십계가 아니라 녹스의 십계 아니었을까?"

"녹스의 십계?"

"응."

"녹스의 십계 제9조 말이야?"

나는 기억을 더듬었다. 녹스의 십계 제9조는 '왓슨 역할은 자신의 판단을 전부 독자에게 알려야 한다'였다. 나는 의아한 기분이 되어 미간을 찌푸렸다. 무슨 뜻일까? 이 말의 어디가 야시로와 부합한다는 걸까?

"야시로 씨는 왓슨 역할이었어?"

조심스럽게 묻자, 미쓰무라는 어깨를 으쓱하고는 "글쎄, 옛날에 어느 탐정 사무소에서 조수 일을 했을지도 모르지." 하고 대답했다. 상당히 무성의한 말투였다.

내가 불만스러운 시선을 보내자 "구즈시로는 말이야." 하고 미쓰무라가 말했다.

"구즈시로는, 이 녹스의 십계 제9조를 어떻게 해석해? 그러니까 이 9조가 미스터리 작가에게 무슨 과제를 내린 건지 말이야."

나는 잠시 생각한 뒤 대답했다.

"페어플레이 정신이겠지."

"그건 물론 그렇지만, 나는 이렇게도 해석해."

미쓰무라가 검은 머리를 긁으며 말을 이었다.

"즉, 서술 트릭을 부정하는 거야."

갑작스러운 말에 나는 미간을 찌푸렸다. 얘가 갑자기 무슨 소리를 하는 걸까? 본래 녹스의 십계 제9조는 '왓슨 역할은 추리에 필요한 정보를 독자들에게 의도적으로 감추는 일'을 금지하는 조항일 터였다. 그게 서술 트릭을 부정한다는 이야기는 적어도 나는 들어 본 적이 없다.

그래서 나는 참지 못하고 "무슨 소리야?"라고 물었다.

미쓰무라가 설명을 시작했다.

"애당초 서술 트릭이란 건 말이야……. 이제 와서 새삼 설명할 필요도 없겠지만, 서술 트릭이란 건 문장에 의도적으로 속임수를 써서 독자의 인식을 착오로 이끄는 기법을 말해. 즉 착각시키는 거지. 대표적인 방식을 말하자면 여자를 남자로 착각하게 만드는 거라든가?"

"소위 말하는 성별 오인 트릭 말이구나."

"그럼 질문. 그 착각은 왜 생길까?"

나는 고개를 갸웃한 뒤 대답했다.

"그건 작가가 문장을 이용해서 속임수를 썼기 때문이잖아."

"물론 그렇지만 더 본질적인 문제 말이야. 그 장치는 어떻게 탄생하지?"

"작가가 열심히 만들어 내서?"

"그런 정신론적 이야기를 하는 게 아니라고."

미쓰무라는 한숨을 내쉬었다.

"답은 말이야, 작가가 의도적으로 정보를 감추는 데에서 생겨나. 작가는 등장인물 'A'의 성별을 숨겼어. 그래서 독자는 'A'의 성별을 착각했다, 이런 느낌이지. 그리고 작가가 의도적으로 정보를 숨겼다는 건 이야기를 바라보는 캐릭터, 즉 왓슨 역할이 독자에게 필요한 정보를 전달하지 않았다는 사실을 의미해."

그렇구나, 하고 나는 생각했다. 하기야 등장인물의 성별이라면 왓슨 역할의 눈에는 뻔히 보이지만, 왓슨 역할이 그 사실을 독자에게 전달하지 않았기 때문에 독자는 착각하게 된다. 그런 이야기가 되는구나.

하지만 거기서 새로운 의문이 생겨난다.

"범인은 왜 현장에 '9'를 남겨 두었을까?"

녹스의 십계 제9조는 서술 트릭을 부정하는 내용이다. 그렇게 해석할 수 있다는 말은 이해가 되었다. 하지만 범인은 대체 무슨 목적으로 그런 주장을 했을까?

미쓰무라가 검지를 세웠다.

"그건 말이야. 이 밀실에는 서술 트릭이 사용되지 않았다. 범인은 '9'라는 숫자를 남김으로써 그걸 표시한 거지."

무슨 말인지 도무지 이해가 되지 않았다. 어쩌면 미쓰무라를 알고 지낸 후 들은, 가장 영문 모를 말인지도 모르겠다.

"아니, 잠깐만. 그게 무슨 소리야? 밀실과 서술 트릭은 아무 연관성도 없잖아."

나는 미간을 꾹꾹 누르며 물었다.

그러자 미쓰무라가 의아해하며 '농담이지?' 하는 표정을 짓고는, 나를 빤히 쳐다보며 말했다.

"서술 트릭을 사용해서 새로운 밀실 트릭을 만들 수 없을까, 하는 고민은 미스터리를 좋아하는 사람이라면 누구나 한번쯤 생각해 보는 과제잖아. 그래서 구즈시로도 당연히 그런 부분을 생각해 본 적 있는 줄 알았는데."

"손톱만큼도 생각해 본 적 없어."

"그럼 구즈시로는 진정으로 미스터리를 좋아하는 게 아니네."

미스터리를 향한 사랑을 부정당했다. 상당히 난폭하고 일방적인 판단이다.

나는 에헴, 하고 헛기침을 했다.

"나는 서술 트릭이 사도(邪道)라고 생각하거든. 독서 경험이 얕은 초보자에게서 추앙을 받을 뿐이고, 상급자는 보통 장치 트릭이나 범인 맞히기 로직을 즐기지."

"우와, 그런 타입이구나. 말해 두겠는데 서술 트릭은 진짜 엄청난 거야. 일반 소설과의 친화성도 굉장히 높고. 러브 코미디나 SF, 판타지, 호러, 그 어떤 장르에도 쓸 수가 있어. 하지만 장치 트릭 같은 건 그렇지 않아. 왜냐하면 장치 트릭이 들어간 순간 그건 미스터리가 되어 버리기 때문인데……."

"아니, 본론으로 돌아가자고."

나는 미쓰무라의 열변을 가로막았다.

"애당초 서술 트릭을 이용해서 밀실을 만든다는 말부터가 이해가 잘 안 되는데, 진짜 그런 게 가능해?"

"응, 예컨대……."

미쓰무라는 십 초쯤 침묵했다.

"지금 내가 대충 떠올린 예인데."

"응."

"이런 느낌이야……. 어떤 방에서 살인 사건이 일어났어. 현장에는 문과 창이 하나씩 있었지만 양쪽 다 잠긴 상태였지. 그럼 범인은 어떻게 그 방을 탈출했을까?"

힌트가 너무 적다. 일 분쯤 고민하다 물었다.

"답이 뭐야?"

"답은 말이야, 창유리가 깨져 있었던 거야. 즉 창은 잠겨 있었지만 구멍이 뚫린 상태였다는 말이지. 범인은 그 구멍으로 탈출했어."

아무리 그래도 너무 심하다. 나는 당연히 항의했다.

"아니, 그건 전혀 밀실이 아니잖아."

"당연하지. 난 처음부터 현장이 밀실이라고는 한 마디도 안 했으니까. 구즈시로가 혼자 멋대로 착각했을 뿐이잖아?"

나는 미쓰무라가 낸 문제를 되짚어 보았다. 확실히 그런 말은 안 했다. 문도 창도 잠겼다고는 했지만 밀실이라고는 하지 않았다.

"이게 서술 트릭을 이용해서 밀실을 만드는 방법이야."

미쓰무라는 설명했다.

"필요한 정보를 감춤으로써 독자의 착각을 유발하는 거지. 뭐, 지금 이야기한 예는 트릭으로서는 하급 중에서도 하급이지만. 실제로 사용했다가는 독자한테 야단을 맞겠지. 그 외에는 또…….

그렇지, 서술 트릭을 이용해 방 안에 있는 범인을 '보이지 않게' 만드는 패턴이 있어."

방 안에 있는 범인을 '보이지 않게' 만든다?

"즉 범인은 밀실에서 탈출하지 않았지만 독자에게는 범인이 '보이지 않기' 때문에 마치 범인이 밀실에서 연기처럼 사라진 듯 착각하게 만든다는 뜻이야?"

"응, 그런 거지. 방 안에 고양이가 있었는데 그 고양이가 사실은 인간이었다, 같은 느낌이라고 해야 할까? 소위 말하는 인묘(人猫) 오인 트릭이지. 뭐, 이것도 트릭치고는 그냥 그렇지만……. 아무튼 이제 이해했겠지? 서술 트릭을 이용해 밀실을 만든다는 건 이런 의미야. 그리고 범인은 '9'라는 숫자를 남겨놓음으로써 서술 트릭의 가능성을 부정했어. 이 밀실살인은 서술 트릭이 아니라 어디까지나 물리 트릭, 또는 심리 트릭으로 만들어졌다고 선언한 거야. 어떤 의미에서는 결의 표명인 셈이지. 이 밀실은 완벽하게 공정하다. 불공정한 수법은 전혀 쓰지 않았다. 범인은 분명 그런 뜻을 전하고 싶었던 게 아닐까?"

나는 몹시 당황했다.

"범인은 대체 뭐랑 싸우는 거야?"

"글쎄? 눈에 보이지 않는 누군가가 아닐까?"

미쓰무라는 하품을 삼켰다.

"피곤하니까 난 그만 잘게. 잘 자."

나는 "잘 자." 하고 대답했다. 미쓰무라는 입꼬리만 올려서 웃고는 도서실을 나갔다.

*

다음 날 아침 나와 미쓰무라는 동쪽 동의 어느 방, 정확히 말하면 리리아를 구속해 놓은 방을 찾아갔다. 새로운 살인이 일어났다는 사실을 알리자 리리아는 눈을 동그랗게 뜨더니 다소 불쾌한 말투로 말했다.

"리리아가 감금돼 있는 사이 그런 재밌어 보이는 일이 일어났다니."

"이쪽은 난리도 아니었거든요."

미쓰무라가 말했다.

"그래서 무슨 일인데? 리리아가 추리를 좀 도와줘?"

"아뇨, 그건 저희 쪽에서 해결할게요. 그런 것보다……."

미쓰무라는 주머니를 뒤적거리더니 트럼프를 한 장 꺼냈다. 야시로의 살인 현장에 남겨져 있던 하트 '9'였다. 미쓰무라는 그 카드를 리리아에게 보여 주었다.

"이 트럼프는 리리아 씨 건가요?"

리리아는 받아든 트럼프를 빤히 들여다보더니 고개를 끄덕였다.

"응, 맞아. 이 트럼프가 현장에 남겨져 있었어?"

"네. 그래서 묻고 싶은데요, 당신은 이 트럼프를 어디에 보관해 놓았나요? 그러니까 범인이 어디서 이 트럼프를 꺼내 왔는지 알고 싶어서요."

그 말을 들은 리리아는 약간의 거래를 고민하는 듯 시선을 좌우로 움직였다. 하지만 금세 귀찮아졌는지 어깨를 으쓱하고는 말했다.

"그 이야기를 하려면 일단 리리아의 스마트폰이 필요해."

"리리아 씨의 스마트폰?"

"응. 로비 창가 소파 위에 있으니까 갖다줘. 자세한 얘기는 그때 할게."

나와 미쓰무라는 얼굴을 마주 본 뒤 일단 그 지시에 따랐다.

리리아의 말대로 스마트폰은 로비의 소파 위에 놓여 있었다. 나는 방으로 돌아가 그것을 건네면서 "왜 그런 곳에 놓아뒀나요?" 하고 물었다.

"놔두고 싶어서 놓은 게 아니거든. 로비에서 스마트폰을 하고 있는데 미쓰무라 씨의 추리가 시작되는 바람에, 거기다 놓아뒀다가 깜박 잊은 거야."

리리아가 토라진 얼굴로 대꾸했다.

리리아의 스마트폰 케이스 테두리에는 손목시계의 용두(시각을 조절하는 나사) 같은 돌기 모양 장식이 붙어 있었다. 리리아는 손가락으로 그 용두를 잡고 **빠르게** 다섯 번 당긴 뒤, 이번에는 짤깍짤깍 다섯 번 눌렀다. 그러자 달칵 소리가 나면서 스마트폰 케이스가 옆으로 밀려났다. 거기에는 카드를 여러 장 넣을 수 있을 만한 숨겨진 공간이 존재했고 지금은 트럼프 카드가 한 장 들어 있었다. 하트 '8'이었다.

"한 장 부족해. 어제는 여기에 하트 '9'도 들어 있었는데."

리리아가 말했다.

"그러니까 범인이 훔쳤다는 말인가요?"

"응, 그렇게 돼. 리리아는 하트 '9'를 분명 여기 넣었고, 어디 다른 곳에 감추거나 누군가에게 맡기지 않았어."

미쓰무라가 "흐음." 하고 생각에 잠겼다가 리리아에게 다음 질문을 던졌다.

"이 스마트폰 케이스는 시판되는 상품인가요?"

"아니, 주문 제작이야. 아는 도구상한테 만들어 달라고 부탁했거든. 멋지지? 세상에 하나밖에 없는 물건이야."

리리아가 대답했다.

"그렇다면 이 스마트폰의 구조는 리리아 씨와 그 도구상밖에 모르나요?"

"응. 그 도구상은 입이 무거워서 고객의 주문 사항을 타인에게 떠들고 다니지 않을 테고 리리아도 누군가에게 말한 적은 없어. 그런 짓을 하면 기껏 이런 장치를 만든 보람이 없잖아."

"그럼 누군가 보는 앞에서 이 숨겨진 공간 장치를 연 적도 없 겠네요? 인기척 없는 곳에서만 열었나요?"

리리아가 고개를 끄덕였다.

"평소에는 집에서만 열었어. 아니면 묵고 있는 호텔 방."

"그럼 이 저택에 온 후로는요?"

리리아는 잠시 생각한 후 대답했다.

"······글쎄, 이 저택에 온 후로는 리리아 방에서만 열었어. 예컨대 범행을 저지르러 가기 전에, 스마트폰 케이스에서 필요한 숫자의 트럼프를 꺼낼 때만."

미쓰무라는 고개를 끄덕인 후 내 쪽으로 시선을 돌리고 "슬슬 갈까?" 하고 말했다.

"뭐야, 벌써 가?"

리리아가 불만스러운 듯 소리를 질렀다. 미쓰무라는 "저희도 바빠서요." 하고 말했다가 문득 생각난 듯 리리아에게 물었다.

"그러고 보니 리리아 씨, 일단 리리아 씨 방도 조사해 두고 싶은데 괜찮을까요?"

"상관은 없지만 가방은 건드리지 마. 그럼, 여기. 자."

리리아는 주머니에서 무언가를 꺼내 미쓰무라에게 건넸다. 열쇠였다. 하지만 리리아가 묵는 서쪽 동 방의 열쇠는 아니었다.

"······이게 뭐죠?"

미쓰무라가 물었다.

"홈센터*에서 산 보조 자물쇠 열쇠야. 문손잡이에 다는 타입인데, 이걸 달면 손잡이가 안 돌아가. 그래서 방에 못 들어가지. 손잡이를 돌리려면 전용 열쇠로 열어야 하고, 손잡이에서 보조 자물쇠를 떼어 낼 때도 마찬가지로 열쇠가 필요해."

"흐응, 즉 이 열쇠가 없으면 리리아 씨의 방에 들어갈 수도 없다는 말이네요."

미쓰무라가 열쇠를 응시했다.

"……그런데 이런 건 왜?"

"그야, 리리아는 국민 배우잖아. 리리아급이 되면 호텔 직원들도 신용할 수가 없거든. 리리아의 엄청난 팬이 마스터키로 허락 없이 문을 열고 들어올 가능성도 있으니까. 그래서 여행 갈 때는 항상 가지고 다녀. 가방에 나이프 같은 게 들어 있을 때도 있는데 만에 하나 그걸 봤다간 큰일인걸."

리리아는 진지한 표정으로 말했다.

미쓰무라는 "그렇군요." 하고 고개를 끄덕인 뒤 잠시 생각에 잠겼다. 그리고 "감사합니다." 하고 말하고서 이번에는 정말로 방을 나왔다. 리리아가 지루하다는 듯 "뭐야, 진짜 가?" 하고 투덜거렸다.

● 일용잡화를 광범하게 갖추고 판매하는 대형 상점

*

 리리아의 방은 서쪽 동의 별채에 있었다. 서쪽 동 1층 북쪽 끝에서 구름다리가 연결되어 있고, 천장이 달린 그 다리를 지나면 방 앞에 도착한다. 문에는 리리아의 말대로 보조 자물쇠가 달려 있었다. 미쓰무라는 리리아가 준 열쇠로 보조 자물쇠를 따고 서쪽 동의 마스터키를 이용해 문을 열었다. 실내로 들어간 미쓰무라가 우선 창으로 다가갔다. 두툼한 커튼이 쳐진, 이 방의 유일한 창이었다. 미쓰무라는 생각에 잠긴 표정으로 그 커튼을 조사하다가 잠시 후 속삭이는 듯한 목소리로 "여기, 구멍이 뚫려 있어." 하고 말했다.

 나도 다가가서 확인해 보니 실제로 커튼에 손가락으로 콕 찍은 크기의 구멍이 뚫려 있었다. 미쓰무라는 또다시 생각에 잠긴 채 커튼을 좌악 걷었다. 커튼 너머에는 붙박이창이 있었다. 미쓰무라가 다시 커튼을 쳤다.

 그러고는 방 안 이곳저곳을 둘러보기 시작했다. 일 분쯤 그러다가 미쓰무라는 "이건!" 하고 소리를 지르더니 테이블 위에 놓여 있던 수상쩍은 기계를 집어 들었다. 단안 망원경처럼 생긴 기계였다.

 "그게 뭔데?"

 내가 고개를 갸웃하며 물었다.

"아마 몰카 탐지기일 거야."

한 번도 들어 본 적 없는 기계였다.

"몰카 탐지기? 도청기 탐지기가 아니고?"

미쓰무라는 어깨를 살짝 으쓱했다.

"완전히 다른 물건이야. 그 망원경 같은 렌즈를 들여다보면 방 안에 카메라가 숨겨져 있을 경우 깜박깜박하면서 위치를 알려 주거든. 스위치를 켜면 몰카 탐지기가 LED 광선을 전방으로 방출해서, 카메라 렌즈에 부딪혀 반사된 빛을 다시 캐치하는 원리지. 음파탐지기의 빛 버전이라고 생각하면 돼. 카메라는 성질상 렌즈와 피사체 사이에 방해물을 놓을 수가 없기 때문에 카메라에서 피사체가 보인다는 건 곧 피사체 쪽에서도 반드시 카메라 렌즈를 볼 수 있다는 뜻이거든. 그 성질을 역으로 이용한 기계야. 기기에 따라서는 상당히 고성능일 경우 몇 십 미터 너머에 설치된 핀홀카메라도 발견할 수 있다고 해."

미쓰무라는 그렇게 설명한 후 "문제는 리리아 씨가 왜 이런 걸 갖고 있느냐인데." 하면서 의아한 표정을 지었다. 그때 나는 "앗." 하고 어떤 사실을 떠올렸다.

"그러고 보니 리리아 씨는 도청기를 수색하는 기계를 갖고 있었어."

이 저택에 온 첫날, 나는 그 모습을 목격했다. 미쓰무라에게 그 이야기를 하자 "흥미로운 정보인데?" 하는 대답이 돌아왔다.

그러고는 검은 머리를 긁적이더니 창 쪽으로 시선을 돌리고, 내게 "정원 쪽도 잠깐 조사해 봐도 될까?" 하고 제안했다.

우리는 중앙동으로 가서 현관을 통해 밖으로 나갔다. 정원에는 눈이 몇 센티미터쯤 쌓여 있었다. 이 저택에 온 첫날 내린 눈이었다. 그 이후로는 눈이 내리지 않았으나 기온이 낮은 탓에 아직 녹지 않고 남아 있었다. 사람들의 발자국이 가득해서 깨끗한 눈밭이라고 할 수도 없었다. 하지만 정원 북쪽으로 나아가 리리아가 묵던 별채에 도착하니 그곳은 발자국이 전혀 없는, 새하얀 상태였다. 별채 주위를 돌아보았으나 그곳에도 역시 발자국이 없었다. 미쓰무라는 스마트폰을 꺼내 찰칵찰칵 사진을 찍었다. 별채를 한 바퀴 다 돌았을 무렵, 미쓰무라가 "아." 하고 작은 소리를 질렀다.

"이게 아까 그 창이구나."

미쓰무라의 시선을 따라가니 확실히 그곳에 창이 있었다. 방금 전 방 안에서 보았던, 이 별채의 유일한 창이었다. 미쓰무라는 발자국 없는 깨끗한 눈밭을 마구 밟아 대며 창 쪽으로 다가갔다. 하지만 창에는 커튼이 쳐져 있어 안을 들여다볼 수가 없었다.

"아냐, 여기서도 들여다볼 수 있어."

미쓰무라는 유리창을 손가락으로 톡톡 두드렸다. 그곳을 보니 그 부분에만 커튼에 작은 구멍이 뚫려 있었다. 아까 실내에서 확인했던 구멍이다. 손가락으로 콕 찍은 크기의 구멍이지만 창에 얼굴을 바짝 들이대니 그 구멍을 통해 방 안을 엿볼 수가 있었다. 침대와 다른 가구가 시야에 들어왔다. 시야는 생각보다 넓어, 방 전체가 거의 다 보였다.

내가 창에서 떨어지자 대신 미쓰무라가 커튼 구멍에 달라붙어 다시 실내를 들여다보았고 그 자세로 몇 분 동안, 지장보살처럼 꼼짝도 하지 않았다. "뭐 해?" 하고 말을 걸자 "조금만 더." 하는 대답이 돌아왔다. 대체 뭐가 그렇게 재미있는 걸까? 생각하는데 미쓰무라가 창에서 벌떡 몸을 일으키더니 나를 쳐다보았다.

"리리아 씨한테 다시 한번 가 보자. 묻고 싶은 게 생겼어."

"묻고 싶은 것?"

"아까 우리가 별채에 들어갔을 때 방 커튼이 쳐져 있었잖아? 그러니까 리리아 씨가 이 커튼을 계속 이렇게 쳐 놓고 있었는지 물어보려고. 그리고 처음 커튼을 친 게 언제였는지도."

나는 "그렇구나." 하고 고개를 끄덕이면서도 미쓰무라가 그런 걸 왜 알고 싶어 하는지 전혀 짐작이 가지 않았다. 머릿속에 물음표를 띄운 채 다시 리리아가 있는 곳으로 돌아갔다.

"커튼을 처음 쳤을 때?"

리리아는 미쓰무라의 질문에 나와 마찬가지로 의아한 표정을 지었다. 그리고 영문을 모르겠다는 얼굴 그대로 말했다.

"처음 그 방에 들어가자마자 바로 쳤고, 그 뒤로 한 번도 걷은 적 없어. 즉 첫날부터 계속 쳐 놓은 거지."

미쓰무라는 고개를 끄덕였다. 그리고 "감사합니다." 하고 리리아에게 인사했다.

*

리리아의 이야기를 들은 후 우리는 범행 현장인 도서실로 향했다. 물론 밀실의 수수께끼에 도전하기 위해서다. 내가 주목한 것은 문 안쪽에 붙어 있는 자물쇠 레버였다. 가샤폰 케이스를 씌워 놓아서 사용할 수 없는 상태였다고는 하나, 역시 밀실을 풀 힌트는 여기에 있을 것 같았다.

나는 흐음, 하며 생각에 잠겼다.

만일 범인이 이 레버를 이용해 문을 잠갔다면 거기에는 커다란 난관이 네 개 존재한다. 그것은 곧 ①어떤 장치를 이용해 레버를 돌렸는가, ②그 장치를 어떻게 회수하거나 또는 없앴는가, ③어떤 장치를 이용해 가샤폰을 부착했는가, ④그 장치를 어떻게 회수하거나 또는 없앴는가.

"……"

아니, 아무리 생각해도 불가능하잖아. 나는 벌써부터 머리가 아파졌다.

"일단 이것저것 시도해 볼까."

그렇게 혼잣말을 한 뒤 주머니에서 낚싯줄을 꺼냈다. 밀실하면 역시 실이지. 하지만 문은 구조상 밀폐성이 높아, 문과 문틀 사이로 실을 통과시킬 틈이 없었다. 즉 문틈을 이용해 방 밖에서 실을 조작하는 일은 불가능하다는 뜻이다. 하지만, 그래도 뭐……. 일단 레버에 낚싯줄을 둘둘 감아 보았다. 그리고 문을 바라보며 그 실을 잡아당길 만한 장치를 생각했다. 그때 문득 "어?" 하고 무언가를 깨달았다.

"왜 그래?"

귀 밝은 미쓰무라가 다가왔다. 힌트의 냄새에 민감한 여자다. 나는 정보 은폐를 고민했으나 결국 공유하기로 했다. "여기." 하고 문을 가리키며 내가 말했다.

"셀로판테이프 조각이 사라졌어."

어제 미쓰무라가 문에서 가샤폰 케이스를 떼어 낼 때 찢어진 셀로판테이프 조각이 5밀리미터 정도 문에 남았다. 그런데 지금 그 조각이 사라진 것이다.

"정말이네."

미쓰무라도 문에 얼굴을 들이댔다.

"이거, 범인이 떼어 간 거겠지?"

"그야 그렇겠지만."

내 질문에 미쓰무라가 대답했다. 찢어진 셀로판테이프 조각이 자연스럽게 떨어졌다고 생각하기는 어렵다. 그렇다면 누군가가 떼었다는 뜻이고, 그런 짓을 해서 이득을 볼 사람을 범인 외에는 떠올리기 어려웠다.

하지만 대체 의노가 뭘까? 그 셀로판테이프 조각은 범인이 일부러 은폐해야 할 만큼 중요한 증거였을까?

"저기, 미쓰무라. 넌 어떻게 생각해?"

"……글쎄."

무심한 대답이 돌아왔다. 미쓰무라는 한동안 문 앞에서 생각에 잠기더니, 마침내 "역시, 그런 거였어." 하고 중얼거리고는 겨우 문에서 시선을 뗐다. 그리고 나를 바라보았다.

"있잖아, 구즈시로. 미안한데."

미쓰무라가 말했다.

"나는 이 사건에서 손을 떼겠어."

그 말에 나는 얼빠진 소리를 냈다. 그리고 다급히 미쓰무라에게 물었다.

"어? 무슨 소리야? 그건 이제 더 이상 이 사건에 관여하지 않겠다는 말이야?"

미쓰무라는 고개를 끄덕였다. 나는 더욱 당황해서 조심스럽게 물었다.

"혹시 수수께끼가 영 안 풀려서 포기했어?"

"아니, 그 반대야."

미쓰무라가 대답했다.

"밀실의 수수께끼를 풀었기 때문에 이 이상 관여하지 않겠다는 거야."

정말이지 하나도 모를 일이다. 수수께끼를 풀었기 때문에 관여하지 않겠다고? 그냥 그 정답을 사람들한테 말하기만 하면 되는데?

"왜냐하면, 그러면 내가 난처해지거든."

미쓰무라의 서늘한 눈동자에서 온도가 더욱 낮아졌다. 그 차가운 눈동자로 미쓰무라가 말했다.

"같은 거야."

미쓰무라의 목소리가 내 귀에 닿았다.

"이 사건의 트릭은 내가 삼 년 전 썼던 밀실살인 트릭과 똑같아."

*

나는 꿈을 꾸었다. 고등학교 1학년 때의 꿈이었다. 그때 나는 항상 밀실 생각만 했다. 학교에 있을 때도, 학교에서 돌아오는 길에도. 집에 도착한 후에도 내내 미쓰무라가 일으킨 밀실살인 사건의 트릭을 생각했다.

온갖 가능성을 머릿속으로 돌려 보고, 때로는 내 방문으로 트릭 검증을 시도해 보기도 했다. 밀실 삼매경이었던 나날. 지금 생각해 보면 제정신이 아니었다.

하지만 그 시절 나는 틀림없이 미쓰무라의 밀실과 함께였다.

*

딱딱한 바닥 감촉에 눈을 떴다. 범행 현장이었던 도서실 바닥이었다. 누워서 생각하다 잠이 든 모양이다. 몸을 일으키는데 작은 비명이 들렸다. 시선을 돌리니 새파란 얼굴의 요즈키가 있었다. 요즈키는 심장에 손을 대고 안도한 듯 쓸어내렸다.

"다행이다. 죽은 줄 알았어."

요즈키가 말했다.

아무래도 내가 시체로 보였나 보다. 범행 현장에 드러누워 있으니 그렇게 보일 수도 있겠지.

바닥에서 일어난 내게 요즈키가 물었다.

"수사 상황은 좀 어때?"

그러고는 주위를 두리번거렸다.

"그런데 미쓰무라는?"

어떻게 대답해야 좋을까. 나는 요즈키에게서 시선을 피하며 말했다.

"미쓰무라랑 사이가 틀어졌어."

"어? 왜?"

"방향성의 차이 때문에."

"밴드 같네. 아, 알았다."

"뭘?"

"차였구나?"

요즈키는 납득한 듯 고개를 끄덕끄덕했다. 물론 나는 납득할 수 없었다.

"아무튼." 하고 나는 말했다.

"미쓰무라는 이 사건에서 손을 뗐어. 더는 관여하지 않겠대."

그 말을 듣고 요즈키는 "어?" 하고 중얼거렸다.

"어? 그럼 어떻게 해? 너 혼자서 이 사건의 수수께끼를 풀 생각이야?"

요즈키가 난처한 듯 물었다.

그 뜻밖의 말에 나는 한순간 허를 찔렸다가, 다급히 고개를 가로저었다.

"그럴 생각은 없어. 나한테는 너무 무거운 짐이야."

"응, 그건 그래. 가스미한테는 너무 무거울 거야."

요즈키가 고개를 끄덕였다.

"게다가 나랑 미쓰무라는 머리 수준이 너무 달라."

"응, 그것도 그래. 동네에서 똑똑하기로 유명한 고양이랑 도쿄대생 정도의 차이는 나는 것 같아."

아무리 그래도 말이 너무 심하다. 나도 조금은 울컥했다.

"아무튼 나도 이 이상 이 사건에 관여하지 않을 생각이야. 고민해 봐도 소용없는 일은 처음부터 고민 안 해. 시간 낭비니까."

나는 요즈키에게 그렇게 말했다. 요즈키는 "그렇구나." 하고 중얼거리다 고개를 갸웃했다.

"그치만, 그거 거짓말이지?"

"뭐?"

"넌 거짓말을 못 하잖아."

요즈키가 입가에 웃음을 띠었다.

"가스미, 사실은 몸이 근질근질하지? 사실은 이 밀실의 수수께끼를 풀고 싶어서 어쩔 줄 모르겠지?"

나는 손가락으로 내 입가를 만져 보았다. 거기에는 희미한 미소가 떠올라 있었다.

조심스럽게 물었다.

"정말 그래 보여?"

"응, 그래 보여. 가스미, 굉장히 즐거워 보인다고."

한 번 더 입가를 만졌다. 아무래도 내 본심이 줄줄 흘러나오고 있던 모양이다. 펜릴도 아니고, 살인 현장에서 즐거운 표정을 짓다니 윤리관이 보통 망가진 게 아니지만 그것은 숨김없는 내 본심이니 어쩔 수가 없다. 결국 나도 펜릴과 같은 부류의 인간이었다는 말일까.

나는 지금, 무척이나 즐겁다.

즐거워서 어쩔 줄 모르겠다.

이유는 뻔하다.

한 번 더 미쓰무라의 밀실에 도전할 수 있게 되었다니.

삼 년 전 미쓰무라가 사용한 트릭과 같은 트릭이 사용된 밀실이라니.

옛날, 미쓰무라가 문예부 동아리방에서 말했던 '궁극의 트릭'이 사용된 밀실이라는 뜻 아닌가.

"내가 아버지를 죽였어."

일 년 전 여름날, 미쓰무라가 내게 했던 말. 새빨간 여름 저녁노을에 물든 골목에서 미쓰무라가 던진 말. 그리고 나는 그날 이후 미쓰무라가 남긴 밀실의 수수께끼에 집착했다. 마치 사랑에 빠지기라도 한 듯. 그날 이후 내 삶은 미쓰무라의 밀실을 중심으로 돌아갔다.

마치 사춘기 남학생이 중2병 라이트노벨에 빠져드는 것처럼.

좋아하는 아이돌 그룹에 집착하는 것처럼.

또는 감각적인 뮤지션에게 반해 패션과 말투를 흉내 내는 것처럼.

내게는 그것이 미쓰무라 시쓰리의 밀실이었다. 내가 가진 모든 열정을 거기에 쏟아부었다. 마치 이 세계에서 미쓰무라의 밀실 외의 모든 것이 다 사라져 버리기라도 한 듯.

왜 그렇게까지 집착했을까. 그 이유는 여러 가지다. 예컨대 단순히 답을 알고 싶었기 때문이라거나. 미쓰무라가 생각한 '궁극의 밀실'의 정답을. 하지만 그 이상으로, 아마도.

나는 미쓰무라의 놀란 얼굴을 보고 싶었던 것이다.

미쓰무라는 천재이고 뭐든 다 할 줄 알아서, 항상 미쓰무라 때문에 놀라는 건 나였다. 하지만 반대로 내가 미쓰무라를 놀라게 하는 일은 거의 없었다. 바보 같은 행동을 저질러 어처구니없다는 듯 놀라는 일은 있었지만, 내가 미쓰무라의 예측을 뛰어넘어 한 방 먹인 일은 아마 한 번도 없었을 것이다.

그래서 그 모습을 보고 싶었다.

그 광경을 상상하면 자꾸만 기분이 좋아지고, 한심한 웃음이 나고, 어째서인지 조금 긴장이 된다. 마치 고백할 결심이라도 한 것처럼. 그래서 그때의 나는 미쓰무라와 재회할 예정도 없었는데 계속해서 밀실 생각만 했던 것이다.

뭐, 결국 푸는 건 포기해 버렸지만.

미쓰무라가 남긴 밀실의 수수께끼는 너무나 높은 벽이었다. 고등학생인 내가 잡지와 인터넷에서 얻은 정보만으로 그것을 푸는 일은 불가능했다.

그럼 말이야.

잡지와 인터넷에서 정보를 얻는 게 아니라, 실제 그 현장에 내가 있었다면?

그러면 어떨까? 그때도 못 풀까? 아니, 나는…… 풀 수 있으리라 생각한다. 그럼 시험해 볼까. 다행히도.

이곳에는 그 가정을 시험해 보기에 가장 적합한 밀실이 있다.

"고마워, 요즈키."

"왜 그래, 갑자기? 감사 인사를 받아야 할 이유를 모르겠는데."

요즈키는 당황한 얼굴로 대꾸했다.

"……아, 응."

그건 그렇다. 마음속에서 혼자 완결을 내 버렸으니.

하지만 요즈키 덕분에 내가 뭘 하고 싶은지 알게 된 건 분명했다. 그래서 나는 한 번 더 "그래도 고마워."라고 말한 뒤 도서실을 나섰다. 그리고 그 길로 미쓰무라의 방을 찾아갔다.

*

방문을 노크하자 곧 미쓰무라가 얼굴을 내밀었다. 미쓰무라는 어이가 없다는 듯 미간을 찌푸리더니 불쾌한 목소리로 말했다.

"미안하지만 밀실의 정답을 가르쳐 줄 생각은 없어."

그렇게 말하고 문을 닫으려 해서, 나는 문과 문틀 사이에 발을 집어넣었다. 끼여서 조금 아팠다. 미쓰무라는 억지로 문을 닫으려 했다. 상당히 아팠다. 미쓰무라가 포기한 듯 문을 열었다. 그 상대에게 내가 말했다.

"안타깝게도 정답을 물어보러 온 건 아니야. 그럴 필요도 없고."

미쓰무라가 의아한 표정을 지었다.

"무슨 소리야?"

"왜냐하면 그 밀실의 수수께끼를 내가 내 힘으로 풀 거니까."

미쓰무라의 눈동자가 놀라서 동그래졌다. 그러더니 곧 실소를 터뜨렸다.

"네가 정말 할 수 있을 것 같아?"

나는 고개를 끄덕였다.

"할 수 있지. 왜냐하면 나는 네가 생각하는 것보다 몇 배는 대단한 남자거든. 이 사건은 내가 해결하겠어. 그리고 너는 내 수수께끼 풀이를 듣고, 말도 안 돼…… 하면서 무릎을 꿇는 거야."

그렇게 말하자 미쓰무라가 의아한 표정을 짓더니 짙은 쓴웃음을 머금었다. 그리고 비웃듯 말했다.

"분수 모르는 소리 작작 좀 해. 네가 어떻게 그 밀실의 수수께끼를 풀어?"

"아니, 풀 수 있어."

"못 푼다니까."

"풀 수 있다고."

"절대 못 풀걸."

서늘한 눈동자를 가늘게 뜬 미쓰무라가 타이르듯 말했다.

"나는 알아. 너는 절대 이 수수께끼를 못 풀어. 아니, 너뿐만이 아니야. 이 세상 그 누구도 풀 수 없어. 왜냐하면 이건 그런 밀실이거든."

자신에 찬 그 말에 나는 어깨를 으쓱했다. 이제 와서 주눅 들 것도 없었다. 이 밀실의 난도가 높다는 사실은 일본 사람 누구나 다 아는 사실이니까.

그래서 나는 여유작작한 태도로 화제를 돌렸다.

"그런 것보다, 걱정거리가 있어."

"걱정?"

"그래, 걱정." 하고 나는 고개를 끄덕였다. 그리고 미쓰무라의 얼굴을 가리켰다.

"너는 삼 년 전에 일으킨 사건에서 무죄판결을 받았어. 최고심이 내린 무죄판결이었지. 일본의 법률상 앞으로 이 판결이 뒤집힐 일은 없어. 가령 누군가가 밀실의 수수께끼를 푼다 해도, 네 무죄는 흔들리지 않을 거야."

일본에서는 재심은 무고죄 등 피고인의 불이익을 뒤집을 목적이 아니면 열리지 않는다. 새로운 증거가 나왔다고 해서 한번 무죄판결을 받은 자가 다시 같은 일로 재판을 받을 일은 없다.

내 설명에 미쓰무라는 의아한 표정을 지었다. 그리고 내 의도를 파악하려는 듯 되물었다.

"그런 건 나도 알아. 그게 어쨌다는 건데?"

"그래서 걱정이라는 말이야."

나는 말을 이었다.

"아무리 법률상 무죄라고는 해도 세간의 반응은 그렇지 않을 테니까. 만약 밀실의 수수께끼가 풀리면 너는 아주 힘든 입장에 처할 거야. 매스컴에게 쫓겨 다니고, 인터넷에서는 무섭게 두들겨 맞겠지. 인과응보라고 하면 어쩔 수 없겠지만, 나는 네가 그런 일을 당하는 거 솔직히 별로 보고 싶지 않아."

한층 더 의아한 표정을 짓는 미쓰무라에게 나는 이렇게 제안했다.

"그러니까 만약 네가 원한다면 나는 이 밀실 트릭의 진상을 세간에 공표하지 않을 생각이야. 사회정의에는 반하는 일이지만 어쩔 수 없지. 이 저택에 있는 다른 사람들에게도 답을 알려주지 않고, 해결편을 나와 너 둘이서만 진행하려고 해."

그것은 친구인 미쓰무라를 향한 내 나름대로의 배려였다. 자화자찬이지만 나는 배려할 줄 아는 남자다. 하지만 미쓰무라는 그런 나를 보고 어째서인지 어처구니없다는 눈빛을 보냈다.

"저기, 구즈시로. '너구리 굴 보고 피물 돈 내어 쓴다'●라는 속담 알아?"

● 확정되지 않은 일에서 나올 이익을 생각하여 미리 돈을 앞당겨 쓰는 것을 이르는 속담

너구리 굴 보고 피물 돈 내어 쓴다.

"당연히 알지."

"그래? 그럼 뜻을 잘못 아나 보네. 올바른 의미는 '그런 걱정은 밀실의 수수께끼를 풀고 나서나 해라'야. 그러니까."

미쓰무라가 깊은 한숨을 내쉬었다.

"갑자기 왜 정색을 하고 찾아왔나 했더니 그런 바보 같은 생각을 하고 있었구나. 어이가 없어서 말도 안 나오네. 만약 밀실의 수수께끼를 풀었다면 세간에 당당히 공표해. 뭐, 그런 미래는 백억 년을 기다려도 오지 않겠지만."

그 말에 나는 다소 울컥해서, 불만 가득한 얼굴로 미쓰무라를 노려보았다.

"후회하지 마."

"할 리가 있겠어? 그 정도 리스크도 없으면 나도 재미없잖아. 아, 그렇지. 특별히 조금 도와줄까?"

그 제안에 나는 허를 찔려, 다급히 응수할 말을 찾았다.

"힌트는 필요 없어. 내 힘으로 풀 거야."

그러자 미쓰무라는 어깨를 으쓱하고는 "힌트 얘기가 아니야." 하고 말했다.

"밀실 힌트가 아니고. 난 말이야, 이 사건의 범인이 누군지 가르쳐 주겠다는 거야."

"뭐?"

그 뜻밖의 말에 잠시 머릿속이 얼어 버렸다. 그리고 다급히 물었다.

"넌 범인이 누군지 벌써 알았어?"

미쓰무라가 가슴을 폈다.

"당연하지. 내가 누구라고 생각하는 거야?"

"광속탐정 피에로라고 생각해."

"너, 날 그렇게 생각했어?"

미쓰무라는 충격받은 표정을 지었다. 그러고는 에헴, 하고 헛기침을 했다.

"아무튼 범인의 정체를 알려 줄게. 알고 싶지? 그럼 지금 말한다."

"자, 잠깐만."

나는 다급히 막았다. 그리고 잠시 생각했다. 범인의 정체가 궁금한 건 사실이다. 하지만 그걸 미쓰무라에게 들어도 될까? 이래 봬도 나와 미쓰무라는 현재 사이가 틀어져, 적이 된 사이인데.

대충 그런 내용의 생각을 털어놓자 미쓰무라는 어이가 없다는 듯 한숨을 내쉬었다.

"무슨 소리야? 그냥 들으면 되잖아."

그러고는 이 세상의 진리라도 설파하는 듯 덧붙였다.

"누가 범인인지 따위는 밀실의 수수께끼에 비하면 한없이 하찮은 일 아냐? 그러니까 너한테 범인의 정체를 알려 주겠다는 거야. 정말로 밀실의 수수께끼를 풀고 싶다면 밀실 이외의 일에 매달릴 시간은 없어. 모든 것을 밀실에 바쳐. 그러지 않으면 풀지 못할 거야."

억지 논리였지만 미쓰무라는 그렇게 나를 타일렀다. 나도 점점 '그런가?' 싶은 기분이 들어, 결국 고분고분 범인의 정체를 듣기로 했다.

"그럼 말한다."

미쓰무라는 에헴, 하고 헛기침을 했다.

"범인의 정체는 말이지······."

그리고 날아온 그 이름에 나는 눈을 휘둥그렇게 떴다. 그렇구나, 그 사람이 범인이었구나. 뜻밖인데.

"······확실한 이유가 있겠지?"

"물론이야. 왜 그 사람이 범인인가 하면······."

미쓰무라가 소곤소곤 이유를 이야기해 주었다. 그렇구나, 그런 이유로 범인이었구나. 논리적이다.

"그럼 뒷일은 알아서 힘내. 어차피 못 풀겠지만."

미쓰무라는 그렇게 말한 뒤 대화를 끝냈다. 그리고 문을 닫기 직전, "아, 참. 그렇지. 이거." 하고 주머니에서 무언가를 꺼내 내게 내밀었다.

"이건 너 줄게."

그것은 하트 '8' 트럼프였다. 리리아의 스마트폰 케이스에 들어 있던, 이번 사건에서 유일하게 사용되지 않은 트럼프. 여기에 부합하는 녹스의 십계는······.

'독자에게 제시하지 않은 단서로 사건을 해결하면 안 된다.'

나는 받아 든 트럼프를 잠시 들여다보았다. 즉, 밀실을 무너뜨릴 단서는 이미 제시되어 있다는 말인가.

*

도서실로 돌아온 나는 마스터키가 든 잼병을 짤그락짤그락 흔들었다. 직경과 높이가 각각 20센티미터쯤 되는 잼병이었다. 라벨이 벗겨져 있으니 정말 잼병인지 확증은 없지만 슈퍼나 편의점에서 파는 잼병을 그대로 사이즈만 키워 놓은 모양이니, 업무용인지도 모른다.

나는 잼병을 흔들며 머리를 굴렸다. 범인이 만일 마스터키를 이용해 문을 잠갔다면 거기에는 커다란 난관이 세 가지 있었을 것이다. ①범인은 어떻게 열쇠를 방 안에 집어넣었는가, ②방 안에 집어넣은 열쇠를 어떻게 잼병에 넣고 뚜껑을 잠갔는가, ③잼병 뚜껑을 잠근 장치를 어떻게 회수하거나 또는 없앴는가.

"……."

아니, 아무리 생각해도 불가능하다. 나는 잼병을 바닥에 내려놓았다. ①만으로도 이미 불가능한데 거기에 ②, ③까지 이어진다니. 삼중 불가능 범죄다. 역시 범인은 마스터키를 이용하지 않고 문을 잠갔을까?

삼 년 전 미쓰무라가 일으킨 것으로 여겨지는 사건에서 방 열쇠는 잼병이 아니라 책상 서랍 속에 들어 있었다. 그렇다면 열쇠를 잼병에 넣은 방법과 열쇠를 책상 서랍 속에 넣은 방법에는 같은 트릭이 사용되었다는 말일까? 아니면 역시 문을 잠그는 데에 열쇠를 사용하지 않았고, 그랬기 때문에 두 사건에서 열쇠가 발견된 장소가 달랐을까?

게다가 궁금한 점은 그 외에도 또 있었다. 하나는 범인이 시체를 옮긴 이유다. 범인은 야시로의 시체를 서쪽 동에 있던 그의 방에서 도서실로 옮겼다. 의미 없이 이동했으리라고는 생각하기 어려우니 그 행동에는 반드시 범인에게 이득이 되는 점이 있을 것이다.

그리고 또 하나 마음에 걸리는 일은 셀로판테이프 조각의 수수께끼였다. 미쓰무라는 도서실 문에서 셀로판테이프 조각이 벗겨진 모습을 보고 이번 밀실 트릭의 진상을 알아차렸다. 가샤폰 케이스를 붙이는 데에 사용된 셀로판테이프 말이다. 셀로판테이프 조각을 회수한 사람은 아마도 범인일 것이다. 그렇다면 범인은 왜 그 조각을 회수했는지에 대한 의문이 남는다. 그리고 그 이상으로 의아한 것이 있다.

삼 년 전 사건에서는 문 안쪽에 가샤폰 케이스 같은 게 붙어 있지 않았다.

그렇다면 범인이 회수한 셀로판테이프 조각은 어쩌면 다른 의미를 지닐지도 모른다. 즉 범인이 가샤폰을 문에 붙이기 위해 셀로판테이프를 이용한 것이 아니라, 다른 트릭에서 셀로판테이프를 이용한 뒤 그 흔적을 카무플라주●하기 위해 일부러 문에 가샤폰을 붙였을 가능성이 있다는 뜻이다. 따라서 삼 년 전과 달리 이번 사건에서는 범인이 범행 당시 문에서 셀로판테이프를 제거하지 못한 무슨 사정이 있다는 말이 되고…….

"야호오. 잘돼 가?"

그 타이밍에 요즈키가 들어와 내 생각을 가로막았다. 날개를 퍼덕거리는 비둘기 떼처럼 추리의 잔해가 밀려 나갔다. 젠장, 뭔가 떠오를 뻔했는데.

나는 불만스러운 표정으로 요즈키를 노려보았다. 요즈키가 "뭐야?" 하면서 나를 마주 노려보았다.

"그래서 진척은?"

두 깡패 같은 눈의 눈싸움이 일 분쯤 이어진 후 요즈키가 이

● 유기체가 자신을 주변의 환경과 식별하기 어렵게 위장하여 적으로부터 몸을 숨기는 방법

야기를 본론으로 돌렸다. 나는 "뭐야?" 하고 한마디 내뱉은 뒤, 입을 삐죽거렸다.

"보다시피 이 사건은 미궁에 빠졌어."

"포기가 너무 빨라!"

"아니, 진짜로 모르겠다고."

벌써 두 시간은 족히 생각했는데 답을 도무지 찾을 수가 없다.

"밀실의 강도가 너무 높아."

"밀실의 강도?"

요즈키가 고개를 갸웃했다. 나는 기분 전환도 할 겸 설명했다.

"간단히 말해 밀실의 난이도 같은 거야. 예컨대 이번 밀실은 문 아래에 빈틈이 없잖아? 이 경우 문 아래 틈을 이용하는 타입의 트릭을 사용할 수가 없으니까 범인이 쓸 수 있는 트릭의 폭이 좁아져. 이른바 '규칙에 의한 제한'이 추가된 상태인 거지. '밀실 트릭의 수수께끼를 풀 것. 단, 문 아래 빈틈으로 열쇠를 실내에 집어넣는 타입의 트릭은 쓸 수 없다' 상태라는 말이야."

내 설명을 들은 요즈키가 눈썹을 축 늘어뜨렸다.

"무슨 말인지 하나도 모르겠어."

"무슨 말인지 하나도 모르는구나."

나는 낙담했다. 요즈키가 어깨를 으쓱하며 말했다.

"뭐, 열심히 해 봐. 아직 시간은 있으니까. 누나는 로비에서 느긋하게 홍차나 마시고 있을게."

"뭐라고, 진짜 부럽다."

"딸기 케이크도 한 조각 먹어야겠다."

"뭐라고."

요즈키가 사라진 후 나는 바닥에 벌렁 드러누웠다. 그리고 천장을 바라보며 사색에 잠겼다. 요즈키의 말대로 아직 시간은 있다. 이 저택에 갇힌 지 오늘로 닷새째. 일주일 후 구조대가 온다고 가정할 경우, 남겨진 시간은 오늘을 포함하여 앞으로 사흘이다. 앞으로 사흘만 지나면 사건은 내 손을 떠나 경찰로 넘어간다. 그렇게 되면 나는 더 이상, 이렇게 가까이에서 이 밀실을 고민할 수 없으리라.

앞으로 사흘. 하지만 사흘이 있으면 해결할 수 있을 것 같기도 하다.

앞으로 사흘이 있으면.

*

그런 일은 전혀 없었고, 사건은 이미 미궁에 허리까지 빠져들었다. 매일 현장에서 끙끙 앓으며 머리를 굴렸지만 어떤 트릭을 이용했는지는 물론 단서조차 찾을 수가 없었다. 나는 빈사 상태였다. 육체적으로나 정신적으로나 빈사 상태였다. 복도에서 스쳐 지나가던 미쓰무라가 "훗." 하고 코웃음을 쳤다. 자

존심 면에서도 빈사 상태로 내몰리고 말았다.

 이 저택에 온 지 이레째. 아마도 오늘이나 내일쯤 구조대가 올 것이다. 그 때문인지 아침 식사를 하러 식당에 모인 모두의 얼굴이 밝았다. 야시로가 살해당한 닷새째 이후 아무도 죽지 않았다는 이유도 컸을 것이다.

 나는 밤을 새워 피곤한 눈을 비비며 요즈키의 맞은편 자리에 앉았다. 요즈키는 토스트에 잼을 바르고 있었다. 메이로자카 씨가 구운 토스트였다. 테이블에는 그 외에도 달걀프라이와 샐러드, 비엔나소시지가 놓여 있었다. 이것도 메이로자카 씨가 차린 음식이었다. 시하이 씨가 셰프였을 때에 비하면 많이 처지기는 하지만, 충분히 맛있다고 할 만한 수준이었다.

 나는 하품을 참으며 토스트에 오렌지 마멀레이드를 바르고, 그 위에 또 사과 잼을 발랐다. 오렌지 마멀레이드와 사과 잼의 하이브리드. 나는 토스트를 일단 접시에 내려놓고 오렌지 마멀레이드와 사과 잼병의 뚜껑을 닫았다. 그 모습을 보던 요즈키가 타이르듯 말했다.

"가스미, 뚜껑 반대로 닫았어."

"뚜껑이 반대?"

"그러니까 잼병 뚜껑이……. 이리 줘 봐."

 요즈키는 오렌지 마멀레이드와 사과 잼이 든 병을 자기 쪽으로 끌어당기더니, 그 뚜껑을 빙글빙글 돌려 열고 두 잼병의 뚜껑을 바꾸었다. 뚜껑에는 각각 오렌지와 사과 그림이 그려진 라벨이 붙어 있었다. 아무래도 내가 두 병의 뚜껑을 착각해서 바꿔 끼운 모양이다. 그래서 요즈키가 그 사실을 지적했고……

그 순간 깨달았다.

나는 테이블에서 벌떡 일어나 도서실로 냅다 뛰어갔다.

"잠깐, 왜 그래? 가스미."

당황한 요즈키의 목소리가 들렸지만 나는 개의치 않고 중앙동 로비를 경유하여 서쪽 동으로 달려갔다. 3층에 있는 도서실에 도착해서야 가쁜 숨을 가라앉혔다.

실내를 한 바퀴 돌아보았다. 그리고, 아아…… 하고 감탄의 한숨을 내쉬었다.

아아…… 이건 알아차릴 수가 없다. 이런 걸 알아차릴 수 있는 사람은 이 세상에 세 명뿐이다. 나와, 이 사건의 범인…… 그리고 미쓰무라 시쓰리까지 세 사람.

"대체, 왜 그러냐고, 가스미."

나를 따라온 요즈키가 물었다. 헉헉거리며 숨을 가다듬는 요즈키에게 내가 말했다.

"요즈키, 식당에 사람들을 모두 모아 줘."

요즈키가 고개를 갸웃했다.

"이미 다 모여 있잖아. 아침 식사 중이었으니까."

그랬구나. 그러고 보니 그랬지. 나는 에헴, 하고 헛기침을 했다.

"도대체 왜 그러는데, 가스미. 혹시 아직 잠이 덜 깼어?"

요즈키가 의아한 눈빛으로 나를 쳐다보았다.

나는 고개를 가로저었다. 잠이 덜 깬 게 아니다. 설령 그랬다 해도 지금은 정신이 들 수밖에 없었다.

"풀었어."

그것은 내 입장에서, 눈이 번쩍 뜨이는 결말이었다.

"밀실의 수수께끼는 빙해(氷解)했어."

**회상 4
사 년 전 4월**

"새로운 밀실 트릭 같은 건 존재하지 않아."

미쓰무라를 안 지 얼마 안 되었을 무렵, 나는 문예부 동아리 방에서 미쓰무라와 밀실 이야기를 한 적이 있었다.

새로운 밀실 트릭 같은 건 존재하지 않는다. 그것이 이 토론에서 내 입장이었다.

"밀실 트릭이라 불리는 것들은 전부 기존 트릭에서 발전한 수준에 지나지 않아. 문을 잠그는 데에 사용한 열쇠를 실내로 다시 가져다 놓는 방법이 참신하다거나, 문 안에 붙어 있는 레버 자물쇠를 돌리는 방법이 새로웠다거나. 하지만 그래서는 진정한 의미에서 '새로운 트릭'이라고 할 수 없지 않겠어? 그런데도 실제로 볼 수 있는 건 그런 것들뿐이야. 네, 네. 그 패턴은 알아요. 하고, 해결편 페이지를 넘길 때마다 항상 코를 파면서 그런 생각을 한다니까."

그 말에 미쓰무라는 어처구니가 없다는 표정을 지었다.

"너, 코 파면서 책을 읽어? 더럽게."

"……말이 그렇다는 거지."

"다행이다, 진짜 코 파면서 읽는 건 아니구나."

미쓰무라는 안심한 듯 가슴을 쓸어내렸다. 그러더니 "나는 새로운 밀실 트릭이 존재한다고 생각해."라고 말했다.

"왜, 추리소설의 트릭을 흔히 광맥에 비유하잖아? 그 예를 따라, 하느님이 세계에 존재하는 밀실 트릭의 개수를 미리 정해 놓았다고 가정해 봐. 즉 광맥에 있는 금의 양에는 한계가 있고, 추리소설의 역사가 시작된 후 백팔십 년 동안 그 금을 거의 다 파낸 거지. 이른바 '부의 고갈' 이론이야. 하지만 나는 그 이론이 틀렸다고 생각해."

나는 그 이야기에 흥미를 느껴 "왜?" 하고 물었다. 그러자 미쓰무라는 "그야, 밀실 트릭을 광맥에 비유하고 있잖아." 하고 대답했다.

"넌 광맥에서 금을 모조리 캐내는 일이 가능하다고 생각해?"

"뭐랄까, 악마의 증명 같은 이야기네."

나는 쓴웃음을 지으며 말했다.

광맥을 계속해서 파다 보면 언젠가는 금을 캐내지 못하게 된다. 하지만 정말로 거기에 '금이 하나도 남아 있지 않다'는 사실은 절대 증명할 수 없다. 계속해서 파다 보면 언젠가는 나올지도 모르기 때문이다.

반대로 '금이 남아 있다'는 사실을 증명하기란 간단하다. 실제로 파내서 사람들 눈에 보여 주면 되니까. "여기 아직 금이 남아 있었어!" 하고 소리 높여 외치면 된다.

"나는 그걸 증명하는 게 추리 작가가 할 일이라고 생각해."

미쓰무라는 턱을 괸 채 말했다.

"그러니까 추리 작가는 입이 찢어져도 '새로운 밀실 트릭은 더 이상 존재하지 않는다'는 소리를 하면 안 돼. 왜냐하면 그건 자기 자신의 직업을 부정하는 일이니까. 거짓말이라도 좋으니까 허세를 부려야 해. 그러면 언젠가 그 거짓말에서 진실이 흘러나오는 날이 올지도 몰라."

제6장
밀실의 붕괴

 요즈키는 식당에서 홍차를 마시며 구즈시로의 연락을 기다리고 있었다. 수수께끼를 풀었다고 선언한 구즈시로가 식당에 사람들을 모두 모아 놓고는(이미 다 모여 있었지만), 자신은 어딘가로 사라져 버렸기 때문이다. 무슨 사전 준비가 필요하다고 한다. 한가해진 요즈키는 가까운 자리에서 아침을 먹는 미쓰무라 곁으로 다가갔다. 이런저런 잡담을 나누다 문득 요즈키가 물었다.
 "가스미가 정말로 밀실의 수수께끼를 풀었을까?"
 미쓰무라는 "글쎄요, 어떨까요." 하고 어깨를 으쓱했다.
 그러는 사이 구즈시로가 식당으로 돌아왔다. 제법 오래 기다린 느낌이다. 실제로는 삼십 분도 채 걸리지 않았겠지만.
 "그럼 여러분, 이쪽으로 오십시오."
 구즈시로는 사람들을 식당 밖으로 불러냈다. 꽤나 격식을 차린 말투였다. 요즈키가 보기에는 영 안 어울렸다. 구즈시로는 뭐랄까, 머리 좋아 보이는 행동이 전반적으로 다 안 어울린다.
 구즈시로가 안내한 곳은 서쪽 동 3층의 도서실이었다. 즉 야시로의 시체가 발견된 방이다. 이 저택에서 일어난 다섯 건의 밀실살인 중 유일하게 해결되지 않은 다섯 번째 밀실.
 구즈시로는 모두를 바라보았다. 여기에서 '모두'란 지금 이 저택에 있는 사람들 중 리리아를 제외한 다섯 명을 말한다. 즉 펜릴, 이시카와, 메이로자카, 그리고 미쓰무라와 요즈키를 가리킨다. 여기에 구즈시로 자신을 포함하여 여섯 명 중 누군가가 야시로를 죽인 범인이라는 말이 된다. 그리고 밀실을 구축한 것도……
 "그럼 여러분."
 구즈시로가 사람들을 바라보며 입을 열었다.
 "지금부터 밀실의 수수께끼를 풀겠습니다."

*

 구즈시로는 뜸을 들이듯 "자, 그럼." 하고 말한 뒤 다섯 명을 휙 둘러보고는 이렇게 말했다.

"추리를 시작하기 전, 우선 확인할 일이 있습니다. 여러분은 법무성이 작성한 밀실 분류라는 것을 알고 계십니까?"

사람들은 당황한 표정으로 서로의 얼굴을 쳐다보았다.

"그야 뭐, 당연히 알지."

미쓰무라가 말했다.

"상식이잖아요."

펜릴도 말했다.

뭐? 상식이야? 요즈키는 놀랐다. 하지만 이시카와가 "아니, 난 모르는데."라고 말하고 "저도요." 하고 메이로자카도 이어받아 줘서 조금은 마음이 편해졌다. 요즈키도 당당히 "네, 몰라요!" 하고 손을 들었다. 그런 세 사람을 미쓰무라와 펜릴이 마치 이방인처럼 쳐다보았다. ……이 사람들은 뭐랄까, 인생의 중심을 지나치게 밀실에 두고 살아가는 것 아닐까?

"그래서 그 밀실 분류라는 게 뭔데?"

요즈키가 재촉하자 구즈시로는 어깨를 으쓱했다.

"삼 년 전, 일본에서 처음으로 일어난 밀실살인을 계기로 법무성이 작성한 분류야. 법무성은 완전밀실, 즉 문과 창이 잠긴 타입의 밀실에서 이루어지는 트릭을 분류했지. 그리고 그 분류에 따르면 밀실 트릭은 크게 나누어 고작 열다섯 종류밖에 존재하지 않아."

열다섯 종류……. 생각보다 적다.

"즉, 어떤 밀실살인이라 해도 사용되는 트릭은 반드시 그 열다섯 종류 중 하나로 분류된다는 말이야. 그럼 지금부터 그 밀실 분류를 실제로 적어 볼게. 법무성이 작성한 밀실 트릭의 분류는 이런 식이야."

어디서 가져왔는지 도서실에는 화이트보드가 하나 있었다. 구즈시로는 검은 마커 펜으로 거기에 법무성이 작성했다는 밀실 분류를 적어 나갔다.

밀실 분류(밀실 상황을 구성하기 위한 트릭 등의 분류)

① 문을 잠글 때 사용한 열쇠를 문 아래 등의 틈새를 통해 실내로 집어넣는다.

② 문 안쪽에 달려 있는 레버식 잠금장치를 모종의 방법으로 돌린다.

③ 숨겨진 통로로 탈출한다.

④ 경첩을 분해하여 문을 떼어 낸 후 나중에 다시 고정시킨다.

⑤ 피해자 스스로 문을 잠근다.

⑥ 범인이 방 안에 숨어 있었다.

⑦ 밀실 상태가 아닌 방을 밀실이라고 착각했다.

⑧ 실제로 밀실이었던 장소와 시체 발견 현장이 다르다.

⑨ 스페어키를 사용한다.

⑩ 시체 발견 시의 어수선한 상황에 편승하여 열쇠를 실내에 가져다 놓는다.
⑪ 실내에 남겨진 열쇠는 가짜이고, 나중에 진짜 열쇠와 바꿔치기한다.
⑫ 신속 살인.
⑬ 방이 밀실 상태가 되기 전에 이미 피해자가 죽어 있었다.
⑭ 밀실 안에 있는 피해자를 방 밖에서 공격하여 죽인다.
⑮ 밀실 안에 있는 피해자를 방 안에서 공격하여 죽인다.

모든 패턴을 다 적은 후 구즈시로는 마커 펜의 뚜껑을 닫았다. 그리고 뚜껑을 닫은 마커 펜으로 화이트보드를 톡톡 두드렸다.

"밀실 트릭이 이렇게 열다섯 종류밖에 되지 않는 이상, 이번에 사용된 트릭도 반드시 이 중 어딘가에 속할 거야. 즉 하나씩 검증하다 보면 반드시 진실에 도달하게 돼."

"뭐? 그럼 열다섯 종류의 패턴을 다 검증하겠다는 말이야?"

요즈키가 물었다.

"그런 거지. 그러니까 다소 길어질지도 모르지만, 가능하면 집중해서 들어 줬으면 해. 이건 밀실 미스터리에서 일종의 형식미 같은 거니까."

일종의 형식미. 무슨 말인지 잘 이해는 되지 않지만.

요즈키는 고개를 살짝 끄덕였다. 다른 사람들도 마찬가지로 끄덕였다. 그럼 일단 들어 보지, 뭐. 구즈시로가 말하는 다소 긴 이야기…… 밀실 미스터리에서 일종의 형식미라는 그것을.

"그럼 우선 ①의 검토부터 시작할까요."

모두의 동의를 얻은 구즈시로는 다시 격식을 차린 말투로 이야기를 시작했다. 그 말을 듣고 요즈키는 화이트보드에 적힌 ①번 패턴을 돌아보았다. '문을 잠글 때 사용한 열쇠를 문 아래 등의 틈새를 통해 실내로 집어넣는다'였다.

"이것은 밀실 트릭 중에서 가장 메이저한 트릭이라고 해도 좋습니다."

구즈시로는 말했다.

"내용을 새삼 설명할 필요까지도 없겠지만……. 방 밖에서 열쇠를 이용해 문을 잠근 뒤, 그 열쇠를 문 아래 틈 같은 곳을 통해 실과 같은 도구를 이용하여 실내로 다시 집어넣는 트릭이죠. 하지만 이번에는 이 트릭을 사용할 수 없습니다. 왜 그런 것 같아, 미쓰무라?"

이름을 불린 미쓰무라가 뚱한 표정을 지었다.

"……그걸 왜 나한테 물어?"

구즈시로는 어깨를 으쓱했다.

"조수가 있으면 추리를 진행하기 쉬우니까."

"아니, 그건 알아. 왜 나를 조수 역할로 임명했느냐고 묻는 거야. 날 깔보는 것 같아서 불쾌해."

 미쓰무라는 쌀쌀맞게 고개를 홱 돌렸다. 본인도 전에 추리할 때 구즈시로를 조수로 이용했던 적이 있는 것 같은데 말이다. 구즈시로노 그 부분을 지적했고, 거기서부터 무의미한 입씨름이 시작되었다. 그 무의미한 입씨름은 오 분 정도 이어졌다.

 겨우 꺾인 미쓰무라가 떨떠름한 얼굴로 조수 역할을 맡았다.

 "할 수 없지. 대답해 줄게. 그보다 이런 기본적인 얘기를 굳이 설명할 필요도 없는데 말이야."

 미쓰무라는 깊은 한숨을 내쉬었다.

 "잘 들어. ①을 부정하는 일은 너무나 쉬워. 우선 문 아래를 비롯해서 이 방에는 손톱만큼의 빈틈도 존재하지 않아. 그러니 애당초 열쇠를 방 안으로 집어넣을 수가 없지. 그리고 열쇠는 뚜껑이 닫힌 잼병 안에 들어 있었고, 심지어 실내에는 트릭을 사용한 흔적이라고는 일절 남아 있지 않았어. 밀실 트릭은 마법이 아니야. 물리법칙에 반하는 행위는 절대로 불가능해. '열쇠를 실내에 집어넣는 방법'과 '흔적을 남기지 않고 잼병을 닫는 방법'이 둘 다 존재하지 않는 이상, ①번 패턴을 사용했을 가능성은 전혀 없어."

 미쓰무라는 단언했다. 구즈시로는 고개를 끄덕이고 "응, 나도 그렇게 생각해."라고 말했다. 미쓰무라는 부루퉁한 얼굴로 "뭘 '나도 그렇게 생각해.'야, 잘난 척하긴." 하고 대꾸했다.

아무튼 ①번 패턴은 부정되었다. 구즈시로는 화이트보드에 씌어 있던 ①번 패턴 위에 마커 펜으로 가로줄을 그어 소거했다. 그리고 이어서 ②번 패턴을 가리켰다.

"그럼 다음은 ②, '문 안쪽에 달려 있는 레버식 잠금장치를 모종의 방법으로 돌린다'야. 하지만 이 패턴도 부정되지. 미쓰무라."

"그래, 그래. 이것도 내가 대답해야 하는구나."

미쓰무라가 불쾌한 목소리로 투덜거렸다.

"이것도 ①번 패턴과 똑같아. 문 안쪽의 레버식 잠금장치 위로 가샤폰 케이스가 덮여 있어서 사용할 수 없는 상태였거든. 즉 범인이 이 트릭을 썼다면 무슨 기계적(물리적) 장치를 이용해 레버를 돌린 후, 다시 무슨 기계적 장치를 이용해 가샤폰 케이스를 씌우고 붙여 놓았어야 해. 하지만 그 기계적 장치의 흔적이 실내에 전혀 보이지 않았어. 벽이나 문에 빈틈이 없으니 그곳을 통해 장치를 회수하는 일도 불가능했지. 아까도 말했지만 밀실 트릭은 마법이 아니야. 그러니 이것도 불가능해."

구즈시로는 그 말에 고개를 끄덕이고 ②번 패턴에 마커 펜으로 줄을 그어 지웠다. 남은 패턴은 열세 개.

"그럼 다음은 ③, '숨겨진 통로로 탈출한다'. 이건 넘어가도 되겠죠? 현장인 이곳 서쪽 동에 숨겨진 통로는 없습니다. 따라서 이 패턴은 삭제." 구즈시로는 ③번 패턴을 지웠다. 그리고 아래에 있는 ④번 패턴을 가리켰다. "다음은 ④, '경첩을 분해하여 문을 떼어 낸 후 나중에 다시 고정시킨다'. 떼어 낸 문의 레버식 잠금장치를 돌려 데드볼트가 튀어나온 상태로 만든 뒤, 그것을 방 밖에서 다시 조립하는 트릭이죠. 이것은 전에 미쓰무라와 함께 검증했는데 불가능하다는 결론이 내려졌습니다. 문을 닫은 상태로는 경첩의 나사 구멍이 가려지기 때문이죠. 따라서 이것도 삭제."

④번 패턴이 지워졌다.

"다음으로 ⑤, '피해자 스스로 문을 잠근다'. 이것은 타살이 아닌 자살이었거나, 방 밖에서 칼에 찔린 피해자가 실내로 도망쳐 들어와 문을 잠그고 안에 틀어박힌 후 찔린 상처 때문에 결국 사망에 이르는 등의 경우입니다. 이건 어떻게 지울까, 미쓰무라?"

"아, 알았어. 또 내 차례구나."

미쓰무라가 입을 삐죽거렸다.

"이것도 어이없을 정도로 간단하게 지울 수 있어. 피해자 야시로 씨의 몸에는 사후에 생긴 상처가 있었거든. 검시에 따른 생활반응을 통해 그렇게 판명됐지. 그러니 만일 문을 걸어 잠근 게 피해자 본인이라 해도, 피해자는 사후에 밀실 상태가 된 실내에서 또다시 공격을 받았다는 말이 돼. 그렇다면 야시로 씨를 공격한 범인은 어떻게 밀실에서 탈출했을까? 간단해. 패턴 ⑤를 제외한 나머지 열네 가지 패턴 중 하나를 이용해서 나간 거야."

즉 토론이 원점으로 돌아왔다는 말이며, 그 경우 패턴 ⑤는 아무 의미도 없다.

구즈시로는 마커 펜으로 패턴 ⑤를 지웠다.

"다음은 ⑥, '범인이 방 안에 숨어 있었다'. 그 방에 범인이 숨을 만한 장소는 없었습니다. 따라서 이것도 삭제."

⑥번 패턴이 지워졌다.

"다음은 ⑦, '밀실 상태가 아닌 방을 밀실이라고 착각했다'. 이것은 예를 들어, 안으로 열리는 문 뒤에 장애물이 놓여 있어서 거기에 걸려 문이 열리지 않았다, 문이 열리지 않았기 때문에 잠겨 있다고 착각했다. 그런 겁니다. 하지만 이번에는 문이 잠겨 있었으니 이 패턴도 삭제할 수 있습니다."

⑦번 패턴도 삭제.

"다음으로 ⑧, '실제로 밀실이었던 장소와 시체 발견 현장이 다르다'. 이건 설명이 다소 복잡한데, 예를 들어 '방 A'에서 비명 소리가 들려서 등장인물들이 안쪽 상황을 확인하기 위해 창을 깼다고 칩시다. 하지만 실제로 실내에 들어가기 직전 무슨 사정이 생겨 그곳을 벗어났다 다시 현장에 돌아왔을 때 범인이 의도한 트릭에 따라 사람들은 '방 A'가 아닌 '방 B'로 유도되고, 그곳에서 시체가 발견되죠. 트릭이라기보다는 '방 A'와 '방 B'를 착각한 겁니다. 그리고 '방 B'의 창은 '방 A'의 창과 마찬가지로 깨진 상태지만 '방 B'의 창은 범인이 사전에 깨뜨려 놓은 것이었다, 이런 패턴입니다. 즉 시체가 발견된 '방 B'는 처음부터 창이 깨져 있었기 때문에 밀실이 아니었던 거죠. 하지만 이번에는 이 트릭도 쓸 수 없습니다. 왜일까, 미쓰무라?"

"네, 구즈시로 선생님. 이번에는 저희가 창을 깬 후 바로 실내로 들어갔기 때문입니다."

미쓰무라가 자포자기한 얼굴로 말했다.

"맞아. 하지만 이유가 하나 더 있잖아?"

"현장이 3층이었던 것 말이야?"

"그래."

슬슬 대화를 따라가기 힘들어진 요즈키는 손을 들고 물었다.

"선생님, 현장이 3층인 게 무슨 의미가 있는데요?"

"미쓰무라 준교수가 알려 줄 거다."

"나, 준교수였어?"

미쓰무라가 눈을 둥그렇게 뜨더니 한숨을 쉬며 말했다.

"간단한 일이에요, 요즈키 씨. 이번 현장은 3층이었고, 3층에는 도서실 외의 다른 방이 없죠. 즉 다른 방과 착각을 하고 싶어도 할 수가 없었다는 뜻이에요. 이 트릭은 범행 현장과 똑같은 층에 똑같은 구조의 방이 없으면 애당초 쓸 수가 없거든요. 뭐, 범행 현장과는 다른 층에 똑같은 구조의 방이 존재해서 그곳으로 오인하게 만드는 유사 트릭도 있지만 아시다시피 이곳 서쪽 동은 3층짜리 건물이잖아요. 1층과 2층에 도서실과 같은 구조의 방이 없으니, 이 유사 트릭을 사용했을 가능성도 없죠."

그렇구나, 하고 요즈키는 생각했다. 화이트보드에서는 ⑧번 트릭이 지워졌다.

"다음으로 ⑨, '스페어키를 사용한다'는 패턴이네요. 스페어키는 없습니다. 따라서 삭제."

⑨번 패턴도 순식간에 지워졌다.

"다음은 ⑩, '시체 발견 시의 어수선한 상황에 편승하여 열쇠를 실내에 가져다 놓는다'. 범인이 문을 잠그는 데에 사용한 열쇠를 몰래 가지고 있다가 시체가 발견될 때 자연스럽게 바닥 같은 곳에 내려놓는 패턴이죠. 잘만 하면 처음부터 그 자리에 열쇠가 있었던 것처럼 착각하게 만들 수 있어요. 하지만 이번에는 열쇠가 시체 옆에 당당히 놓여 있었습니다. 병에 든 상태로요. 방에 들어가자마자 미쓰무라가 바로 그것을 발견했고, 저도 그 모습을 지켜봤으니 이 트릭도 쓸 수 없습니다."

따라서 ⑩번 패턴도 삭제. 점점 줄어들어 간다. 남은 패턴은 고작 다섯 개.

"다음으로 ⑪, '실내에 남겨진 열쇠는 가짜이고, 나중에 진짜 열쇠와 바꿔치기한다'. 실내에 남겨진 마스터키는 진짜였고, 바꿔치기할 틈도 없었어. 열쇠가 들어 있던 잼병은 내내 미쓰무라가 안고 있었고. 미쓰무라가 직접 바꿔치기할 수도 없었어. 미쓰무라가 바꿔치지 못하도록 내가 자연스럽게 감시했거든."

"그런 짓을 했어? 최악이네."

"아무튼 이설로 ⑪번 패턴도 삭제."

화이트보드에서 또 하나의 패턴이 지워졌다.

"다음은 ⑫, '신속 살인'입니다."

"'신속 살인'? 어디서 들어 본 적 있는 것 같네요."

메이로자카 씨가 말했다.

"아주 유명한 고전 트릭 중 하나죠."

구즈시로가 설명했다.

"밀실이 드러났을 때, 피해자는 아직 살아 있었어요. 약을 먹여 재워서 얼핏 보기에는 죽은 것처럼 보이게 만들었을 뿐이죠. 그때 최초 발견자가 '괜찮으세요!' 하고 달려가는데, 사실은 그 최초 발견자가 범인인 겁니다. 달려간 범인은 피해자의 생사를 확인하는 척하면서 몰래 갖고 간 날붙이로 피해자를 찔러 죽이는 거죠. 즉 다른 사람들이 보는 앞에서 신속하게 살인을 저지르는 거예요."

그렇구나, 그래서 '신속 살인'이었어. 요즈키는 생각했다. 모든 사람들이 보는 앞에서 살인을 범하다니, 상당히 충격적인 이야기이기는 하지만.

구즈시로가 계속해서 말했다.

"하지만 이 트릭에는 한 가지 결점이 있습니다. 그건 시체 발견 시각과 피해자의 사망 추정 시각이 극히 가까워진다는 데에 있어요. 따라서 검시를 하면 신속 살인이 이루어졌을 가능성이 있는지 없는지 쉽게 판단할 수 있습니다. 이시카와 씨?"

갑자기 지명당한 이시카와는 놀란 듯 어깨를 움찔 떨었다. 그러더니 "왜 갑자기 이름을 부르고 그래?" 하고 쓴웃음을 지었다.

"그래서, 왜?"

"야시로 씨의 사망 추정 시각 말인데요. 시체가 발견됐을 때 사후 어느 정도 시간이 지났죠?"

"그러니까……"

이시카와가 기억을 더듬었다.

"사후 두 시간 정도였어."

"그럼 신속 살인이 이루어졌을 가능성은 없겠네요."

⑫번 패턴 위로 줄이 그어졌다. 앞으로 세 개.

"다음은 ⑬입니다. '방이 밀실 상태가 되기 전에 이미 피해자가 죽어 있었다.' 이것은 예를 들어 오전 중에는 방 열쇠를 사용할 수 있었는데, 오후에는 여러 사람이 지켜보고 있는 상태여서 열쇠를 사용할 수 없었다, 그리고 피해자가 살해당한 것은 오후였기 때문에 열쇠를 사용할 수 없어서 방을 밀실로 만드는 일이 불가능했다는 식의 이야기죠. 하지만 사실 피해자가 살해당한 것은 오후가 아니라 오전 중이었고 그때는 열쇠를 자유롭게 사용할 수 있었다. 즉 문을 마음대로 잠글 수 있었던 상황입니다. 현장이 밀실이 된 건 엄밀히 말하면 모두가 열쇠를 볼 수 있던 오후니까 오전 중에는 밀실이 아니었죠. 문은 잠겨 있었지만 엄밀히 따지면 밀실이 아니니까, '방이 밀실 상태가 되기 전에 이미 피해자가 죽어 있었다'는 이야기가 됩니다. 하지만 이 패턴은……."

구즈시로는 사람들을 둘러보았다.

"이번 사건과는 전혀 상관이 없습니다. 왜냐하면 이번 사건에서 마스터키는 밀실 상태가 된 방 안에서 발견되었으니까요. 이 ⑬번 패턴에서는 열쇠가 절대로 실내에서 발견되면 안 됩니다. 따라서 삭제."

⑬번 패턴도 지워졌다. 이제 드디어 두 개 남았다.

"그럼 다음은 ⑭번 패턴입니다." 구즈시로는 뚜껑을 덮은 마커 펜으로 화이트보드를 톡톡 두드렸다. "'밀실 안에 있는 피해자를 방 밖에서 공격하여 죽인다.' 이것은 문이 잠긴 방 안에 있는 피해자를, 범인이 그 방 안에 들어가지 않고 방 밖에서 어떤 방법을 이용해 죽이는 패턴을 가리킵니다. 예컨대 강력한 자석을 이용해 실내에 있는 금속제 책장을 쓰러뜨려 피해자가 깔려 죽도록 만드는 방법 같은 것이 있죠. 하지만 이번에는 이것을 사용할 수 없습니다. 왜일까요?"

"저요, 저요!"

요즈키가 손을 들고 눈을 빛내며 소리쳤다.

"왜냐하면 이번 사건에서 피해자는 책장에 깔려 죽지 않았기 때문입니다."

어때, 하는 표정으로 요즈키가 구즈시로를 보았다. 구즈시로는 불쌍하다는 눈으로 요즈키를 바라보았다. 왜 저래?

"뭐, 좋아. 미쓰무라 준교수, 부탁해."

"알았어, 구즈시로 선생."

미쓰무라는 어깨를 으쓱하며 말했다.

"간단한 일이야. 피해자인 야시로 씨가 살해당한 곳은 도서실이 아니라 야시로 씨 본인의 방이었기 때문이지."

무슨 말인지 알아들을 수가 없었다. 확실히 야시로는 자기 방에서 살해당했고, 그 후 범인이 시체를 도서실로 옮겼다. 하지만 그게 뭐가 어쨌다는 걸까?

"모르시겠어요?"

미쓰무라 준교수가 물었다.

"모르겠어."

요즈키가 대답했다.

미쓰무라가 희미하게 웃었다.

"그럼 힌트. 굉장히 간단한 일이에요. 범인은 시체를 방으로 끌고 들어갔어요. 그 상태로 ⑭번 패턴을 사용하는 건, 이상하다는 생각 안 드세요?"

"이상해? 아, 그렇구나."

요즈키는 그제야 알아차렸다.

방으로 시체를 끌고 들어간 시섬에 피해자는 이미 죽어 있었다. 어차피 시체니까. 그러면 ⑭번 패턴, '밀실 안에 있는 피해자를 방 밖에서 공격하여 죽인다'는 일 자체가 불가능해진다. 즉 ⑭번 패턴은 쓸 수 없다. 왜냐하면 ⑭번 패턴은 살아 있는 상태의 피해자가 자신의 손으로 문을 잠그는 일이 전제가 되기 때문이다.

"참고로 범행 현장으로 끌려온 시점에서 피해자에게 아직 숨이 붙어 있었을 경우, 그것은 ⑤번 패턴과 같아지니까 마찬가지로 이것도 부정됩니다."

미쓰무라가 그렇게 보충했다.

요즈키가 납득한 것을 보고 구즈시로는 ⑭번 패턴을 지웠다. 남은 패턴은 이제 하나뿐이다.

"마지막으로 ⑮번 패턴이네요."

구즈시로가 선언했다.

"'밀실 안에 있는 피해자를 방 안에서 공격하여 죽인다.' 실내에 어떤 장치, 예컨대 타이머가 달려 있어 시간이 되면 나이프가 사출되도록 만든 기계적 장치를 준비해 둡니다. 피해자는 자기 손으로 문을 잠그고, 소파에 앉아 쉬고 있었습니다. 그때 날아온 나이프에 찔려 죽는다는 트릭이죠. 하지만 이번에는 이 트릭을 쓸 수 없습니다. ⑭번 패턴과 마찬가지예요. 피해자의 시체는 다른 장소에서 옮겨져 왔기 때문에 ⑭번과 마찬가지로 ⑮번도 삭제됩니다."

화이트보드에서 ⑮번 패턴이 지워졌다.

"어?"

요즈키가 소리를 질렀다. 다른 사람들도 동요한 듯 화이트보드를 응시했다. 거기에 씌어 있던 열다섯 종류의 밀실 패턴이 전부 구즈시로의 추리에 따라 마커 펜으로 줄을 그어 삭제된 것이다.

"어떻게 된 거야, 가스미? 열다섯 종류의 밀실 트릭 중 그 어떤 패턴도 해당되는 게 없다니?"

요즈키가 당황한 얼굴로 말했다.

구즈시로는 어깨를 살짝 으쓱했다.

"즉, 그렇게 된 거야. 기존의 그 어떤 트릭을 써도 이번 밀실 상황을 재현할 수 없어."

"그럴 수가……."

당황이 절망으로 바뀌었다. 그럼 어떻게 현장을 밀실로 만들었다는 말일까? 밀실 트릭은 마법이 아니라고, 아까 구즈시로의 추리 쇼에서 조수 역을 맡았던 미쓰무라가 말했다. 마법이 아니니 물리적으로 불가능한 일은 절대 할 수 없다고.

하지만.

이건 아무리 봐도.

"마법······."

"마법이 아니야."

요즈키의 목소리 위로 구즈시로의 말이 겹쳐졌다.

"물론 어딜 어떻게 봐도 불가능 범죄인 건 사실이야. 물리적으로 재현하는 게 불가능해 보일 정도로. 하지만, 있어. 딱 하나, 이 불가능 상황을 재현할 트릭이 있어. 지극히 심플하고, 또 기존 트릭의 어느 계통에도 소속되지 않는 트릭이."

그게 뭘까······. 요즈키는 숨을 들이켰다. 그것은 열다섯 종류의 밀실 트릭 패턴 중 어디에도 속하지 않고 법무성의 밀실 분류 바깥에 존재하는, 열여섯 번째의 트릭이라는 말일까.

"그게 뭔데?"

요즈키가 목소리를 높이자 구즈시로가 입가에 희미한 미소를 띠었다.

"지금부터 실제로 재현해 줄게. 그럼 미쓰무라."

"왜?"

"시체 역할 좀 맡아 줘."

미쓰무라는 눈을 동그랗게 뜨더니 노골적으로 토라졌다. "내가 왜?" 하며 입을 삐죽거리기까지 했다.

"부탁해, 미쓰무라 준교수."

"나는 준교수가 아니거든."

"그럼 광속탐정 피에로."

"왜 광속탐정 피에로가 시체 역할을 맡아야 하는데?"

두 사람은 또다시 한동안 다투다가 결국 미쓰무라가 떨떠름한 표정으로 꺾여, 시체 역할을 맡기로 했다.

"그럼 지금부터 트릭을 재현하겠습니다."

구즈시로는 그렇게 선언하고 나서 미쓰무라에게 나이프를 꽂는 시늉을 했다.

"으악!"

미쓰무라가 바닥으로 쓰러졌다. 구즈시로는 미쓰무라의 양손을 잡고 1미터쯤 바닥을 질질 끌고 갔다.

"이렇게 범인은 우선 야시로 씨를 죽인 뒤, 이 방으로 시체를 날랐습니다. 뭐, 실제로는 끌고 온 게 아니라 업어서 옮겼겠지만요."

구즈시로가 설명을 시작했다.

"그리고······."

구즈시로는 주머니에서 열쇠를 꺼냈다. 이 서쪽 동의 마스터키였다.

"이건 잼병에 넣어서 뚜껑을 닫습니다."

구즈시로는 방 한구석에 놓여 있던 잼병을 집어 들고 그 안에 마스터키를 넣어, 선언한 대로 뚜껑을 닫았다. 그 병을 시체 역할인 미쓰무라 옆에 내려놓았다. 이 시점에서 이미 마스터키를 사용하는 일은 불가능해졌다.

구즈시로가 사람들을 둘러보았다.

"그럼 이제부터 방을 밀실로 만들겠습니다."

그 발언에 시체 역할인 미쓰무라를 제외한 모두가 당황했다. 펜릴도, 이시카와도, 메이로자카도. 그리고 물론 요즈키도. 이제부터 방을 밀실로 만들겠다니, 대체 어떻게 하겠다는 말일까.

사람들이 곤혹스러운 시선을 보내는 가운데 구즈시로가 유유히 문을 열고 복도로 나갔다. 그리고 쾅, 하고 문이 닫혔다. 방 밖에 있는 구즈시로의 목소리가 닫힌 문 너머로 울려 퍼졌다.

"그럼 이제부터 밀실로 만듭니다."

그와 동시에 열쇠 구멍에 무언가가 꽂히는 소리가 들렸다. 그리고 문 안쪽에 붙은 레버형 잠금장치가 천천히 돌아가고…….

달칵, 소리와 함께 문은 순식간에 잠겨 버렸다.

"어……?"

요즈키는 말을 잃은 채 서둘러 문 쪽으로 달려갔다. 손잡이를 돌리며 문을 당겼지만 문은 열리지 않았다. 틀림없이, 완전히 잠겼다.

대체 무슨 일이 일어난 거지? 어떻게 문이……?

요즈키는 혼란에 빠진 채 잠금장치를 돌려 문을 열었다. 문이 열리고 구즈시로가 방 안으로 들어오자, 요즈키는 당혹스러운 기분을 숨김없이 쏟아 냈다.

"대체 이게 어떻게 된 거야? 아니, 도대체 어떻게 문을 잠갔어?"

머릿속이 엉망진창이 된 채 요즈키가 물었다.

"아, 그건……."

구즈시로가 주머니에서 '그것'을 꺼냈다.

"이걸 사용해서 잠갔지."

구즈시로가 들고 있는 것은 열쇠였다. 늘씬하고 길쭉한 서쪽 동 객실 열쇠. 혼란은 점점 더 퍼져 나갔다. 이게 대체 어떻게 된 일이지? 그 열쇠를 이용해서 잠갔다니. 설마, 그 열쇠는……

"스페어키?"

요즈키의 질문에 구즈시로는 쓴웃음을 지었다.

"스페어키는 존재하지 않아. 이 도서실 문을 잠글 수 있는 건, 거기 잼병에 든 마스터키뿐이라니까. 그게 대전제잖아?"

"그, 그치만, 스페어키가 아니면 그 열쇠는 뭔데?"

"아, 이거?"

구즈시로는 들고 있던 열쇠를 치켜올렸다.

"이건 내 방 열쇠야."

"무슨 소리를 하는 거야, 가스미? 네 방 열쇠로 도서실 문을 어떻게 잠가? 네 방 열쇠로 잠글 수 있는 건 네 방문뿐이잖아?"

요즈키는 타이르듯 말했다.

그런 건 어린애도 아는 일이다.

하지만 그런 요즈키의 말에 구즈시로는 어깨를 으쓱했다. 그야말로 어린애를 타이르듯.

"응, 맞아. 그래서……."

구즈시로가 말을 이었다.

"문짝을 바꿨어. 경첩을 풀어서, 내 방문과 범행 현장인 이곳 도서실의 문을 말이야. 그러면 이 범행 현장의 문을 내 방문 열쇠로 잠글 수 있잖아?"

*

"문짝을…… 바꿔?"

요즈키가 중얼거린 말에 나는 고개를 끄덕였다. 이 서쪽 동의 방문은 도서실을 포함하여 전부 동일한 문이다. 그래서 경첩을 풀면 다른 방과 문을 교환할 수 있다. 범인은 그 점을 이용해서 자기 방의 문과 범행 현장인 도서실의 문을 바꾼 것이다. 그러면 도서실의 문은 자연스럽게 범인의 방문이 되니, 범인은 자기 열쇠로 도서실을 밀실로 만들 수가 있다. 실내에 마스터키를 남겨 둔 채 문을 잠그는 일이 가능하다는 뜻이다.

나는 시체 역할을 맡아 바닥에 쓰러진 미쓰무라를 쳐다보았다. 미쓰무라는 놀라서 눈을 둥그렇게 떴다가, 마침내 "정말로 진상에 도달했구나." 하고 작은 소리로 중얼거렸다. 아마 나한테밖에 들리지 않았을 목소리였다. 나는 그 말에 고개를 끄덕였다.

그리고 요즈키 쪽을 흘끔 쳐다보았다. 요즈키는 "응?" 하고 고개를 갸웃했다. 요즈키는 깨닫지 못했겠지만 내가 이 밀실 트릭을 알아차린 건 사실 요즈키 덕분이다. 오늘 아침, 내가 오렌지 마멀레이드와 사과 잼병의 뚜껑을 바꿔 닫았을 때…… 요즈키는 그 뚜껑을 열고 두 병의 뚜껑을 교환했다. 그 모습을 본 순간 이번에 사용된 문 트릭을 떠올렸다. 그리고 동시에 미쓰무라와 함께 도서실 문의 경첩을 조사했을 때 있었던 일을 생각했다. 그때 나는 그 경첩의 나사가 느슨하다고 느꼈고 미쓰무라는 착각이라고 말했지만 역시 착각이 아니었던 것이다. 밀실 트릭의 흔적이 바로 그곳에 남아 있었다.

경첩을 풀고 문을 떼어 냈다 붙였다 하는 작업은 현재도 인테리어 업자 같은 사람이라면 흔히 하는 일이고, 초보자도 어느 정도 연습만 하면 시간을 크게 들이지 않고 실행에 옮길 수 있으리라. 요령껏 잘만 하면 십 분도 안 걸릴지 모른다. 그리고 이 저택에 도착한 첫날 확인한 일인데 이곳 서쪽 동의 방에는 전부 '플러시 도어'라 불리는, 안쪽이 비어 있는 문이 사용되었다. 나무로 만들었으니 문의 무게는 아마도 10킬로그램 정도. 따라서 문을 교체하는 작업은 성별에 상관없이 실행 가능하다.

그리고 나는 이 트릭을 알아차림으로써 내내 머릿속에 걸려 있던 두 개의 의문을 해소할 수 있었다.

"이 사건에는 불가해한 점이 두 개 있었습니다."

나는 오른손 손가락을 두 개 세워 들고 사람들에게 계속해서 말했다.

"하나는 왜 범인이 도서실로 시체를 옮겼는가. 또 하나는 왜 범인이 문에 남은 셀로판테이프 조각을 굳이 떼어 갔는가입니다."

얼핏 보면 둘 다 큰 의미 없는 행동으로 보인다. 하지만 물론, 거기에는 다 이유가 있다.

"우선 첫 번째 의문부터 생각해 볼까요? 범인이 야시로 씨의 시체를, 야시로 씨의 방에서 도서실로 옮긴 이유. 얼핏 보기에 야시로 씨의 방과 도서실, 어느 쪽 방에서 시체가 발견되어도 큰 차이는 없어 보입니다. 하지만 범인에게는 그렇지 않았습니다. 시체는 반드시 도서실에서 발견되어야만 했죠."

그 말에 요즈키를 비롯하여 모두가 아리송한 표정을 지었다. "대체 왜?" 하고 요즈키가 묻자 내가 대답했다.

"이유는 간단해. 왜냐하면 이 도서실에는 전용 열쇠가 존재하지 않거든. 마스터키로만 열 수 있는 방……. 그 점에 아주 큰 의미가 있어. 이 문 교환 트릭에는 사실 커다란 결점이 있거든. 가령 범인이 이 트릭을 이용해 도서실이 아니라 야시로 씨의 방을 밀실로 만들었다고 쳐. 시체 발견 현장이 야시로 씨 방이었다고 가정하는 거야. 그러면 범인은 야시로 씨의 방문을 자기 방문과 교환하겠지. 그리고 그 경우 실내에는 문을 열 수 있는 모든 열쇠, 즉 마스터키와 야시로 씨의 방 열쇠까지 두 개를 남겨 둘 필요가 있어. 문을 열 수 있는 모든 열쇠가 실내에 있지 않으면 애당초 밀실이라고 할 수가 없으니까. 그렇게 범인은 마스터키와 야시로 씨의 방 열쇠를 실내에 두고, 자기 방 열쇠로 문을 잠갔다고 하자고. 이러면 밀실이 완성되지. 하지만 이 밀실은 완벽하지 않아. 얼핏 보기에는 완벽하지만 실제론 그렇지 않거든."

"왜? 아무 문제도 없어 보이는데."

요즈키가 고개를 갸웃했다.

"문을 교환한 폐해야."

내가 말했다.

"범인은 야시로 씨 방에 자기 방의 문을 달았어. 그러면 그 문은 범인의 방 열쇠로 잠글 수 있잖아? 그 대신 이번에는 야시로 씨의 방 열쇠를 이용해서 잠글 수가 없게 돼. 야시로 씨의 방인데 야시로 씨의 방 열쇠로 잠글 수 없게 되는 거야. 이건 아무리 생각해도 부자연스럽지. 심지어 범인은 밀실 상황을 만들기 위해 실내에 야시로 씨의 방 열쇠를 남겨 놓았어. 현장이 밀실이라는 사실을 알아차린 탐정 역할은 우선 그 열쇠가 진짜인지 아닌지 확인하려 할 거야. 당연히 그 열쇠로는 야시로 씨의 방문을 열 수가 없어. 그러면 탐정 역할은 열쇠가 가짜라고 판단할 테고, 결과적으로 밀실 상황이 와해돼."

그 경우 사실 실내에 있던 야시로의 방 열쇠는 틀림없는 진짜다. 하지만 문이 교환되었다는 사실을 모르는 탐정 역할은 열쇠를 사용할 수 없는 시점에서 그 열쇠가 꼭 닮은 가짜와 바뀌치기 되었다고 판단하리라. 열쇠는 진짜가 맞는데 가짜 판정이 내려진다는 이야기다.

"하지만 도서실에는 전용 열쇠가 존재하지 않아. 도서실 문은 마스터키가 아니면 잠글 수 없어. 그리고 마스터키는 서쪽 동의 모든 방문을 잠글 수 있지. 즉 범인의 방문도 잠글 수 있다는 뜻이야."

실제로 야시로의 시체가 발견되었을 때 나와 미쓰무라는 방에 남겨진 마스터키가 진짜인지 확인했다. 마스터키를 이용해 도서실 문을 잠글 수 있는지 확인했다는 말이다. 하지만 그때 도서실 문은 이미 범인이 자기 방문과 바꿔치기한 상태였다. 그러나 마스터키로는 도서실과 범인의 방문을 둘 다 열 수 있다. 문이 바뀌었다 해도, 마스터키로는 문이 교환되었다는 사실을 알 수 없다. 그래서 범인은 야시로의 시체를 도서실에 가져다 놓았다. 전용 열쇠가 존재하지 않는, 마스터키로만 잠글 수 있는 도서실에.

"이게 바로 첫 번째 의문, 시체 이동 와이더닛의 해답입니다."

내가 말했다.

"그리고 두 번째 의문, 왜 범인은 문에 남은 셀로판테이프 조각을 떼어 갔을까. 이 답은 간단합니다."

굳이 뗄 필요도 없는, 찢어진 셀로판테이프 조각. 범인이 그것을 굳이 떼어 간 이유는.

"범인은 셀로판테이프 조각을 떼어 간 게 아닙니다. 야시로 씨의 시체가 발견된 후, 바꿔 놓았던 자기 방문을 다시 원래 위치로 되돌려 놓았던 거죠. 사람들이 모두 잠든 후에. 그래서 범행 현장의 문에 붙어 있던 셀로판테이프 조각은 범인의 방으로 옮겨 갔습니다. 따라서 범인이 셀로판테이프 조각을 떼어 간 것처럼 보였던 거죠."

그리고 그 셀로판테이프 조각은 분명 아직 범인의 방문에 붙어 있을 것이다. 그러므로 이제부터 모두의 방문을 조사하면 누가 범인인지 바로 알 수 있다. 하지만 그럴 필요는 없다. 왜냐하면 나는 범인이 누구인지 이미 알고 있으므로.

그리고 그 진상에 도달한 사람은 내가 아니다.

"미쓰무라."

그래서 나는 그 사람의 이름을 불렀다. 시체 역할을 맡아 바닥에 쓰러져 있던 미쓰무라는 의아한 표정으로 일어섰다.

"왜?"

"누가 범인인지 사람들에게 알려 줘."

그 말에 미쓰무라는 더욱 의아한 얼굴을 표정을 짓더니 입을 삐죽이며, 불쾌한 목소리로 말했다.

"네가 설명하면 되잖아."

나는 어깨를 으쓱했다.

"하지만 범인의 정체를 알아차린 건 너니까. 그러니 네가 설명해야 해. 남한테서 빌려 온 추리를 사람들 앞에서 떠들어 댈 만큼 나는 후안무치한 남자가 아니야."

그 말에 미쓰무라가 희미하게 웃었다.

"뭐가 '후안무치한 남자가 아니야.'야? 잘난 척하긴."

그렇게 중얼거린 후, 길고 검은 머리를 벅벅 긁었다.

"좋아, 여기서부터 탐정 역할 교대야. 그럼 지금부터 나랑 구즈시로를 포함한 여섯 명의 용의자 중 범인이 누구인지를 로직으로 이끌어 내 볼게."

*

"추리의 포인트가 되는 건 현장에 남아 있던 트럼프였습니다."

미쓰무라가 말을 시작했다.

"야시로 씨의 시체 주머니에 들어 있던 것은 하트 '9' 트럼프. 그리고 이 트럼프는 앞선 네 건의 살인 사건을 저지른 범인인 리리아 씨에게서 훔쳤죠. 리리아 씨는 그 트럼프를 스마트폰의 비밀 공간에 넣어 두었는데 말이에요."

"비밀 공간?"

펜릴이 고개를 갸웃했다.

"그런 기믹이 있어요."

미쓰무라가 사람들에게 설명했다. 스마트폰 케이스에 붙어 있는 돌기 모양의 장식, 용두. 그 용두를 다섯 번 당겼다가 다섯 번 누르면 비밀 공간이 나타난다.

"야시로 씨가 살해당한 날 밤, 리리아 씨의 스마트폰은 로비의 소파에 그냥 놓여 있었습니다. 그래서 이론상 아무나 거기서 트럼프를 훔칠 기회가 있었죠. 하지만 기회가 있는 것과, 실제로 훔칠 수 있다는 건 별개잖아요? 용두를 다섯 번 당겼다가 다시 다섯 번 누르는, 특수한 조작을 하지 않으면 비밀 공간은 나타나지 않아요. 트럼프를 훔칠 수가 없죠. 그리고 리리아 씨는 그 특수한 조작법을 아무에게도 말하지 않았다고 증언했어요."

즉 리리아 외의 다른 사람은 스마트폰에서 트럼프를 꺼낼 수 없었다는 말이다. 애당초 거기에 트럼프가 들어 있다는 사실조차 모른다.

"하지만 범인은 리리아 씨에게서 실제로 트럼프를 훔쳤잖아."

이시카와가 생각에 잠긴 표정으로 말했다.

"그렇다면 범인은 어딘가에서 그 조작법을 알아냈다는 말이 되는데. 단순하게 생각하면 리리아 씨가 스마트폰 케이스에서 트럼프를 꺼내는 모습을 훔쳐보았을 수 있지."

미쓰무라가 고개를 가로저었다.

"하지만 그건 어려운 일이에요. 리리아 씨는 자기 방에서만 스마트폰 케이스를 열었다고 하니까요. 범인이 쉽게 그걸 훔쳐볼 수는 없었죠."

"아, 그럼 카메라를 몰래 설치했나? 리리아 씨 방에 카메라를 설치해 놓았다면 그걸로 방 안의 상황을 엿볼 수 있잖아."

요즈키가 생각난 듯 말했다.

미쓰무라가 고개를 도리도리 저었다.

"안타깝지만 그것도 무리예요."

"뭐? 왜?"

요즈키가 물었다.

"리리아 씨는 몰카 탐지기를 갖고 있었거든요. 그 기계를 이용해서 방 안에 숨겨진 카메라가 없는지 빈틈없이 조사했어요. 리리아 씨는 프로 살인 청부업자니까 만약 숨겨진 카메라가 있었다면 반드시 찾아냈을 거예요."

"하지만 리리아 씨가 카메라 탐색을 끝낸 후에 범인이 방에 숨어들어 카메라를 설치했을 가능성도 있잖아."

요즈키가 억지를 부렸다. 하지만 그 의견에도 미쓰무라는 고개를 저었다.

"아뇨, 그것도 불가능해요. 리리아 씨의 방 문손잡이에는 홈

센터에서 파는 보조 자물쇠가 채워져 있거든요. 그 탓에, 그 방에는 보조 자물쇠의 열쇠를 갖고 있는 리리아 씨밖에 들어가지 못해요. 가령 서쪽 동의 마스터키를 갖고 있다 해도 리리아 씨의 방에만은 들어갈 수 없죠. 리리아 씨는 방에 들어가면 바로 보조 자물쇠를 채운다고 하니까, 나중에 범인이 숨어 들어와서 카메라를 설치하는 일은 불가능해요."

미쓰무라의 설명에 요즈키는 "그렇구나." 하고 고개를 끄덕였다. 그러자 이번에는 요즈키 대신 다른 인물이 제동을 걸었다.

"그럼 이런 건 어떨까요?"

나선 사람은 메이로자카 씨였다.

"리리아 씨가 몰카 탐지를 시작한 건 스마트폰 케이스에서 트럼프를 이미 꺼낸 후였던 거죠. 즉 리리아 씨가 스마트폰 케이스의 장치를 여는 모습이 숨겨 둔 카메라에 촬영되었고, 리리아 씨는 그 후 몰카 탐지기를 이용해 그 카메라를 발견했어요. 하지만 그때는 이미 영상이 전파를 타고 범인에게 날아긴 후였던 거예요."

그 말에도 미쓰무라는 고개를 가로저었다.

"아뇨, 그것도 어려워요. 만일 메이로자카 씨의 말이 맞다면 리리아 씨는 카메라를 설치한 인물, 임시로 X라고 할까요. 그 X에게 '자신이 트럼프의 주인이라는 사실'을 들켰다는 말이 돼요. 하지만 리리아 씨는 범행 현장에 트럼프를 남겼죠. 이건 모순된 행동이에요. 왜냐하면 X가 범행 현장에 남겨진 트럼프를 보면 그것이 리리아 씨의 소지품이라는 사실을 바로 알아차렸을 테니, 리리아 씨가 범인이라는 사실을 금세 들키게 되죠. 즉 리리아 씨가 범행 현장에 트럼프를 남긴 일 자체가 곧 리리아 씨 방에 숨겨진 카메라가 없었다는 사실을 증명합니다."

그러므로 야시로를 죽인 범인이 카메라를 이용해 리리아가 스마트폰 케이스를 여는 모습을 훔쳐보았을 가능성 역시 배제할 수 있다. 그렇다면 범인이 리리아의 방 안을 엿볼 수단은 한정된다. 아니, 하나밖에 없다. 나는 그 점을 지적했다.

"그럼 범인은 리리아 씨 방의 창문을 통해 안을 들여다봤겠네."

내 말에 미쓰무라가 희미하게 웃었다. 추리에 보조 노릇을 할 생각이었는데 연기가 다소 어색했는지도 모르겠다. 미쓰무라는 에헴, 하고 작게 헛기침을 한 뒤 "그 말이 맞아, 구즈시로." 하고 말했다.

"범인이 방 안의 상태를 알려면, 창문을 이용하는 방법밖에 없어."

"하지만 그건 너무 부주의하지 않아? 누가 창으로 들여다볼 위험성이 있는 방에서 범행의 증거인 트럼프를 스마트폰 케이스에 넣었다 뺐다 한다니."

요즈키가 의문을 입에 담았다.

이번에도 미쓰무라가 고개를 가로저었다.

"아뇨, 딱히 그렇지도 않아요. 리리아 씨의 방에는 창이 하나밖에 없고, 그 창에는 커튼이 쳐져 있었거든요. 우연히 그 커튼에 작은 구멍이 뚫려 있어서 창에 얼굴을 바짝 들이대면 그 구멍을 통해 안을 들여다볼 수가 있었을 뿐이에요. 리리아 씨는 그 커튼 구멍의 존재를 눈치채지 못했던 거죠. 참고로 구멍은 아주 작아서 코앞까지 접근하지 않으면 실내 상태를 볼 수 없어요. 게다가 커튼이 내내 쳐져 있었기 때문에 쌍안경 등을 이용해 엿볼 수도 없고요. 즉 범인이 방 안을 엿보려면 창으로 가까이 다가가 커튼 구멍으로 들여다볼 수밖에 없다는 말이에요."

설명을 듣고 모두가 납득한 얼굴로 고개를 끄덕였다.

그때 펜릴이 새로운 의문을 던졌다.

"하지만…… 그게 대체 뭘 의미하는 건가요? 범인은 창으로 다가와 커튼 구멍을 통해 방 안을 들여다보았고, 그래서 리리아 씨의 스마트폰 케이스 여는 법을 알아냈다. 거기까지는 알겠어요. 하지만 창으로 접근해 리리아 씨의 방을 들여다보는 일은 누구나 다 할 수 있잖아요? 그게 범인의 정체와 어떻게 연결되는지 모르겠는데요."

그 말에 미쓰무라는 희미하게 웃었다.

"아뇨, 그게 연결이 돼요."

윤기 흐르는 검은 머리를 벅벅 긁으면서.

"왜냐하면 리리아 씨의 방을 들여다볼 수 있는 인물은 이 안에 단 한 명뿐이거든요. 물론 저와 구즈시로도 포함해서."

미쓰무라의 말에 사람들 사이로 긴장이 흘렀다. 즉, 그 창을 들여다본 단 한 명의 인물이 바로 야시로를 살해한 범인이었다는 말이 된다.

"아니, 대체 왜? 리리아 씨 방을 들여다볼 수 있는 사람이 한 명밖에 없다니, 이유가 뭐야?"

요즈키가 당황한 얼굴로 물었다.

미쓰무라가 어깨를 살짝 으쓱했다.

"제 입으로 말해 놓고 뭣하긴 하지만, 실제로 그 표현은 정확하지 않아요. 엄밀히 말하면 '리리아 씨가 자기 방에 있는 사이 리리아 씨의 방을 들여다볼 수 있는 사람은 한 명뿐이었다'고 해야 해요."

요즈키가 또다시 고개를 갸웃했다.

"무슨 차이인지 잘 모르겠어."

"간단해요. 범인은 창을 들여다보고 스마트폰 케이스를 여는 법을 알아냈어요. 그렇다면 리리아 씨가 방에 있을 때 창을 들여다보지 않으면 의미가 없겠죠? 예컨대 리리아 씨가 저택에 도착하기 전에 창을 들여다봤다 한들 무의미해요."

요즈키가 "그렇지." 하고 고개를 끄덕였다.

미쓰무라는 말을 이었다.

"그러니까 리리아 씨가 자기 방에 있던 시간대가 언제였는가, 그 점을 생각해 보는 게 중요해요. 이 설백관에 도착한 리리아 씨는 한동안 로비에서 차를 마신 후, 처음으로 자기 방에 들어갔어요. 제 기억에 마네이 씨랑 버라이어티 방송 질문지 때문에 싸웠던 것 같네요. 그리고 리리아 씨가 방에 들어가자마자 바로 눈이 내리기 시작했어요. 함박눈이 펑펑 내렸고 그게 약 삼십 분 정도 지속된 덕분에 정원 일대가 완전히 새하얀 은세계가 되었죠."

그 눈은 아직도 녹지 않고 남아 있다. 우리가 이 저택에 온 후 눈이 온 일은 그때 한 번뿐이다.

미쓰무라가 계속했다.

"눈은 리리아 씨가 묵는 별채 주위에도 쌓였어요. 그리고 그 별채 주위 눈에는 그 누구의 발자국도 찍히지 않았고요. 이것은 어떤 사실을 의미하는데요."

미쓰무라는 입가에 희미한 미소를 띠었다.

"그럼 다시 한번 정보를 정리해 볼까요? 뉴으 리리아 씨가 방으로 간 직후 내리기 시작했어요. 그리고 눈이 쌓인 후로는 범인이 창 근처로 다가갈 수가 없었죠. 즉 범인이 창을 들여다본 건 눈이 내리기 시작한 이후부터 그칠 때까지, 그 사이였다는 말이 돼요. 사실 굉장히 짧은 시간이죠. 범인은 그 사이, 아마도 우연히 리리아 씨의 방을 들여다봤을 거예요."

미쓰무라가 서늘한 목소리로 말했다.

"즉 그 시간대에 알리바이가 없는 사람이 범인인 거예요."

눈이 내리기 시작한 후부터 그칠 때까지의 짧은 시간. 그 사이 알리바이가 없는 사람이 범인.

나는 그때의 상황을 떠올려 보았다. 리리아가 로비를 벗어나고 눈이 내리기 시작했을 무렵, 로비에는 당시 저택에 있던 사람들이 거의 다 모여 있었다. 아직 도착하지 않았던 간자키를 제외하고 거의 모두가. 호텔 직원인 시하이 씨와 메이로자카 씨까지 다 있었다.

없었던 것은 두 사람뿐. 리리아, 그리고 그 인물뿐이다.

그 인물은 눈이 내리기 시작하고 나서 십 분쯤 후 로비로 돌아왔다. 은발이 눈에 젖은 채로. 그리고 내게 눈으로 만든 토끼를 선물했다.

"그러니까 범인은 당신일 수밖에 없어요."

미쓰무라가 그 인물을 가리켰다.

"펜릴 앨리스해저드 씨, 당신이 범인입니다."

*

펜릴은 눈을 살짝 크게 떴다가 입가에 부드러운 미소를 띠더니 딱 한 마디, 이렇게 말했다.

"정답이에요."

은빛 머리카락이 미미하게 흔들렸다. 펜릴의 고백은, 이 설백관에서 일어난 일련의 살인 사건이 진정으로 끝났다는 사실을 의미했다.

막간
밀실이라는 이름의 면죄부

 사기꾼에게 속은 어머니가 목을 매단 것은 펜릴이 열 살이었을 때의 일이다. 아무리 눈물을 흘려도 어머니는 깨어나지 않았고, 아버지는 고요한 목소리로 그저 "기도하자."라고만 말했다.
 "그러면 엄마의 영혼은 정화되어서 우리에게 행복을 가져다줄 거야. 교황님께서도 말씀하셨지만, 자살도 일종의 살인이니까. 진짜 살인에 비하면 에너지는 작겠지만 그래도 최선을 다해 기도하면 반드시 엄마의 죽음도 의미 있는 일로 바뀌겠지."
 아버지와 어머니가 이상한 종교에 입신한 지 얼마나 되었을까. 정신을 차리고 보니 펜릴도 그 종교에 들어가 있었고, 매주

휴일이면 이상한 집회에 참석했다. 펜릴은 신은커녕 영혼의 존재조차 믿지 않는 소녀였지만, 저도 모르는 새 출세해서 어느새 그 이상한 종교의 간부로 추앙받고 있었다. 분명 펜릴이 유능하고 또 그 이상으로 아름다웠기 때문이리라. 펜릴이 교리를 설파하면 신기하게도 모든 사람이 귀를 기울여 주었다. 신도 수도 늘어났다. 신을 믿지 않는 인간의 말을 믿다니 정말로 어른들은 바보라고 생각했다. 그래서 어머니가 자살했는데도 기도하자는 말이나 하는 거다. 중요한 건 기도가 아니라 복수인데.

펜릴은 이상한 종교의 간부라는 지위를 이용해서 어머니를 속인 사기꾼을 찾아내는 데에 성공했다. 이름은 야시로라는 모양이다. 금방이라도 죽여 버리고 싶었지만 경찰에 잡히기는 싫었다. 증오스러운 상대에게 복수를 했는데 그 대가를 치러야 한다니 그건 잘못된 일이라는 생각이 들었다. 교도소에 들어가고 싶지는 않다. 왜냐하면 그 행위는 '속죄'를 의미하니까. 나쁜 짓을 하지도 않았는데 속죄하기는 싫었다.

그렇게 고민하며 살아가던 사이 사건이 터졌다. 세간은 난리가 났다. 중학교 2학년 소녀가 아버지를 죽였다는 것이다. 그것은 일본에서 처음으로 일어난 밀실살인 사건이었다.

그리고 믿을 수 없게도 무죄판결이 내려졌다. 세간의 상식과 동떨어진, 광기 어린 판결이었다. 하지만 펜릴은 그 판결에 환호했다. 밀실살인에 성공하면 애초에 죄가 되지 않는다. 그것은 어머니의 복수를 꿈꾸던 펜릴에게 너무나 중대한 정보였다. 생각해 보면 펜릴이 밀실과 사랑에 빠진 건 이 순간이었을지도 모른다.

그 후로 펜릴은 하루의 거의 대부분을 밀실에 대해 생각하며 보냈다. 어떤 밀실 트릭으로 야시로를 죽일까, 오로지 그 생각뿐이었다. 어머니가 죽은 후 처음으로 즐거움을 느낀 나날이었다. 그리고 차츰 펜릴의 내면에서 목적과 수단이 역전되었다. 어머니의 복수를 하기 위해 밀실살인을 저지르려는 것이 아니라, 밀실살인을 하고 싶은 마음에 어머니의 복수를 계획하게 된 것이다.

종교의 세계에는 면죄부라는 말이 있는데, 펜릴에게는 밀실이야말로 그 면죄부를 대신하는 존재였다. 사람을 죽여도 용서받을 수 있는, 신의 이름으로 인쇄된 종이. 삼 년 전 한 소녀가 일으킨 사건이 밀실의 의미를 바꿨다.

펜릴은 야시로를 죽일 계획을 준비하기 시작했다. 장소는 외부에서 격리된 클로즈드 서클이 좋겠다. 경찰이 개입하지 못하는 만큼 사용할 수 있는 트릭의 폭이 넓어진다. 그렇기 때문에 밀실살인을 벌인다면 클로즈드 서클이 가장 적절한 장소일 것이라 생각했다.

그리고 펜릴은 설백관에서 그 소녀, 미쓰무라 시쓰리를 만났다. 하지만 펜릴은 상대의 정체를 알아보지 못했다. 그래도 상대가 자신과 마찬가지로 밀실을 사랑한다는 것만은 알아보았다.

Epilogue
**일본에서 처음으로 밀실살인이 일어난 지
삼 년 하고도 한 달이 지났다**

설백관에 구조대가 온 것은 사건이 해결되고 한나절이 흐른 후였다. 우리는 사건의 범인인 펜릴을 경찰에 넘겼다. 사실은 리리아도 같이 넘기고 싶었지만 리리아는 감금되어 있던 방에서 어느샌가 자취를 감추었다. '연기처럼 홀연히 사라진' 것은 아니었다. 천장 판이 뜯어진 것을 보니 그리로 탈출한 모양이다. 밀실에서 탈출하는 방법치고는 상당히 난폭한 방식이었다.

리리아가 저택에서 달아나는 모습은 저택을 둘러싼 담장에 붙어 있는 CCTV에 찍혔다. 하지만 그 후 리리아가 어디로 갔는지는 모른다. 다리는 아직 무너진 상태이니 아마 지난번에 야시로가 그랬던 것처럼 숲속으로 들어갔으리라. 리리아의 생사는 불명이다. 경찰, 그리고 매스컴은 살인자가 된 국민 배우를 아직도 찾고 있다.

그리고 미쓰무라 시쓰리는 자신의 밀실 트릭이 밝혀지는 바람에 매스컴에 쫓겨 다니는 고된 나날을 보내……는 일은 전혀 없었다. 지금도 어딘가에서 태평하게 잘 살고 있을 것이다. 미쓰무라는 야시로가 살해당한 사건의 트릭이 예전에 자신이 사용한 트릭과 똑같다고 했다. 하지만 냉정하게 생각하면 그런 일은 불가능하다. 그것은 전용 열쇠가 존재하지 않고, 마스터키를 써야 문을 잠글 수 있는 도서실에서만 쓸 수 있는 트릭이었다. 만일 전용 열쇠가 있는 방에서 그 트릭을 사용했다면 현장인 실내에는 당연히 전용 열쇠가 남아 있어야 한다. 그리고 시체를 최초로 발견한 사람들은 그 열쇠가 진짜인지 아닌지 확인해 보려 했으리라. 하지만 현장의 문짝이 트릭 때문에 다른 방의 문짝과 교환되었다면 실내에 남겨져 있던 전용 열쇠로는 그 문을 열 수가 없다. 결과적으로 열쇠는 가짜로 판명되고, 밀실 상황은 와해된다.

그렇다고 전용 열쇠를 실내에 남겨 두지 않으면 애당초 밀실 상황이 성립되지 않는다. 왜냐하면 밀실은 대부분의 경우, 잠긴 문을 열 수 있는 모든 열쇠가 실내에 있다는 전제로 만들어지기 때문이다.

그러므로 전용 열쇠가 존재하는 방에서는 문 교환 트릭을 사용할 수 없다. 그리고 미쓰무라의 아버지가 살해된 사건에서는 현장에 전용 열쇠가 존재했다.

설백관을 나올 때 그 점을 묻자 미쓰무라는 "요란한 착각을 했네."라며 어깨를 으쓱했다. 정말로 착각인 건지, 아니면 나를 놀리는 건지는 알 수 없었다.

하지만 내가 더 이상 미쓰무라를 만날 일은 없을 것이다. 연락처도 교환하지 않았으니 애당초 만날 수단이 없다. 무척 쓸쓸한 일이다. 나는 지금도 그 일을 후회한다.

*

겨울방학이 끝나고 학교에 가니 옆 반에 전학생이 왔다는 화제로 떠들썩했다. 심지어 상당한 미소녀라는 모양이다.

"흐으응."

크게 관심이 없다는 태도를 보이자 친구는 "아니, 진짜라니까." 하고 힘주어 말했다.

"심지어 이름도 상당한 미소녀래."

"이름이 미소녀라니? 이름이 뭔데?"

수수께끼 같은 표현이다.

"글쎄, 나쓰무라 마쓰리잖아."

"나쓰무라 마쓰리······."

나는 그 이름을 중얼거려 보았다. '나쓰'와 '마쓰리'라는 단어 때문에 미소녀 같은 느낌이 드는 모양이다.* 왜일까? 어디서 들어 본 듯한 이름인데.

"잠깐 화장실 좀 갔다 올게."

그렇게 말하고 나는 자리에서 일어섰다.

"금방 아침 조회 시작하는데?"

그렇게 말하는 친구에게 나는 "광속으로 다녀올게." 하고 수수께끼 같은 허세를 부렸다.

서둘러 화장실로 향하자, 복도 건너편에서 교사가 걸어오는 모습이 보였다. 옆 반 담임이었다. 그 옆에는 여고생이 한 명 있었다. 예의 전학생이었다. 확실히 소문대로 미소녀였다. 하지만 솔직히 그런 건 아무래도 상관없었다. 외모가 예쁜지 아닌지 따위는, 지금은 정말로 아무래도 좋은 일이었다.

우리는 서로를 보고 "아." 하고 중얼거렸다. 나는 전학생에게 말했다.

"미쓰무라."

에헴, 하고 헛기침하는 소리가 들렸다.

"미쓰무라가 누군가요? 저는 나쓰무라인데요." 하고 미쓰무

---

* '나쓰'는 '여름', '마쓰리'는 '축제'를 뜻하는 일본어다.

라가 말했다.

아니, 어딜 봐도 미쓰무라잖아.

나는 상대의 손을 잡아끌고 복도 구석으로 데려가, 목소리를 낮추고 말했다.

"나쓰무라가 누구야?"

"내 본명인데."

"그럴 리가 있어? 뭐야, 가명이야?"

"응, 가명."

"왜 가명을 써?"

"그게, 난 일부에서는 유명인이잖아. 본명으로 학교를 다니긴 좀 그래. 그러니까 학교에서는 나쓰무라라고 불러 줘."

미쓰무라가 입가에 희미한 미소를 지었다.

그 말에 나는 고개를 끄덕이고, 웃으며 말했다.

"하지만 동아리 활동 때는 미쓰무라라고 부를 거야."

미쓰무라는 고개를 갸웃하며 "무슨 동아리인데?" 하고 물었다. 나는 "당연히 문예부지." 하고 대답했다.

"하지만 부원이 나밖에 없어서 금방이라도 무너지기 직전이야."

미쓰무라는 "흐응……." 하고 중얼거리더니 "그냥 그대로 무너져 버리지 그래?" 하고 웃었다. 나는 "제발 좀 도와줘." 하면서 문예부에 들어오라고 다양한 설득을 시도했다. 동아리실 책장에 가득한 서적과 어째서인지 동아리방에 놓여 있는 보드게임 라인업에 대해 열심히 이야기했다.

미쓰무라는 내 권유를 들으며 "으음, 어쩌지?" 하고 뜸 들이는 태도를 보였다. 하지만 나는 예감을 느꼈다. 밀실을 둘러싼 우리의 모험이 다시 시작되리라는 예감을.

열렬하게 이야기하는 나를 보고 미쓰무라는 "기뻐 보이네." 하고 말했다. 그러더니 농담처럼 물었다.

"나랑 만나서 기쁜 거야?"

나는 대답을 얼버무릴까 했지만 결국은 솔직하게 지금 기분을 털어놓기로 했다.

"응, 맞아. 널 다시 만나서 기뻐."

미쓰무라는 눈을 동그랗게 뜨더니 조금 쑥스러운 표정으로 "그렇구나." 하고 말했다. 나는 그런 미쓰무라에게 말했다.

"왜냐하면 네가 쓴 밀실 트릭의 진상에 드디어 도달했거든."

*

"그럼 어디 한번 들어 볼까?"

방과 후, 우리는 문예부 동아리방에서 다시 만났다. 미쓰무라가 가입한 후 첫 동아리 활동은 예전에 일으킨 것으로 여겨지는 밀실살인 사건의 진상 해명이었다.

"미리 말해 두겠는데 확증이 있는 건 아니야. 어디까지나 가설, 그러니까 '이렇게 하면 그 밀실 상황을 설명할 수 있다'는 정도일 뿐이지. 그러니까 반쯤 흘려들어 줘."

나는 접이식 의자에 앉으며 말했다.

"갑자기 왜 그렇게 방어적이야? 촌스럽게."

"내 추리는 투박한 게 장점이거든."

"촌스럽다는 거랑 투박한 건 전혀 다른 말인데."

우리는 창가의 접이식 의자에 마주 보고 앉았다. 왠지 그리운 기분이 들었다. 중학교 때도 자주 이랬다. 오셀로를 두거나, 소설을 서로 보여 주거나, 별것 아닌 잡담을 나누거나.

나는 에헴, 하고 기침을 했다.

"그럼 우선 현장 상황부터 확인할게. 현장은 완벽한 밀실이었고, 방문에는 빈틈이 전혀 없었어. 열쇠는커녕 실 한 올 들여보낼 공간도 없었지. 창문은 고정식이라 침입이 불가능하고, 현장이었던 방에는 따로 스페어키나 마스터키가 존재하지 않았으며, 유일한 열쇠는 실내, 그것도 시체 옆 책상의 서랍 속에서 나왔어. 심지어 그 서랍은 또 다른 열쇠로 잠겨 있었고 그 서랍 열쇠는 시체의 주머니에 들어 있었지.

열쇠에는 방 번호가 적힌 키홀더가 달려 있었고 열쇠 본체에는 방 번호가 각인되어 있지 않았기 때문에, 키홀더를 바꿔치기해서 다른 문의 열쇠를 마치 현장 열쇠처럼 보이게 위장했을 가능성도 있었어. 하지만 실제로는 그렇지 않았어. 시체의 최초 발견자인 집사와 메이드가 그 열쇠가 진짜라는 사실을 확인해 주었으니까. 그 사람들은 실제로 그 열쇠를 이용해 문을 잠글 수 있다는 걸 보여 줬고. 따라서 책상 서랍에 들어 있던 열쇠는 진짜였고, 그것이 가짜와 바꿔치기 되었을 가능성은 없어."

내가 아무것도 참고하지 않고 끝까지 이야기를 마치자 미쓰무라가 눈을 동그랗게 떴다.

"구즈시로, 그걸 다 외우고 있었어?"

"뭐, 그렇지."

"소름 끼쳐. 스토커 같아."

미쓰무라가 혐오스럽다는 표정을 지었다. 나는 무척 상처를 받았다. 미쓰무라는 한동안 내게서 거리를 두고 자기 몸을 지키는 듯한 동작을 취했으나, 결국 그것도 지겨워졌는지 이야기의 궤도를 수정해 본론으로 돌아왔다.

"그래서 대체 어떤 트릭을 사용했다는 거야? 아무리 봐도 완벽한 밀실로 보이는데."

미쓰무라가 상체를 약간 내밀고 물었다.

나는 그 말에 고개를 끄덕였다.

"그래, 완벽한 밀실이 맞아. 나도 이것저것 생각해 봤는데 법무성이 만든 예의 밀실 분류, 그러니까 열다섯 종류의 밀실 트릭 중 그 어느 것에도 들어맞지 않았어. 그래서 열여섯 번째 트릭을 사용한 게 아닌가 생각해 봤는데."

"그때 그 문 교환 트릭 말이구나."

"하지만 그것도 잘 안 됐어. 현장이었던 방에는 전용 열쇠가 존재했으니까."

전용 열쇠가 존재하는 방에서는 문 교환 트릭을 쓸 수 없다. 이전의 나는 그런 결론에 도달했다.

"그럼 어떻게 할 건데? 결국 밀실을 무너뜨리지 못했잖아."

미쓰무라가 흐흥, 하고 웃었다.

나도 흐흥, 하고 웃었다.

"그게 말이야, 무너뜨렸거든. 물론 약간의 편법을 쓰기는 했지만."

"약간의 편법?"

"범행 현장에는 스페어키가 존재하지 않는다는, 이 전제가 중요해."

미쓰무라는 고개를 갸웃했다. 그리고 잠시 생각에 잠겼다가, 이윽고 검은 머리를 긁적였다.

"무슨 소리야?"

"그러니까 '범행 현장에 스페어키가 존재하지 않는다', 이 전제는 가져갈 거야. 그 대신 이 전제를 내게 유리하게 해석해 보기로 했어. 말하자면 규칙 안에서 허를 찌르는 거지. 그래서 편법이라고 한 거고."

미쓰무라는 내 말에 흥미를 느낀 모양이었다. 입가에 희미한 미소를 띠고, 다소 진지해진 얼굴로 입을 열었다.

"그럼 묻겠는데, 구즈시로 넌 어떤 식으로 그 전제를 해석했어?"

나는 말했다.

"내 해석은, 범행 현장 말고 다른 방에는 스페어키가 존재한다는 거야."

미쓰무라의 눈이 천천히 커졌다. 나는 내가 찾아낸 답을 말했다.

"만일 다른 방에 스페어키가 존재한다고 가정한다면, 못 쓴다고 생각했던 문 교환 트릭을 부활시킬 수가 있어. 가령 범행 현장과 그 '옆방 A'의 문을 교환했다고 쳐. 그러면 범행 현장은 '옆방 A'의 열쇠로 잠글 수 있지. 그리고 '옆방 A'에 스페어키가 존재한다면 '옆방 A'의 첫 번째 열쇠를 범행 현장 안에 남겨 두고, '옆방 A'의 두 번째 열쇠로 문을 잠글 수가 있어. 열쇠는 키홀더가 달려 있는 타입이라 열쇠 자체에는 방 번호 각인이 없지. 즉 키홀더를 바꾸면 밀실 안에 남겨 놓은 '옆방 A'의 열쇠를 범행 현장의 진짜 열쇠로 위장할 수가 있게 되는 거야. 그리고 시체 발견 시 최초 발견자들은 그 '옆방 A'의 열쇠, 즉 밀실 안에 남겨져 있던 열쇠가 진짜인지 확인해 보려 했고, 문이 바뀌었으니 범행 현장의 문은 '옆방 A'의 열쇠로 잠글 수 있잖아. 따라서 가짜였던 '옆방 A'의 열쇠를 진짜 범행 현장의 열쇠로 오해시킬 수 있었던 거지."

나는 그렇게 말한 뒤 미쓰무라의 반응을 살폈다. 물론 이 트릭에도 문제는 있다. 그것은 문을 교환하는 바람에 범행 현장을 열고 잠글 수 있는 열쇠가 두 개 존재한다, 즉 스페어키가 존재하는 상황이 되었다는 데에 있다. 그리고 '옆방 A'는 반대로 스페어키가 사라진다. 열쇠가 하나 부족한 상황이 된다는 뜻이다. 범행 현장 외의 다른 방 열쇠가 분실된 일을 경찰은 신경도 쓰지 않겠지만, 거기서 약간의 위화감이 남는 건 분명하다.

게다가 이 트릭에는 더 큰 문제가 있다. 그것은 정말로 '옆방 A'가 존재하는가, 즉 저택에 범행 현장과 같은 종류의 문이 달려 있으며 스페어키까지 존재하는 방이 실재하는가의 여부다. 사건에 관해 기록된 다양한 서적들을 찾아보았으나 그 어디에도 내가 원하는 정보는 실려 있지 않았다. 사건 해명에 가장 필요한 퍼즐 조각을, 나는 아직도 얻지 못했다.

"그래서 계속 너한테 묻고 싶었어."

나는 맞은편에 앉은 미쓰무라에게 물었다.

"범행 현장이었던 저택에는 '옆방 A'가 존재해?"

접이식 의자에 앉아 있던 미쓰무라가 희미하게 웃었다. 창으로 비껴드는 저녁노을을 머금어서 그 검은 머리카락이 갈색으로 빛났다.

　미쓰무라의 대답을 기다리면서 나는 어느 쪽이어도 재미있겠다는 생각을 했다.

　만일 '옆방 A'가 존재한다면 나는 미쓰무라가 만들어 낸 밀실의 수수께끼를 풀었다는 말이 된다. 그것은 무척 기쁜 일이다.

　그리고 만일 '옆방 A'가 존재하지 않는다면…….

　이 세계에는 아직 아무도 풀지 못한 밀실 트릭이 존재한다는 말이 된다.

　그것은 우리 인류에게 무척 기쁜 일이다.

　겨울날의 새빨간 저녁노을로 물든 동아리방 안에서.
　나는 미쓰무라의 말을 기다렸다.

　이윽고 미쓰무라는 서늘한 목소리로 내 질문에 답했다.

해설

처음부터 끝까지 밀실투성이! 장난기 가득한 수상작

다키이 아사요(서평가)

가모사키 단로의 《밀실 황금시대의 살인—눈의 저택과 여섯 개의 트릭》은 제20회 '〈이 미스터리가 대단하다!〉 대상' 문고 그랑프리를 수상한 소설로 저자의 데뷔작이며, 실로 장난기가 가득한 작품이다.

삼 년 전, 일본 최초로 밀실살인 사건의 재판이 열리고 밀실의 불해 증명과 함께 무죄판결이 내려진 후, 세간에 밀실살인이 폭증한 현대 일본. 경찰에 밀실과가 설치되고, 밀실탐정이라는 직업이 생기고, 트릭을 짜 주거나 밀실살인을 대행하는 밀실 대행업자까지 탄생한다. 또한 법무성에서는 밀실 종류를 '완전밀실', '불완전밀실', '광의의 밀실'로 분류하고 '완전밀실'의 트릭을 열다섯 가지로 분류하여 발표한다. 그런 기묘한 세계관에서 추리소설가가 남긴 저택을 개축하여 만든 깊은 산속 호텔이 육지의 외딴섬이 되고 그곳에서 밀실 연쇄살인이 발생한다. 처음부터 끝까지 밀실투성이다. 가공의 일본을 무대로 삼은 이유는 본 작품이 어디까지나 밀실 트릭을 즐기기 위해 만들어진 작품이라는 사실을 인식시키면서, 그 세계관에 파고들기 쉽게 만드는 효과를 얻기 위해서다. 등장인물의 캐릭터성과 언동도 코믹하며, 엔터테인먼트성과 게임성에 무게중심을 두고서 마음껏 배트를 휘두른 설정이다. 세부적인 부분에서 다소 설명이 부족하다고 느껴지는 대목도 있지만, 애당초 토대가 황당무계하니 관대하게 봐줘도 되지 않을까. 한편 밀실 상황과 트릭은 무척 섬세하게 빚어 놓아 독자들을 매우 즐겁게 해 준다.

신인의 데뷔작으로서 가장 높이 평가하고 싶은 점은 독자를 향한 배려다. 유머 섞인 문장은 가볍고 읽기도 편하다. 게다가 설명하는 솜씨에도 감탄이 나온다. 저택의 방 구조, 밀실 상황, 증거품 등의 위치 관계와 트릭의 진상은 그림이 없어도 충분히 잘 전달되며 이해하기도 쉽다. 또한 연쇄살인 사건을 다루는 소설은 등장인물이 많아지기 쉽고 그만큼 구분해서 쓰기가 어려운데, 본 작품은 오히려 시원스러울 정도로 인물의 특성과 이름을 직접적으로 연결하고 한 사람 한 사람의 개성을 뚜렷하게 그려 낸 덕분에 독자들을 혼란스럽게 하지 않는다. 물론 밀실에서도 다양성을 추구한 점 역시 대단히 매력적이다.

탐정 역할을 맡는 인물은 한 명이 아니다. 주인공 구즈시로 가스미, 밀실탐정 사구리오카 에이지, 미쓰무라 시쓰리(구즈시로를 '구즈가스'라고 부르는 방식으로 별명을 지을 경우 '미쓰시쓰', 즉 '밀실'을 뜻하는 '밋시쓰'와 비슷한 발음이 된다) 등, 추리 대회를 열 정도까지는 아니지만 여러 인물이 수수께끼에 도전한다. 그중에서도 추리력이 뛰어난 미쓰무라가 가진 과거 역시 이야기의 매력 중 하나다.

추리소설의 경향과 패턴이 이야기를 이루는 요소로 등장하는 것 역시 미스터리 마니아들의 마음을 간질이는 점이다. 작중에서 녹스의 십계가 중요한 열쇠로 언급되는데, 그 외에도 기존 작품들을 예로 드는 부분이 여러 곳 있다. 참고로 94페이지에서 구즈시로와 함께 이 호텔을 찾아온 요즈키가 이런 말을 했다.

"실은 최근에 살면서 처음으로 '일상 미스터리' 소설을 읽었거든."

"그래서 한번 말해 보고 싶었어. '저, 신경 쓰여요.'라고."

여기서 말하는 소설은 요네자와 호노부의 '고전부 시리즈'이며, "저, 신경 쓰여요."는 주요 인물 중 한 명인 지탄다 에루의 단골 대사다. 또한 제6장에서 주인공이 법무성에서 정한 밀실의 정의를 하나하나 검증해 나가는 부분은 존 딕슨 카의 《세 개의 관》 중 제17장, 주인공 펠 박사가 밀실을 분류하며 작중 사건이 그중 어디에도 해당하지 않는다는 사실을 입증하는 그 유명한 '밀실 강의'를 오마주했으리라.

저자 가모사키 단로는 1985년, 야마구치현 우베시에서 태어났다. 도쿄이과대학 이공학부를 졸업하고 현재는 시스템 개발 회사에서 근무하고 있다. 미스터리를 너무 좋아한 나머지 고등학교 때부터 직접 트릭을 생각했다고 한다. 실제로 소설을 쓰기 시작한 것은 대학을 졸업한 직후였는데, 취미로 소설을 쓰던 회사 동기의 '너도 한번 써 봐'라는 권유를 받고 가벼운 마음으로 착수했다가 즐거워지는 바람에 푹 빠져서 첫 작품을 완성했다. 그 소설은 시체를 잘게 썰어 곰 인형 속에 채워 넣었다는, 이른바 '얼굴 없는 시체'를 다루는 미스터리였는데 자신감에 차서 메피스토상에 응모했다가 1차에서 낙선했다. 심사위원인 편집자의 한마디 코멘트도 신랄해서 기가 죽었다고 한다("지금 생각해 보면 상당히 수준 낮은 작품이었으니 타당한 평가이기는 했지만……. 어떻게 그렇게 자신감이 넘쳤을까요?" 하고 본인도 말한다). 두 번째 작품도 미스터리를 쓰고 싶었으나 도통 틀이 잡히지 않아, 그 이후로는 라이트노벨로 방향을 전환하여 이세계 판타지와 능력자 배틀물, SF 등을 집필했다. 하지만 좀처럼 싹을 틔우지 못하고 결국 다시 한번 미스터리와 맞서기로 한다.

본 작품은, 처음에는 '범인은 왜 현장을 밀실로 만들었는가'라는 와이더닛 소재를 생각하고 그 과정에서 '밀실이 풀리지 않으면 무죄가 된다'는 설정을 떠올리면서, 기왕 시작했으니 밀실을 잔뜩 넣어 보기로 마음먹었다고 한다. 사실 본 작품에 등장하는 최초의 밀실 트릭은 고등학교 시절에 생각했던 트릭을 원형으로 한다고.

좋아하는 작가와 작품을 물으니 "너무 많아서 어려운데요." 하는 전제를 깔고 열거하기를, 아리스가와 아리스의 《월광 게임》, 요네자와 호노부의 《쿠드랴프카의 차례》(전술한 '고전부 시리즈' 중 한 편)와 《가을철 한정 구리킨톤 사건》, 슈노 마사유키의 《가위남》, 후카미 레이이치로의 《미스터리 아레나》, 이마무라 마사히로의 《시인장의 살인》, 오야마 세이이치로의 《알리바이를 깨 드립니다》 등. 가장 좋아하는 단편은 시자키 유의 〈스프링 해즈 컴(スプリング・ハズ・カム)〉(학원 미스터리 앤솔러지 《방과후 탐정단(放課後探偵団)》 수록)이라고 한다.

필명 '가모사키 단로'의 유래도 물어보았다. 성은 왠지 식물 이름에서 따오고 싶다는 생각에 인터넷에서 식물 이름 일람을 찾다가 '가모가야(오리새)'에 마음이 끌렸는데, 외우기 힘들어서 '가모사키'로 바꾸었다. 이름은 기억하기 쉬운 고유명사로 하기로 마음먹고 '단로(난로)'를 골랐는데, "지금 생각해 보니 난로가 있는 집이 좋아 보여서 그랬는지도 모르겠네요. 난로 앞 안

락의자에 앉아 매일 책을 읽는 인생을 사는 게 제 꿈입니다."가 이유라는 모양이다.

앞으로의 목표는 "가능한 한 미스터리를, 특히 하우더닛을 중심으로 쓰고 싶습니다. 역사에 남을 만한 트릭을 고안하는 게 꿈이에요."라고 한다. 특수 설정 미스터리에도 도전해 보고 싶다고 하니 든든할 따름이다. 독특한 무대 설정, 기발한 트릭의 새로운 창조주가 탄생한 일이 무척이나 반갑다.

2022년 1월

밀실 황금시대의 살인

눈의 저택과
여섯 개의 트릭

초판 1쇄 발행 2025년 5월 29일
지은이 가모사키 단로 | **옮긴이** 김예진 | **펴낸이** 최원영
편집부장 윤영천 | **편집부** 박신양 김서연 이지윤 | **북디자인** 곰곰사무소
본문조판 양우연 | **국제업무** 박진해 조은지 남궁명일 | **마케팅** 김민원 조은걸
펴낸곳 (주)디앤씨미디어 | **출판등록** 2002년 4월 25일 제20-260호
주소 서울시 구로구 디지털로 32길 30 코오롱디지털타워빌란트 1301-1308호
전화번호 02.333.2513 | **팩스** 02.333.2514

ISBN 979-11-92738-54-3 03830

정가 17,800원

* 잘못 만들어진 책은 구매처에서 바꾸어 드립니다.